朱峙三 著
周國林 胡念征 整理

朱峙三日記
（十）

荆楚文庫編纂出版委員會
華中師範大學出版社

丙申（1956年）日記

正　月

初一日　陰　下午四時微雪　寒甚　表在零度
己酉　二月十二號　星期日

除夕睡甚遲，已交朔日子正矣。上床展轉不寐，至上午一時乃睡熟。四時醒，似夢境，已不能記憶，然幸不能憶及也。予歷年元旦有夢時，有驗有不驗者，是以畏有夢也。自是聞遠近有炮竹聲，較之去年繁多，亦佳象也。八時起，囑定生進香。午後敖雲門、蔡西銘、張祖培、范尚立來，均未多談，晚早寢。

初二日　晴寒　二月十三號　星期一

早起欲外出，以內子忽患氣痛、胃痛，又久候玉兒未來，予自炒飯半碗食之，約祖培乘車至覃孝方家坐談。覃自稱病衰老，手足俱不便，今逢八十矣，腦筋甚清晰，此異於常人者也。談一時許乃出，與祖培同至鶴樓。男女人數極多，擁擠不堪，予則瀏覽此狀而已。至一小館食水餃畢，與祖培分手。歸後知譚菊畦夫婦來坐一時去，餘則李恢先、任啓珊來略坐去矣。晚十時內子病稍好，已先睡，予補吃去年除夕煎而未吃者仍服之。從前自購此類藥需一元餘，今公家照顧，更宜寶貴，豈可棄之。

初三日　晴燥　二月十四號　星期二

上午乘車出，先訪任松如、范寄滄，均未遇。訪盧志泉，訪孫愚夫，均晤談。訪馮亞佛，問以從前疾如何痊也，仍告予以打鏈梅素針藥。歸後知吳端偉、范寄滄均來過。胡席儒自渝歸，留之飯去。

初四日　陰　大北風　晚風更大　寒甚　表在零度上一度
　　　二月十五號

今日畏寒未出門。午後李愈友來談一時許去。晚間以寒甚致先祖母忌日亦未具香楮祀之，自責而已。王伯聲上午來，留之食麵去。

初五日　陰寒　二月十六號

上午十一時盧志泉來談甚久去。晚約胡林老四來吃飯，因彼昨日自鄉來，曾爲太平、又清帶慈杷來送予者也。

初六日　陰寒　微雪　二月十七號　星期五

今日訪黃靈台未晤，晤孫愚夫談半時。訪賀葆三，請爲予介函盧鏡澄打針事，彼即寫就付予。別出門，訪韓大載述予去年窘狀，彼原不知之，聽福利組三數人之言，實未明確。據說以後必爲予照顧一切也。

初七日　晴寒　二月十八號　星期六

早起，十時乘車至糧道街食豆皮一盤，價昂而皮米俱硬，予以牙痛未食完。出時遇范寄滄，遂至其家談半時出。持函訪盧鏡澄談半時，彼許爲予打針，必須住院。從前屢思住院不可得者，設非賀、韓、黃三君先介紹，彼必托詞矣。近來醫院負責者仍似從前勢利，奉上驕下之態度也。別盧出，再訪任松如，彼云予若不去，彼今日必來寓，惟福利費月共有百六十元，去臘已爲長期救濟分配殆盡，刻聞只存三十餘元。尚有溫楚珩近亦甚困，福利會中現注意予與溫君救濟，至如何救濟，且看開會如何。噫，參事長期救濟者如余頌迴、羅燦、賀滌塵輩，不知用何種充足理論受此救濟費也。下午接智泉函，謂昨日在參事室開會遇汪津門，亦係該組調查人之一，已與詳談予近狀矣。汪願意爲予一提救濟事，且看後來如何。

初八日　晴　二月十九日　禮拜日

早外出一次，歸後清理各事，備明日入醫院。下午至武昌浴室洗澡，晚又清理衣服及零件。十時寢，多夢。

初九日　晴燥　二月二十日　星期一

以下日記係出醫院後補寫者。

八時起，早點畢與內子及六兒帶被、臥具乘車至湖北醫院。人多，仍挂號訪盧鏡澄，由彼派看護導予上樓住三病房第三二一號房間，內有三鋪位，先有一湖南祁陽人王聘臥第一床，王任華中師範學院教員。予住第三床，近樓窗邊，甚合意。未幾第二床來一河北人張戰，法院審判員也。午飯後醫來檢查身體，聽肺諸事。醫姓莫，一姓余，俱廣州人。自是時時護士、醫生聽診，至晚七時乃已。與張、王二君略談各人身份，十時寢。計已服藥三次，小白丸類可大因。予問莫醫士，彼否認，謂此另一藥也。轉鐘二時咳嗽大作，約一小時仍睡去。

初十日　晴燥　二月廿一日　星期二

今日自早至晚，醫來聽察四次，訪問病歷甚久，惟莫醫生多廣東土語，予不能全聽曉。火食甚好，惟飯硬，兩菜或湯不給鹽，難食飽耳。盧鏡澄同某醫來細聽脈、察掐胸背者三次，約以明後天照X光。今日所服藥仍爲昨日小白片。下午玉兒、內子、荃孫兒均來送物或看予，服藥後十時前與王、張二君詳談各事，消悶而已。晚寢甚安，直至六小時乃醒，後仍睡熟。

十一日　晴暖　二月廿二日　星期三

連日均係六時起，七時更衣盥漱食稀飯畢矣。九時有牛奶、蛋糕一次，午睡起後大約下午二時。有豆漿、餅乾一次，共五餐，惟予則食不能飽，時而包子、饅頭，又時間食之。驗大小便數次，加服水藥似摻有白松糖漿者。晚寢甚安，夜醒時亦未咳嗽，今晨僅咳痰三四口。室中有暖氣管，今日方停。任啓珊來視疾，談各事去。

十二日　晴热　二月廿三日　星期四

昨寢醒二次，咳無痰，醫生來抽血五CC去，爲時約四分鐘，年老，血不易出也。如此蠻法予解放後係第二次。噫！五CC血不知需多少營養料也。晚四時內子來看予，云今日汪金門曾到家調查予之窘狀去。寢前與王、張二君閒談至十時方卧下。予起居原不良，在家須十二時前方寢，早不能起，以後須戒之。

十三日　晴燥　二月廿四日　星期五

今日上午十一時到透視室照X光，持照者係女醫生。晚睡後咳似大減。連日大便變燥結，小便少次數，飲水甚少故也。晚與王、張二位談過去事甚多，二位均佩服魯迅，張許以《魯迅日記》相借與，原版係景印者，予實未見過。

十四日　陰寒　晚更甚　風大　小雨
二月廿五日　星期六

今日醫生來甚稀，謂予疾已減，予心理關系，信之漸到春暖必痊也。有性①節性的支氣管炎，又係慢性，今十年矣，總蘄斷病根耳。下午寄賀葆三信，又寫信與盧智泉，説予進院後實況，晚玉兒來視疾，付之送

---

① 性，應爲"季"。

去，智泉即來談甚久去。今夕天寒早寢。

十五日　早陰寒　午後晴　二月廿六號　星期日

早智泉又來看予，甚可感也，並告知參事室對予請求可補助廿元，任啓珊、孫鴻儀、韓大載所提出之福利費中一小部分耳。申請書昨日係孫君代做，內子所寫，予事前不知也。在室六年，從未以書面向領導求助者，諺語"開口告人難"。予性不相近，苦則向人挪借時有之，限時送還，從未失信。前本欲向陳志純借款，參室中僅渠與桑稷門、徐難愚收入好，徐、桑只算初交，陳自恩施同事起，今十餘年矣，屢欲開口而終止，慮其做作多，或拒之，則難堪矣。晚早寢。

十六日　晴寒　聞結冰　二月廿七日　星期一

昨日內子帶來參室函，又係瞭解胡文卿事，幹部如此瑣碎而字又寫得難辨識，真好笑矣。連日醫生來問，改黃白小粒每次各二粒，兼吃水藥。問以藥名，含糊答予，不知何意，慮予學會耶，何保密至此。推想此醫謹守院規，然太笨且似木偶。問以 X 照片送來否，彼云無肺病，又云前曾有結核，現已愈矣云云。此醫生何以無□定語。下午問盧鏡臣，彼云尚未見照片，予遂與同至隔室一談，檢病歷看，說與予聽，疑信參半。張載①向予云，明日可以同予一路去看照片，盧與張熟人，可同閱也。

十七日　早霜　結冰　寒甚　二月廿八號　星期二

今日看護女子來云，外間曾結冰，寒甚，彼等上班時所述情況也，予等在室中並不覺得，因有暖氣管故。予以火食吃不來，又昂貴，住一日須九角，請醫生給藥，予出外調理爲好。上午十時盧來，張君索閱彼之照片，盧許之，遂與同去一閱。盧指視片中各處，結核有二，其重者

---

① 載，應爲"戰"。

早年已結疤愈矣，左肋骨下三根有鈣質，已與肋骨已相連，明顯可見，不礙事。予恍然記民國廿四年在同仁醫院曾醫生所治予之肺癆事，曾醫生技術甚佳，令予不能忘也。

十八日　晴寒　二月廿九日　星期三

早起準備出院，向醫生索藥品。昨晚內子來，決定今日回家。午後三時內子同香生來接予，予令彼等攜行李先歸。晚飯畢，藥已取全，張、王二君送予出，途遇玉兒來接，遂雇三輪車歸，到家足軟疲甚。晚早寢。

十九日　晴寒　零度上三度　三月一日　星期四

九時半起，照醫囑分次服藥，在家休養不出門，飲食已轉口味矣。

二十日　晴寒　零上三度　三月二日　星期五

早起，十一時竇衡之來談一時去。午後易泮香來談甚久去。穎蓀來未坐，匆匆即去。今日飲食已增。早仍咳濃痰十餘口，俟此藥服完再往院去看病。

廿一日　晴寒　三月三日

今晨命夏老五撤右後一小房併入予後房，較寬一些。吃牛奶自今日起，醫囑雞蛋未食，以早餐近中止。予為貧血症，又血壓高，醫云須輕輕補之，但牛奶春深不能吃矣。入薪有限，又須貼鄂城兒輩，將奈之何。

廿二日　早大霜　晴　晚八時下雪子　三月四日　禮拜日

早起。昨晨起食牛奶，擬一月後再看情形。予向不食牛肉、牛奶，求病愈照醫囑試試而已。後房改做加寬，今日仍不能完工。五時汪文伯來談一時餘，述苦楚，留之食慈粑一碗，並給五角幣去。七時寫信二件，分向華甫、志純借十元。

廿三日　陰寒　晚七時下雪子　三月五號　星期一

昨睡甚安，早起仍咳濃痰七八口。午後陰寒有風，老五改計房子已成功大半。閱報，聞於中美大使會談事外交部又有聲明，總之，美對台灣事不放手，如何談法耶？

廿四日　晴　三月六號　星期二

今日下午至醫院就診，中醫仍爲向醫生，予說明住院十日情形，彼仍開鹿茸丸、歸脾丸二種。在院晤及孫愚夫、阮華甫、周長春，皆參室同事，又有文史館三人取藥出。至智泉、松如二處略坐談歸。寢後甚安，轉鐘二時忽又大咳十餘聲。今夕床已改移橫置之，較寬敞好過。夢孟夫人另置一宅，極簡陋，開門延予入，予妮之同寢，似半夜矣。噫，床移而夫人來耶。

廿五日　晴陰不定　三月七號　星期三

昨夕寢未安，起甚遲。午後閱報，法國不願武力，即日赴英晤艾登云云。

廿六日　陰　三月八號　星期四

連日又咳，取回中藥未吃，咳時氣喘，仍服西藥再看情形。今日晏起，致醫院未去。晚十時半寢，亦未吃安睡丸，直至轉鐘四時半方醒，反成美睡也。

廿七日　陰　三月九號　星期五

早起，九時至醫院看病，醫生姓胡，再驗血壓，彼云一百七十餘，不算高，與各醫所說同。但予屬貧血症，又不能過補也，仍照住院時所開各藥持歸。至孫愚夫處還其借款九元，去三輪車、汽車價四角七。醫院距遠與予不便，又須花車費，計此旬用去三輪車費三元餘。老五來整房及添補釘紙諸費四元餘，又給老五川資五元餘，房捐七元餘，此月另外開支如此。今日參室送薪來，又每月扣去公債二元，此月房屋合營，收入銳減，真臨窘困極境矣，奈何！

廿八日　晴　晚大風忽起　三月十號　星期六

今日未作事，外出買零物，半時即歸。

廿九日　晴陰不定　大北風　氣候轉寒
三月十一號　星期日

今日大風，天氣變寒矣，著裘烘火未出門。午後張戰君派人送來《魯迅日記》原蹟，用橡印者，非珂羅版，十二本，自民國元年壬子五月起，中失去民國十一年一本，予前在醫院曾向張君索借閱者也。魯迅名死後尤大，近來大中小學教員、學生無不推重之，謂與現時政治思想相合者。窮二日之力，當盡閱之。其內容與予未見時所推測者不同，閱至晚十時半乃寢。

二　月

初一日　晴　三月十二號　星期一

今日上、下午及晚均看《魯迅日記》，至十時半乃寢。

初二日　晴燥　有風　三月十三號　星期二

七時起，八時外出，九時以後閱《魯迅日記》，至下午三時乃畢。上函十二冊已閱盡，其下函十二冊不願再借也。此日記太簡，其在北京諸重要均未提及隻字，民八之五四運動，彼在京充北大、北師大、女師、世界語專校講師、教授正此時也，何以進步之人亦略此乎？此十二年中事予已另提出記別簿中，可供閒談矣。

初三日　晴燥　三月十四日　星期三

今日屢思作事未果，天氣忽熱，外出一次購四色蠟光紙歸。

初四日　晴熱　東風　三月十五號　星期四

今日外出至馮亞佛及玉兒家問房子合營事，民主路業主尚未辦理此事，街道辦事處亦未催促。保安街昨日已辦畢，何其速也。

初五日　晴熱　東風　三月十六號　星期五

今日寫紅藍蠟紙六幅，練筆而已，較去年略有進步。

初六日　晴　極熱　午後五時雨　七時一刻大雷雨冰雹　十分鐘乃已　三月十七號　星期六

早起至墩子湖看菜畦，萬苣新綠可愛。該畦廣大約百丈，係新倒渣滓填平者也。九時至津水閘衛生所看病，對門張先生家有老咳嗽三人，係該所診愈者也，予乃去就診。醫生姓嚴，內外科歸彼一人負責。挂號一角，藥費八角，付藥水小瓶一百CC者，丸片十二粒，囑含於口中消化之，信醫生或可愈也。午後奇熱，五時暴風雨至，七時一刻雷雨挾冰雹俱來。雹子大者如麻雀卵，小者有大蠶豆大，擊紙窗玻璃震震有聲者約十分鐘，電光駭人，街上水漫進屋內，廿餘分鐘乃已。吾平生尚未有見此大雨雹之久，豆菜人畜想有傷者，奇事也。八時以後大西北風陡起，氣候轉寒。今日蓋三變矣。十時寢，未睡熟，十時一刻風更強烈，瓦墮聲、風擊門牆聲，屋則搖動，至轉鐘一時半，其間震屋駭人者十餘次。予起坐床上，竟不能睡，至四時半疲甚乃臥下，六時又醒，殆終夜未安。此風烈暴，時間又長，曩昔五十年來似未見過。今晨昨夜雷電冰雹水溢，豈非怪象哉！星期日補後四行①。

---

① 後四行，指從"今日蓋三變矣"至結尾。

初七日　大風小雨　寒甚　三月十八號　星期日

十時起，頭痛，身體極不適。今日嚴寒未出門。回憶去臘今春天氣劇變不可測，一熱着單衣，一冷換皮棉，每每隔日相差二十度上下，曩昔未見如此。聞昨夜倒屋不少，此所謂風災矣。晚八時即寢。今午匯款九元至鄂城。

初八日　陰晴不定　寒　三月十九號　星期一

早起，下午着棉皮衣仍寒。午後作畫一件，楓葉松枝長幅，題詩一首。久未作畫，試筆而已。

初九日　陰　今日春分　三月二十日　星期二

今日寫洋蠟小條六幅，練筆力如何。蠟箋用濃墨書王夢樓體，悦目。午後頭暈時作，想係牛奶火氣重也。

初十日　陰晴不定　晚雨　三月廿一日　星期三

早起，頭暈甚，勉強起坐。十時寫蠟箋條三幅，較寫①更佳。午飯後夢閑帶香生外出。午後二時頭暈大作，卧床上更甚，不能支，心中有慌，又熱起矣，立顯險狀，宅中無人可呼也。又爬起飲水半盂，坐靠椅上，乃稍止。自是不敢再卧下，晚間仍如此。九時寢後咳嗽仍作，連夕喉癢痰塞極難過，似咳疾仍未愈，奈何！

十一日　雨　風　三月廿二號　星期四

今日頭暈稍減，牛奶已三日不吃，慮血壓高，取存放之。雪羹湯分次一小杯飲之。中西藥均停服。午後三時仍寫蠟箋二張，晚寢仍咳嗽。

---

① 寫，此處有誤，疑應爲"昨"或"昨寫"。

十二日　雨　晚大雨如注　三月廿三日　星期五

今日頭暈稍減，不長作，午後又寫蠟箋二條並添款，分給泮香、江濤、少武、愚夫、亞佛、哲之六人，已許而未給者也。以佳者提出□幅自留之。九時寢，大雷雨，轉鐘後稍止，天欲曙時更大，約二小時乃止。

十三日　大雨終日　三月廿四日　星期六

早四時半聞雷雨聲猛烈，五時更大，似傾盆不止者。六時更甚，聞天井水聲與街上水聲匯合矣，七時乃稍停。予八時起，今日天氣變寒。

十四日　陰晴　晚雨寒　三月廿五日　禮拜日

今日寫字二條，整理日記及舊代雜稿、八股文、近體賦，又十五歲所寫小楷半頁並《廿四孝圖》之《乳姑不怠》半頁畫刊粘之本子中。

十五日　雨　陰　傍晚大雷雨冰雹　三月廿六日　星期一

今日又寫蠟紙三條，補昨未成之畫。午後六時半大雨忽至，冰雹同來，約一刻鐘止矣。天氣寒甚，今日花朝虛過矣。晚九時服安眠片，一睡至五小時乃醒，但醒後仍咳不止。

十六日　陰寒　三月廿七日　星期二

上午補畫件，下午雲門、西銘同來坐談甚久，以鄒苾衡不在宅也。

十七日　陰寒　小雨　三月廿八號　星期三

頭暈稍好，但日必有一二次，服雪羹湯已廿餘次矣。午後補畫件，已成六張，除提留二張外，悉以贈友，留多亦無益，不如給求者為快也。為馮亞佛作祝八旬壽誕圖已成，天晴添款送去。予東歸已十一年，增交老友如鄧振夫、黃稷丞、張深安三君已先後謝世。黃、張均七十三四，鄧逾八十卒於上海矣。高運籌為恩施交友，去年八十一卒，此皆年齡之高者。回想池召欽、劉介眉、張福蓀與予湖堂同學，則皆未四十而卒，則誠可悲者也。

十八日　陰雨　寒　三月廿九號　星期四

昨寢後醒四次，極不安。天雨今已十一天，此月三十天，恐晴時不及十日。屢思郊遊均未如願，蛙聲至今未聞，亦可異也。因寒早寢，寢後仍咳半時乃寐，寐後又咳，殊可恨也。連夕服雪羹湯而後寐。

十九日　陰寒　小雨　三月卅日　星期五

今日寫字條三張，畫一件，作詩二首。頭暈仍未愈。

二十日　陰寒　三月卅一日　星期六

今日補畫件已成，添款並寫詩條集成自樂，不贈人也。晚間整理詩文集一次，頭暈未愈，服雪羹湯已完，約半磅，血壓應該減低。

廿一日　陰寒　下午四時晴　四月一號　禮拜

今日頭暈似減輕。

廿二日　晴　四月二號　星期一

早剃頭一次，寫畫款舊詩一首。午後一時乘三輪車至醫院找中醫驗血壓，已減低二十八度矣，現爲一百四十，從前一百六十八或七十上下也。向醫生謂予血管已呈硬化狀，與西醫所驗相同，開枇杷膏與參芪膏，囑早晚服之。在院晤及潘善伯、傅慧初、孫鴻儀。潘、孫均七十七，傅則七十八矣。出院晤馮亞佛、陳少武，均八十中人，陳無疾病，馮則患氣管炎，年必發一次，去年竟未發，可見人生有命，又不關疾病也。過青龍巷買真紅蠟箋一大張，即一四六尺對之半，明日當寫小長聯一付爲予自壽聯也。

廿三日　晴燥　四月三號　星期二

下午二時往醫院取枇杷膏半斤歸，昨日無此藥，未取者也。便至智泉家中坐談，遇溫楚珩來，又談半時歸，過任啓珊寓略談即出。晚十時寢，十二時醒一次，至①是睡熟到天曙，五時半乃醒，或者參芪膏之效歟。

廿四日　晴　下午陰　寒食節　晚雨　四月四號　星期三

早起喝枇杷膏，下午一時孫愚夫來談，假予五元，予昨所約者也。送彼字畫各一條。夏執中來談半時去。

廿五日　雨　今日清明　四月五號　星期四

今日清明，下雨。各學校放了四天假，今日清明乃又上學去，不知何意。晚寢後仍燥熱狀。

廿六日　雨　氣候又轉寒　四月六號　星期五

今日在家整理舊作各本子。前日張女士送來《魯迅日記》下函十二本，四日內瀏覽，今夕完畢矣。提其要者摘在雜記簿中，備談吐也。周樹人今爲聞人之走時運，命者。生前爲新學家及少年學生所欽慕，彼在北京充教授多年，在廣州一年，餘在滬賣文作小說得稿費，慣使腦力，傾著作小說等等，傾動一時，結果因用腦多，得潤筆之費又時時醫藥用去不少，年僅□□而死。其三弟作人抗戰時在北平爲漢奸，日本投降後曾爲國民黨軍捕入獄判刑，聞其人尚存。其夫人許廣平去冬曾與李書城來鄂調查鄉村情況者也。魯迅之文詩，予素不重視，僅見其日記摘選者。當時商務書館稱爲"名人日記"者，首爲宋代黃山谷之家乘，餘則吳大澂、吳稚暉、胡適、魯迅等等，共一本。尚有郁達夫及其他某人。邇時不甚

---

① 至，疑應爲"自"。

注意，以與予之日①體例不合，故閱後即置之高擱。今夕附記於此。然魯迅新舊學、中外文字均有特長，亦吾國不可多得之人也。晚寢後仍咳不止。

廿七日　小雨　陰　寒甚　四月七號　星期六

今日仍寒，未晴，下午似有雨狀。寫字條三，寫賀滙川函並詩稿、馮亞佛函，以予去夏七十自壽詩附及，兼示少武、哲之也。寢後仍咳醒三次，尿多。

廿八日　晴　四月八號　星期日

今日外出買紙及零用物件，寫字條一張，補詩稿並改正《養鴨行》五古一首。晚送還李宅《魯迅日記》下函十二本。晚寢仍咳嗽。

廿九日　晴　四月九號　星期一

早起，九時外出買零件，在愈友寓略坐談，訪楊湖樵未晤，留名片出。晚寫信一件，九時寢。

三十日　晴　四月十號　星期二

早起，八時半出門經小朝街緩行至紫陽橋，經工程營、山東會館轉黃土坡，經鄂園前欲訪賀滙川，以修路未能通過。折而尋得鄒嶧儒稍坐談，再與同訪童愚談片刻出，又與同至圖書館看書一時許，抄得太平天國一段重②故事，又與崔祥珩談借書事，彼已許爲予尋之。與鄒分手，予乘車歸。今晨聽蛙聲，見菜二三畦，油菜花期已過，此則白菜花也。二月已完，蛙聲則初聞。明日當往司門口看日種櫻花。午飯後小睡二時許乃起，寫詩四條，補寫日記並詩稿簿。

---

① 日，應爲"日記"。
② 重，疑應爲"重要"。

三　月

初一日　晴　四月十一號　星期三

早起外出一次，午前補抄件之未竣者。連日咳嗽未愈，且濃痰多，喉頭時時發癢。

初二日　晴燥　四月十二號　星期四

早起到三佛閣廟中借得居士所抄《虛雲老和尚事蹟》一册，和尚今年一百十七歲，尚在江西永修縣某山爲方丈，守現時法令，仍帶諸僧種田，聞能荷鋤也。細閱此本，首有李濟深題簽，俗家湖南湘鄉蕭氏，父名玉堂，曾爲閩泉州府知府，母顏氏。生時爲肉一團，大駭且慟，遂氣而死。次日有賣菜翁來剖團，則男也，爲庶母王氏育之。自小不茹葷，讀書不樂，見佛經乃好之。年十七，其父爲之娶二妻，一田姓，一譚姓，與同居而實未婚，後遁至鼓山，禮妙蓮長老出家。庶母王氏並田、譚經其勸後均出家。譚氏在湘鄉某寺，尚存，則已逾百歲矣。初名古巖，字德清，後改今名云云。作書者名鼓山侍者，蓋民國十八年虛雲挂單遊各省及滇藏並泰國各大寺而歸者也。又記民國卅一年冬，國府主席林森曾派屈映光往粵接虛雲至重慶主持護國息災大悲法會，卅二年一月十七在慈雲寺開示講經多次，當時要人如戴季陶、曾養甫、何敬之、周北棠、林前光、易崇賢、黃蘅秋、周仲良、潘普利等，或爲其先人超薦祈福等事以及法語誦經，均爲記載。予邇時在施南，實未聞及也。總之年逾百歲，身歷數朝而健如鄉叟，必有夙根者。予癸亥在閩，曾住鼓山二日，未聞其事。民十八回閩主持鼓山，予又已歸。幸前年癸巳九月初十，予與張深安親見其人，與談數語，望之不過七十餘人耳。問其過午即不食，夜則趺坐，不睡似睡亦不過一二小時而已，今則一百十八歲矣。飯後楊湖樵來坐談，告以劉嘯篁由施南返巴東住家。

初三日　晴熱　四月十三號　星期五

早起外出一次。午後寫字條二張，寫信與孫愚夫，約其來租黃姪屋。

初四日　晴　四月十四號　星期六

早起，今日未出門，畫小件未成功。下午參室送薪水來，晚間外出購物即歸。晚仍咳嗽。

初五日　晴熱　四月十五號

今日外出買應用之物。

初六日　晴熱甚　四月十六日　星期一

上午訪愚夫談半時出，來往均乘三輪車，因帶香生一路，便引之到館吃水餃歸。連日天熱甚，晚間蓋被不安。

初七日　晴熱　四月十七日　星期二

今日寫字二條。晚訪尚立，問以明午看展覽會在何處乘車，談片刻出。連夕以熱又兼咳未已，久未出城，思藉看展覽一換空氣而已。

初八日　晨晴　八時忽變　九時大雷雨
　　　四月十八日　星期三

早起見太陽，未幾氣候大變，八時雷雨忽來，自後時晴時大雨如注，時時大風，天氣極不正。三月三之風暴未起，今日乃見之耶？晚八時風更烈，氣候轉寒矣，天意之不可測如此。

初九日　晴　四月十九日　星期四

初十日　晴　四月二十日　星期五

早起，今日至醫院看病，診予者爲張醫生，黃安人，年近六十。給予開參芪膏、歸脾丸二種，並以銀翹片，謂可治頭暈也。出院後便訪高宅，與高運籌之妻談半時出。又訪馮亞佛及玉兒處詢各事，乘車歸。

十一日　晴　早陰　四月廿一日　星期六

早陳少武來談一時許去。閱報知東湖牡丹開已久矣，明日星期日，決計帶兩兒同去看牡丹，蓋二日恐花謝無可觀也。

十二日　晴　陰　下午晴熱有風　四月廿二日　禮拜日

早起，八時半吃麵畢，帶定生、香生乘三輪車至東湖公園門首下車，計行一小時之久。先看陳列館中各銅鏡，佳者甚少；看殉葬出土之各陶俑，佳者多，可見古代陶器之精美不減於明清之瓷料也。嗣尋得牡丹花圃，開後凋落者已三分之二，餘如水紅、深紅、紫色、白色者尚有十餘株，似已開逾六七日者，遲一二日即盡落矣。含苞未放者僅淺紅一株而已。"有花堪折直須折，莫待無花空折枝"，可稱切實之句。十一時出院，乘汽車至胭脂坪下車，過武昌路洞中至閱馬廠又乘三輪車歸，十一時半午飯尚未熟也。看花之目的已達，節省時間，不過多出車錢而已，大面遊歷名勝，只須交通費充足，可以省時間遊各省矣。晚間作五言一首詠牡丹，明日當改正書之。晚十時寢，至次晨五時半方醒，可稱美睡。

十三日　晨五時大風　晴　四月廿三號　星期一

六時起，大風，天氣變寒，又換棉衣。午後補成前四日所畫山水長條已成，又畫蘭石斗方一張。晚七時至茶館聽戲、打鼓書，因長街添有一茶館亦賣茶，聽顧客多，此館遂冷落矣。

十四日　晴　午前熱　午後大風　晚大雨
　　　　四月廿四　星期二

前接通知，參室今日有要會，飯後乘三輪車去，乃知不開會，竟未再通知也。訪熊晉槐談一刻鐘出；訪李匡甫談片刻；紀雪肪正在診病，未多談；訪崔祥珩，云前詢《王觀堂集林》館中已清出，但須公函方可借。天氣先熱甚，忽沈暗，雨欲至，遂訪蔡心林談數語，仍雇三輪車歸。往返用去四角四分，刻正無錢，又添無味零用。晚七時以後大雨如注。九時半寢，寢後甚安，天曙乃醒。

十五日　晴　四月廿五號　星期三

無事可記。

十六日　晴　午後風雨　晚大雨　四月廿六號　星期四

早起至醫院看病，往返均乘三輪車，計用去四角四分。下午三時天氣變，風雨交作。昨服張醫生藥方，頭暈好些，且能安睡。

十七日　晴　四日廿七日　星期五

早起訪曹君看書，便訪志純還其款。飯後清理書籍，晚間仍服中藥，九時半即寢，甚安枕也。

十八日　晴　午後陰　四月廿八號　星期六

早五時三刻起，昨夕寢後甚安。午後寫字二條。

十九日　陰　四月廿九號　禮拜

今日下午寫字二條。

二十日　晴　四月卅日　星期一

連日疾已減輕，晚睡亦安，惟頭暈時作，或係虛火上炎耳。

廿一日　晴　五月一號　星期二

今日為五一勞動節，同居各家均早起去，定生起得更早，蓋去遊行也。下午鄧實來談去秋及今春事約二小時去。晚間氣體似轉好，十二時醒後氣體舒適，仍安寢，腰稍痛。

廿二日　晴　五月二號　星期三

早起頭暈稍愈，足軟身倦，未能出門。在家作畫一幅，寫詩條三張，清理各事。黃昏時外出一次，以足軟未能走遠遂回。九時寢甚安，至天曙時方醒，蓋已連睡至八小時矣，是爲美睡，咳嗽亦減少。

廿三日　晴燥　大風　五月三號　星期四

早起外出，午後清理案上書籍。

廿四日　晴熱甚　晚大風　五月四日　星期五

早起至參事室開會，到者約六十人。原定八時半起，以爲十一時半可散會。中間發言者多枝枝節節，不足聽也，且有余某作種種肉麻卑鄙語，衆人厭聞，然其人向不知人間有羞恥事者。十二時未完，宣佈下午二時再回會。予三輪車往返二次去價五角餘，下午決計不去，飯後小睡二時再起。

廿五日　晴　大風　五月五日　星期六

今日下午至醫院打針灸，醫予左腿氣痛也，遇智泉略談，再就中醫向醫生請開膏、丸二樣出，便訪馮亞佛交字畫，談甚久歸。晚早寢。

廿六日　晴轉陰　午後一時小雨　自後漸大
晚雨達旦未止　五月六日　禮拜日

早起，早點後出訪愈友，並約同訪吳端偉未遇，再訪翟竹如，久候不歸，予遂乘車回，竹如亦同車來，留之飯。談一時許，並同往李宅看圖章，鷄血二對，血少，凍亦不佳，然係舊石，亦百年以上物也。田黃二枚不成品，蓋已摩去數次，故太矮。《聖教序》爲舊拓。餘字畫三件係贋品。李善棻曾爲鄂財政廳長者也，平生眼力差，當時又雄於資，以重價得各物，故真者不佳，偽者不能辨，徒爲骨董鬼生財而已。三時予候車約一小時乃得歸。晚飯後未作事，九時寢，醒三次，尿多。今夕又蓋厚被，天氣不可測如此。雨聲一夜未停。

廿七日　雨終日　五月七號　星期一

今日未外出，氣候轉寒。午後整理文稿，寫石鼓文二張，作詩二首，補題畫也。晚睡甚安。

廿八日　陰　晚大雨　大雨達旦　五月八號　星期二

今日參室送瞭解信來，答之，下午遇尚立，便請其帶去。晚間同屋鄒君接一繼妻，年卅餘，彼則六十四矣。前重男婦持炮竹來，擾擾致予不能睡，已十時矣。自是未睡熟，轉鐘二時醒，醒後未安枕。

廿九日　雨終日　五月九號　星期三

五時半呼定生起，彼今日須早到校至漢口看展覽也。予以疲狀，九時方起。今日爲晦，此月盡矣。今年春季辜負佳日，其實晴者不過六十三日，佔三分之二，然氣候或驟熱，忽變冷，極不和煦，致去年所期今春勿負佳日清遊者匆匆過去，蛙聲僅得聞一次，桃花未見一開，櫻花見開一次，再尋之零落已盡，菜花僅見少數，已逾期矣。流光如矢駛，似非清季春秋佳日之多也。閱報，北京骨董商某經政府許可、各幫組織上通過買得某大家天藍寶石一顆，大逾拇指，置日下發紫光，結晶中有六道放射綫狀，晚置室內發亮，呈顯明白光。又有碧玉山係碧玉質，各就所像以極細工琢成，有山有水，人物樹石、動植物無不逼肖。最妙者一小兒置炮竹於地上，左手捫耳門，右手持火引放炮竹狀。又有老少男女、水鴨，各肖其形，據測非三四良工琢三年不成者，去價二萬二千售出矣。此誰家物未載明，以予測之，當係滿宗室諸王所藏物，漢人大家那得有此耶。玩物喪志，有何益處。不知政府何以不將此物搜之古物陳列館，任群衆參觀也。

四　月

初一日　晴　五月十號　星期四

早起，連日摹寫石鼓文，頗有興趣，今日已寫七葉。下午補雨景、風景二畫已成，甚適意。去冬今春畫雨景七八次矣，從前所畏不敢落筆者，今竟能之。

初二日　晴陰　午後小雨　五月十一日　星期五

今晨泥工、木匠來修整前後屋，係公家派來者。予宅已收歸公家，只有自住之三個房不出租金，餘則前所租者廿五元歸其收去。予無力自修屋，送之公家較輕爽矣。晚寢後夢孟夫人歸，與予嬺甚，醒後慨嘆而已。

初三日　晴　小雨二次　五月十二　星期六

今日下午三時至劉止安處針灸，遇江炳靈亦到劉寓打針，便託以王出俊、汪文伯事。予謂君爲政府委員兼廳長，對王爲同學，對汪爲同事，彼二人現已到山窮水盡乞食無門地步矣。彼雖首肯，但能否做到則又一問題也。

初四日　陰晴　午後小雨二次　晚轉鐘後大雨達旦
　　　　五月十三號　禮拜日

早起，今日因候鄧用中送書來竟未出門。午後填寫參事室送來政協調查生話情況表。此等表記得填過三四次，人事廳、衛生廳似均填過。各機關關心我輩老年人福利，然實未得到實行也，仍不妨再填窘狀。字橫寫費眼力，明日補寫送去。晚寢後夢行路不通，僅里餘，爲指引者迷惑。男女老少同行者數十人，反爲指路之惡少詐索指路費，予身有新幣廿餘元置挾袋中，又慮其劫去，此時正午夜也，奇哉！此月睡後每多奇離之夢境，老來氣血虧，所謂心腎不支者也。醒後似解急遽之狀。

初五日　終日雨　晚雨達旦　五月十四號　星期一

今早補填表成，午後二時囑夢閑送去。泥木匠均來做工，打點做各項工作約半日，屋已薦正矣。此屋設公家接收去①，予那有此項款來修理耶？大雨終日，不能出門一步，悶坐而已，時檢《杜工部集》閱之。晚大雨至天明未止。

初六日　雨　五月十五日　星期二

昨夕以咳嗽，起坐床上飲水二次，睡亦不安。今日泥木工仍來、擾擾終日。

初七日　雨　五月十六日　星期三

今日天雨仍未出門，看雜書或悶坐而已。檢瓦做牆者仍工作。

初八日　晴燥　雨　五月十七日　星期四

早起欲外出買物未果。午後至湖北醫院看病，吳醫生仍照舊方開示，出後在盧智泉寓坐談半時出，取藥歸，便訪賀滙川談一時許，彼說寶慶土語，予未能全懂也。

初九日　晴燥　五月十八日　星期五

初八日未出門，會賀滙川及到醫院均係今日事，已誤書也。

初十日　晴　五月十九日　星期六

早起，上午整容一次，陳少武來談一時許去，午後晏文章來談半時

---

① "此屋"句，疑有脫字。

去。三時予外出買物，便訪愈友談一時許歸。

十一日　陰　夜十一時陣雨　五月二十日　禮拜日

今日出門買物一次，晚間十一時半大雨，聞前重田、孫二姓喧鬧不已，因今日瓦匠將前重掀起未蓋也。午後賀滙川、蔡西銘、鄒江濤來談甚久去。

十二日　早晴旋陰　午後五時雨　七時大雨如注
五月廿一日　星期一

早起外出一次，午後在家小睡二時許，起補畫件。七時大雨如注，此月十二天，下雨已八日矣，恐年歲有關。

十三日　陰　下午小雨數次　天欲曙時又聞雨聲
五月廿二日　星期二

今日天陰，小雨時作。前重堆瓦礫不便行路，予未出門，在家亦未作事，悶悶而已。晚九時即寢，睡甚安，作奇離之夢，似予出差某地，問一大旅社，居住新平房十餘間。又似養病，所云火食每日只五角三頓，主人雨岩，收發則楊錫玖也。繼至臥室，床被甚佳，惟予皮裘及領裇置牆未取，頗時時念及。大室中正開會，有董某坐在第三席，面有汗氣。予欲言而未果，將舊洋傘靠藤椅邊，大約椅有五十餘座。

十四日　陰雨　五月廿三日　星期三

今日外出一次，購各種紙歸。途遇楊錫玖，問以昨夕夢，彼不知也，一笑而已。但今日遇楊總算奇矣。

十五日　晴　月食　五月廿四日　星期四

今日外出買零件並訪孫愚夫。午後在家寫石鼓文。夜十時半月食初虧，十一時食甚，予起視一次仍寢，亦多夢，奇離之至。

十六日　晴　五月廿五日　星期五

早起外出一次。今日泥工將廚房兩個俱做好，明日清理積渣，此屋以後可解除一切顧慮矣。

十七日　晴　陰　小雨　五月廿六　星期六

早起，連日天氣不正常。下午一時半至醫院看病，張醫生開方，用和氣血及黃芩、桂枝。便訪盧智泉，聞其住院割盲腸也。歸後小睡。連夕晚寢尚好，但多雜夢耳。

十八日　晴　時有小雨　五月廿七　禮拜

早楊湖樵送劉嘯篁回信來，謂巴東秋風亭碑文不准抄，因有幹部辦公室也。予在巴東遊亭三次，當時未暇抄也，當檢當時日記查看再補。因前月作詩爲補稿。十時少武來，與同訪葉福五先生，談半時出。

十九日　陰　小雨　午後小雨　五月廿八　星期一

早起，連日左股骨內仍痛未止，打針未見效。午後補抄各未竟之稿。

二十日　陰　五月廿九日　星期二

左腿仍痛，寫信約泮香來，寫字稿、閱雜書未能入也。欲至郊外一遊，苦無伴。三春佳日甚多，未得暢遊，首夏亦晴雨不時，致時光負却矣。人生如寄，前聞老友曾心如病死，年七十四，此君一生謹慎迂執，未發展一年半載，幸有此養老月薪卅七元，得以不餓死，亦倖也。

廿一日　晴燥　五月卅日　星期三

早起內子帶香生過江看展覽去。下午一時泮香來，留之酒食去。文伯來，亦留之，惜飯僅二碗，已許與泮香食也。

廿二日　晴熱　五月卅一日　星期四

早起，陳少武來，談及張難先送彼與殷子恒各十元。殷子恒年八十二，少武今年八十。老友窮困，得張補助之，以此舉論，張尚非全勢利之人，亦不可盡以虛僞論矣。午後寫雜文、補天國史料。

廿三日　晴　極熱　六月一號　星期五

早起外出一次，午後補天國史，以期此月寫完畢。晚早寢，奇夢，予又爲馮婦到隨縣，董君爲予解說一切也。

廿四日　晴　大熱　八十八度　六月二號　星期六

早起，以熱未做事，欲往院看病未果，左腿氣痛似好些，未去。午後清理書籍歸箱，並洗濯文房各件。出汗乃得洗澡一次，洗後身體快然。

廿五日　晴熱　小雨　六月三號　禮拜

連日閱報無多事，午後外出一次，晚補抄各文稿，補未竣文詩雜稿。予無毅力，久久期於去臘將平生詩文於七十歲整理齊全，而竟未能也。

廿六日　晴熱甚　六月四日　星期一

早起至醫院針灸。車行至武昌路又攔栅不能通過，轉而至司門口上山，下山至糧道街，到院已九時半矣，針灸幸未候。針畢順道在馮亞夫[①]寓坐談久。十二時購得各物，乘三輪車歸。午後二時孫愚夫來坐談甚久去。晚十時寢，多雜夢。

廿七日　晴熱　午後六時半大風雷雨　六月五號　星期二

早起。九時葉福五先生來回拜，年八十六矣，身體胖，僅耳目稍差

---

① 夫，應爲"佛"。

耳。談半時，因予欲理髮，遂辭去。剃頭後午食，十二時半小睡二時。下午三時梁維亞來述各事，坐一時許去。

廿八日　晴　今日芒種節　六月六號　星期三

早起，粘幼年窗課策論本子，以襯頁成四本，又粘前月購得填詞圖譜並詞約三百餘篇，皆唐宋名家之作。此君對填詞似用功甚久者，惜未知其為何許人也。晚范尚立帶來參事室福利費十五元。

廿九日　晴　時有小雨　六月七號　星期四

早起，午後補抄史料一小時，整理書籍。今日左股內氣仍痛，感熱氣似減輕，明日當再炒鹽揉之。晚寢後夢雜可笑，又出差，又謀一縣署科長，又本籍縣長尚未去見，似又欲請其維持一事。又忽憶及出差過公安縣並鄂西某縣，晤及從前舊紳耆敘舊，歡甚。此真夢中夢也，可笑，可笑！

三十日　晴　時有小雨　六月八日

今日往訪愈友談各事。午後整理書籍，訪梁維亞談半時出。閱報無多事，近一旬來均如此。

五　　月

初一日　晴　時有小雨　午後五時大雨一次
六月九號　星期六

早外出購驅蚊器及電池等等，共用去四元，途遇李愈友談數語。歸後檢舊作畫件懸之。三時參室送薪水來。

初二日　晴陰　小雨　六月十號　星期日

早起外出一次，買應用物及各色紙，去價一元一角，較之解放前貴三分之一。近時公私合營，各店不准說漲價，只說是調整。午後小睡。連日咳嗽已愈大半，惟左腿骨間痛未愈也。

初三日　晴　陰　午後六時半大雨如注　至八時半稍止
六月十一號　星期一

早起外出，午後又出門買零物歸。聞內子云，陳君代買戲票不能退也。予不愛話劇，即從前所稱"文明戲"，無鑼鼓管弦者也。七時出門，雨大，候三輪車，以人多不得坐，乃至汽車站搭汽車。斯時風雨更大，到閱馬廠劇園中褲襪俱濕矣。所謂特座者距臺遠，座係皮沙法，窄而進入極困，坐即溜下，欲伸腰坐又感困難，熱悶不可耐。聞設計者為文化局長伍某，吳①某名和，聶某之壻也，其心窄可知矣。戲名《千山萬水》，園中人滿，不能吐氣，所置小電扇十架不開，空氣污濁，場中發生奇臭，予對此不感興趣，演至五幕即歸。出門無車，已十時半矣。步行約四十分鐘到家，疲甚，深悔今夕孟浪去矣。

初四日　晴　六月十二號　星期二

早起，八時半同鄒苾衡至文物館看饒叔光日記。自民國癸丑年二月寫起，至十九年七月止。敘事太略而重複，又每有連至十餘日無一事記者，未書氣候晴雨，殊無可取。與予前所聞以為有精采可錄，今日大失所望矣。另有詩稿四本，雜文、序記、傳牘等等廿餘冊。書法學蘇不肖而筆弱，詩文、書啓更談不到大雅，遑問唐宋體裁，桐陽文派耶，不知此老當時何以得翰苑也。記中及書牘中所記之人如尹仲韓、陳豫生、賀庸甫、謝石欽等為最親交情。想此老沈淪之故，在漢口教讀甚久亦非無因矣。明晨當再往一閱，想大體與予批評不再有變詞也。午後二時半乘三輪車至大橋下，步行至湖北醫院看病，張醫生仍開虎潛丸、參蓍膏歸。汪文伯、王小齋先後各乞一元去。今日在徐難愚家坐談甚久。

---

①　吳，前文爲"伍"，必有一誤。

初五日　晴　端午節　六月十三日　星期三

上午仍至文物館查閱饒叔光日記，無多可采者。午後端節，今日共飲酒三次。晚間以香生隔食吐飯及痰，擾擾半夜，未安眠也。

初六日　晴　六月十四日　星期四

早至館欲再閱日記，值館中開會，門已鎖矣，未能入抄，乃看裱匠裱金寫佛像，海崙僧手筆，明天啓時舊物也。據跋云，先祖某公任川東道時所買藏僧之物也。

初七日　陰　曇　晴　午後大風　旋雨　六月十五日　星期五

今日氣候不正常。上午至館抄饒日記，聞其説宣統二年由法部主事調至學部普通司主事一段，知其年爲四十五歲。饒作文及雜作均不佳，詩未脱俗氣，録三首歸。其原詩約四百餘首，無可取也。其人必笨，讀書多未能變化，故不能入古人堂奧也。陳樹珊又來訪，並同一女子名王迪者欲買琴譜。内子不知譜所在，彼乃留言以去。

初八日　晴　六月十六　星期六

今早寫信致陳樹珊，答其問琴譜事也。上、下午飲酒二次，今日爲予生辰。七十一歲，兒孫俱在籍，五、六兩兒在寓，予住宅自五月份起已歸公，月給予以六元餘津貼。前許五元，彼又增一元三角八分，如何算法不得細問。房管科前日又將所有權狀退來，大約名位上仍朱姓也。嗣後稱宅爲寓矣。此旬咳已愈，惟臀左部又生疽，痛甚，即俗稱"臀尖"者。近骨處氣痛亦未愈。

初九日　晴熱　六月十七日　禮拜

早起清理室中各事。外出買酒一斤並皮蛋七枚，又廣柑酒小瓶，廣州出產也，素未嘗過，好奇心驅吾用此四角六分也。十一時玉兒帶同三孫來吃飯，下午二時去。胡林太連幼姪、壽銀姪孫均來，留之飯。彼二人以禮拜到此，不知予生期也。五時賀覺非來訪，談一時許，問辛亥起義事。因其來三次，予均未見，今日須答復也。坐久，予已不耐，遂辭而小臥，彼與鄒君仍談半時方走。賀，竹溪人，生於清宣統二年，今年四十七，在工農中學教歷史，集各處史料，據説已訪起義時同志老人三十餘家，集手書或刊本十餘種，欲編近百年史者也。靜看其成績如何。

初十日　晴熱　六月十八　星期一

早起爲陳少武做詩稿叙一篇，題詞三首。陳於光緒丁未得皖人江峰青之女名孽兒者，其間經過盤根錯結而成夫婦。孽兒能詩，現爲陳鈔憶者有百十餘首詩。雖格律不嚴，然多有新穎之句，聞係其繼母王氏當時所教者，亦奇女子也。曾在日本與秋瑾同學二年，醉心革命排滿，其父是時任江西府道等缺，後仕至高等審判廳丞，聞亦名進士。此女能詩，能出洋，然以顯宦家應忠於清室者而乃喜革命，亦奇矣哉。予寫此序而心中有疑者，陳君是時以一布衣就峽江縣署一書啟教讀耳，而此女□垂青眼，又知陳君家有正室，乃下嫁之，寧非怪事耶？緩當細問之。

十一日　晴熱　晚雨甚大　六月十九　星期二

今日在寓整理文稿雜件，未出門。午後愚夫來，囑内子引去看房子，據説不合用，當再爲打聽。得亞佛函，買書事須遲日，又云少武已病，予爲之題詞稿哲之、少紹①均先閲過。

十二日　早小雨　午後晴熱　六月廿號　星期三

今日整理文稿，寫日記叙言。午後接陳樹珊復函，謂首義路謝復老彈《平沙》一曲甚妙。謝何人耶，未之見也，容探明一訪。

---

①　紹，疑應爲"武"。

十三日　晴熱　六月廿一號　星期四

今日整理日記、文稿等等。午後熱甚，未出門，閱報無多事。

十四日　晴　陣雨　月色昏黃　六月廿二　星期五

今日整理日①，總想將敘言寫起而精神疲甚。年老氣血衰，非如前輩人歸林下後養尊處優，境遇好，心神曠，閑中秉筆，興趣多也。

十五日　晴熱　南風　六月廿三日　星期六

十六日　晴極悶熱　午後二時大雨　四時以後尤熱
六月廿四號　禮拜日

昨得陳樹三函，謂今午須至王忠宅集會彈琴，約予去聽謝叟之《平沙落雁》也。十時半往廣里隄王宅晤張萍舟、黃某及二女士。坐未久謝來，字復華，安化人，年六十二矣。據說從前學琴於田述群，現爲藝音專科教授者也。黃某彈《漁樵問答》甚熟，非盡田傳，與楊時伯所傳小異。謝彈《平沙》，指法似生疏者，據說琴不應手，亦田傳而參以楊派者。其二人所彈尚不及羅資生手法純熟也。予坐一時許，仍回王宅。房小，熱甚，彼留予餐，堅辭之，許以陳樹三來時再來聽琴。午後二時悶熱甚，大雨三四次，略改涼。四時王、黃、謝、張同樹三爲初見面者請閱予琴並琴譜抄本，談一時半乃去。六時以後天熱如蒸，夜不能寐。

十七日　晴　南風　夜小雨　六月廿五　星期一

早起至醫院看病，乘車至武昌路山洞口不能通過，予因忘其爲十二至下午二時之間乃放行人通過，乃隨群衆翻山過去，頗吃虧不小。到院仍爲張厚君醫生照原方發藥。出便訪智泉談半時，順路至亞佛家談半時，

---

①　日，應爲"日記"。

再雇車回家。

十八日　早大雨　午前十一時晴　六月廿六　星期二

早六時雨，天呈金黃色，可照地上諸物。予丙寅秋在沙市局中見過此象，立刻大雨如注，今晨亦同此狀也。八時半雨稍小，至文物館抄書，十一時半歸。

十九日　早小雨　晴熱　午後五時半大雨如注　一時餘乃止　六月廿七　星期三

早起，八時至館抄書，清初至道光十二年進士錄可畢，道光以後則無考也，當至圖書館一問。清代狀元，江蘇有卅九人，道光以後尚未調閱，及浙江廿人、安徽七人、湖北三人。餘則粵二人，秦、閩、贛、豫、桂各一人，桂為陳繼昌，三元也。川、晉、滇、甘、黔等省無有也。文風之盛，寫作之佳，自然首蘇、浙，然亦山川靈秀之氣所鍾也。午後六時雨大，為今歲所特紀載者。

二十日　早大雨　悶熱　六月廿八　星期四

早起，以雨大未止，十時方去抄書，約一小時即歸。昨得鄂城周媳函，請買治久瘧丸藥與萬氏治疾。問之張永年，仍以別甲丸為相宜，明日當買之寄歸。

廿一日　晴　悶熱　六月廿九　星期五

早起至館抄書，明代已抄大半，計明日當抄畢。晚寫信並楊濟民函，囑其寄花青來。別甲丸已跌價為每兩二角，從前每兩五角或四角也。將丸用盒加木片縫好，明晨可寄回去。寢後夢甚雜，又似回鄂，又似再為黃岡宰，因一時幕賓未延齊未去也，奇矣哉。

廿二日　晴　悶熱　六月卅號　星期六

早到館抄書，十時已全畢矣。清道光廿七年以後無之，擬再至圖書館補抄。十一時至郵局將丸藥寄去，郵費連挂號僅二角四分。午後四時乘車訪孫愚夫，爲彼租屋事也。

廿三日　晴熱　七月一號　禮拜

早起鈔《詞律》各牌名，有九百廿三譜。昔時在恩施教詞，僅借得圖書館《詞律》一套，略一瀏覽即教學生，並未細研詞學，不得已檢卅歲以後詞四十餘闋印以示範，即今思之，殊爲愧怍而已。

廿四日　晴　極熱　七月二號　星期一

今日仍抄詞之名詞。老來不能記憶，倘在少年，詞學大進矣。

廿五日　晴　極熱　七月三號　星期二

天熱，作事少，中午尤熱不可耐，晚睡亦不安。

廿六日　晴熱　七月四號　星期三

閱報，近日漢水大漲，江水以洞庭湖水泛，聞已超過境界①水位矣。

廿七日　晴熱甚　七月五號　星期四

晨起天初曙。連夕熱，寢不成寐也。八時陳少武來談甚久，留之午餐去。予畏熱不敢出。中午欲睡，天熱如蒸，又不能小卧安神。每逢伏際，真爲苦境矣。

廿八日　晴熱　九十二度以上　七月六號　星期五

今日補抄詞牌已畢。詞名已多，而又加異名，一名而數異，古人何

---

①　境界，疑應爲"警戒"。

如此之好奇，恰與近代人之喜翻新樣。吾知當日處斯境之高明者必竊笑其旁矣。據萬紅友所編輯《詞律》，連異名者共九百廿三，僅記其名亦不易矣。勿爲①詞爲小道，不能填詞者而妄批評他人填詞也。

廿九日　晴　酷熱　上午九十四　中午九十七度
晚十一時東北風　改涼　七月七號　星期六

今日奇熱，未能作事。手不停扇，晚熱不能睡，十一時有東北風，改涼矣。

六　月

初一日　晴熱　九十三度　七月八號　禮拜

早起，昨晚有風，氣候稍涼。中午仍九十六度。晚間轉熱，無風，各家集天井及堂屋中睡，展轉不寐。

初二日　晴熱　早八十八度　午後九十六度
七月九號　星期一

早起補寫日記，並寫瞭解信一件。晚悶熱甚。鄒江濤送題木蘭詩二首，爲文史館長作也。雲門、西銘均來談甚久去。宿堂中，手不停扇。

初三日　晴熱甚　南風　九十六度以上
七月十號　星期二

今日熱甚，下午室內外如炙，令人難受，未能作一事也。

---

①　爲，疑應爲"謂"。

初四日　晴　極熱　九十五度　七月十一號　星期三

連日熱甚，未能作事。聞各機關改爲上午辦公，下午休息。參事室僅星期一上午學習一次，餘日均休息，作放暑假之例也。

初五日　陰　曇　早大雨如注　今日初伏
七月十二號　星期四

今日天氣甚涼。接江濤、亞夫函。九時半校文來談，留之看字畫，談詩及近事，飲酒二杯，飯畢坐一時許乃去。

初六日　陰涼　早四時大雷雨約二小時乃已　晚小雨
七月十三號　星期五

今日天氣陰涼。飯後乘車訪亞佛，爲賣書事，遇哲之、少武、漢凌在其家，談二小時方歸。下午六時天又小雨。

初七日　晴　七月十四號　星期六

今日欲看病，慮人多難候未去。午後在家清理文稿，記甲辰年是日下午四時半，先君到武昌福壽菴街予寓中。五十三年前事，屈指科舉停廢已五十三矣。

初八日　晴熱　七月十五號　禮拜

早起清理詩稿，午後外出購物，半時歸。汪幼丞來談，予問以縣中各事。

初九日　晴熱甚　七月十六號　星期一

早起，午後補彙詩集。

初十日　晴熱　中午九十二度　晚七時半大雨如注
七月十七號　星期二

八時詹君來取去《百子全書》頭本去，並介紹彼至馮亞佛寓看書。正午熱甚，至九十二三度，室中如烘，不能吐氣。晚七十①半大雨如注者一小時。十二時以後房中仍悶熱不散。

十一日　晴　時有小雨　七月十八號　星期三

上午整理詩稿，將《丙子倡和集》補成，須添三人入內，約泮香明日來寫。

十二日　晴熱　八十八度　七月十九日

今日熱甚，未作事。

十三日　晴　極熱　九十一度　晚小雨片刻
七月二十日　星期五

九時泮香來清理補寫之稿，留之飲酒二杯，皮蛋佐之，十時乃去。下午更熱。孫愚夫三時搬家到傅宅，予囑內子先往，招呼女工同去。晚間至孫寓一看，熱不可耐而歸。

十四日　晴　酷熱　九十三度　晚無風　更熱
七月廿一日　星期六

今日熱甚，室內外如烘。午後四時半愚夫來談一時去。晚熱不能睡。

十五日　晴熱　七月廿二號　禮拜

早起即熱，六時五十分天空有白烟如雲狀者四條，長三四丈，平行

---

① 十，應爲"時"。

橫飛天際，由細漸粗，由濃變淡，約半時乃散，此何故耶？惟前半時有飛機三架過高空，或者吾國空軍試驗何物耶。旋有人來云親見飛機放出。

十六日　晴熱　九十三度　七月廿三　星期一

今日晴熱不能作事，晚九時有風，稍涼。

十七日　晴熱甚　九十四度　七月廿四日　星期二

今日熱甚。上午至博物館看畫，大幅，吳滔及沈師所作山水，足六尺心，樹、山均密，非沈師佳作。以年丙申推之，師是時僅二十七八耳，款係送張文襄六十壽者。師之作品四十歲後爲佳，惜未六十即卒耳。便訪愈友、志純談一時許歸。愈友贈予以黃安土產煨葫蘆、珍珠花二種歸。

十八日　晴　酷熱　九十五度　晚熱不可耐
七月廿五日　星期三

今日熱甚，不能作事。閱報無新紀載。

十九日　酷熱　九十六度以上　下午六時半大風暴
三時乃止　夜十一時又大風　七月廿六日　星期四

昨晚熱甚，不安寢。午後三時乘車訪孫鴻儀，其住宅已相安矣，六時歸。途遇風暴至，三輪車致不能行。滿街樹枝，因兩旁矮樹俱吹折也。晚寢後又來風暴三次，天氣驟寒，予起覓衣服再寢。

二十日　晴　八十六度　晚涼　七月廿七號　星期五

昨夕雨不長，今日仍熱，定生隨學校昨日往東湖露營，通令也。午後看書報，無事可紀。晚寢多奇怪之夢，連夕如此，已不足怪矣。

廿一日　晴熱　九十度　七月廿八號　星期六

今早出門買物。午後熱甚，臥房中地板上，室外陽光如火，可畏哉。

曾往醫院看病。

廿二日　熱甚　九十三度　七月廿九　禮拜

今日不能作事。報載埃及爲巴拿马①運河收稅事已圍法軍及工廠，驅逐辦事人員，對英、法、美以直捷打擊云云。不久似將有事變出者，靜看如何耳。

廿三日　晴　酷熱　九十三度　七月卅號　星期一

今早參室送來加薪四個月，共數四十六元六角。得此非意料所及，以前只云加百分之十四點五，久候無信，因故也。

廿四日　晴熱甚　下午五時有風　七月卅一號

今日補寫詩稿，午後外出一次。

廿五日　晴熱　風雨　晚涼甚　大北風　雨數次
八月一號　星期三

早起外出，午後四時半有風，晚風大，涼甚。予自本年三月廿一腎氣舒適後近九十三日矣，今夕風涼，身體安適，安睡三小時乃醒。定《湖北日報》一份。

廿六日　晴　風　涼甚　八月二日　星期四

早起身體舒適，惟足軟未出門，在家清理各事。午後四時半寄信與鄂城，並匯十元去。設非補薪，此月又受窘矣。

廿七日　晴　晚涼　八月三日　星期五

今日足仍軟，惟腰不痛。前六日食西瓜感寒，連服銀翹解毒片二瓶，

---

①　巴拿马，應爲"蘇彝士"。

計廿粒，咳已愈矣。藥須對症，不必用貴藥也。

廿八日　晴熱　九十度　八月四日　星期六

今日未作事，室內外如烘。報載蘇彝士運河事，英美主張用武力，埃及人主抵抗。

廿九日　晴熱　九十二度　八月五號　禮拜

報載埃及事未解決，亦無調停者。連夕熱甚，宿堂屋中。今夕夏乃四自其鄉來，云其父炳臣前旬病死鄉間，年六十八矣。炳臣自民國十五年四月依予爲僕、爲衛兵、爲厨房，沙市、蒲圻、黄岡，均忠實可靠。解放後曾到胡林及省寓五六次，住旬日即歸，戀戀不捨，今竟病死窮死，傷哉！予自壬子司獻黃安，得僕人胡太懷、太輔，羅國貞等六七人，今僅存國貞一人也。

七　月

初一日　晴　極熱　九十四度以上　八月六號　星期一

早起，望日光可畏。午後臥室中地板，避堂屋中炎威也。報載埃及事似未擴大，只看英國威駭情形如何。晚熱未減，宿堂屋中，轉鐘後方入房寢。寢後夢杜衛初云自獄中染病取保出，談片刻竟去。旋見孝谷着藍竹布小袖長衫來予家述各事。予謂君出獄已釋放耶？彼云因病，大約以後無事云云。予謂衛初剛去，惜未與君一見也。醒後細思夢境，作詩三句，有"藍衫仍樂服"之句，枕上默默未已，鷄已鳴矣。展轉思之，不得其解。衛初去年晤過，今年不知消息。孝谷或可望釋歟？

初二日　晴　酷熱　九十六度　今日立秋
八月七號　星期二

早六時醒，聞遲生帶同長孫自縣中來，予起問各事。十一時遲生始言，四月十五日縣中建築水利局宿舍，將西門外予族與張、孟共有私山名普山者，祖父、祖母、叔父三墳俱遷取葬九曲亭下官山中，予心傷甚。細問情形，遲生乃詳述經過。鄂城水利局做宿舍，劃定予家私山及與張、孟二姓合有之普山，已劃定三分之二為宿舍地基，掘墳一百餘座，誰敢拒抗？孟姓族人不管，朱姓僅有城外二家來清理，張姓則無人過問也。是日為陰曆三月初五。檢祖父母及叔父三骨骸，尸肉、衣服早與石灰化矣，頭蓋骨三墳俱不完全，用紙烟箱三枚裝運九曲亭下官山向東照原位置葬之。傷哉！予聞之涕下。

初三日　晴熱甚　九十六度　八月八號　星期三

早起乘車仍為古樓阻隔，翻山，山路已狹，不易行矣。至醫院看病遇曾雨村。今晨未耽延時刻，十時出，便訪亞佛談半時出，訪孫愚夫坐談一刻鐘即歸。昨日交秋，今日天熱更甚，晚七時似他處已下小雨者，八時堂屋中尚涼爽。遲生帶長孫往周家去看看。予細思昨述遷葬祖父母、叔父三墳事，心煩亂難寢。祖父沒已六十年，祖母沒已七十一年，叔父沒已五十六年。據遲生說，祖母棺似全腐爛，祖父棺較好，惟不能抬起。予記置此棺時，係陳茂如世兄代在漢陽購木料下縣者也。祖母與叔父棺原不甚好，聞予母云，祖母沒時家境最困，叔父病沒時值祖父謝世之欠債未清，吾父亦處困境也。嗚呼！豈料時至今日有暴骨遷葬之事耶。

初四日　晴熱甚　九十四度　下午更悶熱
晚十時大雨傾盆　八月九號　星期四

今日悶熱，午後遲生同長孫又來，謂昨宿艾家，晚飯後予囑帶孫急往周家去，慮有雨到也。九時大風忽起，十時將近，大雨吼至，急迫萬狀，實予自恩施歸後未見此大雨也。僅三十五分鐘，街水與天井水合匯，頗駭人，各家屋漏，喧聲一時乃止。噫！自日寇內侵與復員後，予所經歷天氣之變，如大風、大雨、大雪、晴熱、地震，均為民初清季所未見者也。如近年廣東氣候變寒，前年、今夏北京變熱皆是也。地球寒熱亦有變化耶？

初五日　晴熱　上午八十八　下午仍九十
八月十號　星期五

上午未作事，下午一時遲生來，欲回家，給以三元川資，帶長孫四時別去。此次遲生來所述均動予感慨者。袁芷青今年正月死，年未七十。芷青近七年處境極壞，怨氣時多，宜其死矣。孝谷雖存，尚未出獄，昨日呂景芳尚來問及之。徐平夫八十二，臥床不起，神智不清，縣中已無友人存在。祖母外家晏姓不知尚有存者否，母親外家吳姓亦無人來往。去年聞表嫂李氏八十餘尚存，今年則不知如何。皮婆年未七十，聞尚來縣宅一次，窮苦萬分。夜寢展轉思之，感傷而已。遲生前日云縣中趙茂林去冬謝世，年六十七，窮困殊甚。

初六日　晴熱　九十度　晚大風轉寒
八月十一號　星期六

今日清理案上積件，中午補寫雜稿。

初七日　晴熱　午後陰　晚無月　未見天河
八月十二號　禮拜

今日上午清積件，備秋涼完成詩□雜稿。太平天國、辛亥起義二史今年一定畢業，不能再拖延也。今年七夕憶上海事，是時蕙芳在漢口郭宅教讀。

初八日　晴熱　九十度　八月十三號　星期一

上午檢張廉卿硃卷抄之。此老年廿一歲八股文如此之真潔不可及也。五策尤詳明，無怪後來以古文名世也。晚憶蕙芳今夕病狀已至絕境，予是夕宿黃州之文昌宮待其作遺囑，傷哉！寢不成寐。

初九日　晴熱　晚有風　八月十四日　星期二

今日未作事。

初十日　晴熱　晚有風　八月十五號　星期三

今日清檢已裱字畫四十餘件，未裱者六十餘件，再將最佳剔去廿件作展覽會出售之品，天涼中秋前後借參事懸挂舉行之，便宜售出，總可得二百元補償予之積欠也。晚夢甚雜，以後須安心腎，忽①妄動。

十一日　晴熱　晚涼　八月十六日　星期四

今晨擬到醫院看病未果。午後清理書籍，亦欲賤價售去，留此無益也。解放以後予以貧病交加虧欠不少，益以鄂城兒孫六口之累，月須接濟。自此屋收歸房管處之後，月少廿五元收入。除雜税及臨時修理費外，本可餘十五元，今則只有七元收入而已。房產處尚云退租爲予之生活補助，何矛盾也？予屋公家代爲修理，費計用去三百三十元，僅一總墊賬相示，奇哉。

十二日　晴熱甚　晚涼　八月十七號　星期五

上午清理字畫，午後再爲分類用紙包之，列入一單定價格。晚寢後多奇離，麻城林家請予吃飯，予最後畢，同席五六人非相熟也。陪客年輕，林姓，稱彼曾在予邑詳詢予之身份者也。

十三日　晴熱　東北風　八月十八日　星期六

六時起，七時早點畢，乘車至醫院看病，遇鄒嶧儒、曾雨村。診予者爲向醫生，云不另開藥，只參芪、杞菊、歸脾三項足矣。取藥出，便訪盧志泉、李愈友談半時歸。飯後閲報，見載宜昌《三遊洞記》並繪圖。

---

① 忽，疑應爲"勿"。

因感於民廿七年抗日時避地三遊洞事，今又過十八年矣。速寫此圖爲武石，湘人，現辦民衆藝術館者，前月曾來訪予，爲購鄂城宣紙事。夜涼早寢。

十四日　晴熱　八月十九號　禮拜

今日清理畫件未裱者約卅件，明日當立簿記之。

十五日　晴熱　晚涼　有月色　八月二十日　星期一

今日有來購畫者三人、二人各一次，云爲古畫交流者，不可信。

十六日　晴熱　八月廿一日　星期二

今日未作事。閱報，埃及與英法爲運河爭執，正在開會。

十七日　晴熱　晚涼　月色佳　八月廿二　星期三

今日將五月間所作未成山水長條補作完竣。時作時輟，此畫數月乃成，殊堪自笑，以天熱關係也。畫成頗得意，此爲予七十一以前佳作也，以後補題於其上，紀實爲要。

十八日　晴熱　今日處暑節　八月廿三日　星期四

今日起爲楊玉如作畫，紀其七十九生辰也。紙佳，較暑前爲馮亞佛之作爲好。明日可竣，補題詩於其上。以前久許，以其生辰在冬月，未急就也。

十九日　晴熱甚　八月廿四日　星期五

今日六時起。午後二時爲陳紹武作畫，紀其八十生辰也。陳生辰亦在冬月，亦須作詩補之。上午八時至十二時在參事開會，爲文化局請研究湖北各縣保護古蹟事。

二十日　晴熱甚　八月廿五日　星期六

早起，上午出外買物。午後至長湖南村訪汪金門。廿五號門牌已錯誤，自是亂找半時，卒未得也。途遇張戰騎車來，與談二次，衣濕汗多，此自尋苦惱也，歸後悔甚，何以不問清的確門牌耶。下午訪愈友談片刻，志純來賣去石章並退還予物。

廿一日　晴熱　午正小雨　午後陰雨數次　涼甚　八月廿六日　禮拜

早起，十時送款與王道心。訪亞佛、愚夫，各坐談半時出。午後寫二件，一寄汪金門，一寄鄂城胡林，囑太平送字畫書籍來省。

廿二日　晴　八月廿七號　星期一

今日未作事。下午來購書者二人，略與敷衍，買去《倪元璐集》並琴譜五本。

廿三日　晴燥　八月廿八號　星期二

今日補畫二件已成矣。聞武石來訪，未遇。晚寢作奇怪之夢，謂某地陷。

廿四日　晴燥　八月廿九日　星期三

早起發信並定《長江報》，由郵局歸。前日買明板書者名劉滿進，北京人，住漢口中山大道停雲旅館，又同萬某來買明板《洪武正均》及抄本。以價未妥，予亦不願賣也。今日晤見武石，湘潭人，上海美術學校未畢業者，從事政治多年，見其所作大幅山水寫實如速寫畫之類，與予宗旨不合，談半時即歸。

廿五日　晴　燥甚　八十五六度　　晚有月色
八月卅日　星期四

早訪馮亞佛未遇。在益善局問《四部備要》史部冊數爲五百本，親見其原書矣。午後天氣變熱，小睡一時許。晚睡前憶九月一號定生要上課，明日卅一，囑其同予渡江遊中山公園，一覽秋景也。

廿六日　晴熱甚　八月卅一號　星期五

早六時起，七時半帶同定生、香生渡江，先至各舊書攤尋舊書，晤蘇、汪、萬三人，知另一北京書賈，趙姓，年卅餘，認舊本較劉滿進爲差云云。十二時飯畢，聞民衆樂園白天不開放，一周內僅禮拜六、禮拜日售白天票。予遂帶兩兒遊中山公園，在園坐二小時飲茶，甚適。園中樹色深綠，蟬聲噪耳，天際白雲如綿絮，猶似盛夏景也。得詩二律，明日須修正之。買物多，今日一切雜用三元，以前月賣書費係意外，遂作尋秋之樂遊耳。

廿七日　晴熱　九月一號　星期六

今日清理抄本約三小時，頭爲之暈矣。午後未作事。

廿八日　晴熱甚　九十度　九月二號　禮拜日

今日外出二次，乘車四次，以足軟無力，不能不花此車費。參事室又來通知要開會，晚間訪愈友問此事，並托其請假。

廿九日　晴熱甚　九十度　九月三號　星期一

早起即熱度增高，秋陽如此厲害，真可畏矣。晚訪愈友，知桑稷門約予明日上午過江看其家藏書畫古玩云云，此機不可失也，決定明晨志純、愈友與予同去。

三十日　晴　大風　熱　八十八度　九月四號　星期二

九時與愈友、志純同渡江乘車至桑稷門家，初次晤談，從前在參事室見面未多語。彼爲前江漢關道桑寶之子，其曾祖曾爲某科會試大總裁者也。談半時，請其檢字畫一閱。據其妻，前存於抗戰期間又初期解放時失去十之九矣。現檢出扇卅餘頁，均嘉道時名家，咸同時則有賀壽慈、徐樹鈞、王萬芳，吾邑王家璧之泥金扇面寫得極佳。予在邑中所見王書未有如此者也。桑百僑上款各家多稱前輩者，蓋科分早之詞林也。漢陽關崇所書尤多，則桑寶上款。畫則如冠九之山水，秀潤不可名狀，較予在清代所見各件無此佳妙也。其妻尋圖章不可得，已誤置何處，聞鷄血、田黃多，惜不能見，約以來日。就其家吃雜醬麵，頗可口。同席者尚有吳諒友。下午一時半同遊中山公園，在茶亭中坐三小時，予五時渡江，李、陳尚在座也。七時抵家，飯後疲甚。晚寢，憶公園景况，得詩二首。夢境甚恬。

八　月

初一日　晴熱　九月五日　星期三

今日在家整理文稿。

初二日　晴熱甚　九月六日　星期四

早起閱報，午後欲作畫中止，目力欠佳也。

初三日　晴熱　八十八度　九月七日　禮拜五

早起閱報，午後整理日記等件。

初四日　晴熱甚　九月八日　星期六

早起外出訪校文、愈友，談甚久出，便購各應用物歸。午後一時梁維亞來久談，索閱予著《辛亥史料》，坐二時半乃去。晚七時楊濟民自漢口來，並帶遲生一函云已加薪十七元五角，尚未決定宣佈云云。濟民談縣中近四年事甚詳，九時別去。予九時半寢，連夕多雜夢，可笑之事甚多。

初五日　晴熱甚　九月九日　禮拜

早九時帶香生乘三輪車先至圖書館訪阮兆康問各事，再訪詹國才談數語，至抱冰堂一遊，在茶社坐一小時，仍乘車歸。近四天足軟，不能行遠路也。聞賀覺非夫婦同來訪，欲閱予史料，前曾許之，彼竟兩月未至也。午正李子青同浠陳□□來訪，坐談一時餘方去。

初六日　晴　九月十日　星期一

今日無事可記，午後檢清案上積件。

初七日　晴　九月十一日　星期二

整理日記、雜文。頭暈甚，午後客來陪坐久，倦甚。閱報，蘇彝士河事未解決，各國支持埃及者甚多。

初八日　晴　陰　晚小雨　九月十二日　星期三

連日咳嗽又發，吃銀翹解毒片亦不效，心煩甚。夜間亦不能安枕睡，睡二小時即醒，醒後又咳，喉癢不能忍。

初九日　晴燥　九月十三日　星期四

章裕昆説他帶往北京之《辛亥革命史料》南京印本，但亦未即交還予，予此時慮用此書，彼由鄒苾衡未經予同意轉借出者半年餘，竟未還來。

初十日　陰　晴　大風　九月十四日　星期五

早起爲辛亥起義事訪李春萱、梁瑞堂，並訪曹漢臣。九時渡江，午後歸。

十一日　陰　九月十五日　星期六

昨睡後咳甚，時起，竟不安神。六時即起，胡太平來，予存鄉間書籍字畫全數搬來矣。午後清理，完全無缺，僅漏濕書籍字畫少數，心目一快。太平晚渡江回鄉，付四元爲川資，並帶茶葉與其母及倪大嫂。晚寢仍咳。定生歸宿。

十二日　陰　晚小雨　九月十六號　禮拜

今日未作事，下午與定生同乘三輪車至閱馬廠下，彼回學校，予訪亞佛並過益善書店略坐，傍晚乘車歸。

十三日　晴　九月十七日　星期一

今日午後一時至醫院看病，張醫生開方，囑吃二付。晚間李平原來談甚久去，爲民革中秋節展覽書畫，請予檢書畫各三件，謂明早來取去。晚寢，服藥後仍咳。

十四日　晴　九月十八日　星期二

上午十時半藍漢凌來談片刻，爲民革取去予字畫共六件去，謂明日中秋，須往民革同樂，予已許之。下午李平原來取字畫，予謂已付藍君矣。李求明日作詩一首，予辭之。

十五日　陰　晴　午後小雨數次　今夜月朦朧
今日爲舊中秋節　九月十九日　星期三

早起整理雜稿。午後二時晏文章來談甚久去。四時予到民革開會，至則講演者已畢。途遇寶秉鈞談數語。今日民革所接各民主人士近五百人，有茶點。予字畫均懸室中，餘則蔣蘭圃三幅、苾衡二幅、張世驥一小條。座客有沈碧舫、喻育之、晏勳甫、黃文卿，皆久未見者。餘則與予熟者十餘人，一一握手問好，予視爲苦事也。聽戲一曲，《女起解》，係民革女職員某。唱解差者爲李開侁之子，又何雪竹之女亦唱青衣。藍漢凌所唱予均未聽也。六時歸。

十六日　晴　夜月甚佳　九月二十日　星期四

早起，八時又至民革開會。所約者卅人，楊玉如後至。開會後請各□發言，主席者云請經濟時間，謂十二時半須結束談話。開首孫寶森發言，佔去廿五分鐘。次某又佔一刻鐘，熊秉坤起立說半點鐘，似尤未了者。以上三人所說不中肯，東扯西拉，冗雜可厭。中一蕭某硬說張文襄是造成革命黨的人；又一人說不應該舉黎元洪爲都督，其意以爲須舉湖北之孫武或湘之蔣翊武。予不知當時舉孫、蔣，各省能響應耶？孫、蔣知其爲何人物且何能馭下統一軍隊耶？張文襄素以忠君愛國取信於朝野者，且屬西太后黨，對兩湖學生每以忠君相囑，懼吾輩青年學生排滿者。庚子七月殺瀏陽唐才常、黎科等十一人於督署天符廟者非文襄耶？其後繼續發言者至少一刻鐘，致予等廿餘人無機會說話，乃與馮亞佛、陳少武、楊玉如先退席，以後則未聞。年齡六七十以上之人乃竟無恥多言。如陳孝芬兩次變節之人，談起義事尚津津有味，冀民革爲其覓工作，亦可鄙矣。午後一時乘車至大中華吃飯，菜七盤，民革所招待者。下午開會予未繼續，乃乘車歸。

十七日　晴熱　九月廿一　星期五

上午外出一次，午後閱報半時，以熱未作事。晚閱雜書，室內仍有蚊。寫《歷變記》二頁，以倦乃止。

十八日　晴熱　九月廿二　星期六

閱報無多事。午後清理案上積物，頭暈甚，休息小臥，四時後仍寫《歷變記》一二則。

十九日　晴熱　時有小雨　九月廿三日　禮拜日

上午清理雜稿，下午二時至參事室與徐集紳談各事，由予寫條與羅耀卿，請學習委員會以後非重要事不必通知予到會，因久病未愈也。至衛生廳投票，負責人謂已用完，□往取去了。各投票人在該處坐候，予乃請閔君代投而歸。過圖書館借得《人民日報》九月六號社論，收求古板書事說甚有見地，不知當時北京文化部何以不見及此耶？灰燼之餘，各省現存古籍恐不及十分三耳。

續十九日　晴熱　時有小雨　九月廿三日　星期日

早起閱報、看雜書。午後外出一次，購應用物品數事歸。晚欲補寫詩集，以疲甚未能行也。

二十日　晴熱　九月廿四　星期一

上午外出，午後至醫院看病。予病怕逢秋末即發咳嗽，至冬、臘兩月則加劇，欲求預防之道者已非一年，不知今冬如何耳。四時歸。

廿一日　晴熱甚　九月廿五　星期二

七時起，早點後乘三輪車到參事室開會，所謂工資改革者。自主席宣佈及秘書報告經過後，又分組討論，各人表功歪吹，其目的只在求達晉級加薪而已。本室正氣太少，平時僞裝前進者又多，故今天唱丑表功者仍是誇大其如何革命、如何聯繫、如何做地下工作。噫，說此話者皆年逾六十五六之人，何其不知人間有羞恥事耶？鬧至十二時已過猶有所說，至各人吃飯後還要補題出進級加薪之人。予報告簡甚，只云我們活着不做事而政府給錢照顧已可恥矣，尚求加薪爲更恥耳，說罷托詞小解，遂出門矣。今日不去亦可，久坐受餓，真懊悔也。

廿二日　晴熱甚　九月廿六　星期三

早起渡江訪李春萱，問及辛亥財政部組織何以君延董必武爲秘書，李答係張梅先轉薦，張則由姚幹青轉薦者也。未起義前姚與李同事於兩湖附屬小學故也。梅宣①一度參加共進會，但未去開會一次，今日乃知之。下午四時歸。

廿三日　晴熱甚　九月廿七　星期四

今日未出門，閱報、閱雜書，午後小睡。近日仍無精神執筆，方之古人著書閉戶不務外者有媿多矣。

廿四日　晴熱甚　九月廿八　星期五

午前十時得陳樹三送來入場票函，云明日在省銀行大禮堂演奏國樂，此則予所願聞者也。下午來客數次，泛談而已，蓋彼所言皆係新而又新，但此一些流行語，所謂進步者，予早已厭聞之。同座中或有同予心理者亦厭聞之，而彼輩不知也。莊子"哀莫大於心死"，彼輩無恥是心死矣。

廿五日　晴熱甚　九月廿九日　禮拜六

今日下午七時至省銀行大禮堂，爲聽陳樹三彈琴事，心多感慨。音樂會設在舊官錢局改建廳內，即前建設廳舊址。六時予乘車去，大禮堂中男女已滿，大概幼童佔四分之一，婦女佔四分之二，餘四分之三②則財政機關與銀行職員、幹部，喧鬧不堪，座次不夠則加椅凳，如鄉間之戲場然。七時奏琵琶、三絃、胡琴等等，最後陳樹三彈琴。二操場中，大小男女聲嘈雜，未能詳聞。計今夕老年人來參觀者僅予一人而已。八時歸，十時寢，疲倦甚。

---

① 宣，疑應爲"先"。
② 三，應爲"一"。

廿六日　晴熱　九月卅日　禮拜日

今日早出門一次，足力不強，遂歸。十時王伯聲、陳少武同來，留之飯去。午後小睡。四時寫覆函二件，分寄漢口、鄂城。閱報無多事。晚檢出辛亥資料編雜記二則。

廿七日　晴熱　新國慶日　十月一號　星期一

今日各機關、學校、工廠放假遊行。予未出門，亦未作事。晚寢不適，多雜夢，多不可以理解者。

廿八日　晴燥　十月二日　星期二

今日閱報無多事，自檢舊詩文草稿簿整理，尚須有添入正本者數事。解放前所爲詩，甚有未西遷時雜詩十餘首，圈出爲記，宜補入正集中。夜寫至十一時止，目疲乃寢。

廿九日　晴　十月三號

各校仍在假中，閱報無多事。檢《太平天國記》加入數頁，皆前寫就未插入者。天國事近二年來又尋出許多資料，但述其政治佳者甚少。

九　月

初一日　晴　十月四日

寫信送參室請救濟學生做棉衣事。聞同事有請補助者數人，或者可望稍助廿元之數也。午後清理各事，寫行書三條，寫小中堂二件留存之，備友人來索者。

初二日　晴　十月五號　星期五

早起乘車至醫院看病，仍爲向醫生，謂予病係感冒，不甚要緊，或者冬季可不發舊疾。

初三日　陰　晴　十月六號　星期六

接室通知，寫寒衣捐寄汴、滬等處。約八號到室開會。今日夢閑到參事室問棉衣補助費，聞批給十元。狠好笑，棉衣三套，不知十元何以做得成功。接通知約予初五日到會募河南、安徽難民寒衣捐，此真是矛盾。

初四日　下午小雨時作　夜雨不久即止　十月七號　禮拜

今日小雨，欲出門未果，夜大雨一次。

初五日　晴燥　十月八日　星期一

早起至室開會，由莘少廷報告汴、皖、浙等省水災情狀，請同人出資相救。分三種辦法：出棉衣一套或一件，出錢代衣五元起碼。予寫五元出門了事。前天我請棉衣補助費得了十元，今日吐出五元，實則每套得一元七角也。好笑，好笑。

初六日　晴　午後小雨數次　十月九日　星期二

聞各機關近來不籌備雙十節，蓋雙十改為紀念日已六年矣。省民革籌備紀念日，來借予字畫數件去展覽三天，李平原先來言之，予已許之，□不再借。

初七日　陰　小雨時作　夜小雨　十月十日

下午一時寶先生說政協通知，與我接者不同。紀念雙十向來有酒食，惟今年多一看戲耳。四時予方至上海銀行。今日原不願去，故最後到。此時講演正在高興講孫中山事蹟。又紀念詩作者數人，均請李繼膺朗讀，費時至一小時之久。李作古風，大約有六七十句，又代讀饒校文、喻育之諸人之作，如臨喪家讀哀章之拖長聲狀，全場粲然。最後又有唱楚①表功二人，均年六十五六者，自叙功績，予曾聽過六回，何其不憚煩也。彼二人地位不過一參加兵卒耳，細思二人其實並不在武昌，乃拉碎之詞，聽衆早已鄙之矣。予實不想發言，又慮鐘點已過須聚餐，致無發言機會，乃站起厲聲云："我要佔三分鐘的時間說幾句話。"如是耿伯釗驚起，張省長問："何人？"予已目見之矣，先云："各位所述的辛亥功績一類的話我聽過五六次了，要説紀念辛亥的話，可先要從彭、劉、楊三烈士説起。三烈士中彭楚藩的墳在鄂城西山頽廢無人過問，我們紀念辛亥當先紀念三烈士，那有總是聽人唱丑表功耶？"如是張與統戰部長乃問及彭墳地，政府馬上負責派人修理云云。全場鼓掌，述功績之某某赧赧然。五時半散去，餐後乃歸。

初八日　晴陰不定　十月十一號　星期四

下午一時至醫院看病，與孫愚夫再約重九登高事，仍決定到漢口。予牙痛甚，亦思過漢求治也，如果明日天氣晴朗，到漢一遊亦是賞心樂事也。晚閲雜書，十時半乃寢。

初九日　陰轉晴　十月十二號　星期五

早起，九時至愚夫寓坐談並請爲予治病，十時裴毓華到孫處坐甚久，愚夫遂約同渡江去尋登高地也。十二時到漢，先到後花樓一酒館，人客已滿，由引者上第三層，窄狹，亦有十餘人在彼等，並非應節登高者，男女聚食，喧鬧可厭。予等匆匆食畢，乃乘車至中山公園。風景好，實一好英會之地也。坐二小時乃同渡江回武昌，飯後記今日事並得詩三首，題爲《丙申重九漢口酒樓小集同孫二裴大飲後乘車至中山公園作》："盈尊濁酒會高樓，地窄人多萃上頭。一室喧闐男雜女，庸愚原不解悲秋。""重陽無雨又無風，借用梁節庵先生重陽句作起。渡水登高蕩鬱胸。足力盡時

---

①　楚，應爲"丑"。

園景好，柳槐猶似夏陰濃。""久旱陽驕菊未開，一園木葉積塵埃。茶樓小憩閑中樂，不斷歌聲入耳來。時園東女教員帶同小學生四十餘名唱歌爲樂也。"傍晚渡江歸。

初十日　晴

今日訪楊器之、李愈友談各事。李云昨曾至抱冰堂登高。昨曾飲酒半杯，牙痛更甚，腫愈大。報載九龍國民黨率同當地三克黨鬧事，放火搶劫，香港總督並未重視。

十一日　陰晴　十月十四號　禮拜

牙瘇痛未減。下午向鳴□來，此生在三一時甚老識，今亦五十五矣，送香蕉，談甚久去。

十二日　晴熱　夜月光好　十月十五　星期一

早囑内子送信，午後囑其至參室領款，四時歸，同孫愚夫來，留之食麵去。晚寢以牙痛不成寐。思先母明日冥誕，自解放後此祀典未舉行，僅焚香燒楮而已。噫！舊禮教以環境未允許人人講也。年來衣食俱缺，今年食肉亦限制太嚴，五天可買一次，只准二角，予一家人現已加爲三角，遑能祀典祖宗耶。十二時後夢夏丙臣困甚，仍爲予僕，似與三數僕同往就事狀。醒後予許明日燒紙。夏僕今年四月病卒於家，其人忠厚，憶自民十五夏初隨予，去年彼尚來寓一次，戀戀不捨，傷哉！予平生未負此僕，此僕對予亦忠實可靠，義僕也。

十三日　晴　夜月甚佳　十月十六　星期二

牙痛稍減，下午先母誕辰竟未舉行祀典，以身疲心煩致夏僕之夢亦未燒紙與之。囑内子明夕須補此一事也。

十四日　晴熱　十月十七號　星期三

牙痛稍減，早起仍至醫院看病，遇董獻之、傅慧初。傅已全無腦筋，予問以辛亥以前彼作何等運動，不能舉一事，甚至地點亦忘之，則從前所説未必可靠。予出院便過張朗丞家，問彼當清季當兵事，張答云係二十九標，標統爲李大麻子，彼實行挑土、下操等等苦事，甘心願作也。下午二時蔡仲謙來談，聞係由政協召集來省者。細數兩湖住堂時事，予問以剪髮辮事，張國恩與彼首先提倡，餘一人則忘之。仁齋同學則劉汝璘兄弟、張世禄、張樾四人，皆施、鄖兩府者。其時監督劉洪烈即欲開除此七人，後經蘇次青轉彎，各記大過一次了事。

十五日　晴熱　夜月甚佳　轉鐘二時北風大起
十月十八號　星期四

牙痛已減，腫消其半，仍吃鎮痛藥片。飯後小睡。下午一時汪仲謹來談找工作，予勸以尋他事做，何必求聶國青等人，彼輩亦係僞官吏，全看風色者，那裡還□你是盟員耶。汪默然去。

十六日　晴　大風　仍熱　十月十九　星期五

今晨北風甚大，予未欲出門。午後發遲生信並匯六元與之。覆重慶曾淑慧詳函並告以各事，用航空寄去。此事錯誤太大，予原知章振旅在重慶，今正、二月間何以不去函探問耶。致辛亥工程營起義事至今成謎也。

十七日　晴　月色佳　十月二十日　星期六

今日未出門，檢辛亥史料，欲着手編之。舉筆而頭暈，中止，幾至視編此爲苦矣。噫，何時奮筆直書耶。寫信與張富康，請介紹民族學院買予書籍。

十八日　晴　夜月佳　十月廿一日　禮拜日

今日上午出門買物，下午馮亞佛、陳少武同來談甚久去。

十九日　晴　十月廿二日　星期一

早九時孟道佛同一徐姓來談，並交到閔師詩詞稿二本。師晚年詩詞俱退化，非壯年時清麗動人也。留之飯，彼堅辭之，坐一時乃去。下午魯祖軫來談入民革並求救濟事，予前函囑其勿來，彼不信，以爲江炳靈、熊秉坤等對彼有辦法。嘻，誤魯做地下工作是一事，他們做官又係一事，那可靠耶！留之飯，敷衍半時乃走。

二十日　晴　大風　今日霜降　十月廿二日　星期二

今日又欲着筆寫辛亥史料，心煩亂又止，室中悶坐而已。早九時李春萱來坐談二小時，予留之飯去。辛亥起義爲部長、司長者僅春萱年輕，現亦六十八矣。餘則楊時傑前星期方死，年七十六。尚存者有徐難愚金聲、周鵬程之瀚、在天津。張懷九知本，在臺灣。真所謂寥寥晨星也。徐年八十三，周年七十四，張年七十六，至於馮亞佛、楊玉如、楊雨廷，今年均八十，亦算高壽矣。

廿一日　晴燥　十月廿四日　星期三

早九時半張富康同潘新藻來看書籍，照予單所列，悉數願買。草草定價，彼等亦未多還價。明板《洪武正韻》《渭南文集》係久欲售而不得價者，共約廿餘種書籍。另外漢四史、《資治通鑑》正續集共二百餘本，約定回校開會決定，持款來取。書價有低於今時，有高於去年者，一一賣去，設鄉間不送來，久而損失，無從過問矣。十二時留二人飯，均稱下午有課，須乘車回校去。下午六時敖雲門來，爲李平原租玉兒房子或買汪青雲房子事，談半時去。益善又派嚴倌來買漢四史，予稱已賣出矣。該小子每逢予書賣出時必來談售價，前二次均如此。噫，何其巧也！

廿二日　晴　十月廿五　星期四

上午將各書清好，均用白索捆之，備民族院來取去。下午二時漢口姚美齋引一北京書客名趙瑜傑者來買書，姚已六年未見面，詢之，係李春萱爲其言予有藏書出售也，談甚久去。京客稱既已定價售出，不能爭購，惟《四庫總目》及《淵鑑類函》價已賣賤云云，明板二種彼尚認爲高價。又云前日彼買沈質清藏汲古閣刻陸劍南全集只七十元，則予書六本已得善價矣。

廿三日　晴　十月廿六　星期五

上午出門買零件，下午三時送四菜與馮亞佛，爲其八秩壽辰提前慶賀也。五時借屋開席，徐蘭如、陳少武、楊玉如等九人，予六時半歸，因約有潘新藻回書信，彼留字去，云書價後天來付現。原說分三批交，蓋亦恐京客爭買也。

廿四日　晴　十月廿七　星期六

連日天氣不雨，鄉間致無水吃。

廿五日　晴　午後小雨片刻即止　十月廿八　禮拜日

早起外出買零物，十時民族院圖書館長王銘箴親來付價取書去。

廿六日　晴　十月廿九　星期一

今日無事靜坐，亦未出門。

廿七日　晴　十月卅日

連日晴，太陽甚烈，亦奇事也。下午至張宅買得舊石印字帖如翁同和、清初諸名家大册一本，餘無他書可買，蓋已爲益善三次搜盡矣。付十七元，以張婆婆不知，硬要廿元，付十七元，以時價實不值也。

廿八日　晴　十月卅一日　星期三

今日夢閑疾，囑其至醫院求診。

廿九日　晴　十一月一日　星期四

上午清理案上雜件，午後作梁忠漢、覃孝方壽詩已成，而畫則不知何時有興趣落筆也。覃八十，梁七十九，予原許贈詩畫者也。

三十日　晴　十一月二日　星期五

今日清理字畫並寫函與各處托未盡售之書籍，因前日王銘箴來已剔除朱、李等集，有殘缺難補；又《詞林妙品》缺一本及未取去開會之書單一頁，尚有套板《李義山集》等十餘部須急售出，托夏石甗轉介漢圖書館買去。下午一時徐蘭如同其弟式如來坐談甚久去。

十　月

初一日　晴　陰　夜大雨半時即止　十一月三日　星期六

今日往醫院看病，出便訪徐蘭如，彼欲將明板《前漢書》廿本出售與京客，予便遂帶回。

初二日　晴　十一月四日　禮拜

未出門，清理書籍，將未買去者再捆好。

初三日　晴　十一月五號　星期一

將前日售書之款出外買物，用去十六元。午正魯祖軫來談甚久去。民革未必有效，勸之歸去。

初四日　晴　十一月六號

前日楊濟民來談後久未見其再來，發信約其來談。

初五日　晴　今日立冬　天氣似熱　十一月七號

今冬旱災已見，聞鄉間無水吃。

初六日　晴　十一月八號　星期四

予連日咳疾又發，晚睡不安，精神疲倦異常。午後易泮香、鄒益儒來談。下午三時予送陳芸楣所刻楚帖及甘藥樵所作叙請饒校文問武大收受否，便訪愈友，談半時歸。

初七日　晴　十一月九號　星期五

今日下午到教育廳去會熊禮方，廿餘年未晤者也。彼一定要訪予，聞其中風後足不良於行，特往訪之，約其下樓一談，談過去事約一小時，彼堅持必欲送予出大門，珍重數語。彼年六十六，神智尚清。

初八日　晴　星期六

今日統戰部派人來問舒連景近在何處，予與彼八年未見面，答以不知下落。

初九日　晴　禮拜日

今日無事可記。

初十日　晴　星期一

上午未出門，在家閱書，欲補寫《歷變記》，畏執筆費神思乃止。午後饒校文來談半時去。

十一日　晴　晚月光好　十一月十三號　星期二

朱源滔介紹函來，有王義廉者來買書，給以明板汲古閣等刻，彼不懂，乃云買新書者。予答以無新書，問其先在何地工作，則云新華書店小店員也，荒唐甚。

十二日　晴　月色佳　十一月十四　星期三

今日寫信三件，均爲賣書事。下午漢口圖書館余某來看書，取單去。

十三日　晴　十一月十五

早起至醫院看病，歸途在馮宅略坐，晤及徐蘭如，問書價多少可售出。

十四日　晴　色①明如畫

今日下午出門一次，在益善書店買得《紀評蘇詩》十二本，較予前售者稍低一成，天地頭短，紙亦不佳，以六元得之。

十五日　晴　月色佳

今日出門一次。下午政協來函，約予與喻育之後天開會。

十六日　晴　月色大佳　十一月十八　星期日

今日來客三次，談話多，未之記。

十七日　晴　月色如水

早起，八時半至政協，劉雋與民廳楊科長、山東人。喻育之已到。由劉、楊報告到鄂城三次，爲修彭楚藩墓事，已改爲西山公園，由政協撥款縣政協及縣府二千餘元，由縣再籌千餘元。彭的愛人秦氏已七十餘，亦由劉雋撥款二百元，又做一新屋與之住，可謂死生得安矣。設非予前日在上海銀行開會時提出彭楚藩墓事起政府注意，此事何時注意，何人注意耶？忽烈士當時顯靈附予而提及此事耶？十一時散會。

---

①　色，疑應爲"月"。

十八日　晴　月色大佳

今日未作事。

十九日　晴　午後大風　十一月廿一號　星期三

早起，以久未渡江，遂乘車至漢陽門渡江到中山公園看菊花。今秋該園菊花種菊五百餘種，只欠綠菊，其餘顏色新艷者大約百餘種。到處成山，遊人如鯽，就園吃飯，一人之遊殊少興趣。慮有風，匆匆渡江歸。王治文來述其父在沙洋事甚詳，謂不久可望釋放云云。

二十日　晴　今日小雪

今冬晴甚久，真窮人天氣也。擺地攤者得以日日謀生活，誠爲萬幸，蓋皆從前有資格之人。

廿一日　晴　十一月廿三號　星期五

寫行書條二件。晚編《歷變記》，仍係檢查舊代日記中資料與辛亥有關摘出之，以後再綴成編。

廿二日　晴

今日未作事，咳疾時作，休息時多。

廿三日　晴　十一月廿五號　禮拜

早起外出購物，十一時歸，午後寫信一件。閱報無多事。晚編書，何時可成則難定矣，提筆即懶，奈何！予編天平天國事自戊子下季起，迄癸巳秋乃成，五年餘。而叙論至今未列入凡例，亦未做。今人動言編書出版曰幾萬言，談何容易。噫，彼輩所編之書何其易也！

廿四日　晴　十一月廿六　星期一

今日上午乘車至漢陽門，轉車到東湖看菊花。陳列與去歲同，但較簡而精也。星期一遊人甚少。今歲賣書之款略添買補品並製棉衣服四套，妻與兩子皆換新。此書如前年送來買者，不及今年價四分之一也。下午四時歸，聞姚美齋同黃陂郭君來買狐皮袍子，未晤。予飯後五時，姚復來視狐皮、羊皮二件，已議定價一百七十五元，先付一百五十元去，明日取得證明免稅票再説。

廿五日　晴　十一月廿七號　星期二

今日休息時多，未編書，僅閲報半時。

廿六日　晴　星期三

今晨渡江，姚美齋約吃飯，途遇劉象珍。姚宅開飯，劉來刺刺不休，予實不欲聞其言也。

廿七日　晴　十一月廿九號　星期四

晚間執筆補寫《歷變記》，仍由舊日記中摘出。

廿八日　晴　寒

今冬成乾冬，至今不雨，鄉間成荒象。

廿九日　晴　十二月一號　星期六

早起外出購物，午後至醫院看病，晚間補寫日記並雜文入正本。近日天氣乾燥，聞鄉間無水吃，此一災異也。予前已迭許賀覺非，今冬必交《歷變記》全稿與之付印。據説第一期如熊秉坤、温楚珩、潘善伯等十餘人均已交稿。十九人共有十餘萬字之著作，即范鴻勳亦有三四頁的日知會記載，均爲白話。予思予所爲係文言，設變成白話，則一萬字可引伸爲三四萬字，此何書也。近時流行白話文，今年北京各種雜誌又時時提倡恢復古典文學，高中國文下季亦增《詩經》《楚辭》《國策》並李、杜、白、蘇詩，何也？勿乃矛盾太甚，將何説以解釋之。

冬　月

初一日　晴　十二月二號　禮拜

予疾發，咳愈甚。前請劉醫開吃過細辛八分，當夜甚好，次日似大效，未咳。明日當往醫院請向醫生再用細辛。

初二日　晴　十二月三號　星期一

今日下午至醫院請向醫生看病，用細辛七分，二付，謂服二付必愈。

初三日　晴

上午補編《歷變記》，下午補寫詩文稿，咳嗽稍輕。

初四日　晴　十二月五號　星期三

今晨至醫院看病，出便訪蘭如告以書價，訪鍾小山談片刻。小山此時極困難，其妻病至今未愈，凡事須彼一人自做，見之令人心傷也。

初五日　晴

近一月天氣晴，並不似冬天氣象，真怪事。轉瞬冬至矣，如此氣候老年人未之見。

初六日　晴　今日大雪節　十二月七日　星期五

大雪節未見下雪。

初七日　晴　十二月八號　星期六

連夕仍咳，今晨早起至醫院看病，取回水藥三付、糖漿三瓶。

初八日　晴

連日不似冬象。晚間寫字過多，目疲甚，此《歷變記》何日可成耶？

初九日　晴　十二月十日　星期一

今日寫函與楊玉如，欲閱其所著《武昌革命先著》一册，查對當時秘密組織地名、人名也。當即發出。

初十日　晴燥　十二月十一　星期二

連日無雨意，天晴甚久，口乾眼疼之人極多。氣候之乖如此，節近冬至尚不寒冷，何也？晚仍編書。

十一日　晴　十二月十二　星期三

早起，昨咳又減輕。午後外出一次，晚間看雜書。連日所記雜書即明清兩代科名錄也，尚志怡以此一部借我，幫我不少。惜清季王壽彭、劉春霖二科尚未尋得底本耳。

十二日　晴　陰　晚大風　星期四

午後訪李愈友，略談近事。未訪志純，以其官習太重，予此數月間未往彼室談各事，免惹是非。適吳亮及桑稷門來訪李，約予同往志純房中。幸其未在家，僅與諸人再談半時歸。晚間大風忽起，天氣變寒。

十三日　雪　陰寒　星期五

今日天氣劇寒，下雪。尚志怡來談片刻，並尋出有關太平軍事資料報紙、書籍等件助予編書之用，可感也。午後楊玉如來，並帶其所著《武昌革命史稿》四本借予作參考，留之談二小時乃去。下雪奇寒，彼以七十九翁步行到寓，深可感激。惜內子已往玉兒寓中去，無人爲之作點心待之也。

十四日　陰　寒甚　星期六

今日寒甚，未作事。前日寫信與玉兒，以外孫女自陝歸，欲予與其家共照一相。已許之，不知明日晴否。

十五日　雪終日　寒甚　禮拜日

早外孫荃生來呼予起，必欲過其家，深悔前日之信不該發出。十時遂率內子同兩兒到玉兒家吃飯。午後二時就附近照相片館照畢，予先乘車歸。今日又受寒，咳甚。

十六日　陰　寒甚　十二月十七日　星期一

今日未作事，夜間咳嗽大作。

十七日　陰寒　星期二

十八日　陰　寒甚　十二月十九號　星期三

十九日

二十日　寒　星期五

今日下午氣候稍轉，至醫院看病。晚間咳未已，皆前日感寒所致也。

廿一日　陰寒　星期六

今日匯款與鄂城濟用。下午會徐蘭如，先墊付書款，以其來函需用急也。遲生前次來函云，周媳春初又須分娩，須寄款補助。家貧如此，又添兒女之累，縣宅早已售去，銅鼎零件想亦賣盡矣。遲生向不存錢，值此窘境，烟酒嗜好不除，該受罪者矣。

廿二日　陰寒　十二月廿三號　禮拜日

連日咳嗽未愈，醫院藥亦不效，心煩甚。下午李愈友來坐談，並告知董必武已來武昌住數日矣。予所定上海《文滙報》已來。印字雖小，甚清朗，取材與予相合，似勝於漢口兩種報也。晚取可大因服之寢。

廿三日　晴　大霜　十二月廿四號　星期一

早起，九時渡江買物，下午三時方歸。前由蔡成鼎借我湖北闈墨及各省壬寅科秋闈題名錄二册，交鄒苾蘅手，取回借條。閱《文滙報》，體裁、材料均較漢口報佳。自滬到漢，只需二日，便利極矣。

廿四日　晴　霜　十二月廿五　星期二

上午未出門，閱報無多事。下午二時漢口吳東平來談近日清殘書事，可爲太息者。談一小時，並將予存圖書等等買去。外孫女竹蓀自西安歸，同其母、弟及一周姓來，留之飯去。參室送年關補助費廿五元來。

廿五日　晴　十二月廿六　星期三

今日補添劉靜山、白蟄蘇、傅塩梅三人索書畫之款。許之已久，須交去了此債也。

廿六日　晴　十二月廿七　星期四

上午補寫辛亥史料，約易泮香來爲予抄查光佛所作《武漢陽秋》本，留之飯去。下午一時乘車至統戰部。該部約今日歡迎董老晤談也。二時半董老來，歡聚者約八十人。五時講演，李春萱、喻育之有答詞。五時半散會。

廿七日　晴　十二月廿八日　星期五

閱報無多事。

廿八日　晴　十二月廿九日　星期六

早起乘車至醫院看病，並送向醫生字畫。出院訪智泉，爲肖鵠事談甚①，囑予與彼公請熊老轉乞董老設法請鄂城早釋肖谷。予寫信至晚九時半送郵筒發去。

廿九日　晴　十二月卅日　禮拜

上午補寫史料，下午乘車訪智泉，聞已往姚家嶺看熊老去未歸。肖谷事又生波折，只好看明天如何信息。便訪亞佛未遇。至玉兒家，聞已渡江，外孫女婚事不成。今日走路多，花去車費不少。

三十日　晴　十二月卅一號　星期一

早起閱報，今日兩報到得極早。十一時乘車至玉兒家，十二時飯畢，下午一時與壻及外孫兒女，予與夢閑及定、香兩兒合照一相。二時至智泉寓，晤其妻，云昨在熊邸未歸，大約晉槐病不可救矣，遂將與智泉同署名之函取回。肖鵠事何其湊巧如此，直諺所謂牢獄之災未滿耶？今日用去車錢六角，如此用法，抵一工人一月工資也，奈何！今日爲新除夕，因各機關放假，人多如鯽，車亦難行。

十二月

初一日　晴　一九五七年一月元旦　星期二

今日元旦，上午未出門，將昨夕所寫信寄出，不知能如予所願否，聽之而已。下午出門訪梁維亞，略談即出，四時歸。另寫信致浠水蔡仲謙，囑其照前議爲肖鵠說看能早開釋否，此則關乎彼之運氣耳。

---

① 甚，疑後脱"久"字。

初二日　陰　元月二號　星期三

今日外出訪愈友，告以予昨日發信事，使知內情，倘有機可問彼有所答也。訪校文，與之同出，便至同興吃點心。人多座滿，該店每日如此，上、下午吃者均候甚久乃得食。食後與同至民主路彭達五牙醫處請安牙，約定明日上午去取二牙再做口腔托子，價廿元。今日匯十元與遲生並囑以書付濟民帶來，夜寢不安。

初三日　陰　下午小雨　晚大雨約二小時　天氣大風轉寒　元月三號　星期四

早十時起，補昨未睡好者也。牙醫處未能去，昨約以早十時取牙爲好，俟天氣轉晴再去。下午小雨，夜大雨大風，氣候陡變，寒甚。晚寫小聯四付，因孫季恒送來聯紙已逾二月矣。另寫玉版宣長對一付贈唐醉石，彼爲予曾刻二章，須酬以書畫也。晚寢不安，轉鐘後寒甚。

初四日　陰　大風　寒甚　星期五

十時起，大風寒甚。下午呂壽圖來談半時去。

初五日　雨　小雪　寒甚　星期六

今日天氣轉寒，未能出門。午後補寫條對等件分送唐醉石、賀覺非者。晚以目力差，僅寫立軸、長對各二幅。

初六日　雪雨兼下　寒甚　禮拜日

今日更寒，寫聯二件並檢岑偉生、梁瑞堂、覃孝方等壽詩，須小除日前送出，否則明年詩句年齒不合矣。寫遲生信，約其年內來一次，爲予補寫各稿件，並匯十元作川資，明日發出。

初七日　陰晴　寒　元月七號　星期一

九時起，以天寒未作事。十二時半武漢大學歷史系張①仲安四川人，年卅餘。來買辛亥資料書，取七本去，言明兩日記須退還一本，面議價照益善售價，只有《胡石菴實見記》價目高。約定五天回信，並詳詢辛亥起義先後事。予斯時精神尚好，一一告知，坐二小時乃去。觀其人亦留心辛亥史料者也。下午六時李尊柏來請予明午過圖書館取書款，談一時許去。今日聞張肖鵠已由縣開釋，甚慰。

初八日　小雨　寒甚　星期二

九時起，十時出門，雇車至參事室換回太平天國史料一册，因予編書對當時田時②田賦制度摘錄甚少，須補之。取書出至圖書館晤李君略談，具條取款，至銀行三處，幸時間未過，如數取歸。今日用車錢多，省人力也。晚四時半胡林附近之劉玉珊來，爲辛亥老人登記求救濟事，所述事實甚多。予昔在鄉間雖見過面，未與多談。前日復彼函，囑其勿來。七十六歲之人，耳又聾，爲此事來求予，值歲暮，民革辦登記早已結束矣。留之飯，寫一函與之去見皮宗石，囑其往戚家宿，此予惹出麻煩事，不知彼於兩月前何以不來耶。

初九日　雨　寒甚　今日進三九　星期三

九時起，劉玉珊又來述各事，並帶皮宗石回函一件，擾擾二時許，留之飯畢去。午後寫大小對聯五付，因恐墨乾變質可惜，乃取各陳紙裁對書之。今年十個月未寫字，此旬乃高興寫之。然目疲身倦，頭暈時作，可見作事不可逼迫勉強，以後須戒之。傍晚呂壽圖來回信，尚不能知肖鵠漢口住地也。

---

① 張，應爲"陳"。
② 田時，疑爲衍文。

初十日　雨　寒　星期四

十時起。午後一時乘車至醫院看病，仍爲向醫生。予請他用麻黃、細辛，天氣用此想更有效也。連日咳大減。出院訪智泉談甚久，知肖鵠事彼甚關心，已與何秘長言之，何言彼可令縣即釋，來時可一見之。回家後知吕壽圖來家，留有條子，請予速寫信問張喬壽知肖鵠地點。予昨晚曾寫漢口范吉六、杜衛初二處信，謂如肖鵠可即來予家，有話相告，不知彼究竟已行否。

十一日　雨　陰寒　晚九時大風　寒甚　星期五

今日接遲生挂號函，寄來文契雜件及函三封，郵費七角餘。彼云廿一日要來省，何不自帶來耶。函中所述多有已忘却之事、張冠李戴之語，此子似有精神病者，何忙得如此耶。下午竇衡之之子聯璧來述已接予函，惟衡之中風月餘，現雖打金鍼，愈診愈手足活動，人不能起床云云，坐一小時乃去。晚復遲生信長至二千餘字，眼爲之昏。傍晚接浠水蔡天民一片，爲肖鵠事已寫函至京。

十二日　大風　小雨　寒甚　白日結冰　星期六

今日爲三九最寒之一天，北風甚烈，結冰。上午接漢口孫寶森函，以爲示肖谷地址也，予未起床，曰是爲劉玉删事。下午五時得范吉六復函，示及肖谷在漢住址，予急作一函，囑其送局發。

十三日　小雪子　終日結冰　奇寒　夜大雪盈寸　禮拜日

十時起後，武大陳仲安來談一時許去。彼係武大歷史系講師，近亦編近百年史者，對辛亥起義有研，並乞閲予書畫，付買書價六元去。晚寫信與肖谷，囑他俟天晴再來，以釋後相告並告知智泉與他求工作事。今午得董老復函，予請求印書及書畫展覽事，彼已向兩處當局言之矣。閲《文滙報》，見葉公綽先生述其於民國丁巳約張元濟到京印《四庫全書》事，又董康在寧偷書赴日售賣事，甚有趣。葉向爲古文辭，今其文亦變爲近代化，古典、白話夾用，亦趣文也。予欲與通函，商太平天國史料事，因寫函先問晏文章，知其在京地點者。兩函明晨發出。

十四日　晴　早結冰　午後二時又結冰　下雪子　星期一

早晴寒，午後忽陰，結冰，五時下雪，一日之間氣候之奇離如此。早發出三信，肖谷下午應接得，是以未來。今日寫抄甚多，目爲之炫。

十五日　早大雪　午後三時乃止　寒甚　終日結冰　星期二

今日更寒，結冰未解。午後二時囑夢閑至參室取薪水九十三元五角，此薪加待遇爲十七級云。晚寢太遲，極不安。

十六日　晨晴　午後轉和　晚見月光　星期三

今日牙齦仍痛甚，不能食飯，稀飯吃三次，又不禁餓。囑夢閑赴郵局匯廿元至鄂城。上午十一時漢口王鳳甫告知肖谷已到滬取户口，九號行矣。九號以前何以不來予處？此時好機會彼已錯過。天下事其有運氣之説也。予寫詳函寄滬，用航空發出，彼明日即接到矣。

十七日　晴　結冰　月色晚佳

今日寒甚，予決意作畫。自午至晚九時止，草草作四件，已成其半。就顔色又草草作四件，不完全，備明天再補。已許之李、傅、陳、梁諸人，須小除夕前贈之，此亦自討之煩惱也。

十八日　晴　結冰　霧　星期五

今日午前在①寫一詳細信致肖鵠。王君來函告知前開地點已誤，因

---

① 在，應爲"再"。

肖谷到滬來函係老西門也。心煩甚，寫畢仍用航空發出，並函告王君，囑將予前寄漢口二函加封寄滬。彼來漢口多日，何以不渡江來予寓一問，致將各機會錯過，彼離漢之日，董君尚在武昌也。午後仍補昨畫，至四小時乃止。目力大減，爲之奈何。

十九日　晴　霜　結冰　星期六

今日寫信四件均發出。下午定生回家。晚畫件補四幅，寫小對四件。復席儒信用航空發出，彼在齊齊哈爾，予托其便帶各物。十一時寢，甚安適，未咳。

二十日　晴　霜　結冰　禮拜

今日又補畫三件已成。寫詩稿，預備寄碧舫者。填表付郵寄。參事室每年填表四五次，叫人填寫困難求補助，但未兌現，説得好聽而已。晚又寫畫至十一時半方睡。

廿一日　陰晴　夜下雪　星期一

今日補字畫忙，下午四時乃已。眼眩頭暈，候遲生未至。彼言廿一日須來省，家中煮飯多，晚竟未用也。予十二時方寢，氣候似轉寒。

廿二日　早下雪盈寸　天氣轉寒　星期二

今日仍補畫，未竣者趕快補之，已成者寫款，如傅塩梅、李健侯等，予已許之，須踐諾言也。下午四時半定生放假攜行李歸，五時遲生方來，問之則搭輪船，今晨未搭上汽車云云。飯後問以縣中各事，予寢已十二時半矣。

廿三日　陰寒　星期三

今日仍作畫，補楊雨霆、沈碧舫二件並題詩。

廿四日　陰寒　星期四

囑遲生補寫雜文，晚間欲補寫《歷變記》，以身倦而止。連夕咳嗽不成寐，思慮多乃如此。

廿五日　陰　星期五

今日上、下午補畫件、題詩句，欲將李、傅、梁、岑諸件均交出。晚咳甚。遲生不能順予意，亂寫字，似其心不安者也。

廿六日　陰晴　星期六

今日答復任館長爲予展覽事。訪方局長談半時許，彼答復予各事，予許以考慮，候明春晴暖時再答之。

廿七日　陰寒　禮拜日

囑遲生自辦私事，應走訪者去訪勿遲，其岳家須去訪問。予咳益重，畏寒。昨、今二日均外出。晚咳嗽，痰中帶血四五次，以有異，用手電監之方覺也。

廿八日　晴　晚雪子　大雨　夜半更大　益之以雪
　　　　星期一

今日下午一時祀祖吃年飯，二時賀覺非來談《歷變記》成書事，我一一告知，並以予晤方局長各語告知，謂《太平天國》及予日記九十三本是非就北京印行尚須考慮，《歷變記》予須踐諾言就漢口印也。賀去，章裕昆來借史料，予不便拒之，彼云明初五日一定交還不誤。

廿九日　晴寒　早仍陰　午後三時大晴　星期二

早起，十時予見遲生在此極不安心，呼之做事多錯寫字，亦不願留在省過年，彼不願也。下午一時與予並內子、定生、香生同往顯光樓合照一相出。歸途遲生云，今晚小輪開鄂城，彼欲趁此夕回縣。予許之，給以川資二元。五時彼竟渡江搭輪，此子對予心内如何可推測矣。昔予父在時，每每欲予相依膝下，回憶當時情景，真令我泣下也。夜間收拾《歷變記》稿，束於一處，俟明春正月初七以後再着筆。今夕寫一函與大冶魯祖軫，約其明年初八日來省爲予抄此書底稿。寢後仍咳嗽不已。

除日　晴　一月卅日　星期三

早起清理案上積件，一一分類歸架上或前房安置之。今歲總結，疾病時多，作事時少，所謂春秋佳日者更少，即或有之，予未應時郊遊，辜負此佳日矣。氣候變幻，近五年特別失常，非如清季民初狀況，不知明春三個月中春光如何耳。古詩"莫放春秋佳日過"，即行樂須及時之意。予已滿七十一歲，明日即七十二歲，晚迫桑榆，一生事業實與先人所期望者未做到三分之二，而予自立志者亦未做到三分之二，可慨也哉。七十一以前日記前有缺者，近年亦檢證閱他書補出，再缺者，無法添憶，亦無書可尋。平生所歷變亂不止一次，尚獲將予五十八年中日記保存無失，豈非天幸！明年倘得政府力量爲予印行，並《太平天國史料》《春柳齋筆記》等一一印成，則吾願已足。董老覆函謂政協已許照辦，不知何日得成事實。方壯猷前日所説統戰部並無問題，但希望能踐諾言也。至《歷變記》述起義事，當有三萬字，明年當仍用文言體寫之。如聽前者所説須用白話，則可得十萬字，予實無此力量寫許多不相干之白話文也。近時學校又講古典文學，則又何説耶？

丁酉（1957年）日記

正　月

初一日　晴　晚下雪子　繼以雨　一月卅一日　星期四

晏起。今日政協約團拜，予未去。午後來客，李平原、敖雲門、范尚立略談去。予今年寫日記務求簡而又簡，目力不如前，那有許多事須寫。如遇必要，另寫於《峙山筆記》四卷之後，容日補一叙，説明今年日記須簡之意也。

初二　雪　雨　天氣變寒　二月一日

晏起，寒甚。張竹青女士來取字畫去。徐式如、裴毓華來，未談多話，予亦未送出門。

初三日　陰寒甚　星期六

予咳未减，畏寒甚，在室枯坐而已。

初四日　陰寒　禮拜日

今日下午一時方局長壯猷來談甚久去，爲予印日記及《太平天國》《歷變記》等書，辦理書畫展覽會事，云已與政協、統戰部均接洽成熟，俟天暖約予同訪部長一談云云。吕景芳、熊予佛來，未多談。孟月明來看予。胡松山來。

初五日　陰寒　下雪　今日立春
晚大雪至十二時未止　星期一

今晨太平自胡林來。孟迪甫來略坐遂去。下午一時孫愚夫、敖雲門、蔡西銘來便酌，三時散去。予以說話多，口乾甚，喉亦痛，早寢。

初六日　陰　結冰　晚大雪

蔡天民來談一時半乃去，述肖谷事兼談彼之近況。下午寫信向章裕昆索還書。

初七日　晴

蔡天民來係昨天事，談書在前。今日取去臘廿九所照像，相尚好。

初八日　晴寒　晚仍下雪

魯祖珍自大冶來。午後章裕昆、劉文權、鄒江濤、夏執中、梁維亞先後來談甚久。予說話過多，氣促不可耐，非調養之道也，以後須戒之，客來少談話。

初九日　陰　星期五

今日調墨盒，準備晚間編書。

初十日　陰　星期六

整理清代日記夾條，擇要者囑魯君書之。

十一日　晴

今日開始編書，請魯抄各件。

十二日　晴

今日早晚均編書，予頭暈目炫，夜十一時乃已。

十三日

十四日

十五日　晴

以上三日晚均編抄各件。今日午後劉凱南送書來，談片刻去。

十六日

連日早晚均編書。魯君寫字甚快，予只求快不求佳也。

十七日　晴　二月十六　星期六

早起王小齋來爲我粘簿子。午後王尚白、鄒嶧儒先後來，予以喉痛，未與多談話。晚羅竹如來坐談一時許方去，予亦懶作答語。尚志清五時來，取《都門彙載》八本去。張肖鵠今晚方來航函，閱後知已照予所囑矣。

十八日　晴　禮拜

予未起時馬潔園、唐醉石、尚志清先後來談一時許去。下午彭仲康、陳子安來。

十九日　晴

昨晚午生回湘，下午小董來，予先與來客楊雨廷、李任談話多，未與多言。

二十日　陰晴　今日雨水節　星期二

早易南全來會魯祖珍，勉與談半時去。盧智泉來爲肖谷事談甚久去。

廿一日　晴　午後陰　二月二十日　星期三

七時起，八時乘車至醫院看病。向醫生已調學校教書去了，改就吳紹基醫生診之。吳係熟人，談話易入也。十一時出，便訪智泉談肖谷事。訪亞佛談片刻，問玉兒家，知其已上課去了，十二時歸。聞章裕昆來訪，值予未歸，彼竟去。

廿二日　晴　午後陰　星期四

早起至博物館，問胡裱匠托以裱小條事。晤劉靜山、鄒苾蘅，談片刻歸。祖軫下午返魯家巷。

廿三日　晴　下午陰　星期五

今日未作事。午後呂壽圖來坐片刻去。晚欲執筆補稿，以倦而止。連日亦未吃藥，任其咳而已。

廿四日　陰　有風　星期六

魯去後小房淩亂甚，自檢掃並清理三箱，將字畫碑帖又分類安置之。頭暈腰痛，費四小時之力乃已。

廿五日　晴　下午陰　禮拜日

今日柯國華送和詩來，去年和予七十之作。予原詩作於前年五月，邇時社會緊張，對門房鄒苾蘅家被抄，予懼以言取咎，未發出去。春三月乃先送饒、敖、蔡、鄒嶧儒四君，秋季得和作者九人。柯君在他處見予稿，遂和之，今日送來，予留之談一時餘乃去。賀覺非來，留之飲。曹某來，胡言片刻，有經神病狀，謂有字屏八扇求售，予囑其送來一閱。晚寢咳甚，寢極不安，起坐二次。

廿六日　晴　二月廿五　星期一

昨睡未安。今日九時起，未作事。午後一時馮亞佛、陳哲之同來，談甚久去。屢欲外出，未成行也。

廿七日　晴　旋陰　星期二

早起。九時送舊畫三件，俞曲園、林彭年信稿三件請胡老三代裱，午後又送予舊絹畫山水一幅，前日楊雨霆贈予者，云此畫日兵據武昌時所購得，已將上款挖去。上款何名，彼已忘記矣，款稱"老伯"，何以無年月，或者係某友人之父，予又不願以"老伯"稱之耶？觀下款僅書"愚晚"可知矣。畫確爲予五十歲左右之作，未另錄予畫說中，邇時心中似不願畫者也。今日視之，燥氣已除，亦佳構也。午後小齋來爲予再粘貼小漢碑七頁。

廿八日　晴　星期三

早起清理各事，午後三時帶同小蘭乘車至司門口取《蘇東坡集》四本，言明價十元，爲萬姓舊書，予去年曾閱過，彼不願售者也。途遇孫愚夫，約之遊抱冰堂看梅花，臘梅一株未盡脫，紅梅則未放也。

廿九日　陰　小雨　星期四

晏起，昨未睡足。天小雨，轉寒。午後三時修脚，四時至武昌浴室洗澡，耽閣一時許，洗後身適。晚九時半寢。

卅日　小雨　陰　沈暗　三月一日　星期五

昨睡甚安，連續六小時乃醒。滿擬今日渡江買書，竟未如願也。午後尚志怡、張祖培先後來談一時餘乃去。

二　月

初一日　晴　三月二日　星期六

早九時渡江，先至萬文啓家，知已過武昌矣。訪汪壽恒，僅立談數語。訪吳東年，買得《人名大詞典》，去價十五元，雖貴，較之益善便宜五元矣，書賈可恨，可恨！遇趙瑜傑，引至彼旅社中，檢所買各書，以佳者相示。在漢一月，購得佳者甚多，去價僅四千餘元，可惜武漢各院校圖書館太惜錢，又不内行，致令好書歸北京所有也。下午五時歸。

初二日　早晴　旋陰　旋小雨　午後五時半大雨　三月三日　禮拜日

早出訪胡舜生問學生軍事，談一刻鐘出。至益善看書，未買成。十二時下雨。今天兩次乘車，所出訪亦非大事，甚悔。歸家後張懷漢來，告以其父各事，明日當與智泉一商。傍晚大風雨，氣候轉寒矣。

初三日　陰　大風雨　午後乃止　三月四號　星期一

九時起，大風雨未止，天氣變寒如隆冬，昨漢口報載有寒流自北來，夜半至今午已應矣。李姓退書來，予一笑置之，彼似又欲讓價者，予囑其去，不必多言。

初四日　陰　晚寒　三月五號　星期二

今日屢思出門未果。題大冶縣七花堡黃高道完糧票後，此爲太平天國乙榮丑五年之事，太平軍第三次佔領武昌時期。自是年二月至次年十一月爲胡林翼所敗，退守安徽者也。明日當送去照相存之。

初五日　陰　午後二時雨　三月六號

早起。十一時祖軫來略坐談，予約之同渡江，因昨夕計劃今晨送款與萬文啓，便看吳東平之汲古閣十七史殘本也。十二時一刻晤吳並萬及趙瑜傑一一説明。真幸運，預計三小時連看書諸事，一時許乃了之，惟會李春萱不知何處去了。二時渡江歸，三輪車上遇小雨，無大礙。歸家飯後請祖軫補寫數事。十一時方寢。

初六日　陰雨　轉陰　三月七日　星期四

早起，送照片至顯光樓囑復曬。午後至醫院看病，出便訪智泉，遇溫楚珩談甚久，出訪張烺①丞，問他辛亥以前從軍事，他云係二十九標，尚憶及其官長與同棚之人。朗丞今年七十九歲，已衰老矣。

初七日　晴　陰　三月八日　星期五

今日下午寫致葉玉虎先生函並添書畫款函，長五千字，拉雜陳詞，猶未寫畢。予與葉通函，此爲第四次，蓋相隔卅餘年矣。晚間封畢，備明日渡江交趙瑜傑帶京爲便。

初八日　晴　三月九號　星期六

早十時渡江，十一時到交通路生成里尋趙旅館，乃誤以怡興社爲交生成里也。十二時至江漢路方與趙晤，知其遲四天乃行，遂將字畫交彼帶京，予取函由局先發也。四時渡江歸寓，晚間清理各事。細思予記憶力已差，致將漢口欲會之寶、倪二處均未去。

初九日　晴　三月十日　禮拜

今日下午外出訪亞佛、執中，均略談。訪哲之求卜未遇，留字出。

---

①　烺，應爲"朗"。

過玉兒家予亦未進去，徒花車費三角九分而歸。復陳樹三信。發北京葉玉虎信。

初十日　晴寒　風　三月十一　星期一

今日天寒如隆冬，未能出門。魯祖珍來坐談，留之飯去，彼云後天來抄寫各件。予定滬、漢報二種，今年目力更差，未能細看，僅悉大事而已。政協明晨約遊東湖。

十一日　陰　風寒　中午雨　大風　晚雪子　繼以雪　三月十二　星期二

早起，早點後出門至街上，大風，天墨雲堆集，予慮有雨，遂不往政協至東湖。以後天漸風更大，中午大雨，氣候劇變如隆冬。晚下雪子，繼以雪，今日遊東湖之人可推想其狀況矣。

十二日　奇寒　結冰　三月十三日　星期三

天氣寒未作事。中午似轉晴，旋陰，節近花朝，何如①之寒耶？晚寫《歷變記》數則，目疲遂寢。

十三日　陰寒　三月十四號　星期四

上午欲作事，以寒中止，至博物館與裱工商裱畫事。十一時祖軫來，飯後爲予寫材料，今日決計將起義攻督署情形詳叙出，並繪進兵路線圖。晚間十一時方寢。

十四日　陰晴　三月十五號　星期五

今日作事多，至晚十時以目力疲遂寢。寢雜夢多。

---

① 如，疑應爲"如此"。

十五日　陰晴不定　今日爲花朝　三月十六號　星期六

今日未出門，自上午十時至晚六時半乃停筆。飯後張世驥、敖雲門來坐談半時去。

十六日　晴　三月十七日　禮拜日

早起，今天始放晴。計自舊元旦起已過四十五天中晴者僅廿一天，餘則陰寒風雨雪占其大半數矣。下午外出一次，晚編《歷變記》，文學社、共進會已畢。此兩種較日知會頭緒紛煩，只得以簡要說明結束之。

十七日　晴　三月十八日　星期一

早起，十時閱報。《文滙報》載黃紹竑填詞，爲《南鄉子·首讀周恩來出國訪問各國報告後感作》者，殊無可取。黃爲廣西人，從前依附桂系得高位，桂系衰敗後依蔣介石，又起爲部長熱中之人。邇時時論對之不佳，無好評也。《湖北報》載臺灣於十五號上午十時五十七分地震，時間計十七分鐘之久，可謂大震，但損失尚未得確息也。又載康有爲之女同璧今年七十六歲，正在整理其父生時未發表之文稿多種。同璧現任中央文史研究館館員，彼童年即同其父週游歐洲十一國者，文字均佳，兼通五國語言，女子人才中國所僅見者，真堪爲文史研究館生色矣，不知外省文史館中有才如此女者否？今午後到醫院看病。

十八日　晴　熱燥　晚大風　轉鐘一時陣雨一時止
　　　　三月十九號　星期二

今日外出購物，天熱甚，堂屋地平出水，當有風雨。午後欲補作《歷變記》，以疲乃止。五時開始清理稿件什物，至夜十時乃寢，轉鐘聞雨聲。

十九日　雨　寒　三月廿號　星期三

六時醒，聞大風雨聲，遂懶起，遲至九時起。今日未敢出門，仍清理報紙、書籍等等，預計明日可將前小房中書籍雜件清好，以免滯目。欲作則心計自去年正月十九出醫院後，已年餘未騰寫自作詩文矣。俟《歷變記》交出後辦展覽會畢，必決補寫之。

二十日　晴　三月廿一號　星期四

今晨發肖谷航函。午後至醫院看病，吳醫生試予血壓已增高，手指發麻，須治血壓也。遇賀伯名，兩年未見面者，聞肅反事已押年餘，開釋不久者，已復職且補薪千餘元，亦幸事也。便訪智泉説半時，又至參事為書畫展覽事。遇羅燦，與詳述予意，請其轉達三位主任使知之，因擬先在參事室預展一次。

廿一日　早小雨　旋陰終日　三月廿二　星期五

早未作事。正午祖軫來，午後謝某來，稱係胡林水清之表弟，與談一時許去。三時徐式如來談學生軍辛亥加入起義事，坐半時乃去。

廿二日　晴　三月廿三號　星期六

今日執筆補寫《歷變記》，時時來客擱筆，耽延興趣，夜間乃補寫三段，約四千字，手軟矣。手指麻，時時象寒生於内狀。辜達岸午後一時談甚久去。

廿三日　晴　三月廿四　禮拜

九時起，十時乘車先至范寄滄，請其妻為予打金針，又打小綫針十餘次。雖有痛苦，以係右手忍痛求愈也。便訪裕昆、王預旃，至玉兒家吃飯畢，訪亞佛，坐談一時許。與藍漢凌同往訪李儻，述予來意：一印刷筆記及《太平天國》等書；一辦書畫展覽事。政協與省長願與予代為處理，使參事室知之。坐半時出，訪陳哲之爲予卜一課，問北京葉老接洽事，得萃卦，云甚利。

廿四日　晴　三月廿五號　星期一

今日補寫《歷變記》二頁，須執筆想三分鐘再書，已至戊申年底止。復胡林玉亭函。劉烈武來談甚久去。

廿五日　晴　三月廿六號　星期二

早起外出一次，午後補寫《歷變記》。今日自一時寫至晚九時止，已畢上編八月十九起義矣。頭暈不能支，乃休息。細思往事，不勝慨然。

廿六日　晴燥　三月廿七日　星期三

九時起，閱報一時許，懶於提筆，以昨日寫字太多，目疲神倦矣。午後外出訪方壯猷，恐其不在局，預寫一函帶去。訪梁維亞，談甚久出。在酒館食水餃、包子，均不適口，甚悔花此冤枉錢。歸後頭疼休息，不想作事。晚七時李春萱來談甚久去，彼今日爲政協會議宿武昌也。今夕爲先母忌日，缺祀也。

廿七日　晴燥　三月廿八　星期四

早起，早點畢出門，先訪鄒嶧儒。再訪童自純，略坐談。再訪賀學海，值其出，在寓久候未歸。與嶧儒遂同出，途遇之，予以不願再轉上樓，立談片刻別去。再訪劉文權，值其病，未久坐。與嶧儒同至民主路一民家，隔短牆看杏花開。此地原爲舊撫台衙門，黎元洪於民廿年由其子分售與居民者也。地雖舊撫署，花僅八尺餘，非舊時物也。今早原爲拜答各老友，匆匆少說話，乘三輪車歸已正午矣。飯後小睡片刻，再出門購洋傘一把、布鞋一雙、短襪一雙、筆一支，均爲應用之物。去年售書錢所餘不多，均補購之。原不想存錢，並上館一次，計用去十餘元。我所得正薪不足兩宅之用，終感不足。晚補寫《歷變記》，快竣事，以後必清閑，將此腦筋澄清一次，吾之願也。今日外出始見春花，但未聞蛙聲。

廿八日　晴陰不定　三月廿九日　星期五

今日自午至晚補《歷變記》，約三千餘字，頭暈甚。

廿九日　晴　大風　三月卅號　星期六

早起欲外出未果。春晴應郊遊，以畏風又無作伴者中止。午後仍補《歷變記》，晚間寫至十一時止，身疲頭疼乃寢。夢極雜，咳稍好，竟睡至轉鐘六時半乃醒。

三　月

初一日　晴燥　晚大風　三月卅一號

早起補寫未竣之史料。午後賀滙川、鄒江濤、敖雲門同來坐談一半①乃去。晚八時崔祥珩來談甚久，並云今日時症，致未買得銀翹片，予給以一瓶去，前購用餘此一瓶也。近日報載京滬腦膜炎、流行感冒症普遍甚，吾鄂農學院師生職工患者已近千人，奇哉。

初二日　晴　大風　四月一號　星期一

今日日記誤以初三寫上前，四月一號亦無事可記。

初三日　晴　大風終日　四月二號　星期二

早起，十時祖軫夫婦自鄉間來，留之飯出。予仍補寫《歷變記》。下午祖軫歸，彼云明晨回大冶，托予各事，就宿於此。今年上巳，予畏風

---

① 半，疑應爲"時半"。

竟未郊行。

初四日　晴　大風　四月三號　星期三

晨六時祖軫別去，八時半予起，仍補《歷變記》。現只三四事歸生存者言類，即完成全書矣。計自前年夏初許賀君整理舊稿，去秋乃有增益，冬初增加聞見者更多，致臘月加緊整編亦不成書，幾釀大病，停一旬而仍着燈。節後重整稿，以速寫法走筆文，晚間每至十一時乃已，今幸快成書，但精神目力消耗不少。此書交出後，應休息一旬以恢復予元氣，勿忘勿忘！

初五日　晴陰不定　大風　四月四號　星期四

今日上、下午補寫《歷變記》，至晚十一時方寢。

初六日　晴　今日清明節　四月五號　星期五

原定今晨外出，以天忽大風遂止。予屢念清明須回縣祀祖墳，今已八年未歸，心中實有無限感痛者。聞京滬報尚有祀民族英雄者，則舊禮教並未廢，吾何以不能回籍掃墓耶？一以衰病，足不良於行；一以無錢，不能如吾願也。內疚於心，奈何奈何！下午三時孫愚夫來坐談各事去，慨嘆而已。

初七日　晴燥　四月六日　星期六

今日寫《歷變記》已成，晚補軼事三則，不補則心難過，寫至神疲目倦、頭暈甚乃已。未了之事明晨再辦。

初八日　晴燥　大風　陣雨六七次　雷聲大作
　　　　四月七日　禮拜

今日天氣變態無窮，頗爲奇特。極熱，暴風雨，雷聲，忽晴忽雨，盡態百出，乖氣也。朱源滔同師範學院王君來買書，略與談談，未說價也。敖雲門亦在座。晚張祖培來談甚久去。

初九日　晴　極熱甚　夜間猶熱　四月八號　星期一

今日檢查已寫成之《歷變記》，須標點。來客時時耽延時刻，晚間僅鈎點三分之一。張世驤來，仍談寫字展覽事。

初十日　晴　陰　風雨變態無常　四月九號　星期二

今晨閱報，言北方寒流大至，今日夜有大風暴雨，以堂屋石潤推測，必驗。下午熱、寒、風、雨迭換。三時寫魯、陳、盧三君函發出。晚六時天氣變寒，風已大起，夜九時至十時半風吼屋瓦震動，一時半最烈，以後時有陣雨。予先已上床睡，十一時以後兩足掌指抽筋痛甚，足冷如冰，極難受，自是不安寢，合眼半時即醒，焦灼殊甚。

十一日　晴　大風未息　寒甚　四月十號　星期三

今日上午十時起，至下午十時始將《歷變記》點圈完竣。以後不再加抄，惟約賀覺非來取，竟未來也。去臘今春初索稿甚急，何也？

十二日　晴寒　四月十一號　星期四

今日外出，足力不健，未走遠即歸。得愈友片，囑予勿渡江，彼不日可出醫院矣。得智泉信，知肖鵠事尚有待。前者肖鵠不錯機會，早已成矣。凡事有定，豈不信然！晚寫肖谷函，並約其女禮拜日來寓問以各事。夜十時寢，多夢，似予爲人作一種文稿有糾紛。

十三日　晴　四月十二號　星期五

昨睡未安。十時章裕昆來，仍欲抄辛亥史料，彼已取去二次，托云未抄完，又來云係對錯字，見眼生情，又要抄中部同盟會簡章，其實爲此稿來者，經予再三問，始答云係向北京歷史研究會第三所囑其投抄稿，有抄費，其欲就此抄去。予謂此稿非一時所能抄畢者，我代你抄，由郵寄汝，乃去。噫，此心理可推想矣。午後小睡三時，出外買物，徒花車費，僅買得《歷史研究》一本□歸，所需之《近代史料》第二集未到。便訪殷子恆，云已八十四歲，神智尚清，談一刻鐘出。再訪梁維亞並劉凱南，各談片刻歸。

十四日　晴　下午陰　四月十三號　星期六

早起閱報無多事。此月定報太多，下月預減去二份。午後姚美齋來取予舊鄧石如聯去，云有買主，付之去。鄒江濤來談後與同出，至文史館訪饒校文問安牙齒事，值其開會，不能多談，訪田竺僧、范叔恆，爲黃文卿、張肖鵠事，須與面談，聞其遊東湖去矣，留字出。至劉有餘買銀翹片三包歸。夢閑病流行感冒，需此藥也。

十五日　晴燥　四月十四號　禮拜

上午馬潔園、晏文章同來談甚久去。壽銀與太朗同來坐未久去。午後梁維亞同黃安阮曜文來，阮即辛亥與梁同至蘇州威脅程德全獨立者，談半時並取予所編書閱之而後去。三時王國煌來述各事，留之飯去。晚十時寢，多雜夢。

十六日　晴熱　下午三時半小雨　六時又小雨
　　　四月十五號　星期一

早起，九時約張祖培遊東湖。汽車上擁擠不堪，到東湖時正值烈日，幸攜有青洋傘得不熱。上行吟亭略一瀏覽。此亭做法極拙而又窄小，何人設計？據前年報上攻訐工程師某某用款至二萬餘元矣，此工程師該死的東西！正午至飯廳吃飯，候一小時乃得食。每份五角，並不算貴，但人多屋小，熱甚。二時看歷史博物館，三時看牡丹，約五六十株，花放已過候矣，謝者什之一，白、紫、深紅、澹紅四種，無黃色，有一株中一花半紅半白爲特殊者。今日看牡丹較之去春尚未爲遲，因去年閏，今開遲，予看正合時，恐遲一二日風雨至，必謝凋矣。天起黑雲，慮有雨，遂與張君乘汽車至胭脂路下，值小雨驟至，在馮亞佛家坐片刻，乘三輪車歸。

十七日　晴　夜轉鐘時小雨二次　四月十六號　星期二

早陳少武來，午後鄒江濤來，均坐談。予今日頭暈足軟，蓋昨日行路多，疲甚。與陳、鄒均未多説話。三時賀覺非來談近事甚久，並將予編之《歷變記》取去。此書計九十一頁，另序言、凡例四頁，計費腦筋年餘矣，而臘倉猝補寫，熬夜一旬，致目力大減，爲此書成稿。今重負已釋，心爲之快然。

十八日　陰　小雨數次　夜大雨如注　四月十七號　星期三

今日小雨數次，未出門。閱報無多事，滬京所載者，歡迎蘇聯主席來華事，説詞、圖片同樣，漢口亦互相轉載。

十九日　陰　小雨一次　四月十八日　星期四

早起未作事。午後鄒江濤來約訪鄧先生，予慮有雨，辭之，彼坐談甚久乃去。予實不願行濕路再雇車也。

二十日　晴　四月十九日　星期五

早起，九時往訪孫愚夫，值其出，未晤也。途遇賀覺非又轉孫寓，久候不歸，予遂至牙醫生彭達五處請試齒模，遇劉行丞，知其今夕出差赴恩施也。自彭寓出，便訪賀、周、方三人，均聞開會去了，可見爲主任者無時刻之閒矣。晚閱《古詩正蒙》廿頁。

廿一日　晴　四月二十日　星期六

早起至烈士祠訪民革田竺僧、范叔衡，俱未遇。此爲一月前肖鵠與黃爲倫所托，訪二次均不值，總算盡予心而已。其實彼二人有何權力，爲黃、張能進一言耶？訪韓星之，談半時歸。飯後小睡，覺身疲甚，四肢無力。三時飲酒一杯，大不好，氣鬱甚，晚飯少吃，以後似不能飲也。

廿二日　黎明小雨一陣　陰　四月廿一　禮拜

六時起，昨睡十一時上床，今晨六時醒，如不起坐即咳嗽大作矣。以後早起，可免氣閉痰不得出也。晚寫信四件。

廿三日　陰　早八時陣雨　午後陰轉晴
四月廿二號　星期一

早起。今日發出民族學院王箴銘、李尊柏、賀覺非、王國煌、楊玉如、姚美齋共六件，並發朱源滔、舒峻山二函，爲賣書籍事也。下午陳哲之引方漢農來談甚久去。

廿四日　陰雨　晚大雨達旦　四月廿三號　星期二

上午閱三項報紙，俱叙蘇聯伏羅主席到京、到滬、到瀋諸事，記載已六七日矣。午後三時乘車至牙醫處安上半口腔，已成全牙一枚，候之二小時，歸途極不安，到家時牙齦痛甚，實不能吃物，遂取下，徒悔花此十九元也。晚寢多夢，時在胡林鄉間，時似出任近邑，又見母親及舊僕從人等隨予赴安起次赴岡未定，又欲調一邑，恐難成事實，夢中惶遽不安。今年兩月，半月中夢尤奇離也。

廿五日　雨　風　晚七時有風甚寒　四月廿四　星期三

今日思去牙醫生寓，以雨中止，彼囑予今日須再去者也。午後二時小睡至三時半方醒，亦夢多且雜。晚以氣候變寒，九時半即寢，寢後多夢。

廿六日　上午晴　下午小雨數次　四月廿五　星期四

早起至彭醫生處再整假牙托子，耽延二小時歸。午後小睡，同室婆媳吵鬧，不能睡熟，仍起坐看雜書。

廿七日　陰　小雨數次　四月廿六日　星期五

今日原擬渡江爲音樂會事報到，以時有小雨未敢行也，看明日如何再定。去開會聽報告，晚藉抄科甲錄醒醒腦筋而已。此八日內天氣時時沈鬱，呈愁慘狀，春光三月暮矣，並未得一日樂意郊遊，負此年華矣。前、去、今三年均如此，可憎也。

廿八日　早小雨　午後陰　旋晴　晚七時慧①星見
　　　尾長二尺餘　十時半乃没　以後雨
　　　　　四月廿七號　星期六

早以雨未能渡江去開會。予此次原擬必到者，以天氣連日如此，殊可恨也。下午似轉晴，欲渡江又慮時晚，遂不作到會打算矣。

廿九日　終日大雨小雨　四月廿八號　星期日

今日天氣仍愁慘狀，小雨時作。一時半漢口竟來電話約予開會，予未去。

三十日　陰雨　四月廿九日　星期一

今日未出門，下午李尊柏、孔憲凱同來買書三種去，袁中郎六本有缺。

---

① 慧，應爲"彗"，後同。

四 月

朔　晴　午後小雨　六時以後大雨　夜大雨達旦
　　今晨六時半日偏食　人皆見之
　　　　四月卅號　星期二

　　早起，十時乘車至鑲牙處，囑其改做。此次花去十九元，則饒校文誤予不淺，那裡能食硬物，即軟物亦不方便。至孫愚夫寓，彼留予吃飯，有蒸肉，甚佳。歸寓後羅國貞自縣來，帶有遲生信並書三本，云廿六號晚自漢開下水輪船在葉家洲附近船中失火，汽油燒死三百餘人，可謂慘矣。不知交通廳所管輪船尚留腐舊無用之汽油船行漢、黃一帶也。報章不准宣佈此事。羅云姚家壠先父母墓恐須遷葬，公事尚未出來云云。此事真令予難安之事。去年遷祖父母及先叔遺骨於九曲亭下，係由遲生招呼。予今年清明以天氣時變又未歸縣一視先人之墓，心痛之至，此氣向誰一嘆耶？各街今日縶綵甚多，紀念五一云。

　　　　初二日　雨　午後陰　五月一號

　　聞今日遊行者萬人，置帶雨傘，但有許多地方不准打傘，科頭雨淋，衣履俱濕。予見本街小學軍樂隊小學生無一人打傘者，想不日仍病矣。此等學生皆係前日患過流行感冒者。

　　　　初三日　陰晴　下午仍小雨　晚雨雷電交作　五月二號

　　今日時陰時晴，天氣極不正，空際時呈陰霾狀。

　　　　初四日　雨　午後雨更大　晚間陣雨時作
　　　　　　五月三號　星期五

　　早陰，時現陽光，午後三時大雨至暮。今日寫信四件，清理各稿至十時半，以目疲甚遂止。報載慧星自上月晦起每夜半可見之，惟連夕皆陰雨，未能見也。前清庚戌慧星七月初見東北方，半月乃没。

初五日　雨終日　氣候寒　五月四號　星期六

今日因雨未能送牙床去修整。誤聽饒、夏二人語，花去廿元費，於予牙仍未有益，帶上則食時受痛苦也。閱報無多事，《光明日報》不如《文滙報》，下月再換。

初六日　雨　斷續竟日　五月五號　禮拜日

今日未能出門，在家清理積稿。寫信二件，一復舒連景，一寄梁維亞，問其生辰係何日。

初七日　早陽光一現　午後小雨二次　五月六號　星期一

今日添寫舒信二頁，加入函內，明日發出。連日閱報，整風、爭放、爭鳴，千篇一律。以後報紙須減去，好在上海《文滙》，北京《人民》《大公》，今改《光明》。湖北之《長江》《湖北》，此六種報內容與主辦者言論、技術、本領均知之矣。自下月起僅有一種報足矣。

初八日　早陰　午後晴　五月七號　星期二

昨夕睡熟時少。今日周姓箠其子，吼喧不已，致不能再睡，遂起。午睡補半時亦不安，乃送假牙再囑彭醫修理，約半時出，訪馮亞佛談甚久。凱南、少武在座，談話多，至一時半乃歸。尚子怡來談甚久，致未作事，送來錢基博所編《板本通義》一册，予照價給予之。朱源滔今日來信，稱錢君願與予接談並介紹其略歷。

初九日　晴　五月八號　星期三

上午晴，曬衣物。連日潮濕氣重，衣履發黴，計下大小雨已十六日矣。廿七號星期六下午陰天，七時至十時間天空慧星見，十時以後仍小雨。昨日雖晴，非整日也。午後二時攜傘步行訪鄒江濤，值其出未遇，留字約以明日訪鄧老。至楊器之家坐談久出，至彭劉楊路搭汽車歸，足力已疲矣。

初十日　晴　午後熱　五月九號　星期四

七時起，八時鄒江濤來，謂彼今日下午要聽報告，特來約予提前同訪鄧韻卿先生。予已昨許同去，係上午時間，又不能拒之，匆匆遂與同乘車去，至候補街廿二號訪談一時餘。鄧叟年八十六，甚健，聞每日食量甚好。略詢沙市舊友及鄧姓諸人，則詩盦與汪潤之均存在，並晤及其塨索閱，則從前聞其名而未見者。十時半出，便訪盧智泉，極關心肖鵠事。談半時出，仍乘車回，天熱甚，裏衣汗濕矣。今午匯十六元與鄂城，寄一詳函與遲生。

十一日　晴　午後時有小雨　天氣不正常
五月十日　星期五

早起，上午天氣不正，晴熱。午後送信與盧智泉閱，因浠水蔡仲謙爲肖鵠事收到必武及湖北高級法院二函也。蔡對肖鵠能盡力，此因去冬蔡來予宅，予詳告以其子在皖諸事也。便在馮亞佛家談半時出，過益善舊書店乃知今年書價又漲二倍，奇哉。可惜書賈徐行可之書賣與漢口某學院，貳萬元之五百箱書又太便宜矣。徐賣書向來厲害過於各書賈者也。古書不可再得，徐竟失算，知其必悔矣。九時半寢。

十二日　陰　時有小雨　五月十一號　星期六

六時醒，昨睡甚安。連日各報所載各大學統戰部、各機關均開座談會，所述不外攻訐領導，強調黨內外幹部須合作，除去官僚作風，大致一律，不外報復。去年肅反受過威逼的，今年向黨幹部一吐惡氣。黨幹部此時忍而受之，尚未見有回答者。此之謂"百家爭鳴，百花齊放"，報章所渲染及發言人的技術曰放，曰鳴，曰爭，總在幾個字面上換去換來，此之謂大學教授。既肅反受冤屈，當時何不直起而鬥爭耶？千篇一律，可笑也。午後想外出又慮下雨，中止。

十三日　陰晴　下午小雨數次　五月十二號　禮拜日

早起。午飯時候張懷漢不至，乃寫信並附董、蔡及法院函挂號寄上海去，請肖鵠自爲辦理。內子帶同周淑德及香生往玉兒家中去。午後一時月明女同國煌來談一時許，予囑其往玉兒家逕會內子去。六時半予就對門陳宅晚餐。九時內子方歸。

十四日　陰晴不定　五月十三號　星期一

上午發肖鵠、美齋、覺非三信，午後小睡，身疲，未作一事。連夕臥後及白日靜坐室內時回憶往事，感慨殊多。祖父在時事偶或憶及，歷歷在心，似祖父去世未久者。至吾父母生時情狀，睡時夢中則時見及之，本邑老友長於予、稚於予者，十年來已死淨矣。住省者程少松，予前四年因事以不重其人，現亦來往。王裕旈前月予曾訪談一次，彼年七十八矣，晚境甚困。肖鵠出獄後即赴滬，未一見也。復員東歸在武漢新識老友鄧振夫、黃稷丞均稱莫逆，解放時期已逝世。現時時相見者則馮亞佛、陳少武、王伯森、劉文權、楊玉如、楊雨霆、盧志泉、楊湖樵諸人。惟以距予宅遠，予去、今兩年足力不健，未能時時縱談耳。

十五日　晴　五月十四　星期二

今日原擬訪錢基博，九時鄒江濤引鄧振庸字韻卿。先生來看予，談一時許方去。午後天熱未能出門。欲補天國史，未能竣，遂中止。

十六日　晴　大南風　五月十五號　星期三

今日大風，沙塵滿天，予不願至參事，囑內子去取薪水歸。閱報，知行漢、黃輪船上月廿六號燒毀事，只死難共一百餘人，恐非事實。內河輪船管理局應負責任者，設非死有現役軍人及幹部十餘人，又經有人向北京控訴，此事則草草了事矣。聞遇難者每人給一五百元爲葬唁費了此冤債，局長如何處理尚未宣示。

十七日　晴熱　五月十六號　星期四

今日擬往醫院看病，以足軟身疲乏竟未去。午後天熱，致不敢行。劉靜山來坐談甚久去。

十八日　晴熱　五月十七號　星期五

早起。連日早晨咳甚，不起則似氣閉喉頭，極難過，欲氣喘矣。午後送牙去修理，便訪孫愚夫談半時，有毓華在座。送書還吳端偉，《金田之遊》總算羅爾綱辛苦所得著作也。過後宰門，以肖鵠近事告知張懷萬縫工也，彼與肖鵠有好感。在馮亞佛坐談半時，彼以陳少武、岑偉生編書事內幕告知予，無怪賀覺非前次來晤時，予詢及陳著，彼吞吐其辭也。歸寓得覺非信詢予三事，俟明日復之。

十九日　晴熱　五月十八號　星期六

昨睡不安，十二時半醒一次，須坐起咳痰十餘口。二時又醒，亦然。四時半醒，遂不能睡，五時半即起。此旬內均如此，夜以早睡遲睡均爲苦，早以早起遲起亦爲苦，蓋即咳嗽致喉奇癢不能止。如此慢性病，年年如此。去年三月初即愈，今年四月十九猶未愈，以視前五年，臘月小除日即愈，或正月半後即愈，似今年病加劇矣。予此月竟未往醫院求診，診亦無益，奈何奈何！原擬上午去訪錢基博，慮午前有不便，擬下午去，乃天熱甚，予又畏熱，俟明日看天氣如何耳。晚服天津出品之百花定喘丸一丸，此去歲賸餘七粒，試試之，明晨當再服一丸。

二十日　晴熱　五月十九　禮拜日

昨夜服丸藥，十時寢，安睡至今晨五時醒，已足七小時，遂起。漱後再服一丸，看今日如何。八時以後咳痰多，中午以後咳三四次，大約昨睡熟後未吐之痰須盡吐也。傍晚胡玉齋之妻張竹青來述房子憂氣事，防疫站的主任某北方幹部強以宅展轉租人，比從前漢口的二房東尤惡，使彼竟無產權也。得寸進尺，不可理喻云。予囑其向法院申訴而去。

廿一日　晴熱　五月廿號　星期一

昨睡仍安，七時起，仍服定喘丸一枚。九時乘車訪錢基博。途行錯誤到曇華林，而文華大門已改。再問至華中村，則舊時之雲駕橋也，十四號小住宅見錢君，號子泉，江蘇無錫人，教書由小學教員而中學而高等專門而大學，據稱在教育生涯已五十年矣，退休後仍支大學教授原薪二百餘元。夫婦二人，子女均有職，室中藏書甚多，兩壁挂銅鏡，自秦漢至明代均有。錢君能辨別版本，考查銅器、碑帖等等，一一檢請予閱之。留予午餐，予亦未拒也，約談三小時乃出至湖北醫院看病，候一時半，醫生仍吳紹基。取藥出，在智泉家坐甚久出，便訪馮亞佛談一時餘。過益善書店買得康南海石印手書奏稿一本，內附贈徐勤五十壽詩。南海書法不佳，人以其名大，亦重其書也。歸後飯畢休息半時。今日天熱甚，行路多，疲勞甚。晚仍服定喘丸一枚，且看能照昨安睡否。

廿二日　晴熱　時有小雨　五月廿一號　星期二

昨睡甚安，丸藥之功也。六時起，補作叙論。九時乘車外出，至梁維亞家略坐，取回衆編之《辛亥回憶録》。順道訪劉立生談片刻，途遇易南生，約過其家又談片刻，聽其所說似以大衆生活爲念。彼爲大資本家，曾受"三反""五反"而窘困者，今又恢復其享受生活者。其言虛僞不可信，問年，亦七十三矣。歸後執筆欲寫竹如詩詞叙之，目疲欲睡，遂置之。連日靜坐時思想舊事，心煩亂甚，乃強以"平淡"二①解之，或默念《大悲咒》與《心經》及《往生咒》三四遍，以制吾心之多雜念也。

廿三日　晴陰　下午八時雨　五月廿二號　星期三

昨睡仍安。五時醒，咳積痰數口。正午賀覺非來談甚久，留飯去。

---

① 二，後疑脫"字"字。

彼代人將《胡石菴革命實見記》買去。下午至牙醫處修理牙齒，便訪馮亞佛，談甚久出，再訪楊玉如，以筆代談片刻出。晚八時雨數次。

廿四日　陰雨　下午五時方止　五月廿三號　星期四

今日晨起亦安，昨睡七小時，天雨轉寒未出門，在家謄文稿二篇入正本。爲翟竹如寫詩詞序一篇，題簽三。彼詩詞稿去年秋初送來，擱置至前月方草草爲之序。序文不愜於心，予文思轉鈍，非復從前之靈活、急就成文也。去臘爲作《辛亥起義記》致晚間十二時猶未睡，目力、腦力俱傷。現時如梁維亞來索送壽詩，予漫允之而已。今日賀覺非約予去看《全唐詩集》，以雨未能去。

廿五日　晴　五月廿四　星期五

今日雖晴，予慮熱，又未往賀覺非處看書，在家午睡甚好，約一時半方醒。吃午飯頗可口，所謂"恰當其時"也。晚未作事。

廿六日　晴燥　五月廿五號　星期六

早六時即起，睡時實未足也。楊濟民自鄂城帶來遲生信一件述各事，又《楊升菴全集》《岳武穆集》《石印陶淵明集》《疑年錄》抄本並雜志中剪下之照片二張。予細問縣中各事，留之酒食去，付帶十二元，遲生買《黃州府》① 一套，所云收荒貨者在縣中得之也。聞李太昌藏有《武昌縣志》全套，予面托濟民爲我購之。前三年窘甚，致將自藏未損失之縣志十本以四元五角售去，至今未買得，以爲恨事。

廿七日　晴　五月廿六號　禮拜日

早起，昨睡尚安，惟僅六時而已，未足也。午後欲將《太平天國雜記》改體例，專寫湖北事，又費腦力，思之再三未動筆。晚補綴舊書。

---

① 《黃州府》，疑應爲"《黃州府志》"。

廿八日　晴熱　五月廿七號　星期一

早起，七時四十分乘三輪車到政協開會，八時十分起，今日到會者均辛亥同志，無他機關參加。馮亞佛、徐藍如等約十人未到，遂開會，勢必人人發言，首由喻育之、溫楚珩等開場，惟說話時間過長。予以印書籍及開國畫展覽事政協久無下文，似官僚主義，相詢後知此爲當孟夫唐所主持，統戰部僅麻秘書長知此事也。今日許可久談胡金魁官僚習氣可惡；梁瑞堂說文史館副長王幹青自大可惡；喻育之說胡頭腦不清又自大，喜奉承，又指出范叔衡卑鄙無恥。十二時到招待所吃飯，菜多，甚好。午後小睡未成，予下午一時即出，未繼續開會也。六時裴毓華來問及今日情形，予細告之。彼云明晨亦到政協開會，不知所約何事也。裴爲政協約談之人，參事室爲政協約談者不止彼一人也。晚間補寫未竣詩文雜稿。時間過久，極難清理，且有僅題目存在而原文已失者。凡事須即時辦理爲好。九時半改訂舊書，十一時乃寢。

廿九日　陰　五月廿八號　星期二

近三天來各報載臺灣人民、學生抗美仇美事漸擴大，不知以後如何收束。日本亦有日婦爲美軍槍殺，事同一律，恐一二日間必有仇美示威運動也。下午欲出門，慮足不能行，臥前房中一小時。醒後送信寄鄂城，並匯款十四元濟遲生端午用度。

五　月

初一日　晴熱　五月廿九號　星期三

早起。九時訪沈碧舫未遇，與校文、達岸等略談，請彼轉達予訪沈之意也。至參事室借錢，值彼等正開會，不能晤，出與李匡甫談片刻。

至圖書①交李尊柏、雷鶴皋抄本三本，劉克猷抄本一本，請其與購買股一商。便訪孔憲愷，以此事告之。晤崔祥珩商借書事，還書以一月爲期云云。歸後飯畢小睡。閱報無多事，臺灣事件且看下文如何。總之一陣風，千篇一律之資料，可以推到明日所載不離乎此也。晚寢，以精神與去夏又相差，今夕誌之，疲乏更甚，幸四小時未醒。

初二日　晴　五月卅號　星期四

疲憊足軟腰疼，四時醒後欲再睡，竟不可能。連日手中空空，昨昌武來，予給一元五角去。今晨陳坦又來討一角去。十一時王小齋來，給一元一角去。此等事眼見如此，又非濟之不可，予實無力助若輩也。午後囑內子至參事室借款二十元，帶圖章去。昨親到參室，值室中開會，無法與負責人一談。三時歸，竟未取得，云室中繁忙，予不知所忙何事也。

初三日　晴　五月卅一日　星期五

今日仍憊甚，足軟頭暈，時時臥床上。計自去年七月初八夕以欲身體舒適致憊，三日未復元，今已十閱月矣。身體益衰，似非保養大補不可，乃今年咳嗽至今未愈，殊爲焦灼。十時玉珍自胡林來，並攜一戚劉慶餘來坐談二時許，留之酒飯去。定生五時歸，云大考畢業已竣，休息一日云云。參事送來博物館在漢口覽展②明清兩朝古人字畫券，請予渡江評真贗。時間已遲，俟明晨渡江一看。該處僅以二天爲預展期，何其促也。博物館內行極少，鄒苾蘅大當家，其本領目力可想而已。連夕聞螻蟈鳴，回憶兒時夜深，每聞此聲，如伴予讀者。六十以前四五月間予喜聞之。此物在室隅，鳴聲只一，並無偶聲，其聲長而不歇，每一鳴三四十分，稍息仍鳴，直到天鳴③乃已，不知何以如此。昔在黃安、黃岡、

---

① 書，後疑脫"館"字。
② 覽展，疑應爲"展覽"。
③ 鳴，應爲"明"。

本邑署中居宅均如此。追懷舊事，時念及先父母在時情狀，及予亡室孟氏同居此宅中，每聞蟲聲，憂樂並集。

初四日　晴熱　六月一號　星期六

今晨身仍疲憊。以昨接博物館通知，今日須過江審批其明清兩代字畫真贋也。攜定生扶持予渡江，計用去船車費、火食費約二元。所見字畫約四百件，贋者十之一二，佳者十之六七，餘則平平而已，生存者僅齊白石二張。便訪國煌，外出未晤，見月明在病，與談片刻即渡江歸。晚七時唐醉石來談，述自施南來鳳視察情形甚詳，九時乃去。十時寢後夢同學張福蓀猶似在漢經營茶商事。福蓀沒已卅餘年，見夢今是第三次。湖堂同學，福蓀待予最厚，任省議員時為予謀調教席，時以款助予者也。殆予任局長時尋其弟兄，不可得矣。戊寅西遷在宜昌僅與其弟養頤通電話一次，未幾養頤亦死。傷哉！

初五日　晴熱　端午節　六月二號　禮拜日

今日二時鄧婿及玉兒、外孫兒女先來，旋漢口國煌同義女月明、外孫治文來，擾擾半日。予頭暈甚，時臥時起，午飯後與各人略談近事。晚飯遂約甥女艾慶雲來吃飯，彼困苦萬分，並帶其嗣子石尚武來。尚武，雲衢先生長孫，回憶往事，真可為長嘆者也。解放以後受困苦者或較有過於孟、王、艾、石、鄧諸家者，今幸不餓死，殆所謂命焉已爾。今日疲憊甚，早寢後夢某大機關似僉請肖鵠為秘科之類，曰快辦委狀者，繼又僉予為同類職務者，予謂久荒公牘技術矣，不願為也。正爭論間，遂醒。

初六日　晴熱甚　六月三號　星期一

六時半起，昨睡尚安。午正接竹如送來填曲套數。送信人願坐談，即保安街銀行交通兵也，遂以竹如詩詞稿一本請其帶交竹如。予不願出門，出門必乘三輪車。連日甚窘，借錢不易，以後戒出門也。

初七日　晴　極熱　下午三時以後悶鬱甚　四時大雨如注　天氣轉寒　六月四號　星期二

六時起以後天氣轉熱，下午小雨以後大雨，一日内寒熱劇變。近年來乖氣多，故氣候不能正常也。晚以天涼，九時遂寢，寢甚安，咳嗽似減輕，可望愈也。上午寫信二件，一致楊濟民，一致鄒江濤，明天可發出。

初八日　晴　六月五號　星期三

早起未作事。今日為予七十二歲初度，殊多感想也。咳嗽久未愈，身體愈弱，行動艱難，外出非車不行，那有許多車費。定生此季畢業，各大學考取一切費用從何處開支？予不料老來為兒子求學受窘也。午後時睡時起，總之四肢無力，不思執筆，操心而已。晚九時半寢，夜間大風，十二時以後大雨一陣，予起視受寒，鼻塞涕流難過。二時以後乃睡去，多夢，似為某翁八十大壽，予以紅綢帳相贈者。醒後默記，蓋心理作用乃有此夢耶？

初九日　晴　六月六號　星期四

近兩天晴而不熱，天氣之不可測如此。午後乘車至醫院看病，仍為吳醫生，添表新看護填予病歷云：十三號先生年七十八。予一笑，曰："汝為予添壽乎？"則應昨夕之夢也。今日看病候至三小時，心煩甚。出訪盧智泉，遇楚珩談半時出。再訪馮亞佛略談，星期六在姚家嶺省府開會未約馮也。訪孫愚夫未遇，歸後疲甚。

初十日　晴熱　六月七日　星期五

今日無事，函約國煌明日來，因覺非來函云禮拜日下午二時約漢口出版社某君來商印《太平天國記》也。下午送信與參事室去，明日不能往姚家嶺。

十一日　晴熱　六月八日　星期六

今日整理天國舊稿，須改正、減少，專寫湖北事。

十二日　晴　極熱　六月九日　星期日

早起，今日熱甚，飯後小睡。鄒江濤同劉佩卿來談，未幾葉平林來訪。葉，沔陽人，即漢口出版社來接洽印書者。談甚久，賀覺非來，遂定議二星期後天國稿子付印，筆記俟評閱後再定。晚寢後竟不安，未能睡熟，心中有事，每如此也。國煌來取稿子去，付以善本書六種，在漢口探價格。

十三日　晴熱甚　六月十日　星期一

七時起，午後整理天國史料，定名爲《太平天國與湖北》。自覺好笑，趨時編書求利非吾願也，以窘甚乃爲之，可嘆也已。

十四日　晴熱　六月十一日　星期二

今日未出門，整理太平天國湖北當時記載，細思改作此本亦非簡單之事。既已允許重編，只有努力而已。連日各報載鳴放事已鬆勁，不似初起時狀態。

十五日　晴熱甚　六月十二　星期三

早起補寫筆記數則，飯後二時乘車至工農中學訪賀覺非，將《歷變記》一本、《春柳齋筆記》二本、《教曲雜記》《曲記叢談》各一本，又南京前印之國民黨史資委會雜誌，即關於工程營一槍非熊秉坤者一册親點交覺非手收，談二小時歸，便向參事室取向圖書館長期借書證之公函一件歸。飯後疲甚。今日用去車費七角。已與紀雪舫晤談一次。夜間大小雨三次。

十六日　早陰　中夜雨數次　六月十三　星期四

今日寫信與亞佛，午後整理《天國記》，晚十一時方寢。寢後知天雨，以懶起視。多夢，夢天下雪。奇哉，六月雪真幻境也。又見孟夫人來。

十七日　陰　晴　雨　一日中數見　六月十四日　星期五

早起仍編《天國記》。午後一時四十分乘車至楊玉如家，彼約予、亞佛等談笑並酒敘，因中央歷史科學院寄匯稿費半價一千四百來鄂也，餘半俟出書時補匯。玉如年老，得此一筆收入，初非所望者也。湖北政協所置辦之《辛亥回憶錄》，去臘已出第一集，廿四人所共編者，僅與玉如所編一部相等也。五時半在同興館酒敘，席間有哲之、亞佛、漢淩、凱南及予六人，用去十二元四角，可謂奇昂。六時半乘車歸。連日花車費多，手中又窘，細思無趣。

十八日　晴　晚十二時以後小雨　轉鐘一時半大雨如注　直到天明未止　六月十五號　星期六

上午至圖書館抄應借書參考太平天國事，十一時歸。午後未出門，定生自校歸。晚雨，檢史料稿續記數事。十一時寢，多夢。

十九日　雨　下午四時晴　六月十六　禮拜日

今日未出門。閱報知連日攻擊章伯釗等三皆盟民①首腦也。湖北民盟支部亦同情北京攻民盟的主張者，僅張雲冕發言似不同情，聶國青輩旁觀者哂之而已。

---

① 盟民，應爲"民盟"。

二十日　晴熱　六月十七號　星期一

早起，尚志怡來，云後天到廣州買藥，並借《通志》《〈漢口〉〈漢陽〉志》爲予作參考。午後寫一函與人民出版社葉平林商數事。午後五時以《通志》字小無用退還志清①，並送彼賣去《鼎甲錄》一套，價十元，談數語即出。訪竇衡之談半時，因彼耳已聾，神智不清。與陳新楚談，告知予今晚來意。再訪阮華甫，神智尚清，飲食亦佳，且每夕能安睡，僅足不良於行耳，略談即歸，其子送予至馬路上，予囑其轉去。

廿一日　晴　悶熱　六月十八號　星期二

今日向參事室借廿元作匯鄂城之用。鄒嶧儒來，予同乘車出，又至圖書館借書四本，無甚用處，便訪亞佛，談半時歸。

廿二日　晴　悶熱　夜間尤甚　轉鐘以後大雨
六月十九日　星期三

今日無事可記。寫字條三張，墨不濃，寫得不佳，愧甚。竇秉鈞來談。

廿三日　雨　有時晴一次　仍熱　六月二十日　星期四

天氣不正，心煩亂。今日大雨數次，午後寄信至鄂城並洋十元。復許學源函，彼昨來函，蓋廿六七年未見面也。寄賀覺非函，托其代售予書應急也。晚補寫太平天國資料至十一時寢。

廿四日　晴　六月廿一　星期五

今日瑣事未記。梁維亞傍晚來，云明日進京住李六如家，似欲向予借款。

---

① 清，疑應爲"怡"。

廿五日　晴　六月廿二日　星期六

今日檢出曾、胡奏稿及年譜，以參校太平軍事，多與別集相合。又檢漢陽、漢口各志核對之，甚明悉，不過兩方寫事實相反，就相反記載細察之，吾書可得出結論而誌之也。再以吾祖及舅父所言證之，更明明瞭於心矣。寫抄甚多，手爲之痛。十一時方寢。

廿六日　晴　六月廿三日　禮拜

今晨頭暈甚，不能起，飲食減，心煩亂，坐臥均不安。晚以明天麻四錢、杜仲四錢濃煎服之，九時寢。賀覺非來，略坐即去。

廿七日　晴　六月廿四日　星期一

今日頭暈已愈十分之八九，休息一天未作事。夜夢肖谷、必武、泮香等會談。

廿八日　晴　六月廿五　星期二

頭暈已愈，下午二時仍作事，爲寶秉鈞寫辛亥起義時彼任師長經過，去春即欲爲彼成之者也。好在裁料俱在而簡，今日已成其半矣。晚仍寫太平軍在湖北事。

廿九日　晴　天氣涼爽　星期三

早起。今日飲食已復原狀，檢太平軍資料速寫之。已許月底交與賀覺非者也。資料多，惟予寫不了，以心煩中止。下午仍爲秉鈞續寫自述，已成三分之二，明日當完成之，了此一段公案耳。晚十一時寢。

三十日　晴　六月廿七日　星期四

今日參室開會，予未往，一無車費，且畏說話也。仍續編太平軍事、經濟、社會風俗等事，頭暈時作，欲速完此一部書，因已許賀覺非於前，不便停止。

六　月

初一日　晴　六月二十八日　星期五

編書已成十分之九，只待補前後敍論，摘取湖北資料仍取曾、胡奏稿，可證年月也。下午到醫院看病，出訪智泉未晤，晤亞佛，亦未多談。

初二日　雨　午後雨更大　六月二十九日　星期六

今日加緊編抄，頭暈未愈，帶病以速成爲主，了此一段公案而已。

初三日　雨　陰　六月三十日　禮拜日

今日擬外出未果，頭暈未愈，時臥時坐，心煩甚。晚寫抄一小時乃已，爲寶秉鈞寫自述已成，約二千五百字。

初四日　晴　陰　晚雨　七月一號　星期一

今日仍補寫太平軍事，總算大體成功矣。

初五日　陰　晴　大雨終日　七月二號　星期二

今日開始抄張開霽攻訐官文在湖北與太平軍戰時貪污無能事，秘稿流傳至今始現，真吾書好資料也。此函稿當是咸豐末年上與官文的，因函中稱胡林翼爲文忠也。胡死後得謚，乃函中尊之之意。總之，官文破洪天王收復湖北皆胡之力，於官坐享其成而已。

初六日　陰雨　午後大雨　七月三號　星期三

上午未作事，頭暈較前日稍好，須休息也。閱報，英國倫敦於七月一日酷熱至九十五度以上，爲十餘年未見之熱，城市人多逃至鄉間，但仍有中暑百餘人，稱爲奇事云云。午後仍編書，晚間抄張開霽函已畢，約三千五百餘字。九時半即寢，夜雨轉寒，起溲數次。

初七日　陰雨　七月四號　星期四

今日仍補寫各件，求太平軍事早完成也。連日思外出，以無車錢未能也。閱三種報，京與漢、武所載同，無他異事。

初八日　陰雨時晴　七月五號　星期五

連夕寢後雜夢多，醒即忘之，惟間亦夢及生人如羅國貞、王小齋諸人。白晝多思眠，時臥時起，幸飲食較前月稍加耳。閱報。

初九日　晴　七月六日　星期六

早訪寶先生，將代寫自述約三千餘字與之面閱一過，無異議，僅添日本人千田貞幹與高承玠係陸軍小學監督二事。訪阮華甫，借款五元添買零物。下午定生歸，云十四日即考大學，在財經學院。此次應考人多，取額又窄，蓋三取一也，且看考後如何。此子自小學至高中，此九年中並未受過當局津貼與補助，憑予之力直用錢到今，而處境又窮困。今年七十二矣，老來豈料如此耶。

初十日　晴熱　今日小暑節　七月七號　禮拜日

昨未睡好，早起心煩甚。午後未作事，閱三種報，連日均同一律之事，少興趣。目力漸減，晚未寫字，早寢。

十一日　晴　七月八號　禮拜一

早起清理雜件，寫復許學源一函，又賀覺非函，附《寶衡之八十自述》一册，約三千八百字，明日當寄出。接遲生函並比有西山聯長短式。

十二日　晴熱甚　夜大雨　七月九號　星期二

上午到郵局發許、寶二函，分用航函及挂號，寄賀覺非、許學源二人。晚八時陳哲之、鄒江濤來談半時去。

十三日　晴　極熱　七月十號　星期三

閱報十小時。午後得賀覺非函，約以星期五相晤。晚熱甚，寢難安。

十四日　晴　極熱　七月十一號　星期四

閱報，北京電轉報倫敦消息，有《熱流卷遍西歐》一文，在英國附近這幾天熱死二百餘人。意大利許多地方近來寒暑表在一百度左右，熱死九十八人。其北部格蘭度運河上桥梁受熱膨脹致不能轉動，人們希望大雨改涼。不料大雨來了，使西德的房屋毀壞不少，蓋歐近廿年以上奇災也。

十五日　晴　熱極　九十六度　七月十二號　星期五

昨接漢口中國音樂協會公函，約予赴廬山休養二星期，一切均公費，請函答願去否。此事前曾商之孫鴻儀同往而未能者，自己備款則舟車、住棧、買票均無辦法也，明日當詢陳樹三，必知其詳矣。晚宿堂屋中仍熱。

十六日　晴　極熱　九十八度　七月十三號　禮拜六

原擬今晨渡江，恐星期人多，舟中及漢口熱甚，未果，改爲明晨去，因中音協會無人辦公也。

十七日　晴　酷熱　九十九度　七月十四　星期日

早起渡江到陳樹三，值其出，與其尊人見面。此老前、去年均晤過，年八十一矣。談半時，留字與樹三，因予不知音協機關在何處，樹三歸須在十二時也。往訪國煌説明予須赴牯嶺事，其住樓上，熱甚，不能久坐，匆匆渡江歸。今日舟車費用去一元餘，步行甚少，熱不可耐，到家正午。午飯後卧室內地板上。

十八日　晴　酷熱　百度　七月十五　星期一

早起匆匆渡江，逕往蔡鍔路十九號訪音協負責秘書任景平，熱河人，年卅餘，習西樂，曾畢業於藝術學校者。又梁思孔，河北樂亭人，年近卅。均謙和。與談半時，知協會漢口負主席責者爲巫一舟，巫前在施南與予同教授師範學院者也。樹三來同與辦理赴九江及到山手續，具領款單十八元五角，作十四天計算，不夠再補。火食自己每天五角，餘由公家補助三角云云。別出往國煌家，熱至不能吐氣。是時已百度，吃稀飯半碗，匆匆乘車至江干，國煌代我買票，過江後到家正午。飯後臥地板上。晚間更熱，心煩亂異常，似已中暑矣。細思後天赴潯，當有種種困難，設受熱中暑奈何？遂至不能寐。

十九日　晴　酷熱　七月十六號　星期二

今日更熱，室內外如烘，爲數十年前予未見過之暑期也。從前即有之，不過一二天即止，今則初伏如此，則可畏矣。擬作函告樹三，廬山決計不去，恐未到山而發頭暈症或中暑，累及同人，此則不可不慮及也。

二十日　晴　酷熱　九十九度　今日初伏
七月十七日　星期三

今日熱甚，不能作一事。午後寫信分寄國煌、樹三，說明不赴牯嶺。

廿一日　晴　酷熱　百度　七月十八日　星期四

今日國煌來信，云樹三與彼說明已辦清手續，十九晚仍須過江云云。予決意不去，想已相左。

廿二日　晴　酷熱　百度以上　晚十二時以後忽有寒風
七月十九　星期五

今日接肖谷函，知其已結之案鄂城又改判無罪，並取消"人民看管"

一語。此事設非蔡、董有覆函，不至平反，忽判十年，忽坐二年餘即釋，忽而取消管制，審判官何以如活動伸縮耶？接賀覺非函，云他不能出校，須俟卅日方可出校來談，仍囑予多集從前的革命詩詞云云。國煌過江來，留之飯去，談三小時去，並帶予詩稿一冊付陳樹三帶牯嶺去閱。今日熱不可耐，頭暈甚。晨起梁維亞即來云北京各事，並攜有李六如編稿欲借予閱，予辭。李今有地位，無論優劣，當局是許他出版得稿費的，他人未必可出版如意也。其餘話予厭聽之，請梁先退。天熱，室中又不可坐談，此老重聽，説話太吃力，累予也。睡後涼甚，仍轉入房中，防疾病也。

廿三日　晴熱甚　九十九度　晚間無風
七月二十日　星期六

早起接樹三信，云今日赴潯，附來題大橋填詞一首，寫作均好，彼年五十九矣，尚求進步，亦可佩也。晚宿堂屋中，熱甚。

廿四日　晴　酷熱　百度　七月廿一號　禮拜

早起補插一段太平軍敗後興國州官處理從逆事。

廿五日　晴熱如火　百度以上　晚間無風　更熱
七月廿二號　星期一

今晨至下午五時，火風南來入堂屋，房中如烘，予臥地板上五小時，偶或起坐，又補寫天國資料千餘字。連日窘甚，周親家母自鄉間來，留之飯去。述往事流涕數次，可傷也。晚臥堂屋中，並無風，仍汗出，手不停扇。如此酷熱，予十歲以前事或忘之，此六十二年前則未見過如此長熱且酷也。肖鵠今日又來一信，似已快慰，並囑予勿思慮，以養病爲主，多慮無益也。

廿六日　晴　酷熱　百度　七月廿三號　星期二

今早即熱。正午自往郵局發信，分寄肖鵠、參事室、賀覺非三處，便購糖食，街心如火熱難行，赤日淩空，頭暈目眩不可耐。今年熱度有生所未見也。午後覺非來談各事，明日當以《太平天國》寄與之，請其向出版社接洽。

廿七日　晴　酷熱　九十三度　七月廿四號　星期三

今日得肖鵠信，附抄示鄂城法院改判原文，忽大忽小，真可笑也，但被害人已冤押二年矣。並以此函轉示智泉。

廿八日　晴熱　九十八度　夜十時小雨
七月廿五　星期四

連日熱不可耐，中午天空真可謂火傘高張也。晚寢堂屋中，十時以後小雨三陣，天氣尤悶。

廿九日　晴熱甚　九十三度　十時小雨　十二時轉涼
七月廿六　星期五

今日上午稍涼，寫信與遲生並匯十元與之，並訂報費一元四角。北京《人民日報》雖多材料，紙又多二張，終嫌遲也，且逐日疊載之事不願再聞矣。牯嶺氣候佳，設廿日成行，已一星期。光陰似箭，歲月去如流，念吾祖、吾雙親昔年事似尚未久，何也？

七　月

初一日　晴　酷熱　九十五度以上　七月廿七日　星期六

今日閱報無多變動。午前寫信並檢粘出報紙請沈肇年寫西山長聯，予亦寫就寄縣。抗戰前曾爲西山住持僧寫畫數件，不知彼輩尚存否，結習未忘。前者住持融廣請撰聯，予已許之矣。

初二日　晴熱　八十九度　晚大雨　七月廿八日　星期日

今日寫信寄魯祖軫、阮華甫。午後稍涼，有風，晚十時寢。十二時雨，起一次，天氣忽變涼爽，自是大雨達旦。多夢，似與肖鵠同赴黃安，無輿，擬雇一人推車，蓋似民元予與袁夏生赴安時狀，不知夢境又何以想到四十六年前事也。

初三日　雨　八十度以下　夜雨達旦
七月廿九日　星期一

今日涼爽思臥，致晝寢二次，頭暈不適。羅國貞來談二時許方去，皆不相干之語也。

初四日　陰雨終日　晚雨達旦　七月卅日　星期二

今日未作事，多思睡，以前數日熱甚，受疲乏也。接覺非函，云明日可來談。晚九時即寢，多夢，似孟夫人來一空宅中，着倩服，予正臥空宅，寂寥寒冷，夫人過予床側去。又夢就某署事，予慮不善爲文也。

初五日　早大雨　午後三時轉晴　七月卅一日　星期三

今日天氣涼爽，檢近年詩稿未謄正者添入《晚學集》第二冊中，以後文稿亦須補入。復賀覺非信。晚訪李文孫，借得《人間世》雜誌歸。十時寢後夢淑德又來家住，似與予同一室者。

初六日　晴　晚七時小雨　八月一號　星期四

馬先生昨來云，有國光社印之《古學彙刊》及《湖北農民雜誌》可售出。因憶及詹國才，遂寫函與之，問其有此類舊書否。九時雪舫來談甚久去。十時寢，夢予已就某事，易泮香着長衫，仍窘，予送之出門曰：

你仍覓同鄉數人爲君幫助也。

初七日　雨　晨四時北風起　旋雨　八月二日　星期五

今日天氣變寒。七時起，未作事。晚以涼爽早寢。

初八日　晴熱　八月三日

早起至醫院看病，仍爲向醫生。向與予已八閱月未見面者也。取藥歸，訪智泉不遇，知其往民革開會去。下午鄂城萬家駿來，以《故宮週刊》及《漢瓦拓本》及另二種碑帖求售。予寫條介紹至漢口會趙瑜傑去。四種皆劉菊坡所藏，大約土改後爲人取出者，閱之不勝慨然。萬以舊琴一張贈予，琴已壞，須修補，但不知優劣耳，估計似清末所製，亦在五十年以上者也。晚寢多夢。

初九日　晴熱　午後陰　小雨二次　晚有北風　小雨　八月四號　禮拜

上午送書還圖書館，另借回書八本，非我所欲借者，我所填借各書彼均借出矣。午後馬潔園送來《古學彙刊》十二本及《農會報》三本求售，明日當函知趙君來取。晚祀孟夫人，今日爲其忌日也。孟夫人沒已廿四年，其靈魂尚未降生歟？予以近五年屢夢見之，上月曾夢二次，念其平生與予伉儷情篤，固未嘗忘之，傷哉！倘有靈，今夕能見夢乎？晚十時寢，夢汪世流住一極污穢與二廁所相連之棧中小客房內，予過其側而惡之，醒時猶記憶清晰也。

初十日　雨　午後轉陰　八月五號　星期一

上午檢所編稿並清箱上書，在《人民日報》堆上忽見參事室前未取出之印本，予喜甚。午飯後三時自往送去，免至老閔受屈。惟此册予實未閱過也。便訪和甫談半時，又訪許君，問其託售書畫事。今日尋出之書，或孟夫人之靈，使此册發現耶？予心中自了一疑慮矣。

十一日　上午大雨至下午一時止　八月六號　星期二

今日以雨未能至院看病。寫信復肖鵠，又寄函與北京商衍鎏，請其告知甲辰科傳臚何人，不知將來能得回信否，試試。而連日同居三家喧鬧，到黃陂橫店八里外之高廟求符進神求病者已二旬矣。據說人山人海，有外縣來自數百里者。人傳人語，遂至不可收拾，火車、汽車、步行者，日夕有數千百男女老幼到其地，聞售香燭、推土車出力之人大發其財，政府及當地幹部禁止無效，今日報章尚揭穿其地黑幕招謠，無如信者仍絡繹，以往此殆抗戰前團風之鐵佛顯靈，解放前黃岡巴鋪進一孤樹同一例也。大約再過幾天求治者不愈病即散矣。

十二日　晴　八月七號　星期三

早六時同屋三家求治病自黃陂歸述各事，予未深問，且看其吃草、吃水後病狀如何。如欲批評，彼輩即反抗之，天下事大抵如此，所謂"見怪不怪，其怪自敗"者也。報載日內瓦中美大使繼續會談，此爲第六十一次，下次十八日再談。

十三日　陰　下午小雨　今日立秋　夜大雨五小時乃已
　　　　八月八號　星期四

早起，連日天涼，時時思臥，午睡多，未作事。原擬下午去看病，因雨中止。報載黃陂高廟求神者仍日夜不停止，政府報章禁止俱無效。

十四日　早陰欲雨　午後晴一時許仍陰霾不散
　　　　八月九號　星期五

早起，右眼紅瘇，欲去看病，慮有雨未去。午後小睡，起時已下午三句鐘矣。改爲明日去看病，又不知明日是否晴天氣。近十天來氣候極不正，地下濕氣上浮，室內外均難受也。接魯祖軫函，云渠亦編有回憶錄云。

十五日　早陰沈似有雨狀　午後晴　八月十號　星期六

上午未作事，午後至醫院看病，取藥出。便訪徐蘭如，值其出，與其弟談數語歸。今日去車費四角餘，得藥三種，仍向醫生爲予治疾也。

十六日　晴熱　八月十一日　禮拜日

今日擬還圖書館書，以疲未去。午後小睡。近兩月目力更差，深悔去臘電燈下逼寫辛亥稿本，又費許多筋力，此稿至今尚未印，可見賀覺非之言不可靠也。晚間有風，涼甚，早寢。夢先君自宅外入門，與予握手，似有急病者；囑予勿外出，似有囑語者。繼見入房中，臥籐椅上，帶眼鏡閱一小本書，似尚未入重病狀，與予言時忽醒。吁！先君沒已四十二年矣，今夕病狀如當時望予自黃安歸視之時，傷心哉。

十七日　晴熱甚　九十三度　八月十二日　星期一

今日寫一函致武昌房產處，爲此屋接收預備也。連日傷風咳嗽甚厲害，咳至喉痛甚。取川貝、杏仁、桂元煎水飲之，此眞痛苦之病也。

十八日　晴熱甚　九十二度　八月十三　星期二

晨咳甚劇，今日天熱，下午欲作事未能也。

十九日　晴熱　九十三度　八月十四日　星期三

今日午後將房產處申請書寫起，囑內子明晨送去，並向參事室領八月份薪水歸。報載本月十二號西北方又有彗星見，在晚八時半後，肉眼見之。予家前後住客，未注意也。

二十日　晴熱　九十二度　八月十五日　星期四

晨囑夢閑送函至房產科並取回薪水。下午寄十元與鄂城，並將所寫西山大對聯字二付寄去。予咳疾濃痰多，病未愈，焦灼甚。晚七時送函與裴毓華帶函與孫愚夫，談片刻歸。

廿一日　晴熱　九十度　午後曇　八月十六　星期五

今日下午以天陰乘三輪車至玉兒處，並訪馮亞佛問近事，予已旬餘未至其家也。未帶醫療證致不能到醫院，空花去五角餘。現值無錢，足力又不健，不走一里以上之路，奈何奈何！閱報，載北京科學院第三所榮孟源竊取辛亥史他人材料轉以給人出版，現爲衆人攻擊，揭其醜歷，力稱曰"歷史學界的政治騙子"。他把張國淦所編《辛亥革命史略》交他未出版，榮竟偷取洪述祖材料一段先在自己書上發表了。去年七月北京人民大學教授李時岳所編的《兩湖地區的革命運動》一書，據李自稱初稿作成得到榮孟源、劉桂五的幫助，鳴謝。李書中一再引用湖北楊玉如所作《辛亥革命先著記》、蔡寄鷗所作《血浪》兩種稿本。楊書今年五月榮孟源才答復肯定付印。蔡寄鷗已死，榮竟忍心與楊玉如說他書不甚少，暫存第三所中，大約留爲彼自用摘取之材料。此人曾到鄂三次，並在文史館當衆開過一次大會的。設非北京十四號專電提及他爲右派份子，誰知編近代史大名鼎鼎者，乃有以偷稿自負爲歷史教授者耶？

廿二日　晴熱　正午曇　八十九度　八月十七號

今晨咳嗽稍好，但政協開會不能去，身軟弱仍如昨也。

廿三日　晴　八十六度　八月十八日　禮拜日

自今日起補寫此□日之事。予自十五日忽因寒又感重傷風，咳嗽甚厲害。先六日濃痰難吐出，極苦，後八天吐清痰，稍稍易出，但嗽後氣喘，食大減，體日疲，夜不能安寢，自後益不思飲食，兼之天熱甚，汗流不止，真苦境也。以後所填均爲八月卅一號補記，天氣存之，並未作一事。

廿四日　晴　極熱　星期一

廿五日　晴熱　星期二

廿六日　晴熱　星期三

廿七日　晴熱　星期四

廿八日　晴　酷熱　九十五度　八月廿三號　星期五

予疾加重，不思食，僅飲粥水一次。

廿九日　晴熱甚　九十八度　星期六

病似加重，不思飲食，疲軟甚，又畏熱。今日室外內如烘，汗如雨下。

八　月

初一日　晴熱甚　九十八度　八月廿五號　禮拜日

今日稍思食，但見飯至又中止食慾矣。食稀飯二次，晚睡極不適。

初二日　晴熱　九十九度　星期一

初三日　晴熱甚　九十九至一百度　八月廿七號

初四日　晴　極熱　九十八度　星期三

此八天中，每晨五時即見東方紅光透予窗上，天空無雲。至正午日光照前，房中如火，望之生畏，室中安能坐耶？不得已午後三時仍臥地板上，貪貪冷氣而已。裴君來談。

初五日　晴熱　九十八度　八月廿九號　星期四

大概此一旬中，早九十度，中午九十九，漸退至九十一度止，故夜間熱氣室內外仍不散也。氣候變異如此，處暑已過七天猶如此熱，真七十年前未見也。

初六日　晴熱　九十八度　晚至八十度　東北風大起
　　　　八月卅日　星期五

今晨望東方赤色滿天，未幾秋陽直射，住人無不畏之。予今日食稀飯三次，食慾似開矣，精神則無。下午七時天忽大起①，似東方來，以後改涼態，各人稍舒氣矣。鄒嶧儒來，似欲久坐，又攜陳哲之詩來，予接而未閱，彼説話半時乃去。九時以後風更大，天氣轉寒矣。

初七日　陰　風　七十九度或七十度
　　　　八月卅一日　星期六

今日涼甚，予昨睡亦安，遂追補此十四天日記。手腕僵痛，目力大減。

初八日　晴　陰　有風　九月一日

初九日　晴熱　八十五度　九月二日　星期一

初十日　晴熱　九月三日　星期二

補初八至今日三天日記，報載諸事未能記，且人代會閉幕，無事可記。下午剃頭一次，病中廿餘日畏寒畏熱，奇態百出，可恨之至。

---

①　"下午"句，疑有脱字。

十一日　晴熱　八十三度　九月四日　星期三

今日病已減，思食。

十二日　晴熱　九月五日

十三日　晴熱　九月六日

十四日　晴　午後陰　仍八十度以上　九月七日

以上八日自晨至暮天青無片雲，午後則秋陽如火，人行其下，與伏天無異也。明日即白露節，猶如此熱，老年逾七十者均云未見過如此氣候。

十五日　終日曇　小雨如絲者數次　共計不及一小時　晚無月　九月八號　禮拜

今日午後小女帶同三孫來，留之飯去。國煌等未來，賸菜多。

十六日　晴燥　夜有月光　九月九日

今日晴燥，予飲食略佳，欲去取所做牙，以疲憊無力未能走此街去，乘車也。

十七日　晴熱　八十度　九月十日

十八日　晴熱　九月十一日

連日晴空無雲，午後仍熱至八十度以上，以理推之，恐無雨也。自陰曆七月半晴熱起，至此已卅四天未見雨，各縣奇旱，武漢小菜昂貴。噫！何時下雨，一洗此熱空氣，去秋後病相也！

十九日　陰　曇　九月十二日　星期四

今日飯食略增，四肢無力。

二十日　晴熱　八十三度　九月十三日

報紙所載大抵相同，不外反右派等等事也。

廿一日　晴熱　八十四度　九月十四　星期六

今日囑夢閑至參室領薪。

廿二日　晴熱　八十三度　九月十五

天氣仍無下雨之意，奇哉。下午寄十元回鄂城補中秋未寄之款。此月份係加倍之數，爲廿元。晚請劉國佐代還楊玉如款廿元，餘付火食之用。予今年月薪到手即付還欠款，手中餘零用二元而已。

廿三日　晴熱　八十三度　晚轉鐘三時一刻風雨約一小時即止　九月十六　星期一

今日食量稍增，然不敢多食也。昨得遲生函，心煩甚，所述均爲予厭聞之事，其歸結仍是要錢。昨寄十元彼當然未收到，今所索十六元當借款補之。陳少武自山西歸來，云其婦死在大同，略談即去。

廿四日　晨三時一刻風雨約一小時止　氣候變寒　早七時天晴　九月十七　星期二

今日擬請裴君代向參事室借廿元，以六元補寄遲生。飲食未增加，身體仍無力，行動艱難。

廿五日　陰　九月十八　星期三

晚間裴君來，謂借條交去俟批示。予牙下忽瘇痛礙食也。

廿六日　陰　小雨片刻　九月十九　星期四

下午檢肖鵠所自述革命事，分四次看完，似與賀覺非所求目的不合，俟其來商之，看供采印否。下午三時參事室送來廿元，當付六元囑內子送局匯鄂城。

廿七日　陰　晴　下午七時小雨半時　九月廿號　星期五

閱報，國聯已開會，有八十餘成員國家，何其多也。蘇聯提案與去歲同，對中國加入會員事遭否決。

廿八日　晴熱　八十三度　九月廿一　星期六

閱報半時，無多事。予病稍減，而牙瘇痛又三日矣，心煩亂。

廿九日　晴熱　八十四度　九月廿二　星期日

閱報，國聯對中國與蘇聯仍不利，與今春攻訐無異。裴君來云自孫鴻儀山中歸述各事，田雲濤來談片刻去。致函與肖鵠。

三十日　陰　夜十二時以後大風雨半時許
　　　九月廿三號　星期一

閱報無多事。予疾似減，食量稍增，牙瘇亦消大半，惟睡眠時不久即醒，仍多夢。今日賀覺非送還予之《歷變記》及《太平天國》稿本，談一時許去。

閏八月

初一日　陰　有風　氣候轉寒　九月廿四號　星期二

早起着棉衣，又似冬狀，氣候變幻難測也。

初二日　陰　九月廿五號

未作事，前北京報載齊白石年九十七歲，於十六日卒於醫院，廿二北京舉行葬禮。

初三日　陰　九月廿六號　星期四

閱報，武漢大橋改爲十月十五號行通車禮，招待外賓。

初四日　陰　小雨　夜大雨一次　不及半時乃止　九月廿七　星期五

無事可記。午後鄒嶧儒送書來，予未起。

初五日　晨二時大雨半時遂止　午後又小雨　九月廿八　星期六

吳端偉來談甚久去，予便托其到圖書館還書並借書。

初六日　陰　欲雨狀　陽光一現　九月廿九日　禮拜

早十時裴君來談各事去。

初七日　晴　九月卅日　星期一

下午三時到彭達五處安下齶牙齒。

初八日　晴　十月一號　星期二

今日聞各街遊行，同屋各家男女外出，內子帶小孩到玉兒家去，予未能出門也。午後呂景芳、阮本清來談甚久去。晚鄒嶧儒來談，羅國貞來求田雲濤寫信。

初九日　晴　十月二號　星期三

上午裴君來，雲濤來談，未久即去。午後雲門來，譚菊畦夫婦同來，留之飯去。羅資生來，彼年餘未至者也，予説二事乃去。

初十日　晴　晚十時半小雨一陣　一刻鐘即止
十月三號　星期四

連日疾減輕，但早晚仍咳。下午檢存藥服之睡，睡後似安。十時半小雨，家人起，予遂醒，以爲可下長雨也，細聽之，止矣。計七月十五至今，近兩月不雨。秋旱如此，予前未之見也。

十一日　晴燥　十月四日　星期五

今日端偉來談，胡席儒自胡林來述各事，留之飯去。孫愚夫已回省。

十二日　晴燥　十月五日　星期六

報載蘇聯人造衛星已繞地球迅速飛行，有光云云。

十三日　晴燥　十月六日　禮拜

蘇聯人造衛星各地天文臺觀測已見過，聞每點鐘可繞地球二十三次，此衛星係蘇聯研究成功，其作用如何，尚無詳細説明也。北京天文臺見此星掠過，據説較夏夜流星光弱而行遲。

十四日　晴燥　十月七日　星期一

今日到醫院看病並至牙醫處安下齶一排牙，晤及馮亞佛略談。計今日用去車費八角餘。

十五日　晴熱甚　今日爲閏中秋　有圓光凌空
十月八日　星期二

連日報章所載皆人造衛星之事，但作用尚未説明。

十六日　晴熱甚　八十三四度　十月九日

今未休息，足力不健，乘車欲出未果。

十七日　晴熱甚　八十五度　十月十日　星期四

今日政協、省府合請辛亥老人紀念雙十，予畏説話未去。三時訪汪青雲談朝五台山事，一小時乃出，便訪裴先生談片刻出，行此近路亦覺吃力也。鄒嶧儒來訪未遇。

十八日　晴熱甚　八十二度　十月十一日　星期五

報載今日人造衛星上午七時十四分須過武漢高空之上，予閲報乃知，但不知漢口人見之否。如用天文鏡觀測，則民衆不能見矣。此爲繞地球之八十三週云云。晚嶧儒來説選詩事。

十九日　晴　十月十二日　星期六

閲報，人造衛星今晨七時又過武漢市，昨日所載漢口實未之見也。秋旱如此，計自七月中元起，今六十五天中僅小雨三次，時間極短，濕塵土而已。

二十日　晴熱　十月十三日　禮拜

報載人造衛星事，已週地球九十餘次。

廿一日　晴陰不定　仍熱　十月十四　星期一

今日擬往院看病，以事牽未去。下午胡林天順來，問以鄉間各事，望雨甚殷，蓋已兩月餘未下雨，農村勞苦甚，食油每月每人五兩，花生出土不准自私自買，零用錢無着云云。

廿二日　小雨十餘次　下不五分鐘即止
夜十二時後雨一陣　十月十五日　星期二

六時即起，自服自製之治咳嗽藥，咳已愈三分之二，僅晨咳三四口。惟鼻涕多，如不早起更不能止矣。午後二時至郵局匯十元與遲生，乘車至南樓橋看京廣通車，久未見車到。三時乃上坡，此新坡百零二級，予欲看大橋，不惜足力，緩緩而上，行至橋口足無力，乃轉身緩步，遇周立漁、胡席儒，立談數語。武漢大橋自孫中山民二言之，自後軍閥及國民黨均云要倡修，均空言而已，今日乃實見之。偉大工程四年乃畢，蓋江底築礎為最難之事也。四時三刻仍乘車歸。

廿三日　陰晴　大北風　午後一時至七時更大
至天明乃止　十月十六　星期三

早起，八時天氣變寒，大風忽起，較前、去年所見尤大，報先載所謂八級大風也。昨寫肖鵠、祖軫、江濤函均發出。聞大橋昨夕遊人至午夜未已，今日大風，遊人不停，二時以後汽車在橋上軋死十三歲小學生一人云云。晚翟竹如來談買圖章事。

廿四日　陰寒　十月十七　星期四

命天順清理雜件、補釘格門及地板等等。此人能勞，予宅無人能做此零碎事者。

廿五日　晴　十月十八　星期五

囑天順清理架上、桌上書籍等，並糊窗子、釘玻璃等等，擾擾一日乃畢。請裴君代書條，借款廿元。

廿六日　陰晴不定　十月十九　星期六

早起，與天順八時半乘三輪車至閱馬廠，換乘新式公共汽車上山經黃鶴樓過長江大橋。車行十分鐘過漢水大橋，至漢口利濟停車略息，換三輪車至中山公園看瀋陽來漢汽車走壁藝術，演半點鐘，男女四五人分乘或三人合乘小汽車橫行木壁上六七匝乃下，誠絕技矣。十一時半出，在館食點心數事，出仍乘車至江干，坐輪渡過江。輪中客不及平時之半，自大橋成，過漢口、漢陽無須輪渡也。此橋功成有益人民不少。猶記卅五年九月十一星期三，《武漢日報》載做武漢大橋，經行政院派工程計畫團團長侯家源暨美國工程師司鮑門・狄克斯等來漢勘測路綫及施工事宜，由鮑鼎負責攢①探工作，可於十月施工，一切器材由美國供給，美投資五百億元來合作。今回憶十二年矣，即信其說果確，恐十二年仍不成橋也。

廿七日　晴燥　十月二十日　禮拜

今早候翟竹如未來，已失信。晚間竟未至，彼前夕所云已忘却耶？午後一時賀覺非來商革命詩稿事，未幾鄒嶧儒與賀商印詩事，三時後方去。今早內子帶香生去看大橋，晚方歸。

廿八日　晴燥　十月廿一日　星期一

早起，九時乘車訪孫愚夫談片刻，與同訪李愈友談一時許出。十一時半至大中華飯店午餐，候至下午一時乃得食。人客多，後至竟無座，乃出。噫，何謀食者之多也！三時陳樹三來談琴、詩及閱舊書並予詩稿，坐一時餘乃去。今日天氣中午仍熱，計算現已七十八日未下雨，天旱何其久也。晚間無事早寢，以喉癢甚又咳嗽，至十時半乃睡熟。轉鐘時忽為警報聲驚醒，旋又睡去，二時聞解除聲。

廿九日　晴熱　十月廿二　星期二

早起，連日只早咳或晚九時咳十餘聲，仍為濃痰，較之去年稍輕減，不知隆冬時如何耳。欲補騰詩稿，以力疲中止。去年一年之作均未另騰

---

① 攢，應為"鑽"。

真也。陳樹三自漢帶間琴事談二小時乃去。

九 月

初一日　晴燥　下午四時北風　十月廿三日　星期三

早起出門欲覓早點，各處非人多即賣完，最後覓得一店食麵一小碗，非予所喜也。歸後肖鵠自其女家來此，聞回漢已三日矣，相貌蒼老，惟精神甚佳。自云今晨行八九里乃得人力車來此，足不軟也。予則有愧多多矣。予近來足軟甚，行半里亦不能。與談別後事，攜來詩稿，囑爲序，已許之。約泮香來與同敘，二人均能飲。下午一時飯畢，仍談二時餘乃去。肖鵠日內往南昌視其二女一星期，回漢小住七日往南寧就養。其長女及壻待遇甚佳，可養彼也。其子不能養而兩女均能濟其食費零用，誠爲難得者也，予心羨之。別時予雇車囑泮送之上船，以杖一枚贈，年老不攜杖可危，彼長予四歲，蓋不服老也。

初二日　晴　十月廿四日

今日未出門。昨接漢口圖書館及華中師範章開沅函，均稱書可選購。選購能成，總可解予窘也。章未見面，約予下星期三三十號上午必來相晤。章曾寫太平軍在武漢做大橋渡軍馬者也。

初三日　陰　早小雨片刻　午後三時半雨　五時止　十月廿五　星期五

早起，九時到顯光樓照二寸小像。予每於病愈後必照相一次，今春所照是無病之時。一九五零年秋病愈，曾照相留爲紀念者也。下午帶香生至圖書館還書，欲遊大橋，適天雨，乃雇車歸家，計枉費車洋六角多。晚①南昌張懷平信，囑轉其父也。

---

① 晚，後疑有脫字。

初四日　陰　小雨　晚時有大雨　十月廿六　星期六

今日寫信至南昌，請肖鵠回漢時帶豆豉二斤。晚間清理殘稿欲補騰真，以目疲乃止。

初五日　陰雨終日　天轉寒　夜間時有大雨兼北風　十月廿七日　禮拜

天雨轉寒。計自本年中元節起，不雨者至今已逾八十日，可謂晴久。鄉間雖多數人力抗旱災，終不敵此一雨矣。復各處積久函二件，一許學源，二商藻亭先生，均兩月餘未復者。又寄石戀南函，爲甥女退還其子尚武事。致華甫、愚夫，爲借錢事。

初六日　陰　寒　十月廿八日　星期一

今日閱肖鵠詩稿，佳句以點記之。閱報，敍利亞與土耳其事，國聯可討論將來如何解決。午後補寫詩稿入正集。晚寒，早寢。

初七日　晴　十月廿九日　星期二

早起仍咳。昨晚一時即醒，亦咳十餘聲，寒氣襲人致喉癢不止也。十時至照相館取回予小照，病後留存，欲與庚寅秋病愈後小照相比。相隔七年，更呈老態，不勝慨然。

初八日　晴　十月卅日　星期三

今日上午章開沅約來訪，予候至正午竟未來也。胡玉齋之妻爲租屋事稱其子媳來鬧得不堪說話，一小時未了。予勸其暫忍，再看情形演變如何。晚間毓華來約明午與愚夫過漢陽。

初九日　晴　十月卅一日　星期四

上午十二時飯畢，帶同香生至毓華寓約同出至閱馬廠搭車。愚夫先至，乘車過橋先到文化宮，不能入內參觀。傳達稱星期四買票開放參觀，餘時則否。略休息，僅觀楣上有"古琴臺"貼金三字，書法尚不惡。出門步行二里許雇三輪車，其實到歸元寺不遠，在漢口不過價一角二分，此車乃索價三角，謂定例也。工人狡猾與從前相同，孰謂解放後改其性質哉？在寺飲茶，每碗一角二分，該寺原有素菜席，今日月終計劃完了，無菜可售。坐一時，遇亞佛之子，請其約岑偉生來一談，告以陳少武有函致亞佛事。三時步行至東門正街祁萬太酒館吃飯，愚夫開錢三元五角，食畢滿擬乘平湖門輪渡渡江，至碼頭時方知早已停止。此時足力疲甚，腰痛，聞到橋邊有階可升，又行一里至目的地，則此階有十三段，每段有十八級，一步一上，歇五次乃到橋面矣。愚夫在第八層休息，久候竟未得上，候一時未見上來，毓華又不願去探視，予乃帶香生先行，又走里許，足力愈疲，頭暈，乃請毓華候愚夫，予與香生步行大半里，乃到汽車站邊立候裴、孫。而夜風忽緊，予寒甚，候過汽車二班仍未見來，遂上三班車到司門口下，轉三輪車回家。今日登高，高則高矣，以予病新痊，足力尚未復健，乃今日共行八九里之遠，至心慌頭暈，為行樂乃為極苦，細思有交通工具何以不坐？三人相牽，不能同意，至有今日失算事，雖小可以喻大也。□下急寫一條，囑夢閑至裴家問其回否，云尚未。此時已八時，思彼二人必可安全歸家，以疲乏遂寢，寢後腰痛甚。

初十日　晴　十一月一日　星期五

八時起，兩腿仍隱痛，未出門，在家休息，亦未執筆寫字。晚毓華來述各事，謂愚夫昨夕安全到家矣。

十一日　晴燥　十一月二日　星期六

今日復各處函不要緊者，午後補寫詩文稿，晚早寢，以被厚內熱致不能安睡，又以鄉間人回家擾擾，益不能安也。

十二日　晨二時半小雨約一時許　晚小雨轉寒
十一月三日　星期日

　　昨睡後被暖忽痛，今日陰雨路濕，未出門。

十三日　晴　十一月四日　星期一

　　早起閱報，蘇聯第二顆人造衛星又放出高空。此次除帶有各種測驗儀器外，並裝有一隻活狗在內，科學進步可稱世界第一矣。今日開始寫宣紙立軸四幅。今年患病時多，天熱身體好又不寫，且無人研墨，研後又不能久置，是以屢欲寫中止矣。今日爲先母吳太夫人冥誕。

十四日　晴　十一月五日　星期二

　　今日訪愚夫，坐半時許出。午後又寫立軸一小對，一練手筆而已。書法已步①不如從前也。西山一聯一畫久已許之，必寫寄去。得學源和詩航函。

十五日　晴　十一月六日　星期三

　　早九時師範學院章開沅來訪，談二時乃去。章安徽蕪湖人，來師院已六年，南京學校民十九年畢業者，年卅一，現任歷史系講師，對於太平天國及辛亥起義史料極有研究者也。借予光緒、宣統間日記五本以去，云採取有關史料，三天即還云云。午後一時半約張祖培遊中山公園看菊花，至則拒絕參觀，謂只許團體慶祝蘇聯十月革命四十年紀念節，他人不許入。乃與祖培至餐館食點心，在街上遊覽一時歸武昌，在漢陽門看未成的花園，就小館中食水餃，歸時已疲勞萬分矣。

---

①　步，疑應爲"退步"。

十六日　晴　夜九時半月食　十時食甚
十一月七日　星期四

今日寫大聯二付、小條、一小聯，就所磨之墨也，否則乾而不能書矣。以一聯寄鄂城西山靈泉寺，附長條畫一件，前兩月所許贈住持融廣者，只有小對及畫可置禪房。予癸酉住該寺一宵，須補書一□自慨一則紀念孟夫人者也。

十七日　晴燥　夜間忽熱燥　今日立冬
十一月八日　星期五

上午未作事。晚七時半紀雪昉來談，以許學源和予詩示之，並閱肖鵠在漢發函，坐一時許去。十時寢，二時醒，燥熱，心煩甚，喉癢不止，咳甚，覺被已嫌厚，起着衣小坐再寢。鷄鳴時大雨，約半時乃止。

十八日　晨四時大雨如注　約卅分鐘止　晴
午後又大小雨數次　又轉晴　晚九時以後又大雨
十一月九日　星期六

九時方起，因昨睡未穩，又咳數次，須補睡也，路濕未能出門。午後三時鄒嶧儒來談，仍爲選詩事。補未竣畫件六張，去臘所遺者也。

十九日　終日雨　午後二時大風至晚　天氣轉寒如冬月
十一月十日　禮拜

昨寢後又熱，不知天雨何以有此狀也。睡後奇離之夢甚多，真意想不到者，此月多夢均如此。九時方起。午後補畫，已成計十二張，尚有二張以目倦而止，不知去臘何以作如此之多也。提半留之，餘則贈友人。

二十日　晴　十一月十一日　星期一

早起。昨雖寒，尚眠安穩。閱報，明晨五時有寒流來，武漢區有冰凍，寒暑表可至零度下一至五度，看明晨驗否。午後乘車外出訪楊玉如、李愈友二處。半時出，買少許食物仍乘車歸，足力仍不健也。補去臘未竣之畫五件，俱成。

廿一日　晴　十一月十二日　星期二

早起，今晨並不冷，報載有冰凍以及表在零下四度之說不確。午後又補畫花卉條四張，俱成。

廿二日　晴　十一月十三日　星期三

早未出，恐章開沅來還予日記也，彼竟未來。午後畫山水二張，用水墨，學雲林簡古法求簡，竟不能簡也，可見畫道之難矣。擬再作簡古派二張看看。

廿三日　晴　十一月十四日　星期四

早起閱肖存此詩稿，詩近六百首。彼欲予作序，只有細細閱看。予近以作文爲苦，下筆用腦力，每每發頭暈，而彼之序文又不可草率成之也。午後仍補畫件三幅，已成。作畫能開心鬱且娛力，所以今秋喜爲之。又寫聯一付，準備寄西山禪房者。

廿四日　晴　十一月十五日　星期五

上午作畫，水墨山水也。十二時裴君爲予取得薪水歸，當寄十元與遲生。

廿五日　晴　十一月十六日　星期六

早起外出一次，歸仍補畫件。午後三時孫愚夫來，留之飯去，彼述參事近狀甚詳。下星期一開大會，對辜達岸、皮宗石等已改鬆矣。

廿六日　晴　十一月十七日　禮拜

今日閱肖鵠詩約三頁，字細令人目炫，何苦寫如此小字。午後得廣州商藻亭復函，外皮書"廣州中大商寄"，或者彼在中大兼課耶？抑其子充中大教授耶？內述彼撰之書，名《清代科舉考試述錄》，北京人民出版社定爲明年出版。松庵師彼不認識，覃孝方係他舊友，請代致意。彼今年八十四歲，又云有同年錢崇威，號自嚴，今年八十八，爲最長。錢老震澤人，此即前年正月劉嘯篁爲予所述之錢振鍠，吳江人，振鍠或爲其改名。震澤與吳江同城，今只存吳江縣名矣。又接許學源問彼來函二件收到否，此人真所謂有錢有閑階級者，晚景好，因如是耳。又接楊濟民函，遲生被騙去書款事，此子無用，令人嘔氣。

廿七日　晴　十一月十八日　星期一

早起帶六兒外出食點心，歸後師範有二人來訪，爲購書事也，未晤，云下午三時果來，一爲楊世亮，河南唐河人。一爲彭，湖南湘鄉人。談半時，取去關於辛亥編集及明清契約七張，連書共十二種去，云禮拜四送款來，尚須其領導會議也。

廿八日　晴　大風　十一月十九日　星期二

早起欲爲肖鵠作詩稿序，執筆中止，竟至不好下筆，神疲而腦力不足。下午仍作畫，轉能娛心目也。

廿九日　晴　十一月二十日　星期三

早起章開沅之父送來予日記五冊，稱開沅近以整風事忙，不能親來，談半時去。晚間劉國佐來坐甚久去。

三十日　晴　十一月廿一　星期四

早起，十時師院楊世亮來商已議定購書及退還四種，計共價四十九元。本不願售，又恐置久無買主，只好應允簽印。彼云下星期一下午三時送款來不誤云云。午後將梁瑞堂、楊雨霆八十正壽畫條題詩補款。又梁維亞詩畫已過期，予已允畫，故前日亦成之，不失信也。裴毓華來述各事，亦付以畫一張去。九時檢取畫件已成者題詩題款畢，明日當分贈梁維亞、楊雨霆、梁瑞堂，皆祝壽之件，維亞七十七，梁、楊則八十正壽也。餘三張花卉當給趙少欽，今年彼送墨一條與予，求以畫交換者。十時寢，轉鐘一時醒。嗣又睡去，夢孟夫人來就枕，綢繆甚，如平昔。噫，夫人沒已廿四年，年年不斷入夢，何也？彼尚未投胎轉人耶？不可知之數矣。

十 月

初一日　晴　十一月廿二日　星期五

早起，九時外出，以風緊仍回。午後梁維亞來談半時，以畫給之帶去。二時欲外出未果。作畫件，以紙佳，乃爲水墨山水。興之所到，一時許即成功矣。欲爲肖鵠詩敘，提起就懶。天下事有興趣與無興趣於此見之。晚候借支之款未到，心煩早寢。

初二日　晴　十一月廿三日　星期六

昨夜傷風流鼻涕不止，喉際難過，清痰又多，如此氣候，殊難調攝矣。午後裴君送借支款來，當時賣木炭百斤去八元，較之去歲貴二元，物價今年暗漲明漲，迭次累進，靠薪水爲生活之人其支數有定，未能隨物價並進也。

初三日　陰　小雨　十一月廿四　禮拜

今日作畫三件。未出門，咳甚劇，且畏寒也。

初四日　陰　小雨　十一月廿五　星期一

今日咳更甚，喉癢不止，吐清痰多。添購各物，華中師範送書款來也。

初五日　陰　小雨　寒　十一月廿六　星期二

今日仍咳清痰。午後王小齋來借錢。此人有何辦法，彼不來則已，來則非借不可，與陳坦何異耶。晚咳甚，八時半即寢，服可大因一粒，九時至轉鐘三時方醒，惟口乾，痛飲水一杯，痰乃出，繼又咳濃痰八九口，乃氣鬆動矣。

初六日　陰寒　小雨　北風　十一月廿七日　星期三

八時半又吐濃痰五六口，飲水一杯，氣更鬆動，則可大因之功也。午後能寫信，晚早寢。

初七日　陰　大風雨　下雪　十一月廿八　星期四

今日未作事，咳濃痰十餘口，氣漸鬆動。

初八日　大風雨　兼下雪一時許　極寒 此昨天事誤寫在今日。
十一月廿九　星期五

早寒未能起，十一時乃起。午後寫信四件，分致賀覺非、鄒江濤、楊世亮、陳仲安，托售書事。

初九日　陰　小雨　十一月卅日

十時起，咳仍未止，擬往訪愚夫，慮有雨未出門。

初十日　早陰　午後雨　十二月一號　星期日

昨睡不安，咳時氣促難過，九時尚未起床，以被絮置背後靠之。黃山農、陳嘉紅兩同志來看予，予不能起，與談近狀約半時許去。晚寫孫鴻儀、呂壽圖二函及復鄂城楊濟民一函。

十一日　陰雨　寒　十二月二號　星期一

大寒，遲起。今日未作事，看雜書心不深入也。

十二日　陰寒　十二月三號　星期二

遲起，午後三時送函與局並匯十元與遲生。請☐。

十三日　陰寒　十二月四號　星期三

九時華中師範章開沅之父來取去庚戌、辛亥、壬子三本日記去，予面囑閱後三個禮拜須交還，請其轉達開沅。下午送日記至益善書店去切齊，未晤工人某，仍將原件帶歸。

十四日　晴　十二月五號　星期四

午後鄒嶧儒來談，予以欲送日記至益善，催之同出至該店，而昨約工人又未在家，遂以日記和包袱置姚君請存之，明日上午再去，便與金煥模談半時。彼八十二，尚能健步也。予出後途遇賀學海，又立談一刻鐘。賀年八十四，亦健步如常人，未持杖，令予生羨。看陳哲之，知其病已痊，談片刻出。至亞佛家坐談片刻，問參室近事，便至玉兒家問近狀。訪孫愚夫，知其已出，或者去開會耶。五時半乘車歸，晚間胡搖清夫婦來談一時半乃去。

十五日　陰　晚有月　十一時後忽雨　鷄鳴時又雨
　　　十二月六號　星期五

九時起，十時乘車至益善書店，知肖君已回家，乃取日記至其家爲予切整齊者十四册，先君手書函件一厚册，切得甚好，給以資不受。午後一時方歸，爲此事往返六次矣。夜寢後仍咳四次，起二次。

十六日　陰　晨四時小雨一次　十二月七號　星期六

九時半起，原定今晨去看病，以陰雨未果。午後未作事，晚寢後連夕均咳濃痰，須起坐床上飲水一杯乃止。

十七日　陰　十二月八號　禮拜

今日未出門，慮有人來訪。午後三時已過，武大無人來接洽，予遂往葉鴻洲處一談。彼今冬月八十八歲，尚如此康健，可羨也。

十八日　陰寒　小雨　十二月九號　星期一

八時半予未起，紀雪昉送予野鴨一對，俗名紅脚青鴨，近來每對三元。予思飲青鴨湯甚久，以無錢中止屢矣。彼坐片刻即去，予仍未起床，十時予始起。午後整理前日已切之幼年窗課稿本，茲已檢置一箱，此皆予十六歲前後之作，應保存之，供子孫知予在清代童年讀書勤苦也。飲野鴨湯，晚間安睡未咳。

十九日　陰　小雨　十二月十號　星期二

早起清理各事。午後一時姜世兄來，云其岳父竇秉鈞今晨八時已死於床，其女在外買菜歸，帶有二粑粑以貽父者，竟未料其死也。又云昨日出外半天，晚前食飯如常，無他異。此老心地甚好，宜無痛苦以死也。姜去後予即往其家視之，痛哭四五聲，心即鬱不堪耐，坐片刻即出，未能送之焚燒。且在漢口火葬場，竇平時屢言須火葬。其子二人對之不甚孝順，聞其媳尤毒辣，子孫雖多，何益哉！歸後仍題已裝訂之書簽，並寫書報八本。今日飲湯二次，晚寢未咳。默念竇先生生前事，竟不成寐，至十二時方熟，多夢。竇先生生丁丑正月廿三某時，計已八十一矣。

二十日　陰寒　十二月十一日　星期三

今日外出買零物，歸後將已改切之日記重訂之。

廿一日　陰晴不定　十二月十二日　星期四

今日欲去看病未果。連夕咳時少，睡較從前甚安，惟飲食未添，尚未還從前狀態也，頭暈時作。閱報，此十日內無多事可紀也。

廿二日　陰　下午小雨數次　十二月十三號　星期五

上午九時訪沈碧舫未晤，與饒校文談及請沈爲先君題墨蹟第二輯，遇李猿公、王祖祐，略坐談即歸。午後至醫院看病，仍爲向醫生，開藥二付，常服之劑也。出訪馮亞佛略談，問參事室事。至玉兒家略坐。出訪孫鴻儀，知其已遷居朱家巷十五號矣。歸途遇雨。

廿三日　陰　晴　十二月十四　星期六

上午未作事。下午六時半毓華送薪水來，七十三元五角，僅留十三元五購雜物，餘六十元交爲火食用度。每月借出廿元先用去，如此真非辦法，月月虧空。設非前月賣去舊書填補，今不知作何狀態也。

廿四日　晴　十二月十五日　禮拜

上午未作事，因早咳傷神，思息也。下午至群衆園看戲，遣悶而已，予心不在看戲也。

廿五日　晴　十二月十六　星期一

今日外出買零用物，下午未作事。

廿六日　晴　十二月十七　星期二

閱報，蘇聯和平建議西方國家似有採納之意。下午補題畫款，復各處函。訪楊雨霆未晤，將畫交與同屋楊君代收，祝雨霆八秩壽也。

廿七日　晴　十二月十八日　星期三

閱報無多新聞。午後孫愚夫來，予外出未晤談。晚寢連夕尚好，但多怪夢。昨午章學海送還日記三本，值予未歸，彼留言云其子已下放。

廿八日　晴　十二月十九　星期四

連日報載各機關所派下鄉幹部、各大中學教師近二萬人均已趕赴鄉間農事工作，從此知識份子均變爲農民，以後農村無文盲，皆上等知識之農夫矣。此可與陶元亮同其品格也。

廿九日　晴　十二月二十日　星期五

今日寫復各處函：一章學海，二石茂楠，三賀覺非。

冬　月

初一日　晴　十二月廿一　星期六

早候覺非未來，午後帶香生外出，用去車費六角餘。

初二日　晴　廿二日　禮拜日

早約壽山等來午餐。十時覺非、嶧儒來談一時去，十一時半國煌來，留之幫忙。十二時愚夫、毓華、雪昉、呂壽圖、愚夫等酒敘，午後一時半乃去。晚寢不安。

初三日　晨大霧　以後晴　下午八時半又大霧 十二月廿三　星期一

早未作事，起遲。昨睡實未安，起咳一次。十二時以後似睡熟，亦不安，時時又醒，九時方起。下午淬成、國煌先後來坐半時去。

初四日　霧　午後晴　十二月廿四

上午九時外出一次，午後閱雜書。欲回肖谷信，以述事多竟未作。彼乞予作詩敘，提筆即止，似無從說起者。

初五日　陰晴不定　十二月廿五

今日未作事。

初六日　晴陰不定　寒　晚十二時小雨　十二月廿六

連日閱報無多事。閱寄鷗所作《荊江血影》四冊已畢。此小說自民國卅二年一月登在《大楚報》者，劉知得逐日剪貼訂本中。是時日寇尚踞鄂城，有偽縣政府維持地方，故《大楚報》在吾邑逐日得到武漢所寄者也。卅四年登完，洋洋大觀，約六十餘萬字。其間雖有杜撰或另變人名之處，而事實之真可作近代史材料者尚有十分之八，惜寄鷗前年已死，此貼本渠未之見。據其生前來予宅，迭稱原稿已失，求之數年不得者。予近八年未回鄂城，劉知得從前見予時亦未提及此事，真寄鷗無緣也。晚疲乃寢，展轉至十二時猶未熟也。

初七日　晴　寒　十二月廿七　星期五

九時半起，十時外出，以路濕折回。下午閱報，連日檢出一查，無多事也。不看報不知世界大勢事，更不知近時法令也。得程良生自上海復函，知其近狀甚好。

初八日　晴　十二月廿八日　星期六

昨到醫院看病出，便訪智泉，晤談甚久，並敘及寶衡之起義時經過一文，賀覺非謂政協有異議，智泉大不服，囑予逕問賀葆三以研究辛亥事。政協開會均葆三主持也。下午寫函與覺非，請其必印出有刺激評寶者之無常識也。《回憶錄》第一輯出版，評譏者甚多，而某某無識編書，某某係漢奸無恥，某某言詞誇大，可哂也。

初九日　晴　十二月廿九　禮拜

今日未作事。聞本室對予有福利費十二元，囑着人去取云云。

初十日　晴　星期一

閱報無多事，午後寫劉知得、楊濟民函並懷漢函，均發出。

十一日　陰寒　今日進二九　十二月卅一號
公曆歲除　星期二

下午帶同香生出街買零物，用去一元餘。晚毓華來談，未久即去。

十二日　陰寒　風　一九五八年一月一號　星期三

今日元旦，以天寒予未外出。午後張伯熙夫婦來談半時去。吳端偉送太虛法師詩集亦可誦。僧人如此，可謂難能，以其先爲上海綢緞學徒也。照詩題推測，彼今年應爲六十九歲，不知尚存否。

十三日　陰　晴　元月二號　星期四

今日帶同香生外出一次。午後四時復鄂城楊濟民信並談知得賣書事。晚寒早寢，多夢。早未起時覺非來，予與其切言之，大約對寶先生事實有文盲反對示意，據說未生效力，覺非前日言之，實令人憂氣耳。

十四日　晴　元月三號　星期五

午後一時帶同香生渡江尋倪蘭吾印刷廠，三次竟錯過，乃訪曹漢丞。彼尚康健，明年正月即八十九矣，據云昨日方自鄂城回漢，風霜之苦，彼竟安之，何其得天獨厚耶。談甚久，就其家食麵一碗。出訪梁瑞堂，未久坐。因彼堅請予上館，慮天黑氣候，乃與香生匆匆車船不停留，到武昌天已晚，坐三輪上寒甚，下次回家須在五時以前也。到家後聞今日師範學院張①開沅同某某二人來訪，章云外放來辭者，惜未一談也。

十五日　晴　元月四號　星期六

上午十時帶香生至察院坡彭牙醫處請補牙，因上齶活托已有一孔，須補之，與約明日下午去取。午後三時師院馬天增講師持章開沅介紹函

---

①　張，應爲"章"。

來見，章走在即，今日未來，昨與同來者即馬君，尚有朱山樵未至，均師院歷史講師，補章之缺者，談問太平天國及武昌辛亥起義事，一一告知，彼講該院近代史者也，留之麵食去。彼述在河南大學畢業後教歷史六年，調鄂不過月餘耳。

十六日　晴　霜　元月五日　星期日

早起，閱報無多事。午後外出訪馮亞佛談半時，取回已整好牙齶再安之，合用。詢玉兒知已帶兒女遊大橋去。

十七日　晴　小雪節　元月六日　星期一

今日未作事，亦未外出。廿日進三九而氣候尚和煦如此，勿乃怪事。設今年無閏月，已是臘月上旬矣。

十八日　晴陰不定　元月七日　星期二

早起，十時至博物館訪劉靜山，談清代科舉小考事，約一時出。近日擬着筆加小考、鄉試兩階段，則前四年所記會、殿試材料即可成書矣。清繼明制科舉取士，爲選舉官人法之最善者也。

十九日　晴　元月八日　星期三

九時以後寫復許學源、張肖鵠等函，午後未作事，欲編書未能也。

二十日　晴燥甚　今日進三九　元月九日　星期四

上午向阮華甫借五元應用，下午至醫院看病。三時半出，至圖書館抄王孝鳳手書雜稿中有光緒五年己卯科吾邑中九人之事。是科副主考趙爾巽，同考官有漢川知縣楊壽昌。楊自光緒初做知縣，民國二年尚做天門縣知事，是在鄂任四十年知縣矣。江夏、黃岡彼曾任過數次，光緒壬寅又任湖北鄉試同考官，故在鄂交識者及門生故吏多。民十一年尚爲予寫大聯一付、長條一件、摺扇一，均佳，日寇內侵皆失之，可惜也。楊故後其子將其藏書、字畫、碑帖售盡。甚矣，良吏可爲不可爲也。晚以手抄書多，目力亦減，又甥女爲送子回縣事擾擾，寫信與孫壽山持去，遂早寢。

廿一日　早陰旋晴　午後二時大雨一陣
夜十二時大風數次　大雨半時
元月十日　星期五

上午復劉知德、魯祖軫信。午後四時半乘車至玉兒家中吃飯。今日爲其四十初度，彼其有子女六人，從前日者推彼，告不能過十六歲，今已不驗矣。七時半歸，內子及六兒同車回寓。

廿二日　陰寒　晚起風數次　十一時以後大雨直至天明
元月十一日　星期六

今日天寒路濕，未能出門，寫信與孫鴻儀托其問姜君以壬寅科江西大主考姓名。約玉兒明天來吃飯，香生十歲初度也。寢後夢予編書索費事。

廿三日　大雨終日　寒甚　元月十二　禮拜

上午閱報，載西北寒流已到新疆境，預十四號晨到武漢，有冰雪云云。下午一時賀覺非引政協謝增勳君。謝四川人，在鄂已四年，去年調政協，專愛編輯辛亥史料者也。覺非稱不日下放到當陽農場，謝君接彼經手之辛亥史料事，並云予著二月出版，係出版社預定者，能否如時出書，且看將來。如年關需款用，可借稿費若干。又將《荊江血影》小說全數取去，稱彼先願購者，因下放遂中止，已早向政協報告此事，請政協買作參考，公家買可以多出幾元也。又交來北京科學院近代史資料編輯組收到予所編《太平天國在湖北的點滴》稿本，答云俟研究考慮後再答復云云。此事覺非事前未告知予，以漢社嫌此著不全面，退下。覺非應商之予，再商辦法。名曰"點滴"，就是不全面，如欲全面，則予將前年所編之《天國朝野雜記》交印矣。指此范圍請另編者，爲漢社說話不負責，此等半解人有何理喻耶。又謂寶衡之事蹟須再商。坐一時，與謝同去，蓋係與予作交代也。四時半玉兒帶同外孫男女來吃飯，七時乃走。予昨夕曾夢及賀爲予編書事種交代，以爲今日雨大，係星期，彼不能來也，今竟來交代一切。虛視何以先得此息耶？

廿四日　陰寒　元月十三　星期一

早起寒甚，午後鄒江濤來談，持所選詩云已刪改者，當給政協附在第四輯《回憶錄》中者也。傍晚甚寒。

廿五日　陰　大風　微雪　下午結冰　寒甚
　　　元月十四　星期二

今日奇寒。上午十時以後微雪，結冰，室中用火□升火，未敢出門。四時呂壽圖來談半時去。寢後寒甚，不成寐者二時許。今早肖鵠之女來云已下放到崇陽。

廿六日　陰寒　結冰　元月十五　星期三

十二時方起，未出房門。將昨寫信寄北京王府井大街音樂研究編輯社雙月刊組，欲將存稿《論律呂》請其登載。寄復楊濟民函，匯十六元與遲生。又寄賀覺非函問三事，請答復。四時半紀雪昉送肖鵠和詩來看，坐片刻去。郵局函無人送發，乃自去。街上行人少，寒甚，幸無風。

廿七日　陰寒　元月十六　星期四

今日寒甚，未出門。寫信至樊口石戀楠，囑他派人或托便人帶其子尚武回鄂城撫養。

廿八日　陰寒　元月十七　星期五

今日接覺非函，他願十九日來家便飯，予遂函約江濤、滙川、佩卿三叟十九日來同飲。囑定生買得《辛亥回憶錄》第二輯閱之。

廿九日　陰寒甚　元月十八　星期六

十時半起，天氣仍寒，未能作事。閱《回憶錄》，梁瑞堂所編之《我參加革命的經過》一文約二萬字，有精采之處甚多。

三十日　晴　元月十九　禮拜日

今晨放晴，午後和暖，一時半覺非來，與談各事。陰曆年關，彼可代予漢口出版社借支一部份稿費，餘俟出書前日照付全數。除此一筆借款，寄鷗貼本小說政協願購，已由彼交去矣。二時半滙川、佩卿、江濤三人同來。旋愚夫亦來，予欲以電話通知，無空綫者。四時同坐酒敘，六時半別去。

臘　　月

初一日　晴寒　元月二十日　星期一

上午十時半約劉義山、張祖培來酒敘。昨日忘記約劉，今日須補。其他去歲送詩者如敖、蔡二君已請過者也。小除夕或元旦如有錢，尚須補請亞佛、哲之等八人，均送過詩者。傍晚楊雨廷來談半時去。

初二日　陰寒　元月廿一日　星期二

今日天寒，未出門。寫信四件，肖鵠、泮香、江濤、雪昉，明早可發出。昨日喧傳造船廠工人周國正殺死其嫂、姪兒女一家五口之事，聞其嫂腹中尚有孕。是十九號下午之事，凶手已捕，不日公審。去年王大鵬亦是工人，殺其妻與子之事相同，惟王僅二口而已。年來何以有此等慘事發生，則一以奸情，人心日壞，群衆視爲不希奇之事；一因社會教育尚未普及，使壞人減少也。

初三日　晴寒　元月廿二　星期三

今日補作畫件，午後外出一次。

初四日　陰晴不定　元月廿三日　星期四

今日想補題長江大橋詞一首，就十月十五稿改爲之，寄武漢音樂分會。其負責人爲程雲，先以一册説黃色音樂與白色音樂者也，杜撰目前之典，奇矣。晚間寫《歸來曲》成，遂寢。

初五日　晴　寒　元月廿四　星期五

上午敖雲門來，送泮香所開條子，知其曾到他家及我家，均未晤。似前寄函渠已收到，未復予也。

初六日　晴　元月廿五日　星期六

閱報，知法院今日判決殺男女五命之凶犯周國政槍斃於閱馬廠，事前曾裝汽車中遊街示衆。周犯廿四歲，漢川人，短小凶猛，先在國民黨當過兵，後轉入解放軍當兵，不久轉入造船廠爲正式工人，奸其族嫂，致嫂與其夫離婚。經法院勸解，原夫收歸。後彼不服，致啓殺機。噫，此禽獸也。

初七日　晴　陰　寒　元月廿六日　禮拜日

將昨夕詞稿寫就備寄漢口音協分會。下午紀雪舫來談。

初八日　陰寒　早有霜　元月廿七　星期一

今日未出門，在室中閱雜書，清理書案上各物。愚夫來，留之飯去。

初九日　陰寒　元月廿八　星期二

今日復肖鵠函，致賀君問已賣貼報本子在何處取款。下午國煌來取報紙去，並托其帶函與杜衛初商借《搢紳錄》一套，又囑安卿引國燈去。

初十日　四時聞大風起　上午寒甚　元月廿九　星期三

晏起。十二時後參室派人來蓋醫療證圖章，云以後須廿五號前送室蓋印。月月如此，何不憚煩如此。

十一日　陰寒　元月卅日　星期四

天寒未作事，亦未出門。寫信與鄒江濤問各事。夜轉鐘二時窗紙似亮，以爲月色。

十二日　陰寒　晨二時下雪　早見瓦上盈寸　元月卅一日　星期五

早聞内子云昨已下雪盈寸，冬季得雪亦是好象，因十六日即立春矣。予十一時方起，下午一時半江濤來述各事，坐二小時乃去。

十三日　陰　晴　寒　二月一號　星期六

今日上午訪苾蕡，問蔡稿報本子款事。下午外出買零件，便訪亞佛，途遇愚夫談片刻，又訪哲之，問北京二稿—樂典，一太平軍。事。樂典吉，小有財。太平軍稿前卜不吉，謂留中多日，可望成，然不甚佳也。今日卜仍如是。雖不退歸，難望有佳處，不能得多財。姑聽之而已。

十四日　陰　二月二號　禮拜日

今日外出一次，至博物館問信則鄒不在寓。欲往亞佛寓，以風寒遂歸。

十五日　陰寒　二月三號　星期一

今日未作事。昨日與鄒嶧儒同訪謝直談一時許。至圖書館還書，再檢閲王孝鳳先生稿本補光緒五年題名。向楷一名，孝感人，附生，中第五十五名，此昨日事未補入者。晚間補閱肖鵠詩稿。

十六日　陰　今日立春　二月四日　星期二

今日天陰，爲戊戌立春節，設非閏月，已到元宵矣。

十七日　陰寒　小雨　晚六時有雪子　二月五號　星期三

十時半起，天陰轉寒，覺非引其妻來述各事，謂已遷居矣，談片刻去。午後苾蒭送書款來。予寫信與瑞堂、玉如、春萱索《辛亥》第一輯，武漢各書店早買罄，二輯出版後三數售一空，何其俏耶。予著在第三輯，該社尚未出書，不知臘底可出售否。

十八日　陰寒　二月六號　星期四

閱《光明報》，所載無多可取。《史學》僅有一次，餘則《文學遺產》，所編所采較之去年退步矣。重要新聞漢口報先見二天。下月不續訂，續訂無甚益處。晚十一時寢，寢後多雜夢。

十九日　陰　二月七號　星期五

今日送牙托去整，約以明晚當取歸。出訪亞佛，蘭如在座。途遇陳哲之，以丸藥五枚與之，彼所求也。致玉兒寓立談數語，出訪劉問山，渠云因病明日不到音樂協會聽報告。予以陳云明天在武昌音專報告，與予宅近，須便往聽之也。途遇熊煥，立談片刻，彼云熊晋槐腦筋仍不清。回家後晚飯未畢，鄒嶧儒來坐一時半方去。

二十日　晴　霧　霾　二月八號　星期六

早起。十時北京書賈于銘來，謂漢口汪受恒介紹來買明板書者。坐談並詢問、爭價半時，結果買去雷以諴抄本、《劉稚川詩文集》抄本共十五本，厚薄不一，本來卅五元不能買者，擱置年餘竟無人買，遂賣去，增此一筆費可補雜用也。午後二時至中南音專，聽漢口音樂協會主席程雲講北京音協諸事及武漢音樂家須寫回憶或民間舊日民歌投稿備選云云。予未終局即退出，晚十時寢，思今日寫信與玉如、春萱、瑞堂三處索書，不知彼等能照給否。

廿一日　晴　霜重　二月九日　禮拜日

晏起，午後訪阮華甫，知其又染病，現衰老頹唐之狀。過孫壽山家略坐談，詢之彼今年方七十七，予前誤以爲彼已八十矣。黃山農送來四十元。

廿二日　晴　霜　二月十號　星期一

今日十時起。修脚的來約，一時方去。午後一時老黃來理髮。傍晚得肖鵠函，俱係近作詩稿，未提其他，可想見其閒適矣。中午帶香生乘車至各處一敘，愈友、志純均晤談，愈囑予須會志純，予實不願與談，以其人少誠意也。

廿三日　陰　二月十一號　星期二

今日出門二次買雜物。

廿四日　陰　晴　二月十二號　星期三

今日各大合作社買物人多。火巷口一大合作向來賣批發者，以廣播器吹噓跌價，皆滬、瀋購以屯積之□罐頭、鷄鴨魚肉之類，較平時只售半價也。寫信與張肖鵠，述詩稿尚未閱竣。

廿五日　晴　二月十五　星期四

早九時春萱來述各事去。午後又出門購零用物件，以參事室黃主任送來統戰部給予春節補助四十元，實意想不到者也。添此一筆款，當然另作計劃也。

廿六日　晴　二月十四日　星期五

上午外出一次。下午五時半至郵局寄十元與劉滋得，想彼此時亦在窘中也。

廿七日　晴　二月十五日　星期六

今日未作事，閱報亦無新聞，寫橫批贈彭達五牙科醫生。

廿八日　陰晴不定　二月十六日　禮拜日

上午乘車出，又添購各物，皆應用者。下午五時得劉滋德復函，謝款已收到，今年郵局信件何其速也。予匯款係下午五時，計次日即到縣。劉得款後即復函，次日函即到省，毫未耽延時日矣。

廿九日　陰晴不定　二月十七日　星期一

九時起，十一時外出，午後又外出一次。晚呂壽圖來，乞作函致熊、紀兩醫生，爲其子植願學醫生，談半時去。十時予帶香生出外一遊。憶丁卯除夕，予在籍帶同遲生於除夕出遊，見街中有老年人跪地乞錢者。如此慘象，今必無之。今夕武昌街中儼然太平景象。屈指今卅一年矣。吾希年年豐收，家給人足，老安少懷，聖明之治矣。

戊戌（1958年）日記

正 月

初一日　晴暖　春節　丙寅　二月十八號　星期二

早起，九時紀雪舫、梁瑞堂攜其孫來，據說由漢口乘三輪直過大橋來者。談半時，請予導之至尚立、雲門二家。廖作霖、張祖培來。傍晚熊予佛來。今日下午二時攜香生乘車直過大橋，到歸元寺一遊。男女老幼，進出不絕，計數總在萬人以上。香煙四塞，令人不能睜目，佛力真大矣哉。予歸後疲甚，飲酒一杯，吃飯時昏昏欲睡。難得今朝整日晴暖，老年逢此亦大快意，且晚晴尤佳。古詩云"天意憐幽草，人間重晚晴"，信然。

初二日　晴暖　二月十九號　星期三

早起往訪汪金門。午後國煌，胡林太平及其妻、子女自胡林站搭火車來。譚菊畦夫婦，鄧實及玉兒、子女都來拜年，留之飯去。傍晚，汪金門、劉問山來談甚久去。

初三日　晴暖　二月二十日　星期四

早約廖作林訪馮永軒，誤尋路途約二里餘，得見後略談即歸。下午泮香自水果湖來，便留之，因昨約孫愚夫等來便飯也。四時半雪舫、愚夫、校文、雲門、泮香等入座酒敘，李匡甫、崔祥珩未至。席散已七時矣。劉凱南、董連浦夫婦來。擾擾整天，疲極思睡。

初四日　晴熱　二月廿一日　星期五

今日夢閑帶閨玉枝及小孩出門去，午後予未出門，在家閱雜書及李忠王自傳種種改錯及注釋。羅爾剛對太平天國各王的供詞有相當研究，故能解釋無誤也。今日爲先祖母忌日，廢祭典已七年矣，思之惘然。予生在祖母故後四閱月，幼時所聞之境況則吾母於予十歲以後詳告之者，吾本寒家菽水之資，聞父親當時亦艱苦，供肉食少也。

初五日　晴暖　二月廿二　星期六

今日外出二次，尚志怡來。

初六日　晴　十一時大風　二月廿三日　禮拜

早十時訪葉鴻州，值其早餐，未與多說，立談即出。訪阮媳問華甫病狀，片刻即歸。十一時半大風暴起，飛沙蔽天，予途中恰遇之，走路無足，乘三輪車歸。飯後囑外甥女艾氏準備明日與玉枝同乘火車到鄂城也。晚十時半寢。

初七日　晴燥　二月廿四日　星期一

早起，九時即飯。飯後夢閑送玉枝母子及艾甥女母子至徐家棚搭火車回鄂城，一到胡林，一到縣城也。擾擾一時，乃引江炳靈來談甚久去。午後予小睡一時許乃起，夢閑歸述各事。

初八日　晴燥　晚有風　二月廿五日　星期二

早起，今日又晴熱。寫肖鵠函並退還其詩稿，挂號寄出。下午三時馮亞佛、陳哲之同來坐談久，囑定生煮麵二盂並以酒款之。內子已攜香生渡江，晚七時方歸，據說已晤曹漢丞，甚康健，今正八十九矣，殆秉負不同於吾輩也。十時寢，轉鐘後大風忽起，天氣變寒。

初九日　大風雨終日　二月廿六日　星期三

今日天氣變寒，大風雨至七時稍止。予以昨午買得軍人禮堂京戲票特座看高百歲演《徐策跑城》，又不能不去。其實天寒如此，大風未熄，於予病軀不相宜；又念此人在京戲負名，在四十二年前滬上第一舞臺演《斬黃袍》《轅門斬子》《上天臺》諸齣有盛名，吸引觀衆魔力甚大者也，故冒風雨亦去。七時一刻到院，遲至七時四十分方開演。第一齣《嘉興府》，二齣《潯陽樓》，三《拾玉鐲》，四《挑滑車》，生旦丑雜，唱做尚好，全武行，近時更進步矣。觀此可見學戲之難，蓋功夫體力第一，唱工猶在後也。最後高百歲演《跑城》，唱做、臺步、跑法均工穩，派調簡而不繁，說唱清晰動聽。其面腴，似不像六十以上之藝人也。落落態度和易之至，即發怒咬薛剛亦非躁狀，不似漢戲負名之吳天保亂板亂跳也。十一時方畢，予出院時受寒甚，又以誤穿路，遲一刻鐘方到家。原計出水陸街口由大路回，免迷路，而皮鞋蹈水。凡事勿抄捷徑，致求速反遲矣，戒之戒之。歸後烘火洗脚，逾半時乃寢，寢後即聞下雪子聲一陣，轉鐘四時聞雷聲震窗紙。

初十日　大雪　兼有風　極寒　二月廿七　星期四

九時起，見瓦、地上雪已逾二寸，自是漸大，正午乃止。天寒未作事，晚早寢，多雜夢。

十一日　陰寒　又大雪一時許止　二月廿八日　星期五

十時起，寒甚未作事。午後又大雪一次，寫信四件，可復可不復者，繼思仍發出。

十二日　陰寒　三月一號

昨檢出上海《時報》一張，民國五年陰曆三月廿九日，以最大廣告登高百歲在第一舞臺演唱《斬黃袍》《上天臺》《轅門斬子》三齣評語，謂其似劉鴻聲，尤過之無不及云云。民五至今有四十二年歷史，因函述數事，以報贈之。想彼當時有此報，中經數次變亂，未必存留者。今晚同屋徐君去看戲，付以交高保存。晚十一時寢。

十三日　晴　寒　三月二號

早起，唐醉石來坐談一時餘去。午後藍漢凌來訪，與談半時許去。彼問參事室鳴放前後事。予以張輝禧未交下予等十人當時整風底究置何處，因張前年爲予與李愈友所逼問竟未具體答復也。藍坐半時去。

十四日　晴　三月三號　星期一

今日午後至醫院看病，挂號處謂予醫證未蓋三月份，不挂號，只得出院訪智泉。知未歸寓，遂匆匆出訪亞佛，值途遇，與同至徐蘭如坐談半時出，就糧道街購湯元廿枚歸，愚夫在寓，遂留之飯去。

十五日　晴　三月四日　星期二

今晨梁維亞來談。午後又至醫院看病，值星期二下午要學習，停止看病。據說星期三下午亦學習，不看病云云。如此醫院視病人不知爲何等人也。予遂至圖書館還書，並借得《梵天廬筆錄》十八本。此書前廿年有聲名，中華局出版者也。

十六日　雨　下午陰　三月五日　星期三

今晨嚴某來，謂維亞囑他送書來求售者，略談別去。午後訪愈友，略談即出。四時半至維亞宅，遇嚴某付書價，略坐即歸。傍晚外甥女自鄂城來，述及遲生整風事。晚香生發高熱，夜睡極不安，予至轉鐘三時猶醒眼。

十七日　晴　陰　今日驚蟄節　三月六日　星期四

今日起草爲肖鵠作詩敘。午正國煌來，便囑其帶條過江訪汪壽恒問賣書事。参事開會予未去。晚汪金門來談，參事室彼爲代予寫公債而來者，請予認購廿八元，每月扣四元，七月份繳清。昨夕因香生出麻疹，累予念《大悲咒》一小時。轉鐘三時後夢因某事入程次松新宅，上樓矮甚。師母及次松夫婦並少松均見之，最後次松妻強予吞服丸藥數粒，大如枸杞子。有紅色者三四粒似不可吞，次松婦拍予喉頭使吞之，謂可愈病也。奇哉，四時醒猶記清楚。

十八日　晴　三月七日　星期五

早起，十時至饒校文館中，欲覓老《通志》一閱，見民盟貼大字報甚多，立觀半時，未晤校文，仍歸，已十一時半矣。下午一時半乘車到湖北醫看病，候二小時乃得吳醫生診，取藥出，在亞佛家略坐談，問其認公債並晤蘭如，談一時許歸。途遇魯祖軫，知其在大冶，來數日，約以緩三日來家詳談。歸家後飯。毓華送到借款廿元來。

十九日　晴　三月八日　星期六

早起，午後三時訪愈友、校文，各談片時，聞王伯聲先生已故，今年八十九歲。前、去年稱康健者，臘初中風，不甚重，今正初轉劇。彼素稱食量大者，前年予問之，彼謂食祿，亦係有福氣者，惜老來不甚寬裕耳。可見能食亦不可恃。總之人到老如機器用舊，運動不靈，遂停止也。去年曾來予家二次，均值予出未晤，聞其死頗悵然。今早楊漢民來述各事。

二十日　晴　三月九日　禮拜日

早起，十時外出訪翟竹如、敖雲門未遇；訪楊明樵，立談數語，因渠家在吃飯，不能坐也。艾甥女來云售傢俱後即歸事。此女自少至老毫無知識，自甥婿石仲章故後，將存物零星賣去，今春已窘困不堪，乃回鄂城，回後又來售存物作車費。前已諸事就緒，大約明後天可搭車。予見其頭腦不清，來家時與說各事或解釋之，此真無用之人也。參室通知明日歡迎新補主任江炳靈，江近五年老運亨通矣。晚十一時寢，多可笑之夢，去臘今正共見三次。

廿一日　晴燥　三月十日　星期一

早見太陽光入室。水仙花自正月初一開一朵後，逐漸分放單瓣者十一枚，極盛期似已過，尚有一朵初發叢瓣者，五朵係後開者竟欲萎矣。以理度之，似後開應較先爲強，乃竟不然，何也？前開者此時尤豔麗香馥，芬未歇也。呂壽圖來談甚久。阮華甫第三媳來談華甫已出醫院，約予去談，予答以明日。媳述渠家近時瑣事一小時乃去。予約壽圖乘車至蛇山看已另湊成之元代勝相塔一座，即舊置老黃鶴樓前下層者也。坐半時與之同在公園小憩，予別呂往訪亞佛、蘭如並檢視其藏書《四部備要》，慮天雨遂歸。聞壽圖云王小齋於去臘病故矣。

廿二日　早陰　似有雨狀　旋晴　午後五時雨
　　　九時大雨雷聲作　三月十一日　星期二

早石尚武來，云彼等搭汽車，請內子立代買票。九時內子去後，甥女來，云汽車今日不開，已將物件挑回云云。飯後小睡。三時往愈友寓，因吳端偉來函托予與愈友說項也。遇志純，談一時許。出訪校文，又談半時，便購需物匆匆歸。欲省車費，行至王府口，視天空雨至矣，匆匆行，幸到家僅遇小雨，衣未盡濕也。凡事不可省減。予每料事不差而心中竟未行之，忽而變計，致受痛苦，以後須切記計劃已定，何必改變。今日爲先祖父冠群公忌日，距没時已六十二年。

廿三日　早陰　十時轉晴　午後四時小雨　五時以後大雨
　　　三月十二日　星期三

早起，今日未作事。午後天轉晴，五時以後大雨。尚志怡、周淬成來談，借傘去。彼天沉暗時出門，不知何以不帶傘也。

二十四日　陰　三月十三日　星期四

上午未作事，午後至博物館問綾子價。晚七時楊漢民又同其子來談甚久，以其歸之，便托帶丸藥及膏子回縣。晚寢多夢，似又欲作寒溪中學教員者，又似在漢候船回縣狀。此類夢境過七八次。寒溪教員何如此可貴耶？

廿五日　早晴　旋陰　午後雨　晚大風
三月十四　星期五

晨補睡二小時，以昨多夢，醒時費腦筋憶及也。十時乃起，午後又小睡。三時愚夫來，便看本街房子，不合意，再談一時許，留之飯去。

廿六日　陰雨　午後大雨　三月十五日　星期六

今日楊漢民來，囑以各語向縣宅轉告，並給字畫一捲歸去。午後囑內子向參事室取薪水歸，除公債及預借外，實得六十九元五角。晚十時即寢，寢後多雜夢，連夕是有魔來壓者，又似夢中得夢，有時以脚踢去，或大呼，醒則知爲夢中夢也。予夢中誦《大悲咒》以拒之。

廿七日　大雨　天沉暗　三月十六　禮拜日

八時半陳樹三來呼予起，與談甚久，並贈予以所著之《古琴曲新編》一本，創爲三綫簡譜，北京古琴研究會爲之以油印印出者，每本工本費一元正。字細微，不能辨識，不利老年閱。漢口人民出版社以此類太冷，銷路小，不易做板，無利潤可圖也。下午蔡天民來，云已到省住政治學校，此真老而好學者也，談二時許去。壽圖來談，便托其爲予到郵局定《人民日報》，自四月一號起。去年看過中政《光明報》，不佳，故停止也。

廿八日　陰晴　三月十七　星期一

上午閱報，檢閱自書課本。漢口汪君介紹一京客來看鈔本，訪張又襄筆跡著作。給以鈔本四册，明板書三套，僅欲購辛亥材料及明季抄本而不出價，予面辭之。現欲買便宜者，人家不願出脫也。談一時許去。下午外出買菜，韭菜本非予昔所好，近日思之不易買，乃親往購得，一斤一角七分，較去冬跌去三分之一。途遇張師母，借得佛經一套，據説張老遺書手澤她賣與收荒貨的得廿元，曾可惜張先生有子女不愛文學故也。

廿九日　晴　早有霧　三月十八日　星期二

今日未作事。午後外出訪孫壽山，問甥女係何人送之搭車。坐片刻出訪李愈友，知吳端偉自黃安已歸矣。視華甫疾似難愈，神智亦不清楚。

三十日　晴　三月十九日　星期三

早點畢，乘車到漢陽門乘輪渡江，視關鐘已十一時二刻，乃決計先到曹漢丞家，談一時許。漢丞今正十二日年八十九，甚健，就其家飯畢，訪吳賢卿先生，仍康强如前三年。問年爲庚午閏十月十八子時生，亦年八十九。談二時許，承其告知清代考孝廉方正事甚詳。予著《清代考試制度》一書，僅缺孝廉方正考試一類，蓋幼時只知此名義爲選舉，而不知何以當須考試也。五時回家，計今日用去舟車雜費二元矣。聞葉鴻州先生亦來訪未遇予，此人亦年八十九歲。今日晤與未晤者均八十九，三人共二百六十七歲，高壽哉。

二　月

初一日　晴　三月二十日　星期四

今日午後到醫院看病，仍爲向醫生開方，服水藥須三付云云。晚間看史料關於清初者，九時半服水藥，向醫生所開方也。

初二日　晴　三月廿一日　星期五

早起未作事。午後三時阮宅長媳來送信，謂華甫起痰，已臨危境矣。予指示彼各事去。四時半去看，聞已死矣，遺體已換綢短袿褲臥床上，見之慘然，予流涕哭失聲也，與其子媳分囑各事出。

初三日　晴　三月廿二日　星期六

早起，午後三時泮香來，云已至阮宅弔喪，談華甫舊事。華甫一生忠實，爲學界中敦品者也。予泮香食麵去。四時半予又至阮宅問信，知其幼子有回電云不能歸。華甫平昔愛幼子，今時正在整風高潮中，當然不能歸矣。五時出至大中酒館，楊雨廷約人補祝其八十壽辰。同席者洪裕喈及余散木、麻城人，爲余晉珊之子，年亦七十餘。饒校文、楊瑤亭父子、鄒嶧儒、李少白等十二人。七時席散，出訪呂壽圖未遇，晚歸，十時寢。

初四日　晴熱　三月廿三日　禮拜

早起，昨日愚夫來，送自做餃子送予，今晨又食十枚，極可口。午後予又至阮宅問情形，其子本清告以今夕大殮，初六黎明出殯，陳哲之代擇奠期也。晚金門來談半時去。

初五日　早晴　午後四時小雨一陣　晚八時大雨雷電交作
　　　三月廿四　星期一

早九時半出門，十時半食豆皮，十一時送張春廷先生稿交還其如夫人手收，彼不識字，一一點交之，惜其前年賣書得書賈廿元，恐僅給四分之一價耳。張先生故後，予不愛此嫗，故未至其家探情況也。下午得鄂城袁養正，細閱知爲夏村次子函，中稱"先兄"云云，豈養正已故耶？今正濟民來函，尚云養田在鄂城開會，未回鄉間取其父藏書，何也？吳端偉來，云明日赴鄂城採訪，爲省通志尋資料，同行者周祖佑等九人。

初六日　早陰　午後晴　三月廿五　星期二

今晨七時起，午後接濟民函，知遲生事，周淬成來時尚未接此函也。晚寫數語並檢出蘭仙信附寄淬成一閱，彼耳聾，知覺又不靈，以二函寄閱，當瞭解矣。

初七日　晴陰不定　大風　甚寒　三月廿六日　星期三

今日未作事，復學源信，以先君石印手跡一本寄南寧，請肖谷題詞。

初八日　晴陰　大北風　三月廿七日　星期四

早起未作事，僅寫郵片更正，昨寄肖谷敘言有錯。午後候愚夫未至，乃出門乘車訪覃孝方，談一時許出。訪亞佛，聞其病，往醫院去。至玉兒家略坐即歸。今日空用去車費四角餘而已，歸後聞愚夫曾來寓。

初九日　晴　三月廿八　星期五

上午九時半愚夫來約遊中山公園，予以昨至司門口看櫻花事告知。十時與同乘車至閱馬廠轉車過大橋，至漢口下車後轉車至漢正街，行里餘，尋得升基巷大興酒館吃飯，三菜一湯，兩人食不完。愚夫用去三元七角餘，價似昂貴，惟裝菜甚滿，可供四人食者也。食畢雇車到中山公園，心目爲之一爽，在茶樓中坐二小時，就景得詩一首，寫示愚夫。出園後再雇車遊濱江公園，規模無甚意味。五時半雇車至江漢關，由輪渡歸。到家吃飯畢，壽圖在此，略與談心，吕別去。予疲勞甚，早寢。

初十日　晴　三月廿九　星期六

早起，胸胃似不適，暈眩時作。午後到醫院請向醫生看病開方並取梨膏等等。出訪亞佛，知其病，已入醫院求診去，不知何病也。歸後未作事，亦未服藥，心仍不適，早寢。

十一日　陰　大東北風　甚寒　小雨　三月卅日　禮拜日

早起，心胸不適，至紫陽湖一帶看菜花，至烈士祠詢問通志傳諸人，逢禮拜無人可問，就看民革、民盟兩黨所貼大字報約百餘張。約半時，小雨至，遂歸。晚寢不適，多夢。

十二日　小雨　午後七時大雨　夜大雨達旦
三月卅一日　星期一

昨自晚十時寢至今晨五時半醒，逾七小時方溲，睡似已夠矣。六時遂起漱口，惟心煩似餓，食小點畢，仍就椅上小臥一時許再起。

十三日　陰寒　風雨終日　四月一日　星期二

六時起後再睡一小時。漢口報已止，今日無報閱，俟明日再看北京日報也。午後太長自沔陽來，問以各事畢，復黃石市袁仲虬並重慶許學源函，晚早睡。

十四日　晴　四月二日　星期三

今日在家清理各書籍、日記，分期捆束。自癸巳至壬寅爲童年，自癸卯至辛亥爲少年時代所記事，此爲清代之作。民國初寫至民十二，每年均爲一本，甲子以後分上下季，爲二本，至己丑解放後復改爲每年一本，故至今仍沿用之。置一箱中已滿，此急須印出者也。

十五日　晴　今日花朝　四月三日　星期四

早起，北京《人民日報》昨已到一號，今日又到二號，相隔只一天，較之漢口報載料多矣。下午尚志怡、周淬成來，晚間翟竹如來，談甚久去。

十六日　早晴　午後陰　晚六時大雨　以後陣雨至九時　大風雷雨達旦　四月四日　星期五

早起思出郊一遊，無侶伴。正午各街閉水溝，不許民衆撥。水溝中生硫磺，逼鼠、蛇、毒蟲也，此爲衛生運動之一。今日爲寒食節。昨爲花朝，竟未看花。今爲禁煙節，中國近廿年已不知冷食矣。明日爲清明節，予尚未回里祀祖，每一念及，殊悵然也。

十七日　晨五時大雨　九時放晴　午後又陰　今日清明節　四月五日　星期六

八時起。今日清明節，今年又未能回鄉祀祖，真不可以爲人，舊禮教廢盡，"孝思"二字不知置於何處，慨歎而已。今日未出門，頭暈亦未愈，午後更甚。接肖鵠函，知寄去各函並詩敘均收到。

十八日　晴燥　月色佳　四月六日　禮拜

今日原擬過漢口看展覽。午後二時孫、裴二君同來略坐。予帶同香生與孫愚夫遊抱冰堂，還圖書館借書後，在抱冰堂坐一小時與孫分手，予往問馮亞佛病狀，知未增加，可望痊也。在玉兒家略坐，與香生同乘車歸。

十九日　晴燥　晚熱　夜轉丑時大北風　四月七日　星期一

今日天氣甚好，思出門，以無伴遊者中止。下午《人民日報》只來一張，不知何意減少，豈節約耶？

二十日　晴　四月八日　星期二

今日閱日記，發現缺者甚多，初期四年，想當時尋補之難也。午後外出數次，寫復肖鵠、愚夫等三函，囑內子去定《湖北報》一份。

廿一日　陰　小雨時作　四月九日　星期三

今日因小雨未出門，王彥夫同鄒江濤來談甚久去。

廿二日　大雨時作　午後陰　時有小雨
四月十日　星期四

早起仍頭暈，未能作事。天雨後不能外出。午後內子過江看展覽，傍晚歸，買得日貨三樣。寢後夢張福蓀之妻已添一子，貌甚怪，又令一女送一小盆花贈予，紅色可愛，予謂置室中無益也，須持出潤水爲好。張肖鵠似與予同室，提及福蓀已逝狀大哭不止，予則淚盈眶矣。醒時記憶甚詳。

廿三日　陰　四月十一日　星期五

今日補閱舊日記，午後外出一次。

廿四日　陰晴雨不定　大風　四月十二日　星期六

頭暈仍未能出門，下午淬成來，云接其女函知遲生已停職、勞動生產云云，予囑其明日將原函帶來一閱。

廿五日　晴　四月十三日　星期日

早淬成帶其女函來一閱，去後予往保安門外一次。下午紀雪昉來。張寶亭同王氏子來看舊琴，謂琴甚好，無修理者，談一小時去。張年七十八，尚康健，聞晚境亦好。此老能彈多操，惜向之學者甚少。噫！此調不久失傳矣。

廿六日　晴陰不定　四月十四　星期一

早九時乘車至閱馬廠，遇壽圖，與同行到政協去訪謝直，問《回憶錄》出版事，謂漢口出版社又改爲五月出書，刻正校對，並以稿本二種請予代爲校對。說半時持稿出，再訪饒校文於方志館，與多人談半時出。

廿七日　晴　四月十五日　星期二

早起至醫院看病，帶同香生去，候二時餘方取藥出。便訪志泉説各事，歸後飯畢小睡二時許。傍晚謝直來，並交予前作《回憶錄》稿來校對改正之。今日匯鄂城十六元。此月開支不敷，且有虧空。

廿八日　晴　熱甚　四月十六日　星期三

早起未出門，亦未作事，僅校對自己稿本一次，因謝君云下午即派人來取也。午後天熱一如五月，遂在室小睡，畏熱不敢外出。

廿九日　晴熱甚　四月十七號　星期四

今日到博物館晤蔡西銘問書名，十時訪愈友談近事，十一時歸。連日閱京、漢報，各國希望美、英、法四月十七日同意蘇聯開外長會議。

三十日　晴　有風　四月十八日　星期五

爲謝君代校《回憶錄》，字太小，目力受刺激。

三　月

初一日　晴熱　四月十九日　星期六

今日晴熱，一如五月天氣。十時愚夫來談各事，約遊漢口公園並日本展覽館。午飯後同去並帶香生去，過江竟到該館未有買物票，遂僅參觀存列諸物，無特別之物。約遊半時即出，至中山公園茶肆小坐一時許，慮天有雨，因天沉黑起風，遂匆匆乘車渡江，在司門口某大食店吃乾貝、魚片去價①，吃飯去價三元一角，何其貴也。傍晚歸，飯後甚熱，晚寢

---

① 價，後疑有脱字。

不甚安。

初二日　晴熱　午後陰　晚轉鐘後大雷聲震耳
小雨片刻即止　穀雨節　四月二十日　禮拜日

　　早起八時半，仍校《回憶錄》已畢。飯後小睡半時，不能寐。聞予媳周氏自鄂城來，乃問遲生事約半時。飯後囑其回母家看其父母也。孫女僅一歲餘，甚玲琍。二時令內子送之出門去。晚頭暈未愈，以氣候不甚熱，不能蓋被。一時雷聲大起，勢似有大雨到者，然僅數點而已。二時以後多噩夢，似入神廟，見塑像六七對，又見一文判係一活人裝飾者，用其手揉其目，怪哉！

初三日　早陰欲雨狀　四月廿一日　星期一

　　七時起，憶昨夢可笑，予近數月中多奇怪夢境，甚有不可思議者。腦筋日日退壞，靈魂離開，即神不守舍者也。人生少壯時夢境少，中年人有病者多噩夢。予老而多病，靈魂不安也。

初四日　上午晴　午後陰沉　四時半至六時大雨如注
街上水深五寸　四月廿二日　星期二

　　早起至醫院看病，候至二小時之久。醫生開方治頭暈，略有變動。出訪亞佛，無人招呼，其媳竟不出來答話，遂至玉兒家告以遲生事。四時國煌來談各事，旋大雨傾盆，電光四射，實未見過大雨也，七時方住。國煌別去，約以明日來問遲生事，九時即寢。

初五日　上午陰雨　下午一時半轉晴
四月廿三日　星期三

　　早起未作事。午後一時天轉晴，國煌來電話，以蘭仙未至，囑以明日再過江來。晚間又大雨，氣候如此，鄉間正插秧，不知此雨有礙否。予頭暈未愈，燈下不能寫，此旬內均早寢。

初六日　終日風雨　四月廿四日　星期四

早起仍雨，午前十時更大，天門胡君來談。渠幫賀覺非寫《辛亥首義回憶錄》已年餘。第一輯、二輯、三輯均渠所寫正字，四輯亦寫畢一半，約七十萬字，所得筆資不到一百元。覺非所輯各稿，屬彼私人給工資者，並未給與，彼私人得按語、添注之稿費。例如每一段文字前按、後注往往有一萬字以上，少者亦二三千字上下。如此例推，則《回憶錄》第一輯有廿段，第二輯有八段，第三輯有九段，可共得按注之費有三千五百元之收入。尚有所謂編輯費，照字數千分之十五均歸政協，就著書人之稿費提出。而寫抄正字之工資，亦取自著書人，此是否剝削變例。政協無人負責辦理此事，故讓覺非一手總其成。今渠以右派下放，則此幕揭穿。去、今兩年，賀覺非除自得工農中學教員薪水外，增此編纂鉅款，不得不謂之幸運。噫！天下事均可作如是觀矣。胡君係初來，大雨不止，又不便留之吃飯，只好借一破傘與之去。此事因關剝削著書稿酬，又濫取公家之費，因記之。覺非年未五十，於辛亥時僅兩歲，在武漢走訪當時起義老人之存者，展轉求資料，其前後按注得之各老人者亦互有異同或錯誤。以年齡關係，而又不能加以判斷之力，致有請人寫稿久而不用，後經作者催問，乃退回其稿，亦結怨之近因也。

初七日　晴熱　早有霧　四月廿五日　星期五

今日晴轉熱。十時國煌來，予外出，歸時聞已同香生至周淬成家去。內子同丁姓到得勝橋診所去打針。午後四時國煌歸述各事，晚早寢。連日眼力已差，看物發矇，似已發光。敖雲門為王秀夫代取借書去。發北京科學第三所函。

初八日　陰　大雨小雨連續一日　大風轉寒
四月廿六　星期六

早起，天氣變寒，十時以後換棉衣。下午更寒，不知氣候何以如此劇變也，近三年來每每如此。昨寄北京歷史科學第三所，索還《太平軍在湖北》稿本。事隔四月餘，前函復正在研究，不知彼等如何研究，可笑之至。於是以決計收回，恐久而久之亦無甚結果，深恨賀覺非不得予同意竟寄京也。

初九日　晴　四月廿七日　禮拜日

自初四日大雨後，聞荊州區屬各縣受暴風雨、冰雹災情甚重，政府曾有賑急之款，囑農村補栽種。今日報載受災者有廿一縣，最重災區爲沔陽、天門、京山、漢川、漢陽，次則孝感、黃安等縣。從前苦旱，今苦雨，何自然災害如此之多耶。

初十日　陰晴　午後仍陰　晚大小雨數次
四月廿八日　星期一

五時即囑周媳起，因昨夕接鄂城遲生來電話，謂他已回縣，叫媳婦回縣，昨晚遂決定她帶孫女回縣。予命定生送之搭汽車，以價雖貴，較火車快也，計汽車到縣時，火車猶未開行，且搭車又遠，無人送之。彼等去後，予亦起床。今日頭暈更甚，在家未能作事也。午後去看病畢，訪亞佛談半時，訪哲之不遇。下午三時吳端偉來談，云他在鄂城已晤見遲生，云正在勞動，月可得工資十五元，大約可以供彼一人火食而已，此外六口則恃予接濟，予仍無異以一人養十口矣。噫！此款從何處籌集耶？老境如此，非意料也。內子病已三天，仍未愈。

十一日　時有小雨　晚十一時大雨　四月廿九日　星期二

早起，八時至街上購食物不可得，僅在燒買店吃五枚歸。約紀雪昉看病，今日竟未來。肖鵠自南寧來函，謂寄明天麻不日可到。夏存清來檢瓦，以雨大未能施工。晚寢，連續睡六小時方醒，醒不能睡，口乾起坐。

十二日　終日雨　晚雨　四月卅號　星期三

九時半方起。十一時接學源函，並退回油印詩稿，內附序言，說得太色相，總算渠之好文字，惟須剪裁閑字、虛字耳，因閑虛字過多，不成古文一路。下午四時得遲生信，述過去事。此子不能教訓，不顧家室，獲報如此亦早料之也。

十三日　陰雨　大雨數次　五月一日　星期四

早起，今日未出門。午後閱清代日記，並補其缺處。

十四日　陰　五月二日　星期五

早起，十時到郵局取回肖鵠寄來明天麻小包，便訪殷宅，與子恒長女談半時。訪梁民希，談半時出。下午阮氏媳來，報稱其姑年八十三，昨日病死矣。彼來乞予寫信與孫愚夫、陳哲之托二事，寫函交彼持去。晚寢不安，咳嗽時作，展轉難成寐也。

十五日　晴陰不定　晚月食未見　九時以後月光大明
五月三日　星期六

光陰似箭，本年三月又過一半。計自初一起晴天僅五天，陰一天，餘則風雨陰霾也。氣候不良如此，致多病人。報載今夕月食未見，迨過九時月光已復圓矣。十一時寢即睡熟，服明天麻三次之功耶？

十六日　早雨　十時以後中小雨不止　晚八時乃已
五月四日　禮拜

五時一刻醒，五時半即起，天小雨接中雨，九時乃已。十一時以後又大雨，閱報無多事。午後閱點舊代日記。

十七日　終日雨　晚又雨　五月五日　星期一

醫院原約予今日下午看病，以雨未去。在家檢閱舊日記，至壬寅年止。

十八日　雨時多　陰時少　晚大雨　今日立夏
　　　五月六日　星期二

今日因雨未出門，在家看舊日記。

十九日　晨晴　十時以後又陰　晚八時小雨
　　　五月七日　星期三

閱報，日本仍服從美國。因中日商品展覽事長崎毀中國國旗之日本暴徒被捕後，法院經二小時後將暴徒開釋，餘無其他特別新聞也。參事室黃山農來，未坐即出，途遇予，問王季耕近況，予莫明其故，繼知係統戰部托彼來瞭解者。立談片刻，告以王君扼要之語別去。

二十日　早陰　終沉鬱狀　晚小雨　五月八日　星期四

六時起，昨睡尚好，一直六小時方醒，故能早起以避咳嗽也。設不起，必久咳。思外出，未能行遠，仍歸。午後王季耕來述各事，予囑以靜候爲好。晚閱舊日記，回憶往事。甲辰年院試時尤多感慨。與予爲友，心懷毒辣之陳壽欽丙子年患正對口疽，痛苦兩月至喉與後頸對穿成洞而死。此人後來作惡更多，設不死，現早以劣紳惡霸被殺矣。東門劉炳瀛未四十中風，偏枯二年乃死。胡菊兒四十以後窮困不堪，丙寅予長沙市，同其妹來省謁予，關說其子就事，蓋不好意思進門者也。予許帶其子乃回去。其子隨予二次，亦非善類，聞前三年以犯貪污事死去。噫！孰謂無天理報應哉。十時目迷，遂寢，多不可思議之夢。

廿一日　上午小雨　五月九日　星期五

今日爲殷宅事與政協謝直通電話一次，據說《回憶錄》第三期可於五月出版。漢口人民出版社一再展期，四次言不足信也。予稿係前年臘月交出，計時已一年半矣。

廿二日　陰雨　午後六時半大北風　五月十日　星期六

早起。作夜一時半起，尋鼻涕蟲六七條，二時再睡，自是不安多夢。今日起後飲白松糖漿。因連日朝晨咳十餘聲，甚吃虧。午後謝直來問古典，予面告之，彼連下《論語》未讀過，談片刻去。報載今晚有雨，又大風，天氣如此則更異於前二年矣。寢後兩脚時時抽筋。

廿三日　陰雨　十時以後大雨　五月十一日　禮拜

早五時脚抽筋痛，天氣如冬，寧非怪事。立夏已過一週，天氣猶如此。城市貧民靠地攤爲生者均坐家中愁悶而已。鄉水正排水抽澇又須搶栽秧，其困難可想。今日接遲生第二信，仍是索款接濟。

廿四日　陰　小雨時作　五月十二　星期一

今日下午至醫院看病，仍爲向醫生。該院已改制度，病人不久候，挂號後隨到隨看，唯發藥仍候半點鐘或一點鐘不定。遇盧志泉談半時，歸後欲訪愚夫，見糧道街挖路半里，雨滑，予着鞋不能去，折回訪哲之談半時歸。晚毓華帶來愚夫借我八元，擬寄鄂城者也。

廿五日　早陰雨　十時半大雨　午後大雨至晚
　　　晚大小雨達旦　五月十三日　星期二

今日大小雨不斷，天氣變寒。午後二時至郵局匯十元回縣。閱報亦無多事。前月廿二號"青年"輪船在漢川上二百里行鍾祥途中爲風雨冰雹打翻，死傷男女十三人，至今方見報紙。晚間閱舊日記。

廿六日　陰雨　五月十四　星期三

廿七日　晴　五月十五日　星期四

上午閱報，整理舊日記，凡未有提綱者均於前一頁書之，計自癸巳至丙午十四年中無缺也。下午楊雨霆送李猿公爲其祝八十詩送予一閱，寫作平常，可見清代癸卯舉人太易中式也。王尚白來談甚久去，爲其自謀，然機會一錯，至今不得要領。

廿八日　晴　晚七時小雨　五月十六日　星期五

早起未作事。午後訪愚夫未遇，囑女工開門看其室所懸字畫出，至醫院看病出，三時訪愈友談半時歸。

廿九日　晴　十時陰　午後六時大雨未停
五月十七日　星期六

六時起，外出尋早點處。今年食品更俏，早過七時，不論優劣精粗，食物均不能到口。歸後檢閱舊日記，又竣二本，惟字小費目力。

三十日　陰　小雨　五月十八日　禮拜

六時即起坐，喉中痰壅塞，不起即氣悶，連八九日均如此。今日時有小雨，欲外出未能也。約國煌函已四日，竟未來，不知何故。下午閱舊日記，已檢校至光緒末年，連癸巳起計算，已十六年矣。暈眩疾服藥多猶未愈，患甚。晚十時寢，多夢。

四　月

初一日　早晴陰不定　午後小雨　五月十九日　星期一

四時醒即起坐一時，再睡。阮宅三媳來述多事，予未起答，聽之立談半時。方九時起閱報，此間所載皆某種事、某機關整改、大躍進、反對日本岸信介內閣等等。今日報已大半載華中師範事，學生攻先生爲厚古薄今，找歷史材料編書賣求稿費仍是求名利、不實際、脫離政治業務等等。最驚人者，該院已貼有大字報四十餘萬張，何其多也，可見該院屋舍、講室之大矣。日記自明日起只書氣候，事實則力求簡，不多説，不錄報紙，如真要者，抄一二句即可，勿徒增思想，牽涉腦筋不安寧也，切記切記！

初二日　陰雨　五月二十日　星期二

終日天沉暗，小雨時作，未出門，閱舊日記至庚戌止。

初三日　陰晴不定　五月廿一日　星期三

早起閱報，尚志怡來。午後鄒繹儒、劉壽仁同來，晚十二時定生自漢口歸。

初四日　晴　午後二時大北風　五月廿二日　星期四

早張世驥來，閱報無多事，將昨夕定生帶回清眩服一粒，夜夢蕙芳來室，不異生時，與同臥寢。

初五日　晴　五月廿三日

早起，九時至政協看革命文物展覽會。陳列分四部：鴉片戰爭、太平天國、辛亥起義、五四運動。僅見咸豐年清廷印行之銀兩大票一張，庚子北京義和團之"順清滅洋"旗二面爲特別耳。訪謝直問印書事，談片刻出。訪愈友談半時。午後有人來，説房屋仍要合營事。

初六日　晴燥　五月廿四　星期六

早閱報，點舊日記至辛亥上册。孫壽山之妻來述渠房屋合營事。

初七日　晴熱　五月廿五　禮拜

十一時華中師範馬、朱、孫三講師來問辛亥起義遠因及戰時事實，予撮要告之。孫名玉華，女性，吉林人。以上三人均教近代史者，談一時餘方去。下午天氣轉熱如六月，奇矣。晚寢後多怪夢。

初八日　晴　極熱　八十度　五月廿六日　星期一

六時起，慮在床咳嗽，不起則氣閉久咳，近兩年均如此。頭暈眩未愈，許學源寄天麻二兩來。鄂城來信索錢，予焦灼甚，寫函分寄愚夫、國煌二人借款及説孟姓房子倒墻事。

初九日　晴　極熱　八十一度　五月廿七日　星期二

房産處又來丈量登記對圖事。晚函請毓華向參室借廿元應急。

初十日　晴　極熱　八十四度　五月廿八　星期三

下午愚夫來，又借十元，當即寄鄂城蘭仙買米，囑其以後煮稀飯吃，可夠用。

十一日　晴熱　八十八度　五月廿九日　星期四

昨睡多夢，夢石鏡卿、雲衢俱有職務在演説，鏡卿並爲當道講各事，殊爲奇怪，不知予精神何以頹敗如此。今日四時醒，自是不能睡。七時起，午後閲舊日記辛亥册，至晚方畢。前月書課單，謂清代日記每日複檢閲須盡二本，今乃知三日猶不能盡一本也。晚毓華送來福利組助予款廿元，談片刻去。

十二日　晴　極熱　九十三度　五月卅號　星期五

連日氣候熱如伏天，未敢外出。予頭暈較輕些，咳嗽夜間少，只晨起咳十餘聲，惟六時半即起，再不能睡矣。閲報，補檢舊日記。日記字小，費目力。閱竣感懷事，列於予日記中者皆古人，傷心哉。

十三日　晴　極熱　早九十度　午後九十六
五月卅一號　星期六

六時半起，留心記時。此旬內四點半鐘天即明，下午七時半方黑。五月朔以後天氣感此尤長，則予之生辰證以祖父所說時間，鄂城當在子初，予實五月初九日子時降生也。

十四日　晴　奇熱　上午九十二　中午九十五度
晚西南風涼　六月一號　禮拜日

六時起，天熱如伏，正午堂屋如烘，直如伏天也。予今日方洗澡，晚外出買茶葉。以風涼，十時半即寢。轉鐘後北風大起，氣候又如深秋，蓋夾被猶寒。

十五日　晴　大北風　六月二號　星期一

八時半起北風，大氣候已改，着夾衣，晚蓋棉被，天氣劇變如此，真令人難測。連夕寢多怪夢，似兼大學功課，星期一、三、五上午教文學與圖畫，久曠課未去者。

十六日　陰　晴　早輕寒　午後二時雨
六月三號　星期二

上午至張之洞路醫學院附設醫院去看病，另立新號。醫生梁姓，廣東花縣人，為予檢查身體。血壓一百六十度，肺部、胸背均細聽，並照X光，云右肋下結核尚未愈，亦未擴大。計一九五六年二月廿四日所照X片計算之，今已二年餘未見變化，亦不要緊，給予以雷米風治結核片等藥歸。

十七日　晴　八十度　六月四號　星期三

爲交房屋事寫申請書又填表，寫小字甚多，國煌來述遲生在縣近事。午後買得寒暑①一個，上海製造，去價七角六分，尚不貴。

十八日　晴熱　六月五號　星期四

今日統戰部魯德華君來詢李士修某事，予以年推之，是時尚在恩施未歸也，未能與李證明。晚涼早寢。

十九日　陰　小雨　北風涼　六月六號　星期五

早欲至花園山醫院看病，忘却帶醫療證，遂至愈友家坐談半時出，訪哲之談半時，至玉兒家略坐，知鄧實已調湘做工程去。歸家吃飯，小睡一時再至醫院，以大風不能撐傘遂歸。

二十日　晴熱　八十二度　六月七號　星期六

閱報。下午閱《書經》二典畢，重閱此書如在舊代丁酉四月時也。重閱日記至民國元年壬子，僅盡三分之二，何其多也。

廿一日　晴熱甚　八十五度　六月八號　禮拜

早起乘車出訪張朗丞、徐蘭如、鍾小山，各談半時歸。午後天熱甚，未能出門。看日記，壬子年仍未完。

廿二日　晴熱　八十二度　六月九號　星期一

今日未出門，精神疲，思睡。閱舊日記僅廿頁，壬子年猶未竣也。

---

① 寒暑，應爲"寒暑表"。

廿三日　陰　十一時小雨　午後大雨　六時乃止
六月十號　星期二

六時起，紅日照窗，正射帳中，致不能再睡也。午後大雨未出門，國煌來托寫招牌。

廿四日　陰　晴　六月十一號　星期三

閱報。閱舊壬子日記已竣，提要數則擬補書於前頁。

廿五日　晴　西風　六月十二日　星期四

外出一次，購郵票一元，發廣州商、傅二信並廣西問張肖鵠。

廿六日　晴　夜十二時小雨　六月十三日　星期五

今日下午二時至醫院看病。醫生劉姓，謂予病須平肝補腎，目眩頭暈且有濕，均宜補，但非數劑水藥能見功效也。其說亦有理。仍帶水藥二劑歸。晚雪昉來談半時去，亦念肖鵠無信來鄂。

廿七日　陰　晨四時雨　六月十四號　星期六

午後二時至圖書館借書三種，便訪雪昉，帶香生往返，均乘車。

廿八日　晴陰不定　六月十五號　禮拜

早起，昨夕睡甚恬也。十時訪汪津門，談半時出。各街□地多男女學生集體唱秧歌、跳舞、演戲、說書，云是宣傳社會主義總路綫也。今日未見榴花，想漢口中山公園當有此，下月朔必往觀之。

廿九日　晴熱　六月十六號　星期一

早起，因不起即咳嗽，咳不出，氣閉甚，反於咳有害也。晚寢後仍有惡夢，每多不可思議之意境，不知近年腦海中何以如此混亂也。

五　月

初一日　晴熱　八十八度　六月十七　星期二

今日未作事，提筆即倦，衰老日甚。下午至醫院看病取藥歸。現不問其立方當否，我想總有益也。惟口乾一年餘，醫治總未見效。

初二日　晴熱　九十度　六月十八　星期三

早起至醫院又看病，途遇鄒嶧儒立談片刻。歸後欲檢查日記，神倦不支中止。夜睡又多奇怪之夢。

初三日　晴熱甚　九十二度　六月十九日

早起至花園山醫院，仍爲向醫生，候二小時。往返均乘三輪車，去價五角餘，以足不良於行，每每多用去車費也。肖鵠今日方有回信，蓋二旬餘未通問也。原函大意，作詩、飲酒、小睡爲生活。噫！渠晚境佳矣。

初四日　晴　悶熱　午後一時陣雨　晚改涼
　　　六月二十日　星期五

連日目力不佳。複閱舊日記，亦懶檢。懶檢後閱五六頁即止，致民二一本尚未完竣，何其無毅力也。王治文來，説話不可信。老閔來請爲裴毓華之母寫碑文，予遂至裴寓弔唁，已大殮矣，今晨四時卒。老病年餘，已逾九十四歲，死去快活矣。壽至九十四，吾邑尹仲韓亦如此，惟晚年困甚難堪，則不及此李母之福也。

初五日　陰　晴　風　端午節　六月廿一日　星期六

今日端午節，清清冷冷過去，予亦未外出。悶坐時憶及老戊戌從程師讀，民元在黃安署中情景，則感慨系之而已。

初六日　晴　小雨一次　霡漱雨也
六月廿二日　禮拜

今日外出一次，歸後仍枯坐。外出係在舊督前講三烈士就義時狀，略舉辛亥武昌革命時數事，因華中師院講師馬君與學生代表來予家，乞往爲學生百餘講說者也，情不可却，乃往講述約一刻鐘乃歸。致孫鴻儀、汪津門在家坐談不能陪，是時內子已往玉兒家中去了，無人招呼也。

初七日　晴熱甚　九十度　六月廿三　星期一

今日王國煌來談半時去。午後亦未能作事，舊日記亦未讀看。上午往醫院看病，醫生余生階，孝感人，六十餘歲，立方有素未用過二樣，謂口乾脈絃宜平肝，陰虛腎虧宜補，談理甚對。晚服其藥，真所謂盡人事聽命而已。

初八日　晴　極熱　九十二度　六月廿四　星期二

午後玉兒帶同外孫兒女來祝予七十三初度也，留之飯去。今年不如去年，貧窘中又多嘔氣之事，推想乙丑予四十初度時何多樂事也。

初九日　晴熱甚　九十三度　有時南風
六月廿五　星期三

初十日　晴熱　九十四度　白天南風　晚無風　更熱
六月廿六　星期四

十一日　熱甚　九十三度　星期五

十二日　熱甚　八十三度　星期六

十三日　晴空無雲　熱至九十四度　禮拜

十四日　晴熱　九十三度　晚尤熱　六月卅日

十五日　晴熱甚　九十四度　七月一號　星期二

　　連日熱甚，室內外如烘，距初伏尚有廿餘日，何以今年如此之熱也，簡直不能作一事，又不能出門求一涼地，又患頭暈目眩也。

十六日　晴　熱極　九十六度　七月二號　星期三

十七日　酷熱　九十六度　七月三號

十八日　晴　酷熱　九十五度　七月四號

　　鄒苾衡函介鄂城文教局周果然來見。

十九日　晴　熱極　九十四度　七月五號　星期六

二十日　晴　酷熱　九十六度　七月六號　禮拜日

　　連日溫度均係照室內寒暑表記載，其實室外已逾百度矣。各機關派出職員、幹部至各縣及附近郊區抗旱，禮拜日必有汽車運出三四千人。參事室文史館亦選去三十餘人去抗旱。

廿一日　晴熱甚　九十二度　七月七號　星期一

　　周果然來問太平軍及辛亥起義事，一一告之。

廿二日　晴　悶熱　九十二度　晚十一時陣雨　大風片刻
　　　　雨半時即止　七月八號　星期二

　　早外出看病，午後悶熱。接魏淦復信告知湘屏先生卒年也。晚十一時半先有風雨，旋大雨一陣，半時乃止，氣候稍涼。本年夏四月初三日晴起，至今五十日乃得此小雨，然無濟於農事也，且看此八日內赴鄉抗旱者如何回信耳。

廿三日　晴熱　九十五度　晚間尤熱　無風
七月九號　星期三

廿四日　晴　極熱　九十四度　晚更熱　七月十號

今日始書此旬日記。天熱五十日不雨，則予生所僅見也。各處來信並未復，日記簿中國好紙現已一年無從購得，洋料紙予又不願寫，欲歸一律以物資缺乏，以後不可能如願矣。

廿五日　晴　悶熱　九十六度　晚八時九十二度
轉鐘十二時三刻大雨如注　七月十一日　星期五

上午陰晴有風，予補寫信四件，復祖軫、肖鵠、學源並北京近代史編輯組，均發出。晚八時以後寒暑表猶九十二度，悶熱，室內外均難受也。予在堂屋睡不安，聞雷聲，似有雨至。十二時三刻大雷雨，約四小時乃已。气候轉涼矣。

廿六日　陰　小雨　有風轉涼　寒暑表八十二度
較昨已減十四度　七月十二日　星期六

早七時起，九時檢堂屋方桌，備清理積壓文稿、書籍等等。以天熱故，月餘未作字，昨方以久積之函分寫付郵。

廿七日　陰晴　八十六度　夜轉鐘後陣雨三次
今日初伏　七月十三日　禮拜

早起閱報。四週雨似尚未透者。爲江濤寫扇面三分之一，久未作書，不得意也。十時寢，轉鐘一時半聞大雨聲，乃起一次，旋又睡，着夾被甚適。夢阮華甫坐其室，床上羅列食品十餘樣，與予言，似忘其死矣。華甫一生忠厚，身體素強，前三年能步行卅里至魯家巷，自中風治愈後，亦能步行外出。今年舊元旦下午自床上跌下，聞骨已碎，醫不能治。二月初一予往視其疾，尚能認識予。予與言，彼點頭欲語，語不成聲，次日下午遂卒，年七十九，晚境尚好。其妻隔半月亦死，已八十四矣。彼死予未作挽聯，耿耿未忘也。今逾百日忽見夢，明日當爲挽詩以哀之也。

廿八日　晴熱　下午陣雨三次　晚涼　七月十四日

早訪毓華未晤，聞其並未下鄉也。至醫院看病，劉醫生給藥三種歸。飯後小睡，熱甚，聞雨聲厲乃起。晚甚涼，至群衆院觀漢戲，所謂通山縣劇團者。衣服新豔，唱做尚可，然無驚人處也，故票價廉也。

廿九日　晴熱　九十二度　有風　七月十五日

今日寄鄂城廿元，昨由毓華代予蓋章，先取歸薪水，今日得提前寄鄂城。餘款計劃家用，囑内子保存，孫參事借款尚不能還也。

三十日　晴熱甚　九十二度　七月十六日　星期三

早起，午後檢舊日記，重點一次民二冬、民三春，真所謂舊夢重溫，多所感觸。所記士紳官吏工役士民無一存者，蓋無論當時之老幼也，相隔四十一年，存者當七十二三以上，惟當時交際，與予識者均長於八九歲矣。

六　　月

初一日　晴熱　九十二度　午後三時大風
七月十七日　星期四

早起，外出尋早點不易。至新開食堂中，九時以前無物可買。予得餅子二枚，魚湯一碗，總算幸運也。下午閱舊日記出差黃陂一段，民三用人調換裁撤甚速，袁世凱當國，如何能談到民國政體。黎元洪寄其籬下，以全其位，始有饒漢祥利用機會以媚皖派，繼以四凶奉黎爲傀儡，致中國擾亂數年，民生凋蔽，可歎也。袁、黎死未卅年，嗚呼，徒增後人之唾罵而已。今日《長江報》載，伊那克、黎巴嫩、印尼等國外國軍隊已登陸，似有戰事。蘇中兩國提出聲明，且看以後如何。寢後大北風至天明，氣候轉涼。

初二日　陰　上午八時雨　午後六時大雨
七月十八　星期五

六時起，以早寒又小雨不能出門。午後閱舊日記。

初三日　晴熱　七月十九　星期六

閱報，美英均進兵黎巴嫩，中蘇均有宣言，拒美英侵略。

初四日　晴熱　七月二十日　禮拜

閱報。

初五日　晴熱　九十六度　晚間九十二度
七月廿一日　星期一

閱報，提出英、美、法、印、蘇五大會議解決時局，近來緊張時局，蘇聯赫魯曉夫首創議者，且看明後天如何。定生自今日起去考大學。

初六日　晴熱甚　九十六度　晚九十二度　不能寢　又無風
今日中伏起　七月廿二日　星期二

閱報。今晨定生又去考，此爲第二日。今夕熱至不能寢，並無風。

初七日　晴熱甚　九十七度　今日大暑節
七月廿三日　星期三

昨夕熱不可耐，不安寢。堂屋雖燃蚊香，不能止陰蚊來咬人也。十一時仍至房中寢。

初八日　晴熱甚　九十四度　七月廿四　星期四

連日熱，連夕睡不安。

初九日　晴　極熱　九十五度　七月廿五日　星期五

早起閱報。

初十日　晴熱　九十三度　七月廿六　星期六

報載，英美對蘇聯約開五大國會議事仍無肯定答復。

十一日　晴熱甚　九十四度　七月廿七　禮拜

閱報。

十二日　晴熱甚　九十五度　七月廿八　星期一

閱報。

十三日　晴熱甚　九十四度　七月廿九日　星期二

早起外出買物。十一時武漢大學畢業生顏雄持其校介紹函，並至政協參事室加以介紹，來問太平軍與辛亥起義材料，據稱係奉校諭編近代史也。顏，衡山人，年廿一歲，與前次鄂城文化局派來問辛亥史料者同以年輕之外省畢業生來編湖北近事，聞又限以五天成功。噫！可推想成績矣。

十四日　晴　悶熱　九十三度　晚有風轉涼
####　七月卅日　星期三

今晨外出購茶葉、藥品歸，統戰部派蔡賢庸來訪，問孔廣勤過去材料，此民國廿三年事也。與蔡略談，書條證明去。

十五日　晴　悶熱　九十三度　晚涼　月色好
####　七月卅一日　星期四

早起閱報，無多事。

十六日　陰　晴　熱　九十一度　下午
####　八月一日　星期五

早孫愚夫、吳端偉先後來談去。下午六時范尚立帶通知來，係政協急件也。

十七日　晴熱甚　九十二度　八月二號　星期六

早起，擬到醫院看病，因政協爲《回憶錄》已出第三輯，請編書人開會，八時遂先往政協，由賀有年、謝直召集參加者。江炳靈、方漢隆與予均生存著述人，餘則殷子恒之女、潘康爵之妻及熊秉坤、盧志泉、溫楚珩、唐岱皆參加者。第一輯各編述人稿費每人以字計，千字得十四元，二次編書者每千字十三元五角。予本爲二輯應出書者，爲賀覺非挪至第三輯，此次則改爲每千字十一元矣，無形中扣去三分之一稿費，其理由謂"大躍進"運動文筆作書者須節約捐獻也，予等均無言。又謂第四輯出版社還答應付印，惟主其事者已撤消另派各處工作。據聞該社自八月起，專編社會科學材料付印，關於太平軍與辛亥事不搜集稿件。似此則第四輯出版之辛亥文件、詩歌決不得付印。十時散會，予與江炳靈略談即出。陳少武來談，留之飯去。

十八日　晴熱甚　晚十二時小雨一陣　轉涼
八月三號　禮拜

早起，午後外出一次，又食西瓜，不甜。今夏西瓜出産多，每斤賤者五分，佳者一角。今年已食瓜四次，僅一次佳者。今日買得二貢紙，非從前之二貢也，較官略厚，欠白，每張五分，較之從前官堆貴一半，尚不可得，以近二年均行洋料紙。油光與予歷年日記配不上，又不宜於毛筆，蓋爲寫鋼筆人打算。時勢如此，買此紙者絕少，故紙店不需此物耳。買《回憶錄》十本，去價六元。備分寄肖鵠、鵬程、祖軫及遲生也。每次《回憶錄》出版不久即售罄難買。此等書均歸新華書店專賣品，以廿省再分各市縣之新華書店，故各地一次即罄矣。不知該出版社此次何以止印六千部也。聞一輯二萬册，二輯一萬册，至今不能再購得而又不重印，據說要滿二年方再版。就三次給稿費變章程觀之，恐二年重印不可信也。予著如覺非刪去三分之一未印，以此次減稿費計之，受損已二百元矣，因渠有用心，今年三月間以北京科學院第三所復渠函爲予著之太平天國事方知之，人心叵測乃如此也。

十九日　晴熱　九十三度　八月四日　星期一

閱報，外出購物一次。

二十日　晴　悶熱　九十三度　八月五日　星期二

閱報，蘇聯請開大會，美英尚未正式答復日期及地點。

廿一日　晴　悶熱　九十三度　八月六日　星期三

今日寄祖軫函，附匯拾元與之，並另寄《回憶錄》一册與之。又挂號寄張肖鵠一本，送楊玉如一本。閣了一年半之稿，上月稱方印出發行，可見負責編印人之能力矣。

廿二日　晴熱甚　九十四度　晚九十一度
八月七日　星期四

閱報，中東緊張時局未能解決，開會亦無肯定期。晚睡堂中，十時進房後熱不可耐。黃昏時天際紅雲滿布，可推想明天之熱。

廿三日　晴熱甚　早九十四度　午正九十六度
今日立秋　八月八日　星期五

閱報，天熱不能作一事。

廿四日　晴　極熱　九十三度　八月九日　星期六

得南寧肖鵠函，該地正在抗旱。

廿五日　晴熱　九十二度　八月十日　禮拜

接祖軫函，云十元已收到，惟《回憶錄》未見來，不知郵局何以遲誤也，大冶正抗旱云云。

廿六日　晴熱　九十度　午後四時以下陣雨三次　晚涼
八月十一日　星期一

閱報，國際事尚未正式開會，僅蘇美兩代表首次發言，現定十三日正式開會。午後大雨三次，惟時間太短耳。晚涼，能安枕睡。

廿七日　晴熱　八十八度　八月十二日　星期二

報載臺灣美軍演習，似挑釁狀，餘無他事。

廿八日　晴　午後二時北風　四時以後漸大　氣候忽寒
八月十三日　星期三

閱報，國聯定今日開大會，議黎巴嫩英美進兵事。午後天氣以北風緊轉寒，晚寢蓋棉被，寒暑表降至七十度矣。周福來述縣中各事，一時許乃去。

廿九日　陰　雨　寒風襲人　午後大小雨不斷晚大雨達旦未已　八月十四號　星期四

今日氣候已變，午後至醫院看病，仍爲劉醫生，取藥二種回家。此月廿九天，晴熱異曩若此，廿九天中陣雨僅三次，而時間極短。昨日下午及夜乃得大雨，於農事當有益，勝於抗旱以千萬人力也。

予日記定爲七月朔起改爲極簡字，可寫大。今春二月以後目力大減，予不喜眼鏡加光，看報用臨時大鏡助之，閱後即止矣。寫日記徒傷腦力，報紙所載，擇其重要者錄一二句足矣。人事方面亦如此。且半年來在武漢購官堆、毛邊紙俱不可得，商家稱此二種爲土紙，現通行者爲有光之機器，爲寫鋼筆用者，於毛筆不相宜。時代性如此，不必強求也。明日爲七月初一，日記切宜改定之。

峙山老人記

七　月

初一日　晴熱　晚大雨　八月十五日　星期五

早陳少武來，留之飯，彼借閱《回憶錄》第三集去。

初二日　早小雨數次　午後晴熱　八月十六日　星期六

早鄒江濤來談，十時與同出，予至愚夫寓坐談，就其寓午餐。下午至圖書館還書、借書，便晤北京科學院第三所來鄂抄方志人朱士嘉，無錫人。與談半時，並告以予索回《太平天國與湖北》一稿事。

初三日　晴熱甚　九十三度　八月十七日　星期日

早帶同香生至湖北醫院看病。從前禮拜各醫院均不看病，自"大躍進"運動後，郵局、合作社等機關已改除官僚作風，則此運動誠有益於民衆矣。

初四日　晴熱　九十度　晚熱未止　仍八十七度　八月十八日　星期一

早起，帶同香生過江至曹宅坐談一時許，就百貨公司買得七絃琴留聲片二張歸，晚間使用甚佳。久不彈琴，聽此二片無異聽琴友面談①也。今日花交通費約一元，並未去他處，得此二片解吾鬱矣。

初五日　晴熱甚　九十二度　八月十九日　星期二

昨睡不安，又時時咳嗽，起飲茶二次。

初六日　晴熱甚　九十二度　八月二十日　星期三

早起，出門買七尺灰色竹布，每尺價四角四分，較去年漲一角一分，尚不佳也。短褲破已久，乃添此一件材料。下午嶧儒與相君同來談一時許，刺刺不休，蓋已爲賀覺非所欺也。

初七日　晴熱　七夕　八月廿一日　星期四

閱報，無新奇事。午後外出一次買零物。連日感冒，咳嗽已五日尚未愈。静中思及辛亥年從高師讀書作《七夕》詩事，不勝感慨也。

初八日　晴熱　晚雨轉寒　八月廿二日　星期五

閱報，聯大開會事尚未有結論。晚帶香生出外購物，慮雨來，兩次均乘三輪車，去價三角八分，所購物不過七角餘，似不合矣。晚作奇夢。

---

①　談，疑應爲"彈"。

初九日　陰　上午大雨　八月廿三日　星期六

閱報，無多事，載今晚、明晚八時五十八分鐘，蘇聯人造衛星須經過武漢上空云云。前已數次載，不知武漢人士有見者否。晚不能作事，予九時寢。十一時半聞胡林鄉間玉兒來，與其母寢後說話，致予醒，遂睡不安矣。

初十日　陰雨　午後四時止　八月廿四日　禮拜

昨睡極不安，又屢咳，閉氣難過，八時起。今日報載聯大會議閉幕，另以阿剌伯各小國所提一案通過，俟聯大秘書長親往近東查得情形後再決議，撤兵亦無肯定之辭。調查近東事至遲九月卅號須結束，則又一緩拖之計也，且看後來如何。接劉知得函詢三事。

十一日　晴　午後熱　八月廿五日　星期一

下午二時至醫院看病，向醫生未值班，乃就一鄭姓醫生診脈，其人迂執難與言也。出便訪亞佛，云身疲甚，人亦漸瘦，談半時出。訪哲之未遇，一說在家午睡，予久呼無人應門。過曹祥太買月餅歸。

十二日　晴　八月廿六日　星期二

八時少武來談半時去。閱報，午後未作事。晚睡不安，起飲一次。

十三日　陰　小雨　八月廿七日　星期三

九時方起，聞玉兒已回胡林矣。外出定報繳費歸。閱報，英香港當局派警毆打、勒遷中華□□學校校長及員工、學生等，內容如何明日當有續載也。晚七時半至群眾戲院看楚戲《金鱗記》，凡庸及愚婦孺多，予不感興趣，未終曲乃歸。

十四日　陰　小雨　八月廿八日　星期四

晨三時聞小雨聲，七時起，翟竹如送信來，取去和詩裱件去。函云雞血章囑其挖深字跡者尚未尋得。

十五日 晴 月色佳 八月廿九日 星期五

今日爲中元節，予未能回家祀祖，九年以來，每逢中元節心痛而已。晨間寫信向參事室借薪爲兩兒繳學費，晚間可到室取款。每逢兒輩兩季上學時，必籌此一批費用也。

十六日 晴熱 八月卅日 星期六

早起，外出一次訪愈友，談半時歸。午後賣去鐵床並零鐵，又向參事室取借薪廿元。

十七日 晴熱 八月卅一日 禮拜

上午到大合作社買得罐頭魚二種及月餅歸。午後三時科學分院朱士嘉君來訪，並聞《鄂城紀事》張漢原本即北京留予《太平天國與湖北》中之附件也，又詢予之日記、詩文稿及《太平天國朝野雜記》等等。談話約一時半始去，以初見，尚未以其他相示也。

十八日 晴燥 九月一日 星期一

今日渡江買得《瀟湘水雲》及《胡笳十八拍》二片，晚未試聽，予往劇場看漢戲，爲《反唐》，詞多更變，與舊日演詞不同。得周鵬程來信，知其狀如常。

十九日 晴熱 八十八度 九月二日 星期二

上午問及定生上學事，含糊數日，彼未有答也。晚至新華書店買《辛亥起義回憶錄》，備寄鵬程。便至哲之寓問卜，謂定生入學似不可靠，九月底十月初有機會可考他校云云。晚熱，寢亦不安。

二十日　晴　小雨一陣　下午熱　八十八度
九月三日　星期三

下午一時訪朱士嘉，談片刻，面托致函北京科學院第三所負責人，告以見過《鄂城紀事詩》原本，彼以即遷洪山科學院辦公，汽車在門外候裝行李，是以未久談也。至花園山醫院看病，值全院人工學習，停止診病休息，當即出，便訪徐蘭如、鍾小山，各談甚久出。晚間仍熱。

廿一日　晴熱　上午八十八度　小雨　午後二時大風
九月四日　星期四

閱報，無多事。寫信復鵬程、肖鵠、祖軫、劉知德、袁養田等。下午至理髮店剃頭，連日頭火重奇癢，須十日一剃也。參事室來索鐵五斤以去，街道組前取鐵床以八元代價，折合總算捐去廿元也。

廿二日　晴熱　八十二度　九月五日　星期五

閱報，無多事。今日看病，西醫謂予血壓已高卅度數，爲一百九十。

廿三日　晴熱甚　中午八十三度　九月六日　星期六

早外出一次，下午至新華書店買得商衍鎏所著《清代科舉考試述錄》一部，材料取採真確，近二十三萬餘字，售價二元六角，附有圖片卅八面，誠鉅作。商爲廣州駐防蒙古籍甲辰科殿試探花也，今年七十五，尚存，去歲與予三次通函，知其書今年可出版，粗粗閱過，於予近年所著《清代考試制度》再取以參考采取有裨益也。下午至醫院看病，向醫生治予，謂血壓已減。

廿四日　晴熱甚　八十一度　九月七日　星期日

今日看病，慮人多未去。閱報，美艦在金門海邊挑釁者有四艘巡洋艦遊弋，中國軍未之擊也。阮本清來談片刻去。

廿五日　晴熱　八十度　九月八日　星期一

廿六日　晴熱　九月九日　星期二

早起，擬外出買藥，志怡還書來，遂止。下午一時報館發出號外，載蘇聯領袖致美總最長之電信一件，大約三萬餘字，仍盼美對中國談和平之大意。二時半少武、哲之同來坐談半時去。鄂城家信，西山又開工廠，吾祖父母、叔父遺骨又要遷葬。此三墳前年政府做水利宿舍遷過的，今又再遷。先姊及姊丈墳俱須遷葬，索款十元，謂今年政府再不幫補遷費也。夜寢不成寐，思祖父昔年情況，潸焉出涕。

廿七日　晴熱甚　八十九度　九月十日　星期三

昨寢後多怪夢，六時半即起，午後寫信並匯款十元與遲生，囑其即辦遷葬遺骨事。晚寢後仍多怪夢，心極不安。

廿八日　晴熱　八十八度　九月十一日　星期四

閱報，臺灣海峽仍緊張，美艦橫行挑釁。今日往醫院看病，頭暈未愈，行路則上重下輕，足力不能支持。自服雪羹片後不知血壓又減否，然聽之而已。夜夢父母生時住宅非舊也，另有外省人家眷居之。

廿九日　晴熱甚　中午九十度　夜熱未止
九月十二日　星期五

連夕睡不安，且多夢境，非意料所及者，奇奇怪怪，難形容之。頭暈至今不愈，行路又慮跌倒，再至人民醫院求治。醫生孔姓，五十餘，自云山東曲阜縣人，孔聖之裔。醫道是否高明？看病人多，彼以疲倦，僅開膏子二種，予攜歸時已五點鐘過，求西醫再試血壓，室中候診者多，予遂歸。晚寢又得怪夢，真令人生惡恨之感。

八　月

初一日　晴　極熱　中午九十一度　九月十三日　星期六

六時起，連日心亂如麻，已出門購物，以天熱折回。下午欲補抄各件，眼力不佳，字極劣也。連接遲生二函，云祖父母及叔父遺骨改用罐裝遷九曲上，中述各事與前年遷葬時述遺骨事不同，此子心粗，説話每每令予難信。又云匯款十元不夠用。三時半愚夫送還雪昉醫書明目書還之。四時定生持通知歸，知又考取工學院，習化工系，月須繳火食，頭次書籍雜費須十五元，較之工專繳費多而年限四年之久。以後生活及予一人所入，何以支持耶？

初二日　陰晴不定　小雨六七次　八十六度
九月十四日　禮拜

上午到向醫生處看病，便送手錶與黎姓再整。訪盧志泉略談。下午閲太平天國羅爾綱考證翼王事，摘抄重要者為予補記之用。晚寢多怪夢，用胡林僕從，似從前初接局事時也。

初三日　晴陰不定　八十二度　轉鐘後風寒　氣候已變
九月十五日　星期一

早起剃頭，頭火重，剃後稍好。下午寫寄鄂城信，並匯廿四元。下午四時又接遲生信，云鄂城孟海如押彼住宅，頃已歸公，月須出租金二元五角，此屋押金一百廿元，孟姓不交云云。此則予今年料及者。從前孟不取典，蓋已先知武漢情形矣。今日頭暈眼花更甚。

初四日　陰　小雨　九月十六日　星期二

早起，天氣已變寒冷，温度降為七十七，換夾衣。閲報，大使會談十五日爲第七十四次，王炳南代表中國，美使仍爲原人，在華沙任大使。結果本禮拜三續開，如果①情形下次再看。此大使會已逾三年之久再續開，可謂長期矣。

初五日　陰　小雨時作　九月十七日　星期三

早起閱報，午後至糧道街取錶，便訪張朗臣談半時。彼今年冬月十四日即八十歲，晚境不佳，現房屋暫由彼收租，月入卅元，云是居民組照顧其夫婦生活者也。歸途買餅乾各物，晚寢近日均早，以目力須培養之。塗、服藥一次後上床，覺清爽一點。夜轉鐘時夢孟夫人來妮予就枕，無異生前。噫！此予心腎相虧，老來念昔之伉儷情所致也。

初六日　陰　時有小雨　午後大雨數次　九月十八日　星期四

閱報，與昨日情況相似，大使續開會，國聯開常會，其實況尚無記載也。午後大雨數次，氣候變寒，着棉襖，如初冬矣。今年氣候變幻無常，爲歷年所未見，奇哉。徐裁縫自鄉間來武昌診病。

初七日　陰晴　小雨數次　九月十九日　星期五

閱報，美艦在金門附近挑釁，中央已提出第七次警告。

初八日　晴　九月二十日　星期六

聞今晨武漢電車試行通車搭客，漢口起點在三民路六度橋，武昌終點在大東門。午後劉靜山、鄒嶧儒來談。

初九日　晴　九月廿一日　禮拜

早起閱報，美總統艾森答復蘇聯赫魯，又載聯大會議蘇聯提案及美

---

① 果，疑應爲"何"。

杜勒斯提案文，又中央向美艦侵入金門提出第八次警告。華沙會議大使級會仍續開，但未宣佈內容如何耳。晚寢不安，起坐一次，咳嗽未止，再睡不成寐。

初十日　晴　九月廿二號　星期一

早起，天門胡君來談窘狀，述賀覺非一切鄙吝狀。近聞各辛亥同志言之，誠可鄙之人也。閱報，美軍艦廿一號又侵入福建領海挑釁，外交部已提出第九次嚴重警告。

十一日　晴熱　九月廿三　星期二

早起閱報，美機、艦均侵犯我國領海、領空，外部已提出第十次警告。下午思出門買物，以身疲中止。定生今日入學院，已付書籍雜費、火食廿五元，下午到院報到去。

十二日　晴　九月廿四　星期三

上午十一時定生自院歸，云取蚊去。飯時予略問各事。傍晚忽又自院攜行李歸，云院中不允其改系，是以退學歸，再作打算或學做工，予只好忍氣聽之而已。晚寢不安，起數次，咳疾大作，不成寐也。

十三日　晴　晚月光大明　九月廿五　星期四

今日寫信二件，字甚多，復鵬程、祖軫二處也。閱報，美機二架侵入廈門領空，我國已提出第十二次警告。午後復魯祖軫函，仍囑其查詢天國事。

十四日　晴　月色佳　九月廿六　星期五

閱報，美機、艦又侵入我領海、領空，政府已提十三次警告矣。午後寫商衍鎏及北京歷史編輯組負責人函，用航空寄出。該所久留予太平軍中《鄂城紀事詩》，久不退，以研究、付印，仍須校對，請將原底示之，可鄙之極。吾不知此輩文化低，何以任近代史編纂也。

十五日　晴　大北風　今日中秋節　九月廿七日　星期六

早起，出街乘車至司門口，買得板栗一斤。站隊人尚少，否則一斤不可得矣。近三月來買物、買吃食無不站隊，時間緊迫，轉眼即無物可買矣。在顯光照小二寸相，約以三天去取。午後再出門，帶香生坐三輪車往司門口買物。天氣熱，又着單衣單褲，四時大北風忽起，傍晚漸大，中秋夜月明，是時風更烈，氣候變化如此，寢後咳嗽大作。

十六日　晴　北風　午後日光强烈　九月廿八　禮拜

早起咳嗽甚劇。閱報，我國又提出抗議，美艦、機又侵我國領海、領空也。午後一時鄒崢儒來，四時半玉兒帶孫兒女輩來，道榮亦來談。

十七日　晴燥　九月廿九　星期一

今日報載美機艦又入中國領海、領空，我國已提出十六次抗議。午後端偉、壽圖、季耕、愚夫先後來談，愚夫爲我念佛，祝予咳嗽疾早痊也。晚十一時寢，甚安。夢予欠寒溪中學國文課二月餘，轉瞬要到十二月矣，尚有應補鐘點，心實不安。正難過時遂醒，已五時半矣，一夜未咳。

十八日　晴燥　午後四時北風忽起　寒甚
九月卅日　星期二

今早外出足無力，乃回。閱報，美機、艦昨又侵入吾國領海、領空，外交部已提出十七次抗議。又臺灣來機與解放軍空軍本月廿四一三四架次侵入福建、浙江、廣東上空，竟使用美製響尾蛇導彈，國防部內新聞記者聲稱必以回擊以報之。政協通知今夕到會參加晚會，祝國慶也。予畏寒未去，且今晨咳甚劇，因昨連睡至六小時未醒，積痰須吐也。晚寢夢魘，予呼聲甚厲。

十九日　陰寒　十月一號　星期三

早起，兩次上街，歸後閱報，美機十三架、艦五隻又侵入廈門領空、領海，我國外部已提出十八次抗議。大使級會又開甚久，且多次未發宣言，昨卅日爲應得結論消息者，但報亦未載。今夕爲亡兒根生忌日，兒廿七年八月十九卒於宜昌，今廿年矣。

二十日　晴　十月二號　星期四

報載美機、艦侵入福建領海、領空，我國已提出十九次抗議。下午遲生同長孫念曾自縣來。

廿一日　晴　十月三號　星期五

今早至醫院看病，久候至西醫驗血壓，云已減爲一百七十度。在中醫請開水藥二付化痰、定氣爲是，已用桂枝二錢，予去其半煎服之。今日報載美機、艦仍如昨日，我國已提廿次抗議矣。以後如何辦法，且看大使級會明日禮拜六再開。情形如何結論。然可推想無好消息，或竟拖延無止境，因此會已開過七十八次，時間則逾三年之久，吾國人所共聞者也。

廿二日　晴　十月四日　星期六

今日報載美機、艦又來閩領海、領空挑釁，我政府提出廿一次抗議。上午十時帶同香生乘車買物、取相片等事。午後三時遲生及長孫來，四時半同至照相館照四寸相一張，晚歸檢出藥品、鞋衣等等給遲生帶回縣去。

廿三　晴陰不定　小雨數次　十月五日　禮拜

早起閱報，敵機、艦又來擾亂，我國已提出廿二次抗議矣。遲生帶長孫今晨搭火車回縣，予晨四時即醒，睡亦未安也。今晚十時寢，至天明六時醒。

廿四日　晴　十月六日　星期一

　　早起仍咳甚。十時閱報，國防部長彭德懷直接對金門島蔣介石軍民宣言停火七日，諸軍民商其領導可以直接談和平，因中國人不願與自己開戰，自傷其類也。又載華沙會談，兩大使再定下次爲十月十日會談云云，似此和平可望歟？且看此七日內何如。

廿五日　晴燥　十月七日　星期二

　　閱報，昨日美機、艦未到福建領空、領海。

廿六日　晴燥　十月八日　星期三

　　閱報，美機、艦又來挑釁，我國提出①外部提出奉命發言，重申通過和平談判解決臺灣地區中美爭端，謂七日六時以後沒有發現美機、艦侵入領海、領空的事件，作爲要求美國停止"護航"的反應。這是值得注意的事。如果美國真有進行和平談判願望的話，就應該停止"護航"活動。希望臺灣當局以和平爲貴，以愛國爲重，中國人的事應該由中國人解決，不應該讓美國干涉。

廿七日　晴　十月九號　星期四

　　今日報又載美艦二隻昨日侵入馬祖、平潭二島領海，我已提出廿五次警告矣。以後如何？

廿八日　晴熱　十月十日　星期五

　　報載美艦、機又侵我國領海、領空，我提出廿六次嚴重警告。下午四時政協與省人委會約至政協大禮堂紀念雙十日並談美國挑釁事，發言

---

　　①　提出，疑有誤。

者數人，熊、范、許、胡、盧、温等胡扯了一頓，張輝熺大談民生主義、馬列主義，其他發言者不知所云。七時酒敘，肴甚豐。八時半予先退歸，頭暈甚，乘車急歸家，寢後咳甚。

廿九日　晴陰不定　十月十一日　星期六

報載十日上午七時我空軍擊落蔣機三架，證明未停火商和平也。是日十時又有美艦三艘侵入馬祖、平潭領海，我國又提第廿七次警告。

三十日　晴陰不定　十月十二　禮拜

報載美機、艦又侵閩領海、空挑釁，我提出廿八次抗議。下午一時訪徐難愚閱托信書。訪程少松談甚久，因前日彼來訪，予已外出未晤也。以其父及兄手書廿餘件交其保存，此爲民元、民二信件，民六二件，有四十二年或四十七年歷史，予得保存，檢出交其手收，予心甚安順也。六時搭汽車歸，晚寢尚安。

九　月

初一日　晴　午後三時雨　六時更大
十月十三日　星期一

報載國防部發佈命令，續停二星期不炮擊金門，如美國"護航"則立即開炮，這是爲了對付美國的。又載十二日美機、艦仍侵入閩海、空，我已提出廿九次警告，情形如何，明日載之必詳也。訪亞佛談片刻出。至玉兒家，值其上課去，僅與其弟媳談數語出。訪哲之，爲定生卜，云復院不成，就工尚有歲月。出便買《回憶錄》一册，至益善書店略坐，彼輩無甚眼力，且未多見佳本也。彼等告之徐行可已定爲右派矣。

初二日　雨　寒　夜大北風　十月十四日　星期二

今日報載美艦二艘又來侵犯閩領海，我提出第卅次警告。

初三　陰寒如隆冬　十月十五日　星期三

早起咳嗽有濃痰，連日如此，吐後方鬆氣。八時半胡席儒來與談片刻。午後取參室薪寄鄂城廿元，附寄前日所照相片歸。沈碧舫送信來，告知蔡錫瑾住址，可借寄鷗所編之《鄂州血史》也。五時孟祥焕來述縣中各事。報載美艦、機又來犯，我提出卅一次警告。

初四日　晴陰不定　午後一時雨　晚雨 十月十六日　星期四

早起閱報，美機、艦又侵閩領海、空，我提出卅二次警告。

初五日　晴熱　十月十七日　星期五

閱報，美艦又來，我提出卅二次警告。午後一時出門買物並至孫愚夫寓求爲予治疾，彼誠心可感，五時半方畢，予乘車歸，疲甚。晚①寄鷗所著《鄂州血史》，至十時半方寢。

初六日　晴燥　十月十八日　星期六

早五時起，昨晚寢甚安，一夜未醒，孫先生祈禱之力也。午後一時乘車至其寓求再爲予治疾，三時畢，予歸途買雜物均不可得，餅乾糖果亦賣，罐頭等等被人搜購已盡，架上瓶中空空如也，店員、燒工俱做高爐煉鐵工作去了。閱報，美艦又來，我已提出卅三次警告矣。

初七日　上午小雨　午後六時大雨　十月十九　禮拜

昨睡仍醒二次，今日八時方起，補睡時間每不及原睡之佳也。蒸包子一籠要不歇，一氣蒸透，作詩文要一氣呵成，其理一也。下午二時予出外擬買膠鞋、雨傘備用，途遇愚夫來，乃折回，彼來爲予續治疾，真

---

①　晚，疑後脱"閱"字。

可感也。約半時畢，留之飯去。正診疾時，鄒江濤送來蔡宅贈書一本，亦可感也，明日當以前夕買者贈與。劉知得因予今春已允許購贈彼者，減予九角購費矣。今日正午蔡天民夫婦同來看予，予囑內子出來一見，留之飯，彼等不肯。其夫人名戴默言，當陽河溶人，年五十六矣，談半時別去。同學中外縣來訪晤者僅蔡君一人耳。

初八日　陰　晴燥　夜轉鐘聞小雨聲　十月二十日　星期一

今日外出請愚夫爲我治疾。四時出，在街上買物不可得，欲買套鞋未妥也。晚寢較昨尤安，咳亦減輕。約愚夫明日到抱冰堂與陳樹三、張寶亭會合聽琴也。寢後忽聞雨聲醒。

初九日　大雨　午後小雨　十月廿一日　星期二

今日大雨，午後稍小，孫愚夫來爲我治疾，眞可感也。留之飯，彼不可，五時竟去，予約以明日往彼寓求治也。六時以後大風忽起，氣候極寒。今日報載美艦又到領海挑釁矣。予九時即寢，中醒一次，竟未咳一聲。

初十日　晴寒　十月廿二日　星期三

今日報載解放軍炮擊金門島，遵國防部命令也，情形看明天如何記載。又美艦又來領海挑釁，我提警告，是爲第卅八次矣。下午仍到孫愚夫寓請爲予治疾，遇毓華來，便談片刻歸。

十一日　晴　十月廿三日　星期四

昨寢後又似感冒，咳甚久，流清鼻涕，極難過，僅前後共睡六小時而已，七時即起。十時至醫院看病，劉醫生給以丸藥，因予不願久候也。午後二時再請愚夫爲予治疾，先□劉發生在座，便乞其開藥方，彼主張用麻黃一錢，生薑二片，謂予寒熱不清，疾須嘔出云云。陳樹三至愚夫寓來談，約以星期一同張寶亭攜琴同到愚夫寓一彈，決定後分別去。今日報載美艦又挑釁，我已提出警告矣。玉兒自胡林來述各事，暫留寓中幫幾天再説。

十二日　晴　今日霜降　十月廿四日　星期五

今日報載無甚緊要事，金門已攻，未詳載戰況。下午復朱士嘉、劉知得函，答朱以購書事。晚九時半寢，多夢，轉鐘五時方醒，未咳嗽也。

十三日　陰　十月廿五號　星期六

六時起，咳較昨日減輕。今日閲報，無多事，午後訪愈友談一時許歸。憶及先母吳太夫人今日生辰，倘在世，已百零四歲。嗚呼！距吾母之没已廿三年矣。自甲戌二月至今時局演變，幸吾母未見，不然不知作何解説矣。抗戰以前予於父母冥誕必有祀典，今十餘年，禮已廢矣，傷哉。

十四日　晴　十月廿六號　禮拜

今日國防部發表《再告臺灣同胞書》，謂中國人的事只能由中國人自己解決，可以從長商議，希望不要屈服於美國人的壓力，隨人俯仰，喪失主權云云。且看臺灣將來如何答復。晚間室內猶多蚊。

十五日　晴　月色昏黄　十月廿七　星期一

今早補寫書畫款共五件，備贈樹三、寶亭，久以許之，今日與彼等見面，須交之持去者也。買書人來看書，嫌價高，彼實未見過此書者，囑其回，當與書賈共研之。午後一時乘車至愚夫寓，稍半時張、陳二君俱來，談笑後彈琴一小時，凡《平沙》《漁樵》《梅花三弄》《空山憶故》《瀟湘水雲》等等均一一彈奏盡歡。四時半至大中華聚餐，同人俱不能飯，吃飯菜共去五元四角，還不算貴也。七時分散，予即乘車歸，懼夜寒也。今日報載外部發言駁美國造謡污蔑金馬臺戰炮事。寢後時咳時醒，極不安。

十六日　晴　十月廿八　星期二

昨睡咳十餘次，極不安，八時乃起。今日閱報，未提炮擊及美艦、機事，或者無事耶？十一時至醫院看病，劉醫生給水藥三付，候診人極多。午後訪徐難愚，談片刻即歸。晚間補寫日記題箋至十一時半方寢，自是睡熟至天明。

十七日　晴燥　十月廿九　星期三

七時起，咳甚久，痰吐氣乃鬆動，十時至殷昭素家談片刻，為清查舊書並回其京客所定書價諸事。兩日來報紙上未載臺灣及美帝事，僅四五次說朝鮮志願軍已悉數回國矣。接遲生索款信。

十八日　晴　十月卅日　星期四

今日外出二次，報紙無新消息。

十九日　晴　十月卅一日　星期五

今日匯款十元與遲生。下午接上海孫實君函，係人代復者，批答書價，知與京中所選擇又不同一時風尚，視其當地需要而定價之高低也。

二十日　晴燥　十一月一日　星期六

早十時渡江，十二時在食吃五角客飯，尚能飽。訪新華趙某談半時，與汪某面囑各事。乘汽車又轉電車過大橋自司門口下，候汽車、人力車俱不可得，遂行，疲甚。歸途買得蟹二隻，予疾不相宜，且看明天能食否也。

廿一日　晴燥　十一月二日　禮拜

閱報，無多事。午後四時至參事室借支薪水，時晏未能取款。晚以白鴻逵所送金瓜煎水飲之，睡竟未咳嗽，臥六小時半方醒。

廿二日　晴　十一月三號　星期一

早起，昨睡甚安，未咳嗽，或者金瓜之效耶？閱報，仍無多事。

廿三日　晴　十一月四號　星期二

早起，昨睡甚好。今日閱報，無多支援鋼鐵、建高爐、物產豐收諸事，其他皆常見者。畫條幅三張，無聊至極。

廿四日　晴　十一月五號　星期三

報載金門蔣軍與我軍炮戰，曾用毒氣彈，已提出抗議。

廿五日　陰晴　十一月六號　星期四

咳嗽似較從前減輕矣，向生送金瓜小的一枚，擬今晚服之。報上無多事。參事室同人修高爐、煉鋼鐵，囑予捐十元去。

廿六日　晴　十一月七號　星期五

報載各事與前數日同。今日外出二次，歸後寫字條二張，自爲消遣而已，晚睡尚安。

廿七日　陰　小雨　午後雨　晚七時止
　　　十一月八號　星期六

今日下午聞徐南如病，往訪之，聞渠僅到醫院求診，仍回家也。訪馮亞佛，談片刻出。參事室有人欲購予皮袍子二件，徐、汪二位均來談過，倘賣成，手中又寬裕矣。

廿八日　晴　十一月九號　禮拜

報上未載閩事。午後外出一次，購零物不可得，吃早點須上午六時以前，近半年均如此，所以予不能得早食也。往參事室晤黃君，談一時許出。

廿九日　晴　十一月十日　星期一

今日檢出去秋所畫各件，甚佳。今年僅作畫三張，大不如去秋之作。畫須紙墨好，尤須心境恬也。古人謂明窗淨几、筆硯精良皆人生樂事，信然矣。將去年畫十餘件分山水、花卉另包，擬補題七絕各一，於畫上擇書，蓋寄贈商藻亭先生以酬其指示予各事也。翰院中人清代高壽者多爲廣東人。藻亭已八十五，答予尚清晰無失禮也。

十　月

初一日　陰　壬辰日　十一月十一日　星期二

早四時半醒，自是不能睡，慮咳氣促也。瞑坐床上小睡，時時念《大悲咒》，然睡亦未穩。飯後思外出，以倦又睡。發咳已匝月，竟未瘥也。今年已過四分之三，流光如矢，青春不再，自念已七十三歲，今年所遭多不快之事，如先祖父母、先叔遺骨再遷，遲兒停職減薪等等是也。

初二日　陰晴雨　夜小雨　轉鐘後大風雨
　　　十一月十二日　星期三

早起，昨睡尚安。上午訪陳暢如、晏文章談半時歸。午後欲出門，以小雨仍歸。乃作畫四件，均未成也。閱王壬秋日記，計先後有四十四年之多，其體例與予同。予於己巳在湘鄂路車中，與同房一湘人任行政院秘書者持有此日記，便借瀏覽一二冊，今已忘之，再讀其日記，則學博記詳，有關一代史料者也。得名如王壬秋，可謂名負其實矣。晚早寢，中夜聞大風吼，氣候轉降寒甚。

初三日　風雨　寒甚　晚間尤甚　十一月十三　星期四

今日寒甚未出門，寫贈商衍鎏先生《清代考試述要題詞》四首已成，並另錄一份寄吳賢卿先生。以寒早寢。美機又挑釁，我提出四十一次警告。

初四日　陰　大風　寒甚　十一月十四日　星期五

連日寒，未作事。今日報未載多事，天寒甚未能外出。晚紀雪昉來談半時去，彼等醫生已參加建高爐矣，限定要出鋼鐵多少云云。

初五日　陰寒　十一月十五日　星期六

昨睡尚安，咳僅三四聲，口乾似好些，已食胎盤粉四日矣，寄鄂城廿元。

初六日　陰　小雨　十一月十六日　禮拜

早起，昨睡甚安。今日午後七時至電影院看京戲之《借東風》，馬連良、都壽臣、肖長華、譚富英等名角均現銀幕上，唱做不失原形，其聲音因擴大而尤大，是科學萬能，實無異到北京觀此戲也。今年觀電影二次，前月見科學院考古發掘萬曆陵寢一事，實無異在京十三陵前親見之事。吾生七十三，此兩事則從前非夢想所及者。晚十時半歸，食麵餃四枚療饑，十二時乃寢。

初七日　陰　十一月十七日　星期一

今日閱報無多事。美機又侵閩上空，我已提出四十二次警告。下午寄許學源史料一冊，商藻亭函一件、字畫七張，均挂號寄出。

初八日　陰　十一月十八日　星期二

早起，閱報無多事。午後補畫件，連日忽有畫興，作花卉，半時成二幅，惟須再補點染耳，並寫條幅三張。晚九時半寢。

初九日　晴　十一月十九　星期三

今日外出二次買物，共去價二元餘。晨參室陳君來查予近況及生活開支，予一一告知，彼填寫去，不知如何用意也。午後訪愈友，亦云陳亦到彼寓查問，大約爲明年一月實行供給制也。

初十日　晴　十一月二十日　星期四

今日外出二次，買所需之物不可得，近一月來均如此。報載無多事。

十一日　晴　十一月廿一　星期五

今日閱報無事。外出一次，午後補畫已成。

十二日　晴　十一月廿二　星期六

今日參事送表來填予房屋息金數，便托其帶信借廿元應用。

十三日　晴　十一月廿三　禮拜

閱報無多事。今日未出門，補題句，此旬內畫興高也。下午帶同香生出門至鄒江濤家，以字畫六件贈之。彼爲予作詢問之事多，須以畫件酬之也。連夕睡尚安。

十四日　晴　十一月廿四　星期一

今日至愈友寓略坐。午後得廣州商藻亭復函，謝予所贈字畫也。彼亦以詩二首用宣紙書寄來。此老興不淺，八十五歲而腦力未衰，豈非異事耶。清代進士翰林全國存者不過八九人，皆後一科甲辰爲止，推至今日五十五年，予入學亦五十五年。此老長於予十二歲，康健如此，真人瑞矣。

十五日　晴　陰　十一月廿五　星期二

閱報，昨、今兩日俱載朝鮮金日成來漢事。午後寫前月所作畫補款補詩，作函與鄒江濤並抄商太史詩稿去。

十六日　早晴　午後陰　有風轉寒
十一月廿六日　星期三

今日報載金日成到漢口，毛主席、劉少奇、周恩來均歡迎，漢口市民列隊照片極多，未載他事，僅列高爐、鋼鐵之文。

十七日　晴　十一月廿七號　星期四

上午外出，下午補畫已成，晚間將補詩一一改正之，明日可書之。近三年所作畫每件必題詩也。

十八日　晴　十一月廿八日　星期五

上午外出一次，買餅乾不可得。此兩月各食品店店員辦鋼鐵去了，故呈此象也。閱報無多事。

十九日　晴　十一月廿九日　星期六

閱報，蘇聯又發警告與日本政府。午後外出三次，訪愚夫不晤，餘二次買物，僅得二種。晚七時帶香生去茶館聽相聲、滑稽、道琴等等。

二十日　晴　十一月卅日　禮拜

閱報，載蘇聯對西德事。縣中遲生來信，附寄太平天國史料一件，乙榮五年太平軍在浠水事，潮陽門"朝"字增三點水並照片，不知《長江報》何以不載此事，該報編輯遜於《湖北報》學識也。下午送款四元與殷昭素，同屋一嫗代收。

廿一日　晴　十二月一號　星期一

今日報載美機侵入馬祖、平潭上空，我已提出四十三次警告。晚間鄒嶧儒來談，送來賀澦川和詩五章。

廿二日　晴　十二月二號　星期二

連日晚咳稍減，能起早床。午後訪愚夫，彼有病，正服藥。韓大哉亦在座，談半點鐘即歸。

廿三日　晴　十二月三號　星期三

今日報載美機犯浙江上空，我已提四十四次警告。午後外出一次，傍晚歸。

廿四日　晴　十二月四號　星期四

早起，外出一次買物不得。我所欲者無如糖果，以雜粉子作食物之麵皮，以紅薯作餡子，發出怪味，故購者甚少。晚信甚多。

廿五日　晴　十二月五號　星期五

早發出昨晚寫信，分致泮香、肖鵠、鵬程、愈友。午後外出買書亦未得，大抵出書在前年者不能買得，蓋分散在各省新華書店也。太平天國史料近年各省視爲應付之品矣。

廿六日　晴　十二月六號　星期六

上午閱報，清理案零亂各物。午後外出，乘車帶同香生在新華社買書，便訪哲之、亞佛，均談；訪立庵，聞其妻云已赴代表大會去；訪少武，略談即歸。候車至半小時到家吃飯，疲甚小睡。

廿七日　晴　十二月七號　禮拜

早起閱報，美機犯浙江領空，我已提四十五次警告。午後外出一次，晚歸補寫題畫詩稿四首。

廿八日　晴　十二月八號　星期一

早外出一次，午後愚夫來，云明日彼至政協開會，便托以二事。

廿九日　晴　十二月九號　星期二

今日閱報無多事。午後外出一次，欲至圖書館，未果。晚寫二信分寄少松、肖鵠等，約少松禮拜六或禮拜日候予。

三十日　晴　十二月十號　星期三

今日午後渡江看展，北京故宮送漢口覽展各件。故宮送漢存覽之古磁、玉器、漆器、紗織字畫、繡品、龍袍旗裝、龍袍等物及文具玩品等等。磁、玉有明末御用之物，清則康乾雍三朝之品甚多。又有宮殿各放大照片，睹此無異往北京一新耳目也。專制帝后奢侈今已成古物陳列，此則君主相承者所不及料也。予以疲倦，聽指導人講演無線電及新出之各項收音機製造已優於英美。噫！孰謂中國無人材耶？講解者為武漢市廣播電科職員劉新運，廣西人。四時半出場，餒甚，就一大館吃飯，惜時間已過，無好菜也。候人力車至一時之久乃得送予至渡江碼頭，歸家已七時半。

冬　月

朔　晴　十二月十一日　星期四

今日外出二次買物不着，好餅乾竟未見有售。閱報無多事。

初二日　晴　十二月十二日　星期五

今日無多事，外出一次，歸後閱書報。晚寄寫肖鵠信。泮香信自退回後再寫信問其子，看有答復否。

初三日　晴　十二月十三日　星期六

今日爲代人售書事往返數次。午後來客數次，説話多，身極不適。連夕晚寢不甚安，多雜夢。

初四日　晴燥　十二月十四日　禮拜

早起外出二次，午後二時至程少松家，見其門雙鎖，左右鄰無可問之人。予前四日寫信與彼三君，禮拜不在家，自應該先復我一函，免致令予徒勞往返也，此人何以不懂世情如此。予以名片一張插其門而回。

初五日　晴　十二月十五日　星期一

囑內子至參室領薪水後，面清各賬並買柴米各件。

初六日　晴　十二月十六　星期二

閱報無多事。

初七日　晴　十二月十七　星期三

今日至殷家，下午書賈來。今日上、下午外出三次購物不得，懊喪而歸。連日如此，何原因哉。

初八日　晴　十二月十八號　星期四

未作事。連日天暖，咳嗽暫好，但時時有氣喘。

初九日　晴燥　十二月十九　星期五

未出門，補閱未竣之書，皆雜書也。心無主宰，日記查至民國四年即止。

初十日　十二月二十日　星期六

十一日　陰晴　十二月廿一　禮拜

出街三次買物不得，閱報無多事。

十二日　晴暖　今日冬至節　進頭九　十二月廿二　星期一

今日出外無所得，徒花車費。今日冬至節，未見雨雪，奇哉。定生今日做工。

十三日　晴　晚雨　大風　寒　十二月廿三　星期二

今日外出二次，買得小事，魚肉不可得，肉要夜轉鐘二時後去站隊。噫！此制已行之廿餘日矣，當道何以不設法改善。哪有站隊至天曙不得四兩肉者大半數，寧非怪事？

十四日　雨風　寒甚　十二月廿四　星期三

今日天寒甚，未出門，作畫一幅，祝李愈友此月廿五八秩壽辰並題四絕，用紅箋寫二首，題二首於畫中，自認尚爲得意。愈友與予交情平淡，亦久而能敬者也。

十五日　晴　十二月廿五　星期四

未作事。

十六日　晴　十二月廿六　星期五

報載事平常。

十七日　陰　十二月廿七日　星期六

外出一次，以天寒即歸。午後六時李鴻英帶其侄女來報告，其父廉方先生今日上午八點四十分卒於協和醫院。漢市政府及省政協爲之辦喪事，以三百元買棺，三百元零用，明日大殮，後天晨八時公祭，餘事囑內子細問。予病未愈，未與多談，但情分上後天須去致祭。

十八日 晴 下午陰寒 晚下雪子 十二月廿八 禮拜

今日未出門，晚間備明晨渡江各事，作挽聯一付，用宣紙書之，玉兒來，囑其逕送李宅去。

十九日 晴 晚陰寒 又下雪 十二月廿九日 星期一

五時半起，與內子、小孩朝點後匆匆乘車到漢陽門轉車，到殯儀館時，武昌賓已齊到矣。予等到後休息。九時十分由省市兩副長及政協首長分別主祭，陪祭讀文約四十分鐘而祭禮畢，汽車多輛均入漢陽摑擔山去安葬，另有大車一乘，裝家屬及女賓。予此時頭暈眼漲不可耐，身已受寒，遂渡江回武昌，便訪牙科彭達五爲予補牙，囑以明日下午來取。回家後吃飯半碗，不似前日狀況。晚寢咳嗽大作，吐痰多，終夜不安，氣喘甚。

二十日 陰寒 十二月卅日 星期二

予疾加重，畏寒氣喘。午後二時到察院坡彭醫生處取回牙盤，安之尚好。晚睡不安。今日夢閑向參室借支廿元時，聞徐蘭如先生無疾死去。

廿一日 陰寒 微雪 十二月卅一日 星期三

今日病加重，李愈友家更不能去，所約易泮香、孫先生亦未來。

廿二日 陰 元月一日 星期四

廿三日 陰 元月二日 星期五

廿四日 陰寒 元月三日 星期六

劉儒生來看病，云孫先生自予寓歸去後亦患病，囑彼來爲予治病，可感也。連日咳，時減時增。

廿五日　陰　晴　元月四日　禮拜

廿六日　陰寒　晴　元月五日　星期一

廿七日　陰晴　午後二時微雪　元月六日　星期二

今日與內子同乘車到牙科治牙而彭醫不在所，乃就一周姓代手術，約三時乃歸。晏文章來談一時去。

廿八日　晴　結冰　零下二度　元月七日　星期三

廿九日　晴　結冰　零度下二度　元月八日　星期四

十二月

初一日　晴　結冰　大寒節　今日進三九　元月九日　星期五

初二日　晴　寒　結冰　元月十日　星期六

初三日　晴　寒　結冰　元月十一日　禮拜日

今日未起床。下午徐式如來述其兄無疾而逝事甚詳，予坐床上聽之而已。蘭如之死爲元月一日，在李廉方之後，倘予未病，必至其家，尚可見一面矣。

初四日　晴　結冰　零度下一　元月十二日　星期一

早起，較昨日好，咳亦減少一半。午後晏文章、鄒嶧儒先後來談去。

今日似病已大退。十時寢。此一旬寢後夢雜不近情理，予亦精神恍惚，有時似夢非夢也。

初五日　晴　零度上　一月十三號　星期二

昨三時醒，起坐咳十餘聲，四時乃睡去，胸中尚適。至天明六時又起坐，遂於八時着衣起，病似又減輕。

初六日　晴　結冰　一月十四日　星期三

今日天稍和暖，予午後起。青梅素已服完，決意服柳酸鈉片，晏文章屢勸予服之，檢視説明，可治支氣管結核者也。服二次，吞下極難過，益以雷明風少丸，在喉下胃上，似漲痛狀，寢前再服亦如此。夜間自是不喘咳，或者藥已對症，予肺結核由此可望愈矣。

初七日　晴　結冰　零度下二至四　一月十五日　星期四

今日咳數聲，非濃痰也，病已大退矣。上、下午至寢時照常服此片。

初八日　晴寒　結冰　一月十六　星期五

今日寫信四件發出。吳女士來索介紹函，取殷大姑佛經去寶藏之。下午雪舫、暢如、文章來坐談甚久去。晚寢仍如昨日服藥，睡甚安，醒時亦不咳喘，此藥之功也。十時半寢。

初九日　晴寒　結冰　元月十七　星期六

昨睡安，今早十時遂起坐，仍照常服藥。正午哲之、式如同來坐談甚久。哲之爲予又推年命一次，謂危險已過，明年五月進好運矣。

初十日　晴寒　元月十八日　禮拜日

今日未出門，未能坐看書也。

十一日　晴　元月十九日　星期一

連日服柳酸鈣，甚效。

十二日　晴　元月二十日　星期二

仍服西藥，咳時甚稀，早晚亦均安，惟便結甚苦。今日到醫院看病，久候未診，下午一時去，四時半遂出，至牙科醫生處磨牙一次，減去痛苦。晚十時仍照原法服藥，夜間並未咳，睡熟時多。

十三日　晴　今日大寒節　元月廿一日　星期三

昨睡未咳，今日早起。十一時至醫院看病，仍不得空。十二時至殷宅，給五元了一切手續矣，歸時餓甚。下午四時理髮一次。

十四日　陰　元月廿二日　星期四

今日病已退。下午晏文章來談，鄒嶧儒來談文史館近狀，學習甚緊，彼亦有病難請假云。

十五日　陰　晴　元月廿三　星期五

今日十二時半劉行丞、陳家仁同來，謂組織上派來慰予病者，贈點心一大盒，廿二枚，確係灰麵所做，又罐頭二盒，談十分鐘去。

十六日　晴　陰　晚小雨　元月廿四　星期六

今日未出門。病已大退，飲食亦好。函約徐式如未至也。先君忌日，一切未具禮。

十七日　小雨　元月廿五日　禮拜

昨睡甚安，自十一時睡至今晨五時半醒，清痰壅喉頭，慮氣閉，遂起坐咳八九聲，靠床假寐，十時下床。午後補閱《黃州府志》咸豐二年至同治六年，以證太平軍在黃屬各縣、吾邑及興冶鄂南一帶也，可推想於予著《太平天國與湖北》一書幫助事實不小也。愈友來信謂寄鷗所著彼留閱看云云。

十八日　晴　元月廿六日　星期一

今日咳嗽甚少，在家未出門。

十九日　晴　晚雨　元月廿七日　星期二

上午徐式如來取八元去，予欲去補牙齒，遂同車與式如出至牙醫處，值其未在診所，交肖君代收下，云明日去取。

二十日　雨　寒　元月廿八日

早遲起，昨并未咳，定生取牙歸，午後未作事。

廿一日　晴　元月廿九日

早起，昨睡六小時方醒，咳已大愈。午後王季耕來述各事，黃山農來看予，坐甚久去。

廿二日　晴陰不定　元月卅日

早起，下午欲外出，以有風中止。

廿三日　陰　晚雨達旦　元月卅一日

昨睡甚安，八時即起。十時黃山農送來統戰部贈予春節營養費卅元，談甚久去。晚尚志怡將志書取去，云六十元彼不願賣也。乾隆至今已二百，存者甚少，應留不賣，聞國內只有三套云云。晚間大小雨不斷，寢後多夢。

廿四日　雨　晚七時以後雨止　二月一日

今日咳已大愈，惟氣鬱不開。自吃此藥後大便不利，隔日大溲，甚者隔兩日，便時氣不能送出，乃爲苦事，怕多服下藥，又不敢下也。此柳酸鈣自初六日服起至十六日病大退，藥對症矣。存藥不多，自昨日起減爲每次二片。

廿五日　陰　二月二日

柳酸鈣服已廿日，病癒八九成。現時此藥難買，醫院又不肯發，計已服二百十餘片矣。吃完再不服，再好好營養，春暖時時小運動以和血脈，有益也。近五年來發病在中秋後，病癒在小除夕前。一九五二年臘月胡林水卿來家時即如此，予心暗記之，歷年不爽。春二月杪至七月底乃是無病之人，僅一年三分之一時間耳。即或多半，而中秋後必有異狀，一感冒即發咳矣。

廿六日　陰　二月三日　星期二

今日未作事，晚間清字畫及廉卿先生手劄照片六張，備明日贈黃山農者，以其喜廉老書也。九時五十分寢，睡甚熟，至次晨五時醒，真美睡矣。西藥吃完無處可買，明日當覓中醫再診。

廿七日　陰　午後晴　今日亥時立春　二月四日　星期三

今日上午十時至新遷中醫院看病，此院較花園山近一半，於予有利也。醫生胡姓，蘄春人。謂予感冒未盡，仍須以柴胡、荆芥治之，擬方吃二付，另給可咳寧藥水，謂性涼，比止咳糖漿爲好云云。

廿八日　晨陰　午正小雨　以後大雨　二月五日　星期四

八時半起，十時乘車訪孫愚夫，贈以銀魚、皮蛋不易買之物也，與談一時許歸。途中遇雨，幸已先雇車行也。西藥已服完，擬停三日再服中藥。家中今夕辦理春節菜蔬等等。十一時半方睡，睡後夢先父狀如昔，似在外歸者，云與人興一訟未了，且引某書之文爲證。轉鐘四時半醒，記甚悉也。

廿九日　陰　午後四時大北風　寒甚　聞雪子聲　大雷聲　二月六日　星期五

九時起，天似有晴意，旋轉陰寒矣。午後大風，聞路濕難行，予亦未敢出門也。接劉文權八十二歲自壽詩四首，起用南甘韻，似不欲人和者。大凡作詩欲人和者，不用險韻或窄韻令人望而却步，劉君曉於此理也。連日閱報無多事，未可記也。閱高叔年尺牘三本，皆晚年筆。

三十日　陰　大雪二次　北風寒甚　二月七號　星期六

早四時窗紙白且亮，知已下雪，九時方起。內子爲買配給物忙甚。予所支半月薪已用盡，餘統戰部送來卅元僅餘廿元。下午四時祀祖宗。胡林太連來此，留之吃飯去，囑以明午再來吃飯，此子爲予支最親者。去臘草草祀祖，今歲以不愁錢，且予咳嗽已愈，心快然，具祀節，以視十年前則簡略矣。接劉文權以八十二壽詩四首相示，謂過年即八十三矣。詩不佳，立題亦不妥，老年文思退化亦事理之常也，擬以二絕和之，了此詩債而已。詩亦不佳，另錄於簿。

己亥（1959年）日記

正　月

朔　陰寒　午後三時晴　二月八號　禮拜日

今日爲春節。自日本投降後，國民黨政府即頒此日爲春節，照前袁世凱爲總統時所定例也。夏曆行之二千餘年，人民稱便，辛亥國體變更，中央不忍拂民意，故變舊元旦爲春節，國家地方各機關過陽曆年，而民間不感興趣，仍以舊年爲重。日本明治維新至廿餘年，其人民仍過陰曆年，無異一年過二次年矣。予前、去年寫日記時，謂立志須寫簡略，卒簡不過三分之一，今年必以孔子作經法行之，求可也。簡然不必太簡，致人費疑思耳。上午同居及鄰右來賀，予未起。自是阮秉清、尚志怡、呂景芳、孫祖培兄弟來訪半時去。紀雪昉談甚久。接南寧肖鵠函並詩一首，予和之。

初二日　晴　二月九號　星期一

下午內子帶同小子出門看電影去。二時譚菊畦、王國煌及玉兒帶外孫三人來，擾擾至晚方去。

初三日　晴　二月十號　星期二

馬潔園、陳暢如、敖雲門、劉文權先後來談，內子帶香生渡江去，劉凱南來。

初四日　晴　晚小雨片刻　九時以後大雨達旦
二月十一號　星期三

上午未出門，閱報，連日無多事。蘇聯七年計劃中以盧布字數換取中國商品。午後吳端偉來談，予竟未能出門也。先祖母今日忌日，近五年亦未置供，家貧而舊禮俱廢矣。擬明日出門看友，以雨又須改日。

初五日　雨終日　二月十二　星期四

早咳嗽十餘聲，似又感寒。汪金門來談，予未起也。午後寫哲之、式如、愈友、國煌四函發出。張祖培來云覃孝方已出病院，在家調治，不能飲食，面痦，勢甚危殆云云。孝方年八十四，亦可休矣。

初六日　雨　二月十三日　星期五

未作事，下午張足生來談。

初七日　大雨　二月十四　星期六

天雨不能出門，在家無事，作人日詩一首。

初八日　雨　微雪　雪子　寒甚　二月十五日　禮拜

今日天轉寒，未作事，亦未出門。王國煌送柳酸鈣來，二百粒，前已付價四元矣。得陳哲之復函。下午四時羅國貞來述遲生事，令予憂氣，此子將來不知自處何地，作何辦法也。柳酸鈣僅剩半瓶，亦未帶來。使此藥武漢好買，予不欲已交鄂城之物再收回也，此藥彼交何人耶？

初九日　雨　雪　寒甚　夜間又下雪子　雷聲頻作
二月十六　星期一

昨睡甚恬，今晨六時醒。上午十時下雪子並雪花，氣候極寒，此所謂倒春寒也。去冬臘晴甚久，今日雪雨不為奇也。雨霆來述吳賢卿先生已故。

初十日　陰　陽光一現　小雨　二月十七日　星期二

今日陰寒，未能出門，無聊時作詩二首。晚寫三函，分寄鄂城宅；寄程少松索去冬良生寄函並稚松十詩；寄王國煌索《子不語》及《紅桂坡詩集》，借去三年不還，不知何意，屢討則云"明日帶來"，久而忘之，其實彼未忘也。

十一日　晨微雪　旋晴　未幾陰　晚大雨
二月十八日　星期三

早玉兒回鄂，內子送之上車。午後未作事，閱報仍如前日狀。晚七時醉石來談甚久去。吳賢卿先生去臘初五日病故，雨霆來告予者，吳不病故今年正九十歲。

十二日　小雨　晴　陰寒　二月十九日　星期四

今日未晴，又不能出門。下午三時哲之來談甚久，留之飲四五盃，飯後乃去。記今日為曹漢丞九十壽辰，未能度江致祝也。

十三日　陰　小雨　二月二十日　星期五

今日未作事，亦未出門，在家靜坐。

十四日　晴　二月廿一日　星期六

上午欲去看病，未果。下午訪校文、愈友、亞佛、式如等各談片時出。連日欲訪哲之，竟未如願。

十五日　晴　二月廿二　禮拜

上午答拜穎生、雲門、暢如及晏文章。晚陳家仁來訪談，答復學生無津貼。

十六日　晴　亦小雨　午後陰　今夜轉鐘三時月食
二月廿三　星期一

早九時外出至殷家略談，途遇梁維亞之妻，云維亞病危，已進醫院矣。殷大姐曾告予曰：梁瑞堂正月初六以氣疾卒於寓，去年除夕即臥床不起者。辛亥老人又歿一個，彼年已八十三矣。

十七日　晴　二月廿四　星期二

早起，九時半外出訪鄒江濤，知已勞動去了。訪賀匯川，今年八十四，精神尚好，以近寫詩稿相示，《讀宋史》。對王介甫似爲之伸冤者。當時王以南方人當國，致爲北方諸賢所不滿，亦是一因也。談一時半方歸。下午又外出一次，看孫愚夫及取已補牙盤，共用去車費一元餘。

十八日　晴　風　二月廿五　星期三

今日看唐醉石，便買雜物不可得，僅得胡椒粉一小瓶，關於飲食用品均不能購得。傍晚訪汪金門，歸時失途，行一時半乃歸。外間風大寒甚，足力疲，寢後極不安。呂壽圖來述其女自閩歸情形。徐伯生自胡林來述近狀。

十九日　晨大風　晴寒　二月廿六　星期四

原定今晨到漢陽，以風大遂止。予疾甚畏風寒，今日未出門。

二十日　晴　二月廿七　星期五

今日下午一時帶同內子、香生到漢陽歸元寺謝佛恩也。慮時晏未往漢口曹家補祝漢臣九十壽辰也。

廿一日　晴　二月廿八　星期六

早起出外買物，無物可買。下午又出門一次，閒遊覽看行人而已。

夏老五來索食。

廿二日　晴　三月一號　禮拜

早起，十一時外出買物不得歸。下午胡太連來，老五來吃三人之飯以去，致家中無飯，再煮米。鄉間何以無米耶？轉眼農忙，如何工作。

廿三日　晴　三月二號　星期一

今日下午到司門口政協公祭覃孝方先生，省府、政協及覃友好約四十餘人，有哀樂，行禮隆重，惟來賓無茶水煙點招待，亦奇事也。覃宅無人招待衆賓，較之李廉方家屬慚愧矣。予與祖培到達遲，致五副挽聯，來往就近一看，約五分鐘而禮成，遂散出。予與祖培上黃鶴樓新址，尚未興工也。

廿四日　晴燥　三月三號　星期二

外出二次，未買得各物。陳少武來談，留午飯去。至中醫院看病，醫生聞惕生，浠水人，昔聞其人，今日方見之也。治咳無川貝，無苡米，據說無此藥，不知何處去了。此時西藥不可得，中藥稍貴者亦不可得，遑問明天麻耶。怪哉。

廿五日　晴燥　三月四號　星期三

早起無聊，乃乘車至徐家棚一遊。問火車開行事，無售食物者，無坐處，約耽延半時，仍乘車回訪孫愚夫，知其已遷漢口矣。彼自到武昌後予約計其遷居數大概已有七次矣。

廿六日　晴熱　晚九時大雷雨　三月五號　星期四

今日下午二時半至得勝橋王惠亭女士處打針。予右手腕內似上月酸楚難過。又兩足指冬季時發抽筋疾，孫愚夫屢屢介紹予去針灸者，今日決計去一次。談片刻，爲予針三次。出就一豆絲店，去價二角，一點醬菜爲引，豆絲則未見油也，食之亦有味，真饑者易爲食也。

廿七日　雨　三月六號　星期五

天雨不能出門。下午胡席儒來談半時去。此子已狂妄，自視過高，似此器小易盈，以後進步可推想矣。

廿八日　陰　晴　雨　三月七號　星期六

今日閱報無多事。就陰曆説，此一月無新聞也。

廿九日　晴　三月八日　禮拜

咳嗽，因前天晝寢不慎，又傷風五六天，發病吐痰，今午似已愈矣。飯後帶香生出遊，過大朝街，禮拜堂正演漢戲，以二角購得位置，看兩齣半方出。較之幼年在籍所觀者勝一二倍，然就現時論，此種唱做可列在第三等而已。今日爲三八婦女節，到處有會。晚間胡賢樓來，云自孝感到此，送來麻糖半斤，無論好壞，但武漢買不着，亦予所嗜者也，留之飯去。

二　月

初一日　晴　三月九日　星期一

早起，得愚夫謝函，謂予贈彼八十壽詩佳，初三日生辰有酒無肴云。予決定復函，初三日正午渡江也。下午七時周媳自鄂城來述各事。

初二日　晴　三月十日　星期二

今日未作事。前日至王女士處打針，手足稍好。

初三日　晴　三月十一　星期三

早起渡江至後花樓交通路新華問舊書價，坐片刻出。訪曹漢丞，知彼夫婦已往某處吊喪去了。再乘車至清芬路武昌里二號訪孫愚夫，彼今日八十壽辰也。彼寄戶籍於楊姓矣，住房較武昌好，招呼之婦亦便利，從此或可相安矣。餒甚，就其寓吃雞蛋三枚。出乘電車至司門口下，搭汽車歸，所費僅三小時而已，交通較從前爲便。

初四日　晴　陰　三月十二　星期四

早起閱報，無多事。午後敖雲門來談半時去，一劉姓修脚者來爲予修脚，其手段不及葉高。聞葉去臘回家死矣，年七十二歲，修脚爲業一生，過去亦可憐人也。葉自解放後爲予修脚，每年約十次，自庚寅年起迄去年冬月底止，已九年之久，予故記之。因劉姓技術差，又草率甚，問之，爲葉同鄉。

初五日　陰　三月十三　星期五

今日寫三函，分致江濤、哲之、肖谷。又寄函吳君約其看書，晚接肖谷信。

初六日　陰雨　三月十四日　星期六

今日接許學源函，陳哲之、肖谷又有函來，皆附以詩句，其心恬也。雲門來談片刻去。內子至參室領薪歸。晚無事，就肖谷二詩依韻和之，並非好詩，以不能深入一層構思也。吳某今日未至。

初七日　陰　三月十五日　禮拜

上午十一時外出，匯十元至鄂城，餘款由媳自帶，多寄則先用盡矣。子不養父，近七年來年年月月寄款補助。遲生賺卅元至四十七元時仍是索款繼家用，彼竟不給其薪半數與家中，囑媳來函催款，每謂小孫四人可憐，其用心可想矣。

初八日　陰　三月十六　星期一

今日外出一次，予病已大愈，飲食亦增，惟葷素菜俱難得，眞所謂有錢無買。

初九日　晴　三月十七　星期二

今日外出一次，午後寫信三件，請康士品、馬顯聲幫助買一點糖果。

初十日　晴　三月十八　星期三

上午十時至參事室請用公函買書。晤任鶴賓、黃山農、胡忠民三人，均晤談。

十一日　晴　夜十二時眠後大雨約一時許
三月十九日　星期四

早起外出，下午毓華來，云鈣片工人醫院亦不發，此藥究何往耶？連日接哲之函商量遊洪山事。

十二日　晴　三月二十日　星期五

今日下午楊雨霆來談甚久去。傍晚鄒江濤來商往遊蓮花湖事。晚間雪昉來，云已調至保安街診所服務，彼甚滿意云云。

十三日　晴燥　三月廿一日　星期六

早起，十時陳少武來談。接賀敏深抄寄其兄方之詩①餘首，備選擇入《感舊集》，予去年所囑也。午後至醫院看病，醫生給以秋梨膏、補中益氣丸，因予不欲吃水藥也。此月餘川貝、雲苓、苡米、治濕咳之藥無有也，用何種藥代之。予與醫生言，謂無此等藥，何必開方耶。出院後遊抱冰堂，紅白桃花正盛開；李花似先放者，一二日內必凋落；玉蘭已過時，大約二三日必謝。古詩"好花看到半開時"，真是留有餘步之詩。凡物過期即無用，少年與衰老不可同日語矣。

---

① 詩，後疑有脫字。

十四日　陰晴　晚十二時後大雷雨　三月廿二日　禮拜

閱報，一旬來無事可紀。下午外出一次購物不得。接愚夫函，晚補作復學源詩，無甚意義也。胡林寶兒來已三日，須送歸，大米如此艱難，又添人吃，可恨。

十五日　陰　小雨　午後大雨　三月廿三號　星期一

早聞內子送寶兒去搭車，午後周淬成來述遲生已來，不住他家中。謂遲生先來函罵他，繼與蘭仙大鬧，此子已成神精病，不可救藥。予向彼勸解之去。馬顯生來述買糖果事，無辦法。夜間似有月色，臥室中見窗紙明亮，推測之而已。

十六日　晴　三月廿四　星期二

今日外出一次，午後接廣州商藻亭太史復函並書箋五紙，又和賀滙川三人詩稿，晚加封寄滙川閱。晚間遲生來，予少與說話，囑其至艾寓去談一次，述前事也。給媳以十元，連前匯已廿六元，另四元作車費。此兒媳除索款及衣物外無他長，自賺之錢不知作何用度。老朋輩多為其子女供養，予則反是，有何可說。

十七日　晴燥　三月廿五　星期三

遲生等三人六時吃飯去，搭車回縣。予七時半起，十時訪哲之並晤及鄒江濤，談半時出。訪亞佛略談，至益善書店閱舊書，無可意者。午後接歷史三所寄來《太平天國資料》一冊，紙印俱劣，後背印定價一元，真善於做生意者。予搜集詩稿已印出。稿費何時可得則聽該所如何匯到，總之我料其微乎其微者，不過集各處資料圖利而已。

十八日　晴熱　下午四時東北風　三月廿六　星期四

今日未出門。下午接文物出版社寄來古物教材二冊。此為尚志怡托予以公函購得者，無甚精采，字小紙粗，每冊五角，亦算貴書。

十九日　晨四時陣雨　九時陣雨　正午晴
三月廿七日　星期五

早起，飯後寫四函，分致滙川、詹國才、學源等。路濕不能外出，在家悶坐而已。晚呂壽圖來談片刻去。

二十日　晴熱　晚九時雨　大北風　午夜大雨如注
三月廿八號　星期六

早起，昨夜燥甚。今日上午熱，下午極難過，似燥甚欲雨狀。晚大雨兼北風，氣候轉寒矣。雪昉來取銀魚去。

廿一日　陰　小雨　寒甚　三月廿九日　禮拜

早起陰寒如冬，午前小雨。十時雪昉來約上館，至則人多，站隊不能入。各吃食店均同，雖有錢無所得，近狀已匝月矣。

廿二日　晴　三月卅日　星期一

早起閱報無多事。午後看病，並送雞蛋與葉叟，彼不能買，爲之弄飯者係七十餘之老嫗，不能外出買菜，買菜須晨七時以前，聞已兩月未吃雞蛋矣。叟年九十尚健，惟目力差，予故爲之代辦此瑣事也。

廿三日　晴陰不定　午後雨　三月卅一日　星期二

早起外出一次，買物無所得。午後汪幼丞來，問以縣中各事，面囑其爲予帶藥品及遲生未取之書回縣。

廿四日　陰　小雨　午後大雨　晚雨達旦
四月一號　星期三

今日陰雨未出門，未繳報費，未來報。下午囑香生買《人民日報》

閱之，其實不買更好。得梁維亞函，索還借書名《辛亥革命北方實錄》者，此書爲胡鄂公自寫其身分，抬其身價而已。梁視爲珍本，可哂也，明日當還之。

廿五日　雨終日　夜雨達旦　四月二號　星期四

九時起，連日多奇離之夢，晚睡未安，故晨須補睡也。予病漸好，飲食大進，惜此時葷素菜均不易得也。先母明日忌日，丑時原在廿五晚轉鐘兩點鐘後。記甲戌二月此日黃昏時離黃州渡江，距江干半里，大風天黑雲沉，雷電交作，似大雨驟至者，予心慌亂。舟子搶岸後，予起與僕急行，至城巷呼後門入至母室。母心甚清楚，坐片刻分付予各事，又談片刻，自是欲睡。延至丑刻，大聲呼兒不絕口，乃氣促而臥，不復言矣。此情景已廿五年矣，今夕書此，不勝悲痛。從前母忌日尚排供祀，今非其時矣。近人尚新，每每不憶其親而偏愛其子女，道德淪亡，那可說耶。

廿六日　早大雨　午後二時陰　四月三號　星期五

九時起，十二時羅國貞來，云即回鄉接眷來省做工，便以昨所包藥物及遲生未帶回之書付之帶回縣去。四時定生自瀦口工地回家，予問以各事，云尚有一月方完畢也。

廿七日　晴　今日寒食節　四月四日　星期六

今日未出門，補寫《晚學集詩》八首。晚間金門來談半時去。十一時餒甚，食飯一碗畢欲睡，不顧胃之消化與否，疲甚，已十一時半矣。

廿八日　陰　東風　午後小雨數次　今日清明
　　　　四月五號　禮拜日

昨睡後竟熟，今晨五時三刻乃醒，胃竟無礙也。寄函與謝直，請他補請胡襄陽等九日開會。又寄函與萬壽山，囑他照顧予家並代謀葫蘆瓢與其姊煎水喝；如果危險，請他答應款項也。下午二時帶同香生遊漢陽門小公園看櫻花，十餘株已開齊，倘過五六日必衰落。又帶之往玉兒家坐片刻。又訪亞佛談半時，亞佛病竟痊矣，行走如常，年已八十三矣。

廿九日　陰雨終日　夜雨更大　四月六號　星期一

早起天陰，時現陽光，未出門。午前十時劉菊坡之子援群來訪，予卅年前見過者，述其父在重慶晚景不佳，談一時許去。午後二時汪幼丞來，云彼明日回縣，托其至家中一看情形，坐片刻去。紀雪舫來坐片刻去。今日天寒如冬，今春過了兩月，氣候失常如此。王治文來述其兄大長曾回漢口，二日即去。此子竟不來，予無從知宜昌事也。

三十日　早陰　午後一時半晴　四月七號　星期二

昨夕轉鐘二時後夢回鄂城，非舊宅也。見先母如平時，惟宅破爛，一大房橫舊被，以破席蓋墊絮上，貧狀也。窗低，向壁開，可直視房內也。妻附在予背，似欲夯之行者。醒後思昨日與幼丞所說情形，日之所言則有夢歟？予已十一年未歸，所易宅如何式樣未見過，或妻病今年難過耶。早八時起補記之。今日閱報，仍似前數日，西藏情形究如何，俟後再看。

三　月

初一日　晴　四月八號　星期三

今日閱報，仍如前數日所載西藏事。

初二日　晴熱　四月九號　星期四

今日香生旅行洪山，早去校中。下午予渡江訪曹漢丞，尚健，今正十二日九十歲矣。訪孫愚夫談半時即乘電車回武昌。

初三日　上午晴　熱甚　下午三時大風起　晚大雨如注
四月十號　星期五

　　早起至政協開會，到辛亥同志卅餘人，此次請軍人較多，文化局與政協爲中央博物館有人來搜求辛亥起義以前文物等等。北京派來高某説了各事。十時予以腹餒遂與童自純出，所攜去照片亦未交也。歸後飯畢小睡。陳少武來述今日會後各事，談二小時乃去。今日四時大風，天氣轉寒，晚大雷雨，北風怒吼可怕，雨似天將曙時乃止。

初四日　早小雨　風未息　四月十一日　星期六

　　九時起，楊器之來談，並送上照片等，因昨日會議所需要者，談半時去。閱昨下午許學源詩一首。彼喜作，予覺其未有進步。午後出門取相片，以風大未往各處，當即歸寓，檢詩稿並張春霆代辛亥起義同志會徵費啓一件，又竇秉鈞自述辛亥起義經過一文。此文本爲予代筆，竇未故之前曾與面閲後再交賀覺非者。竇起初，賀迭往請其作文，彼本不願作，以《回憶錄》第一輯出版後彼見范、梁、章諸人所爲文，以爲技止此耳，遂有寫彼曾任當時師長經過，予許以代爲寫之，蓋就其自傳變爲散文者也。下午閲雜書，晚十一時寢。

初五日　晴　四月十二日　禮拜日

　　早起，十時胡席儒來，午後外出一次。

初六日　晴　四月十三日　星期一

　　早起，連日咳嗽已愈十之九矣，往後天氣潮熱必全好，惟營養欠缺可慮也。囑内子至參室領薪歸，下午匯廿元與鄂城。

初七日　晴　四月十四日　星期二

　　閲報無多事，西藏事看印度情形尚曖昧也。天氣好，擬約張祖培去遊洪山。今春未見菜花盛開時，更未聞蛙聲，此是三春上旬，過此無春光明媚矣。年年佳日少，負春景多多，轉瞬孟夏草木長，只有坐室詠陶詩而已。

初八日　晴　四月十五　星期三

早起外出一次，午後一時約張祖培同遊洪山，乘三輪車去，三輪車回，省減時間，來去共價一元二角，以兩人坐計算，可謂廉矣。在寶通寺上下一遊，予前四年同志純、華甫、愈友、校文諸君遊此寺，今阮華甫謝世三年，此友性忠厚，可惜也。見寺中樹木花草，坐石上，心目恬然。就寺中食麵一碗，站隊一時許。據說今日人少，尚屬幸運得食。遇紀雪昉到，參加予與張君，食費由紀代付八角。如此貴麵，在過去價值一角尚不夠也。歸後小睡一時許。

初九日　晴　大東風　四月十六　星期四

六時起，近來天氣長，晨五時天即曙，夜間短二小時，睡遲感眠不足也。

初十日　晴　四月十七　星期五

外出一次買物不得，歸後聞博物館有人來訪，未遇也。今日訪愈友，談片刻。訪醉石未遇。陳少武來取雞蛋去，予未歸，彼存此詩稿竟忘取去。

十一日　晴　四月十八　星期六

早起，十時博物館許君黃陂人。來取去辛亥材料並照片、碑刻共十二件。書條交彼手，另在予存條上簽字去，言明照片複印後仍還予與楊器之先生。

十二日　晴　四月十九日　禮拜

早起閱報，午後外出一次，晚間醉石來談並送來石章一枚，刻法甚好。

十三日　晴　四月二十日　星期一

劉靜山來爲其弟取書去。今日買小菜不得，近三日益見緊張，雞蛋黑市亦無來者。

十四日　晴　有月色　大北風自上午十一時起　至夜尤大
四月廿一日　星期二

閱報，印度爲達賴支持一切，其國各報言論詆毀中國並攻周恩來，以後態度如何難逆料也。晚間風大轉寒。醉石來托買麵筋。

十五日　晴　月色大佳　四月廿二　星期三

今日小菜不易買，下午夢閑至南湖周穎翁處買菜不得，雞蛋無有也，設法買得蒜苗一斤，包裹而歸，否則南湖區不易行也。城各菜園不能去買菜，有檢查人哮吼，要百姓至菜場去買，菜場一早搶購有分量的，買藕及豆芽、豆腐俱要居民組長發票方能買，買不到手則碰運氣而已。噫，奇事矣。下午三時得遲生信，昨日所發者，云各藥物並匯款均收到，鄉間各祖墳看過，萬氏病亦轉好了，須吃檸檬精能止心中痛云云。

十六日　晴　月色佳　四月廿三　星期四

閱報，仍如昨所載各事，晚作詩二首，記月光好兼懷張肖鵠。

十七日　晴　四月廿四日　星期五

今日博物館送來捐贈辛亥文物謝條二張，一張係分與楊器之者，明日當交去。晚同內子、香生去觀漢戲，俱爲童子班，唱做均好，即清代之科班戲齣，非幼童練習不可，下海之票友者唱雖好，做終欠工也。

十八日　晴　四月廿五日　星期六

今日菜場買小菜，憑摺每人買二兩，予家可買六兩豆腐。要票可買二塊，然不易到手，且現在之二塊不及從前一塊質量也，仍須上午五時站隊候之，奇矣。連日報載西藏事，印度支持達賴已一旬矣，餘爲北京人代、政協合開大會選舉主席及以下職官事。晚至政協看電影演十三陵水庫工程事。

十九日　晴　大北風　四月廿六　禮拜

今晨買菜，每人一兩半，予家買得四兩半。有三家共得一萬苣者，如何分法，歸去以刀切之。有一人給菜後得一萬苣，以手投之路側，更好笑矣。以後菜之分配如何，尚難逆料。

二十日　晴　四月廿七日　星期一

今日報載人代大會選舉領導人員名單昨已通過。上午至楊器之寓換唱片十五張送博物館，收捐件證據，與之談半時出，至愈友處談半時歸。晚間補作詩二首，劉問山請寫字作畫共七件，交其兄靜山轉付，並借予《雷鶴皋抄本》二本，談片刻，欲以《科學大觀》囑售去。許邦義聞已來取書，值予出，約以明晨再來。

廿一日　晴　四月廿八　星期二

早起閱報，人代大會選舉劉少奇爲主席，宋慶齡、董必武爲副主席，謝覺哉爲最高法院院長，檢察長仍爲張鼎丞，朱德選爲全國人代大會委員長，餘西藏、印度事。十時許邦義持博物館籌備處長李振凡函並該處收條一紙，取去予著《太平天國與湖北》一本去陳列，後不久必見還云云。得孫愚夫函並作偈言一章相示。

廿二日　晴　四月廿九　星期三

早起聞内子購得豬肉四兩，各家如此，兩月未食肉，總算今天有辦法矣，尚未到孔夫子不知味時也。連日春晴，惜無與我同遊者。春日遲遲，念及老友阮華甫沒已三年，易泮香住在水果湖亦半年不見，倘如從前住大朝街，予必約之同遊。現時同學在武昌者，僅易與張朗丞、曾雨村三人。張年八十一，前月尚見之。

廿三日　晴　四月卅日　星期四

報載各事仍如昨。下午二時盧智泉來談一時餘去。昨間外出購物不得，僅有廣州橘柑酒賣，買一瓶歸，南酒、汾酒無有也，廣州甜酒尚有數瓶，聞近來銷售甚多，不飲者亦得此點綴而已。

廿四日　陰晴不定　五月一號　星期五

今晨各商店及合作社人擠滿，以爲有物品大量供應也，乃大失所望。購汾、南酒均要組織上給票，有限制。新熬糖粒極劣，舊存者紙揭不開，然每粒須四分或五分，並無他物，群衆遂散去。十時有遊行者示威運動，對西藏、印度事也。下午接施方白自寧來函，住址爲慧圓里三十號。

廿五日　晴　五月二號　星期六

今日未出門，下午向戲院購票囑內子去看戲，明午戲。晚間定生自瀟口回，問以各事。

廿六日　陰　午後二時陣雨　夜間時時陣雨　五月三號　禮拜

閱報無多①，北京會議尚未閉幕，但無特別記載也。

廿七日　晨四時陣雨　七時以後陰　五月四號　星期一

今日未出門，劉靜山來談。予寫信分給許學源、周鵬程，來入博物館徵求辛亥文物材料通知一件。

---

① 多，應爲"多事"。

廿八日　陰　小雨　大北風轉寒　五月五日　星期二

今日可爲記憶。一爲昨夕之夢，賀葆三與予在衆人中代白一事，似在黄岡。二爲丙寅此日，予赴沙市局任，今晚大雨，所屬職員俱上大吉輪各艙住宿，予與内子蕙芳及二嫂在福昌旅館空房歇息，九時以後大雨未止，以心緒煩亂，一夜未眠。三爲下午接易伯堂函，知泮香同學去臘初三病故矣，心傷久之。泮香爲予至友，晚景頹唐，更缺衣服及零用，其子婦五年來供養，僅有飯吃而已。湖堂同學前年阮華甫病死，去臘杜衛初死，泮香亦臘月死，則予不知也。四爲沈碧舫着人送來自京由葉宅托彼帶回已裱六尺對聯一副，未裱蠟箋行書條二張，檢看確爲予前五年佳作，可喜也。此四項一爲幻夢，二、三述傷心之事，四則原物回鄂，予以爲不能還原者。設非沈老至京開會，予更不便向葉宅索回也。晚九時寫復鵬程、肖鵠、學源三信，並告以泮香病故事，又復泮香子一件，備明晨發出。

廿九日　早小雨　旋轉陰晴　今日立夏
五月六日　星期三

早起，閱報無多事。印度受人攻訐以後如何辯論，可再看如何耳。命小孩發信片共五件，接愚夫函並詩一首。

三十日　陰　時有小雨　五月七日　星期四

今日氣候欠佳，未出門，閱愚夫詩，爲之改正寄還。晚寢多可笑夢境。

四　月

初一日　陰雨　五月八日　星期五

今日陰雨未出門，晚敖雲門來談甚久去。連日小菜不易買，又限以數量，先頒發票然後買物，不可相移挪，如白菜即不能買豆腐，買豆芽即不能買藕也。十時定生自工地歸，謂挑土任務已畢。

初二日　陰雨終日　五月九日　星期六

今日未出門。午後志怡來，持上海舊書店回信，竟出價一百元收買彼自汴帶回之《彰德府志》，乾隆廿五年印本，計十本，比明版書貴，較之宋版書不相上下，怪哉。漢口書賈前出價卅元，後增至五十元，彼售者大約上海書店有買主托其收耶？凡事不可料如此。

初三日　雨　五月十日　禮拜

今日因時有雨未出門，在家清理書籍，檢舊稿多省之。晚十時半寢後聞玉兒自胡林來，略問各事遂睡去。

初四日　上午陰晴　午後四時仍雨　五月十一日　星期一

昨夢極雜，不必憶及。連年每月必有夢，靈驗者極少，且十有九無理不可思議者，腦筋已受傷也。午後一時至醫院看病，便取詹國才處存書。在醫院久候，嶧儒亦來看病，與談甚久出，雇車行。歸途遇雨，歸後吃飯增加。無菜而飯量加，時時腹饑，何耶？

初五日　陰　小雨　五月十二日　星期二

今日閱報，日內瓦四國外長會議昨已開幕，爲解決德國和約事，東西德均有代表出席。美英法與西德爲一氣，東德與蘇聯爲一氣。議將來發言，彼有四數，此僅二數，形勢優劣可知也。午後陳暢如來，爲予寫信與李實請囑李振凡印日記事，以提要一頁與之爲資料。中醫教員方中杰由崔祥珩介紹來問《易經》五行事，中醫教本重陰陽五行故也。予對《易經》向來不願意研究，以前雖有師承，終覺此書枯燥無味，僅以所知者向方君言之，或有未當也。晚七時訪劉靜山略談出，訪葉福五談半時歸。

初六日　雨旋晴　下午仍雨　五月十三　星期三

早靜山來看抄本並爲友人買《黃梨洲全集》，談片刻去。

初七日　雨　五月十四日　星期四

今日因雨未出門。接孫愚夫函件，初八日到其寓吃麵食。許學源函云題日記箋事須候課畢後。午後陳暢如來，予日記共字數略略估計約有四十五萬字，然恐不止此數也。彼爲予寫信與李司長問及此事，囑博物館協商如何印法。晚寢後有蚊咬頭面，連夕如此。

初八日　早陰　午後晴　五月十五　星期五

早起閱報，十時乘車至益善書店問信，便訪馮亞佛談片刻出。途遇藍文蔚，立談片刻。李倘過，與談數語，彼亦看病歸去者也。飯後囑內子至參事室取薪水歸，予小睡半時。六時尚志怡來，代予取書送益善店。午後匯款至鄂城。

初九日　陰　小雨　五月十六　星期六

早尚志怡送來益善書款十四元，云其書已賣與益善百元矣。設無上海舊書店來函出價百元，彼等五十元亦出不上。天下事不可測度皆如此例也。十時孫愚夫囑保姆送來油餅十枚，因約予昨日未去特送來者。來時早，不然予擬十一時渡江去矣。飯後予外出一次。

初十日　晴燥　五月十七　禮拜

今日閱報無多事。午後汪金門、劉振群來談半時去。

十一日　小雨　陰　五月十八日　星期一

今日往詹君處取《梨洲集》歸，下午送劉靜山，請渠通知其弟取去。晚間周時德自沔陽來，向醫院求診其疾者。晤愈友，談一時許。

十二日　小雨數次　五月十九　星期二

寫信給吳端偉，托其在宜昌購茶葉，並囑其再訪王文旆、胡文卿一次，轉以予之近狀相示。

十三日　時雨時晴　夜過子正大風忽起　雨達旦
五月二十日　星期三

早起，今日寄函與吳書店及博物館許邦義。下午二時至醫院看病，照X光，西醫給水藥，謂予肺病已愈，結核已無，只有疤子一枚存在。此殆昔年在同仁醫已治癒而疤子存在耶？中醫給藥膏二瓶，名潤肺百花膏，醫學院自製新出品也。現時缺藥，不知弄些什麼藥用餳糖兌熬者，持歸開瓶沖服，完全稀水膏，俱是餳糖水而略有藥味而已。

十四日　大風　陰寒甚　五月廿一　星期四

昨夜十二時後西北風大起，天氣轉寒，起檢絨毯加被上。足冷，睡亦未穩也。八時起，漱畢閱報，無多事。以大風雨未能外出，在家補寫舊詩於正冊上約三十餘首，大約當須五日可將近三年之作補完。

十五日　晴　月色佳　五月廿二日　星期五

今日下午大冶李逢春來談一時許，求寫大紅對聯一副，送予罐頭橘子一聽，據說係去春所買，重慶食品也。又枇杷約二斤。予問以大冶各事甚詳，皆卅年前事也。

十六日　晴　月色佳　五月廿三　星期六

今日午後一時葉福五來談甚久去。葉今年九十歲，尚能步行到予家，總算身健，稱人瑞也。三時接校文、愚夫函，又接哲之函，述汪金門轉告陳少武病重事。予半月未與見，遂匆匆乘車去看。少武口不能言已七日矣，心動視心口似有無限痛苦者。其子媳均在陝西，女子以工作忙又不能在家照料，一任其候氣絶耳。傷哉。以手作勢與予表示而已。予立間約十分鐘，彼尚與予握手，可憐此即爲永別也。陳今年八十五，去春始得文史館職，酒食不缺，而此時物資營養全無，以致於此。予與其同居王嫗談數語出，至愈友處坐談半時即乘車歸。晚飯後未寫字，十時即寢，多夢。

十七日　晴　五月廿四日　禮拜

早起閱報無多事，午後爲李逢春寫對子，劉問山來談並送自刊拓本，仿朱雀瓦、未央殿瓦二式，頗新穎也。金門來談並述潘善伯謝世已一旬，此則予所未知者也。陳暢如今日搭車赴西安調病，昨晚來與予言，謂李振凡處已通電話說明印書事也。

十八日　晴　午後小雨　晚十時雨　自是雨達旦
五月廿五日　星期一

早起，十時許邦義送照片五件來，並答復《革命詩選》之印行須俟譚秘書歸再商洽，總之現時漢口缺紙，不易辦到即時印也。武漢軍區司令部公函介紹胡禎祥來見，爲北京博物館準備今年國慶日徵集太平天國文物資料者。據稱京中知道予有太平天國關於武昌著作，特來訪問。予與談半時，屬其徑到湖北博物館去看材料。吳端偉自宜昌詳各事並告以王文旆、胡文卿近狀。傍晚外甥媳來，云甥女艾惠玲同萬氏到省住其家。近時缺糧者多，女人無知，逕來此何爲耶？

十九日　雨　寒　五月廿六　星期二

早起，小雨未止。九時王季耕來談宜昌各事，自宜買白糖已溶解成液體。據說先係砂狀糖，見熱溶矣。又橘精酒一瓶，重慶出品，非五年前之酒，大概以南酒兌橘汁成之，水佔三分之二，得怪味。近時各省市出品均如此，不必駭疑。

二十日　晴陰　五月廿七日　星期三

今日往馮宅看通志，囑其晚間送來。看玉兒家中六口正食稀飯，無菜佐之，亦可憐也。

廿一日　晴　五月廿八日　星期四

今日下午往旺素寓取《十三經注》一册歸。下午看病得藥水一瓶，楊醫生要求給川貝、杏仁□茶喝，承其許給少數，彼謂此等貴藥不常列方云云。

廿二日　晴陰不定　五月廿九　星期五

今日渡江至吳姓舊書店看抄本及張之洞奏摺，彼前日云藏以待予看，至則云已買去矣，真奸商説話無一句真的。聞徐行可在漢口與此輩談得極洽，或互相換書，徐亦彼輩一流也。三時候三輪車，至四時半方得一輛，乘至孫愚夫寓，與談一時許，就其寓食小餅子三枚，匆匆出寓至電車站搭車歸。到家以時間交通關係已七時一刻矣。

廿三日　晴陰不定　五月卅日　星期六

今日補寫詩稿，晚間清書數。書賈午後三時取書去，欠洋十元未付。

廿四日　晴　小雨　陰　五月卅一日　禮拜日

閱報無多事。吳書賈送來《美術叢書》昨日未閱，今日一一檢閱過，取材多但題畫册、畫卷者全錄之，則予不願閱也。

廿五日　陰　晴　小雨　六月一號　星期一

今日爲兒童節，十時乘車送書款與亞佛，請其點收。便訪謝子年，問清光緒丁酉楊壽昌在黃岡請張道人求雨事，彼能詳記述之。因彼正在診病人，未暇多談，約以改日再訪。彼誦黃岡□君和予壽詩，原原本本記得二首。謝今年七十，在武昌行醫已卅年矣，腦筋甚清。予別出，訪張朗丞，談片刻歸，遇穎蓀，告以泮香病故事。

廿六日　晴　六月二號　星期二

閱報。洗硯，作山水畫未成，遂止，原擬送劉振群者。

廿七日　晴　六月三號　星期三

五月快臨，偶見錦蔡開放，觸動予舊時觀念，心胸抑鬱，以起作詩二首未成。

廿八日　晴陰不定　大風　六月四號　星期四

今日無事可記，報紙純爲宣傳性質，未看時想看，看後無事可記。

廿九日　晴　六月五號　星期五

上午剃頭一次。久未理髮，頭暈目眩，上重下輕，虛火上炎，每以事冗或忘此事，今日剃髮似心中稍爽矣。

五　月

初一日　晴　六月六號　星期六

今日報載六月四號廿一時四十九分，當是夜間，美艦駛入我國閩屬平壇、馬祖島地區海域，外交部提出四十九次嚴重抗議。

初二日　晴　夜間熱甚　六月七號　禮拜

今日匯鄂城十元幫濟家中，並囑遲生寄米票與艾宅。又匯一元一角至北京買太平天國資料一本。夜間熱甚，未蓋單布，與六月天氣同，今年氣候不正常如此。

初三日　晴熱　午後八十一度　五時南風暴雨約四十分鐘乃止　夜雨特大　爲近五十年所無
六月八號　星期一

上午閱報，接魯祖軫函述大冶生活。正午天氣轉熱，寒暑表至八十一度。三時悶極，四時五十分天沉暗，五時大風雨驟至，水深數寸，約四十分時乃止，天氣轉涼矣。予十時寢，轉鐘四十餘分時大風暴雨至，特別大雨，似一九五四年大水災時情狀，當時雨雖大，未如此之久。自四十八分至次日上午三時雨稍小，旋自三時廿分至四點半再稍小，四時至五時四十分大雷電。以風暴雨如注，各家喊屋漏，水進天井中堂，蓋街上水深一尺至二尺矣。

初四日　晨一時至六時大雨約共五小時　午後晴
六月九日　星期二

今晨一時予起三次，室內書籍及床帳均雨漏濕，雷電交作，風雨增寒，氣候之變如此，可懼哉。從前五四年大雨有如此狀者一二次，但時間無此其長也。屋前舍水深六七寸，街水浸入者，推想倒塌房屋武陽三處不在少數。予以疲勞甚，早補睡二小時，九時起後聞各街有淹死人者數處，總算一種災異事也。

初五日　早陰旋晴　六月十號　星期三

今日端午節，街市冷淡，非去年也。各機關未放假，予以足軟未出門。午後云曇華林及某街淹斃婦女。小學生者數家，室中有漬者正在排清以出污穢之水、爛衣服，又云雨急，街中有魚躍，蓋江湖水泛出者。

初六日　晴　六月十一日　星期四

今日上午閱報，思出門，以足軟未能行也。疲甚思臥，方痛甚。下午許厚生來述各事，刺刺不休，予臥床上偶一答之而已。晚仍疲，似渴睡不足者。夢出遠門，住一小棧中，先有湖南二人，一年長白髮者。繼與夏丙丞出街市，途遇小雨，予先得一車乘之行，程稚松與夏僕共乘三輪，稚松連呼背受雨濕矣，遂與同回此棧中。予似無事可謀者，囑夏僕將向秭歸，又似公安去借款，又不知何以寄函回家說無可就之事也，遂醒。憶稚松没逾十載，近六年來始夢一次，傷哉。故人不知轉生何處矣。光緒癸卯，予今日由本籍赴省試，今未能忘此景。

初七日　晴熱　六月十二　星期五

今日報載蘇聯對會議讓步求和平，但是否得美英同意，下次會議再看。汪金門來談各事。定生入醫院再檢查其疾，但此期不能應考，自誤三年，不聽教訓，以至於此。

初八日　陰　晴　小雨　六月十三日　星期六

早起，午前未出門。今夕爲予七十四初度，下午七時半天尚未黑。思從前先母言予降生時，祖父冠群公在江家院看夜戲上半本畢歸，值予生，則是已爲子初矣。因夜戲上半本有四齣，以漢戲唱做計算時間，須黃昏後開鑼，十一時半方停止上半本也；下半本唱畢已至次日四時，聞甚有唱至天明方歇者，此吾邑五月端節至大會演戲例也。予成童至弱冠邑中五月會戲均未改此例。近年推算予造，已改爲初九子時降生爲最準，則惜族譜未改耳。菊生原說今夕來取款，明日送萬氏搭輪回縣，竟未來。八時玉兒帶小外孫來坐談一時餘，内子未歸，只得命玉兒早回，彼云明日星期有工作也。鄒江濤來談一次。

初九日　雨　午後晴　六月十四　禮拜

今日無客來。傍晚菊生來取款廿四元去，言明日甥女與萬氏同回搭船也。十時頭暈早寢。

初十日　晴　六月十五　星期一

連日暈眩之疾大作，未能出門，在家亦未能作事。精神疲甚，静臥三四次乃稍好。

十一日　陰　六月十六日　星期二

頭暈不愈，亦未往醫院求治，蓋求治無益，徒在院候時間、嘔氣而已。閱報，會議四國會已匝月，終未達成協議。近六年談和事未成，可推想矣。

十二日　晴　六月十七日　星期三

閱報無多事。以後須改《湖北報》，載本省甚多，較《長江》甚詳。寫致肖鵠信，彼兩月無信來，不知何故。

十三日　晴　六月十八日　星期四

閱報，閱雜書，清理桌上、屜內凌亂書籍、文具之類，心目一爽矣。午後修改七十四初度二首。得許學源為予題箋十頁。昨今兩日頭暈甚。

十四日　晴　曇　六月十九日　星期五

今日下午出門購蚊香，便訪楊湖樵問巴東劉嘯皇信息，彼云已三年無函來，其生存不卜也。便訪愈友、校文談片刻歸。

十五日　曇　下午二時雨兼北風　甚寒
六月二十日　星期六

上午出門買物無所得也。下午至群眾場看楚劇，僅《呂蒙正趕齋》一齣唱做出神，餘則《南吳漢殺妻》，從前京戲看過，名《斬經堂》，此則與京戲稍有別，然其腔調非予所喜也，未完即出。以衣單受寒，至照相館翻照底片，該店錯帳，又耽延半時歸。即換衣褲乃生暖，否則病矣。今日報載華沙十九日電，中美大使級會談又開第九十次會議，十九日又在華沙舉行矣。開會歷時一點四十分，雙方宣佈下次七月廿八再舉行。憶此會歷時三年餘，何時結束宣佈其公報耶？

十六日　陰　晴　六月廿一日　禮拜

五時半起，因昨夕睡甚恬也。報載四外長會議決定休會，俟七月十三恢復工作。蘇聯又建議使外長達成協議，對前擬全德委員會期限加半年爲一年半，不知西方國家採納否。

十七日　晴　六月廿二日　星期一

今日寄一片與科學出版社，囑他將一元一角書價退回。既無書亦不回信，不脫奸商書賈習氣。

十八日　晴熱　六月廿三　星期二

早起，閱報無多事，政協開會，未見若何記載也。午後一時唐醉石、紀雪昉先後來談。晚間蔡天民來，知其由浠水又來政協開會也。彼自云今年六月七十六初度，有病，頭暈胃痛等等。予勸之入醫院求診，總之年已老矣。

十九日　晴熱　六月廿四　星期三

閱報，四外長會議已休會，俟七月十三號復議，以後是否圓滿結果不得而知也。午後甚熱，欲出門看病未果。

二十日　小雨　晴　六月廿五號　星期四

閱報，廣東水災甚重，發動民衆防水，似甚緊張。午後本室黃山農主任來探予病，謂統戰部欲聘予參加改修省志，予婉謝之，謂病暈眩特甚，足軟不能行。結論謂如需顧問太平軍及辛亥起義事或野史史料等，予可備顧問，儘量告知同志也，乃去。

廿一日　陰　晴熱　六月廿六　星期五

今日至湖北中醫院看病，醫生姚姓，黃陂人。欲開水藥方，予拒之，謂有川貝、杏仁、半夏等等乃爲予立方，否則不必開方。彼笑謂三藥俱缺。總之去秋到今，治喘者不以此主要之藥而以代用品胡亂開方，非治病對症也。求診者不敢問理由，如此醫院謂之何哉。報載六月廿三號九時美機一架兩次侵入廣東西沙群島永興島上空偵察，我國已提出五十次嚴重警告。

廿二日　陰　夜七時小雨達旦　六月廿七日　星期六

閱報，美機六月廿五號九時以後，兩次侵入廣東西沙群島上空偵察，我外部已提第五十一次警告。寢後咳甚，未安。天順自鄉間來。接肖鵠來寧函。

廿三日　雨終日　轉鐘以後雨更大　六月廿八日　禮拜

早起閱報，美機廿六號復至廣東西沙群島上空偵察，政府已提出五十二次警告。今日自朝至晚又大雨，聞廣東、西水大未退，吾鄂將來水災可慮也。今日午後大雨，晚十二時以後大雨如注，予起接漏，心煩甚。

廿四日　晨雨　午後晴　夜見星斗　六月廿九號　星期一

閱報無多事。今日未出門，悶坐而已。夜寢思往事，心煩亂殊甚。七十三歲匆匆過去，日月如梭，其不料七十歲後流光如失何如此之速也。年諸事不得意，又多病，營養之品無有也。給天順以予近照二張帶胡林，心多感慨。

廿五日　陰　晴　曇　氣候倏變　悶甚　九時半大雨
自是轉鐘三時乃止　六月卅日　星期二

天順二時即起出門去，予七時乃起。今日天悶不可名狀，乖氣也。午後二時劉靜山、鄒嶧儒來談沙市事甚久去。內子以糧票一斤並八角八分錢買得餅乾一斤，現不要分配餅乾票亦可買餅乾，是爲恩典。晚早寢，九時半大雨如注，十時一刻稍止，電光照耀紙窗上，雷震耳，勢甚駭人。

自後入夢，奇離殊甚，赴某地考試，同行四人，僅識張朗丞一人。

廿六日　早小雨　午後晴陰無定　七月一號　星期三

早起，閱報無多事。《湖北報》與《長江》無高低可比也，職在宣傳而已。午後雇車出外購物，因前數日傳言七一節有食品等等出售，僅買得餅乾四兩，要糧票；衛生香二盒，每盒六盤，六角五分，細如燈草，可謂貴矣。歸時便訪愈友，遇校文在座，談甚久出。晚補昨夕夢境得詩二首。

廿七日　陰晴不定　時有小雨　七月二號　星期四

閱報無多事。連夕夢多而奇，特不知何以如此。午後外出一次。

廿八日　陰晴不定　七月三號　星期五

今日至醫院看病，老醫師黃姓，隨縣人。診脈過細，談予病亦精細，給以川貝枇杷露二瓶歸。晚十時寢，夢更奇特，似已回胡林，生沒人俱見之。塆中爲予製一大棺，予見之謂何須如此巨木耶。餘爲奇離雜事而已。前夕夢境以詩二首記之。

廿九日　晴　七月四號　星期六

閱報無多事，不閱又恐有事也。午後外出取回修理之牙托，去洋二元。唐醉石來談片刻去。

三十日　晴熱　七月五號　禮拜

五時醒，同屋江西婦人喧嚷怪叫不休，其夫默然。予不能睡，遂起閱報，無甚事，"大豐收之處甚多""油産豐富"等語兼旬如此記載也。今日十時取舊時未毀函件，僅楊子榮師函寫作甚佳，餘則同學友交深者函件尚多，擇存者三之一粘之，如秋舫、召欽等；其書法不佳者亦粘存數人，如福蓀、立群、戴孚夏輩可紀昔年人事交際者亦粘數件，其近五年間信件亦粘數封，皆生存者也。

六　月

初一日　晴熱　九十二度　七月六號　星期一

閲報，美艦侵入閩平潭白犬地區，七月四日多次遊行窺察，已提出五十四次警告。下午五時半訪愈友，談半時歸。

初二日　晴熱　九十二度　晚更熱　七月七號　星期二

閲報無事。四鄉似有割新穀者。接傅如昭復函，商藻亭尚在。

初三日　晴熱　九十五度　今日小暑節
七月八號　星期三

報載美艦七月五號下午又侵入平潭白犬地區窺察，我已提出五十五次警告。下午参室轉政協通知，爲三烈士就義地址遷移會議明日下午二時須參加云云。

初四日　晴熱甚　九十五度　七月九號　星期四

今日爲"七七"①，丁丑年日寇欲吞中國之戰起紀念日也。今已十三年，日本亡國投降後尚在美國鐵蹄壓力之下，天之報施不爽如此，可畏哉。下午七時沐澡後訪葉福五談半時歸。夜寢熱甚，夢先母居舊宅中似貧狀。

初五日　晴熱甚　九十六度　七月十號　星期五

就陰曆説，六月初五日下午六時學署放榜，在光緒甲辰，是日予入學。叔祖禮門公、先師涂小舫俱在予寓，喜甚。表兄劉金魁看榜歸來，

---

①　七七，疑有誤，本日爲公曆七月九日。

到寓門在人力車上大呼"進了"，從車躍下。回憶情況，今五十六年一瞬耳。予年老體衰，當時係年輕秀才之第二名。其第一年輕者程稚松年僅十五歲，於抗戰勝利後半年卒於上海，未六十也。甲辰學額四十八人中，今存者僅予一人爲碩果矣。晚寢熱甚，時時起床。轉鐘後夢吳質卿先生被汽車撞死臥沙中，復活與予言，囑予隨大衆廿餘人從直行，彼則另從一路行矣。吳先生沒已半年乃見夢。

初六日　晴熱甚　七月十一日　星期六

夜睡不安，早起閱報，多宣傳事。今日爲六月六，舊代曬書籍、衣物等等。予書籍於抗戰時散失，存者自鄉搜求，不過百分之一二。五年前賣去衣服，自解放後變賣爲生活之資，早已罄之矣。今日無可曬之物，僅記先君述六月六爲其一生快活之一日而已。

初七日　晴　極熱　九十五度　七月十二日　禮拜

照例閱報，云十三日日內瓦外長會議可復會，靜待發表公報而已。此次能否走到和平道路，且看將來耳。

初八日　晴熱　九十五度　七月十三　星期一

閱報無多記載重要者。漢載電文七月十三十時半美機又侵入我西沙永興北島上空挑釁，我已提出五十六次警告矣。下午熱不可耐，晚六時大風忽起，天氣轉涼，早寢甚安。今日徐裁縫自鄉間來，問以各事。

初九日　晴熱　午後九十五度　七月十四日　星期二

今日早出門看病，便訪廖國才。又至圖書館借回《太平天國日誌》，郭廷以所編者，民廿九年在重慶出版，考據精詳，可爲資助，予常補入吾集中核對戰情況，真好資料也。昨日起患腹泄。

初十日　晴熱　七月十五　星期三

熱甚，未能作一事。今日仍腹痛，泄稍止。美艦侵海區，我已提五十七次警告。

十一日　晴熱甚　九十六度　七月十六　星期四

閱報，看雜書，寫復各處信四封，均發出。晚熱，睡不安。

十二日　晴熱　九十五度　七月十七　星期五

今日參室開會認儲蓄辦法，予以熱甚而足不良於行未去。晚汪金門來述今日認購辦法，大約予須出廿四元。未幾，李健侯來談今日認儲蓄事，予定爲廿元，分五個月扣畢，明年還本，並帶統戰部開會口信，囑予整理雜著，十月一號以前送博物館展覽，坐一時許去。

十三日　晴熱甚　九十六度　晚更熱
七月十八日　星期六

今日熱，心煩亂，未作事。且腹泄亦未愈，悶坐室中，手不停扇。

十四日　晴　極熱　九十七度　晚更熱
七月十九日　禮拜

今日極熱。下午吳端偉來談《湖北省志》錯誤事，黃梅縣係陳志純主稿所編者，爲該縣派人來省交涉質問，並須追出原稿，不即追究責任云云，似難爲情也。聞志純交稿與志館同人，云彼之此編不准增減一字，衆人猶記之，以此言證口實也。噫！當初自信如此，現在如何轉口耶。凡事不可先説狂話，自抬身價如此。晚熱甚，就堂屋支鋪，十一時方進房，睡未安穩。報載美艦又侵入平潭白犬地區領海，我已提出五十八次警告。此係廿號北京電。

十五日　晴熱　九十六度　七月二十日　星期一

閱報無多事。今日熱甚，寫信致程少松問二事。

十六日　晴熱甚　九十六度　七月廿一日　星期二

今日上午極熱，晚亦不能睡。

十七日　晴　極熱　九十七度　七月廿二　星期三

閱報，美艦又侵入平潭白犬地區挑釁，我已提出五十九次警告。

十八日　晴熱　九十七度　七月廿三　星期四

閱報，日內瓦四國會議有八個星期，無結果，休會矣。蘇聯在美國開過展覽會一次，聞美人贊稱。不久美國即將開展會，我想蘇聯亦必贊稱矣。和平在望，但全球人民望實現也。連日天熱難受。

十九日　晴熱甚　九十七度　七月廿四　星期五

天熱愈甚，室內外如烘，坐臥不知如何爲好。武漢每年有一次劫，以暑期苦也。夜臥堂中，又以蚊多不安。

二十日　晴熱甚　九十八度　七月廿五　星期六

今晨八時乘車至政協會議一堂，六十餘人，熱甚。予以熱難受，僅坐聽二小時即歸，餘人則須候至十二時矣。天熱，街上如火灼，下午一時室外百餘度矣。飯後臥地板上，稍心安，否則暈眩不止，汗如雨下。晚有北風稍涼。

廿一日　晴熱甚　九十九度　七月廿六　禮拜

今日奇熱，未能作事。各機關職員派人下鄉，助農人抗旱之人誠可敬佩也。

廿二日　晴熱甚　九十九度　夜間九十四
　　　七月廿七　星期一

昨睡不安，枕畔記作《苦熱行》一首，已成功起書稿本。

廿三日　熱甚　九十九度　七月廿八　星期二

極熱，不能作一事。午後臥地板上，晚間九十四度，室內如烘不能安。

廿四日　晴熱　九十九度　七月廿九　星期三

閱報無多事。天炎熱如此，昔年曾見此熱，未見此久無風雨也。武人年年過此難關也。夜間九十五度。今日鄒江濤寄詩來。

廿五日　晴熱　一百度　七月卅日　星期四

昨夜簡直不能睡，坐者臥者持扇不停揮起。鄉間抗旱之人真可佩其幹勁矣。復鄂萬壽山函，問其固定通信地。

廿六日　晴熱　一百度　七月卅一日　星期五

早起方着筆補抄天國史料。連日眼矇，不能多看多錄也。晚睡不安。

廿七日　晴熱甚　九十九度　八月一日　星期六

聞今日爲建軍節，食物大賣，但四時各食店已站隊數百人，前者有得一饅者，少數而已。興論謂此舉宣傳性質而已。下午二時一刻小雨約二分鐘。

廿八日　晴熱悶甚　九十九度　午後二時四十分狂風飛沙走石約一時半乃已　八月二號　禮拜日

今晨極熱，予上午即臥房中地板上。午後二時定生外出，不久有人同扶歸，云行至紫湖公園前一枯木吹折掠彼額上，幾擊死。此子今年以病不能再考學校。天熱如蒸，午飯歸來就吃，吃後未外出者此兩旬不過二三次。不知今午熱如此，何以又外出；外出而恰遇此暴風至，只打倒彼一人也。人之不肖，天作警告，幸目未傷。大概可能幾日不得外跑。

晚寢，以風後關係稍涼，早睡。

廿九日　晴熱　有東風　九十五度　八月三號　星期一

今日熱較昨稍好。思作事，以目力差未能多書，僅瀏覽《天國日誌》數十頁而已。

七　月

初一日　晴熱　九十四度　八月四號　星期二

早起外出買得法餅四枚，發信一件。天熱頭暈，不敢行遠也。午後萬壽山來一詳函。細閱知內情，云遲生已下鄉抗旱去了。四時寫復函匯六元去。晚早寢，轉鐘後稍涼，夢先母與予見面，旁有男婦數人，予跪地大哭，母亦哭。醒後知為七月，向例祀祖以中元為大節，敬謹行之三代人矣。母在時不準家中大小雖熱甚亦不能宿堂屋中，謂各祖宗於七月朔須歸家受享也。前輩傳留此語數代，予悉聞之。古所謂祭如在，必欲後人敬祖宗，不可失禮，亦非迂談也。夜十二時一刻，漢口四碼頭氧氣庫鐵桶氧爆炸，損失甚大。

初二日　晴熱甚　九十六度　八月五號　星期三

上午未作事。下午接陳哲之、袁養正二函。一年十二個月，今已過其半數。光陰似箭，予益衰老。回思前事，令人慨嘆無已。親友存者幾人，邑中富貴之家早已貧賤，此則可以君子之澤、小人之澤解釋之。報應之事，又在可信不可信之間耳。惟吾自思自祖父冠群公以下至於父母及予本身，又以遲兒不肖累予嘔氣之事不少，定生不聽教訓益增予心感。每至夜間思及，不能成寐，則傷心殊甚。噫！予從前不料予能活到七十四，更不料七十四而處此困扼傷感之境也。

初三日　晴熱甚　九十六度　晚間熱不可耐
八月六號　星期四

熱甚不能出門，靜臥室內地板上休息。今日又食西瓜一次，稍解煩悶。下午五時後汪京門來談，謂參事室與民革須用予所著《太平天國與湖北》一書開會研究，予許以請人抄一副本去，抄費由民革出款。傍晚漢口傅姓來，與其姊云初一夜十二時已過一刻，聞巨響六七次，火光大起，乃知四碼頭江干倉庫藏氧氣鐵桶者，以連日天熱如火，日光強烈，倉庫上下受日光烈襲，自炸鐵桶數十個，燒二小時乃已。火灼傷救火隊士及路人卅餘人云云。可見民廿三大旱時，浙江鄉間之穀草堆因烈日直射而自焚者並非奇事也。

初四日　晴熱甚　九十六度　八月七日　星期五

自初一至今晚，晚間室內而熱不能散，簡直手不停扇致不能睡也。予在室中以怕蚊故下帳求安枕。但臥後汗如雨下，欲起而抹又懼傷風，真以爲苦行。年七十四逢此熱季，熱得又長則實所未見也。九時以堂屋蚊多返房中。帳雖稀朗，手不停扇，睡一小時醒後頭額及兩脅汗出如瀋也。

初五日　晴熱甚　九十八度　今日申初三刻立秋
八月八日　星期六

今日立秋熱未退，堂屋用具均發熱，秋陽望之可怕。予臥房中地板上，不能外出一步。午後二時漢口文史館館員陶名瞌①，漢川人。以圖書館崔君介紹來詢問民十五大革命圍城事，予以知者告之，不知者囑其訪王季耕、曾雨村二人再問，坐一時半乃去。報載北京七月廿一號以來連續降大雨五次，七月一號至八月六號卅七天內共降雨五二一毫米。六號

---

① 瞌，應爲"溢"。

暴雨大且急，北京郊區主要排水河道有十二條漫溢或決口，郊區糧食及副食主地據不完全統計已淹農田二百廿萬畝，佔郊區面積三分之一。倒塌房屋二萬餘間，淹死豬羊一千三百餘，雞鴨三萬六千餘。二百卅六個村莊進水或爲水包圍，各水庫魚類逃溢他去。此次災情甚大，政府設法排水及救濟。南方各省正在抗旱，茲已四十二日未得雨。北南氣候變遷如此之大，則予有生以來僅見也。夜熱甚，寢後夢易泮香在酒館食物。予爲之會賬一元五角餘，衣衫藍縷猶昔。醒後知其已死半年矣。

初六日　晴熱甚　九十五度　八月九日　禮拜

今日晚熱無風，堂中蚊多，予遂早寢。房中手不停扇，略寢後夢已得宜屬某縣，正在覓人幫忙，旋又改枝江，繼改松滋，一刹羅間主三縣，自着急，謂此如何得脱耶。急遽間醒。奇怪之夢連年皆有，此則更異矣。

初七日　晴熱甚　九十四度　八月十日　星期一

早稍涼，閱書報一時許。接廣州傅如昭來信稱回鄂，兼述已晤商藻亭先生，與之談其近狀，見商住宅陳設之佳，人事身體俱好，稱爲天堂。噫！商之環境可羨，年壽高而無病更可羨，似徐蘭如尚不如其晚境，惟徐喜吃喝，知今年營養艱難，去冬無疾而終，亦前生所修也。徐同於商之年齡，卒時八十五，商則尚存，衣、食、住均佳，誠人瑞矣。

初八日　晴熱甚　九十四度　八月十一日　星期二

昨睡甚安，七時起閱報。此二旬均爲抗旱材料，寫抗旱人員下鄉工作情形。張世驥來詢辛亥起義前夕事，談片刻去。

初九日　晴熱甚　九十六度　八月十二　星期三

連日晚間有小風，十一時以後予即入寢室睡，大約有四小時可安也。孟夫人没已廿六年，今日爲其忌日。心念舊情，心傷甚，睡後又起，外出一次，與余□君在門外竹床上談約一時許歸宿。

初十日　晴熱甚　九十五度　晚八時小雨　以後大北風暴氣候轉寒　八月十三　星期四

昨寢有夢，在某地與程稚松、少松相遇，借一大機關電話詢各事也。今晨七時起閱報，老撾似有何動作，又蘇聯答記者函不試驗核武器，此種言論蘇已聲明七八次矣。晚七時半天黑似欲雨，九時小雨片刻，自後大北風起，十一時風更大，十二時以後寒暑表降至八十二度矣，一日相差十三四度，奇矣。予起數次，着夾衣寢。

十一日　晴　風　餘八十度　八月十四　星期五

八時起閱報，國務院展開抗災情形公佈統計。今年六月間兩廣發生洪水，廣東市區洪水，繼而遼寧、吉林、內蒙均有大水災。以後河南、安徽、湖北、湖南、江西、江蘇等省俱一月餘未雨，地區有中國中部。預報八、九月中尚有集中猛雨，均在此八省中，還要防災云云。晚九時即寢。今日王季耕來述各事。

十二日　晴熱　九十度　八月十五　星期六

早八時起，閱報無多事，所述皆抗旱勝利事。

十三日　晴熱　九十二度　八月十六　禮拜

早起，閱報無多事，僅言蘇聯人民於蘇首長訪美，將來和平大有希望云。下午匯款十六元與遲生，分匯六元與壽山轉交其姊。

十四日　晴　酷熱　九十九度　八月十七日　星期一

今日未作事，午後尤熱不可耐也。

十五日　晴　奇熱　九十九度　八月十八　星期二

奇熱，終日坐臥不安。予目力愈減，心煩甚。晚七時囑內子帶小兒至新橋頭河邊點楮祀祖以表心。蓋有生以來中秋祀祖無此簡略，心慘然也。十一時寢，熱甚，時起。

十六日　晴　奇熱　九十八度　夜間九十五
八月十九　星期三

午後清理史稿。晚寢熱甚，仍九十四五度，一連三夕如此。

十七日　晴　九十九度　八月二十日　星期四

上午未能作一事，午後仍整理史稿。晚寢不安，閱寒暑表九十四度。向來白日熱，晚九時必改涼，今年無之，奇哉。

十八日　晴　奇熱　九十九度　八月廿一日　星期五

上午閱報，下午整理史稿。羅國貞自縣來述各事。十時熱甚，以羅在堂屋宿，予入房中，悶熱甚。

十九日　晴熱甚　九十八度　晚極熱　九十四五度
八月廿二日　星期六

今日仍整理史稿。夜間天熱如白晝，不能睡。

二十日　晴　酷熱　早九十二　中午九十八至百度
夜十二時九十四度　八月廿三　禮拜

室內外熱如火，街市上如火罩全城也。表升百度，汗如雨下。坐者如此，行人及鄉間抗旱之人可知矣。蒼蒼者天，何其酷哉！下午有人轉相告語，昨夜鄂南公路局汽車報轉鐘三點時有一輛汽車歸局，至大成路口轉彎，不慎撞入街邊，已經睡熟之男女撞死十三人，傷廿餘人。幸此車抵於電桿中未再前進，不然死傷尤多。設天氣不如此奇熱，道旁夜無露宿之人，何至有此慘劇耶！

廿一日　晴　酷熱　今日處暑節　表正午一百度
八月廿四　星期一

昨日報載美機又在廣東大興島偵察，我已提六十二次警告。

廿二日　晴　極熱　九十八度　晚九十四度
八月廿五日　星期二

天熱如昨，未能作事。

廿三日　晴熱甚　九十五度　晚九十三度
八月廿六　星期三

今日出門買毛巾、茶葉並訪愈友談半時。陳志純之媳自京來函，云前星期車過保定時極目皆澤國，蓋自京郊發過大雨澤後又遭暴雨發山洪也。今年氣候奇旱奇熱，大水暴雨先有廣州，月前有西藏，上季陰曆六月十八甘肅玉門縣之鴨兒峽油井遭五小時之暴雨，積水沖洗一工地，死廿餘人，傷六十餘，倒屋、沖牛馬牲口甚多，見於姜嫂之子為工程師者來書，但報紙未載。奇異之災集於中國耶。

廿四日　晴　悶熱　九十六度　晚仍熱度不減
八月廿七　星期四

今日悶熱，不能作事，仍坐臥地板上。午後周親家送鹽蛋來，每枚二角，尚不算貴，且無他處可買也。晚八時臥堂屋中，忽發頭暈心慌，呼內子扶至床上又暈一次，十時以後出汗如瀋，十二時醒，不敢起床小溲，此為今年發暈最重者也。

廿五日　晴熱甚　九十九度　晚九十四度
八月廿八　星期五

今日休息未作事，午後仍臥地板上。下午五時內子去周宅捉鴨子二隻歸，備明日宰以煲湯者也。聞周媳自縣中來省住其母家，如此天熱，此女又有孕八個月，大膽如此，予聞之心忿而已。

廿六日　晴熱甚　九十七度　晚九十四
八月廿九　星期六

予以頭暈未作事，整理太平軍稿暫停一日。聞今夕有颱風來。

廿七日　晴熱　九十六度　晚八時大風　轉鐘以後風更大
八月卅日　禮拜日

天熱未能作事，仍臥地板上。下午二時周媳來述貧苦，予以簡語告之，頭暈不能起。其母同來坐一時去，給以二元當車費，囑早回去。予近三年以鄂城家事嘔氣，生子不肖，如此晚境則非所料也。

廿八日　晴　大風　八十八度　八月卅一日　星期一

今日執筆寫信，分致答各處。

廿九日　晴　大風　八十四度　九月一號　星期二

今日未作事，頭仍暈痛。連日天乾更甚，全無下雨之狀。報紙迭載武漢氣象臺大雨、中雨、小雨消息，全不驗也。夜間改涼，好睡。

三十日　晴　有風　八十度　九月二號　星期三

昨睡甚安，今日上午、中午連睡二次，約莫三小時，償從前渴睡也。羅國貞來述各事去。《人民報》載，華沙中美大使會談又於九月一號開會，歷二小時之久，是爲第九十二次，定下次在十一月三號再開。此會談已歷四年餘，迄未一示內容，可謂長期奇談也。晚至戲園看《追韓信》，九時即歸。

八　月

初一日　晴　有風　八十三度　九月三號　星期四

今日頭暈稍好，十時以後着筆補《天國與湖北序例》已成。萬邦興來談。

初二日　晴　有風　八十度　晚涼　九月四號　星期五

今日下午四時至醫院看病，仍爲孔醫生。五時半歸，途用電話與崔祥珩談借書及賀覺非不道德事。

初三日　晴燥　八十六度　九月五號　星期六

終日粘補太平天國舊稿。午後到醫院看病。

初四日　晴熱　八十七度　九月六號　禮拜

仍補舊誌，愈麻煩，頭爲之暈暈。

初五日　晴熱　八十六度　九月七號　星期一

以頭暈終止補添太平天國志。午後醉石、金門先後來談。

初六日　晴熱　八十五度　九月八號　星期二

下午紀雪昉來約去食點心，候二時許乃得食。人多，擁擠不堪，猶有候至一時許未得座位者廿餘人，遂自去。

初七日　晴熱甚　八十九度　早陰有風　九月九號　星期三

九時乘車至圖書館，調閱興國州、大冶、武昌鄂城。三縣誌，知縣欄與忠義門均與予著太平軍有對照關係也。十二時歸。下午淬成來，云其女於一號回縣，已有信來。

初八日　晴熱　八十五度　九月十號　星期四

今日較昨稍涼。閱報，印度反華口號，其國都人民罵公使館並示威。

初九日　晴熱甚　九十度　九月十一　星期五

今日至圖書館調閱縣誌，參考太平軍各縣戰事，上午十一時半方歸。途中坐車熱不可耐。

初十日　晴熱　九十度　九月十二號　星期六

今日再到圖書館閱縣誌，正午方歸。午後匯款鄂城。

十一日　晴　極熱　九十度　晚八十八度
九月十三　禮拜日

今日上午再到圖書館抄縣誌，又帶回沔陽等四縣歸抄。下午忽又奇熱至九十度。

十二日　晴熱甚　九十度　下午五時大風　八十七度
夜九時一刻下雨約一點半鐘　雨不大
九月十四日　星期一

今日在家抄志書。正午九十度，下午六時改涼。予九時一刻聞雨聲，自後連續，雨不大，約一時半乃截然止，乃陣雨也，室中稍改涼。

十三日　晴熱　八十一度　九月十五　星期二

上午八時半乘車至圖書館還書抄書，十一時半歸。下午七時鄒江濤來談二時許去，予以熱又抄書。右目疼痛，睡不安，起二次。

十四日　晴　早有風　八十八度　九月十六　星期三

早起目疾未好。閱報，蘇聯火箭聞已到月球，中國政府致電賀，對改善的罪犯大赦，表現良好的"右派"分子摘掉帽子。赫魯曉夫赴美訪問，將在聯大發表演說，皆新聞也。又美機於昨十五號侵入西沙永興各島上空偵察，我已提出六十六次抗議。

十五日　晴熱　八十度　中秋　月有層雲不見　轉鐘一時見　月色不佳　九月十七　星期四

早囑定生去買餅乾及味精等等，去價一元六角。接博物館程欣人函，知浠水係去年六月由省文化局職員陳上岷所寫文稿已見《文物參考資料①》第九期中，則前寫信與徐文煌、蔡天民等罔費力也。

十六日　晴燥　九月十八　星期五

閱報，蘇聯訪美似有好感，但看會談後何如。午後仍補摘抄縣誌。

十七日　晴熱　八十八度　夜半以後天氣變寒　九月十九　星期六

閱報，蘇美招待者似云可消除冷戰，望入和平共處路上，但看後來如何耳。姑志之。

十八日　晴燥有風　八十七度　午後九十度　九月二十日　禮拜

早囑定生去還書，九時敖雲門來談一時許去。報載九月十七下午一時美艦一艘侵入閩北犬地區海域，我提出六十七次抗議。又十九日十時再侵入白犬東境地域，我又提出六十八次抗議。今日下午氣候忽又變熱，

---

①　料，手稿脫，據實補。

雖有風吹，身上如暑際炎風也。距秋分只三天，如此氣候，奇哉。

十九日　陰　有風　夜小雨　十二時以後有大雨約五小時
氣候極寒　九月廿一日　星期一

閱報，赫魯曉夫談話占報紙四分之一，餘則抗旱勝利等等。下午金門來談，傍晚涼甚，有寒風，似別處已下雨。夜九時雨，轉鐘以後大雨約五小時乃止，計自五月廿六雨止至今已八十二天方降大雨。中秋前一夕雖有小雨，僅一時半即止。從此奇旱可望解除矣。亡兒根生今日忌日，思之泫然。

二十日　陰晴不定　氣候極寒　時有北風
晚八時小雨至天明　九月廿二日　星期二

閱報無多事，補抄鄖縣、南漳志，仍摘三項於簿中。

廿一日　陰　小雨時作　午後斷續大小雨至夜半止
九月廿三　星期三

早欲還圖書館志書，因小雨未命定生送去。閱報，廿二號美艦又侵入平潭縣領海，我已提出六十九次警告。

廿二日　晴　九月廿四　星期四

閱報，赫魯曉夫尚在舊金山等等處談話，受各處群衆歡迎云云，但尚未敘到訪美宗旨意義所在。前載赫魯廿八日須返蘇聯，則與美談話的本旨尚只有三天，且看下文如何。

廿三日　晴燥　九月廿五日　星期五

閱報，赫魯在美洲受人民歡迎。又載廿三、廿四上午美艦在福建平潭海峽地區挑釁，我外交部已提出七十一次警告。

廿四日　晴燥　九月廿六　星期六

上午閱報，赫魯曉夫已飛到華盛頓，大約三日內可與美國談正文矣。前日二人均是到各處演說社會主義之優點也。下午七時到文藝學院看晚會，奏改良或創造的新音樂及幼女十餘人跳舞，唱民間舊歌謠，予以不慣聞見此等曲調，九時以前遂歸。途逢及同出者多熟人，聞參事室黃乃真昨日病死在工人醫院云。

廿五日　晴燥　九月廿七　禮拜

閱報，各國政黨團均已到京，祝賀十年國慶紀念。又載美軍用飛機於廿六日上、下午兩次在浙江舟山、□山地區上空挑釁，我國已提出七十二次警告。

廿六日　晴燥甚　九月廿八　星期一

上午抄志。下午閱報，各地籌備十年國慶，餘則宣傳事多。

廿七日　早陰霾　晴燥甚　九月廿九　星期二

五時醒，以同屋人聲、雞聲嘈雜，六時即起，頭暈甚。

廿八日　晴燥　九月卅日　星期三

閱報，赫魯與艾森會談後公報宣佈國際情形，報上標題《一切國際爭端應和平解決，雙方達成諒解，恢復柏林問題的談判》云云，靜待下文再說而已。晏文章來談一時許去。

廿九日　晴燥甚　八十三度　十月一號　星期四

今日內子帶香生渡江去看親友，同屋三家俱上街看國慶遊行，予與定生在家未出門。聞武昌遊行者萬餘人，漢口則三萬人云云。聽收音北京、上海遊行均在十萬以上也。晚間出門行未遠，以無三輪車仍回家。

連日抄志，暈眩時作，現湖北只有夏口新志未尋得，餘志大要心胸中已全知大略矣。

九　月

初一日　晴燥　今日日全食　吾國不能見　表八十四度　十月二號

早起聞胡林玉枝來，予睡，昨夜未之知也，今日問以鄉間各事。下午四時湖北六十八州縣誌俱摘抄重要者完畢，心目一快。時過而後學，此則非孤陋寡聞者可比矣。馬潔園來談半時去。

初二日　晴燥　八十度　十月三號　星期六

今日抄竟建始、豐咸①、宣恩等縣誌。

初三日　晴燥　十月四號　禮拜

今日玉枝已回鄉。午後外出購物無所得。

初四日　晴燥　八十度　十月五號　星期一

今日抄鄂西七縣誌俱完璧，備明日還書。

初五日　晴熱　八十度　十月六號　星期二

今日還書乘車去，連歸用去伍角二角②。近兩月來足軟甚，四肢無力，目力更差，望人如在霧中也。老境逼人，可怕。

---

① 豐咸，應爲"咸豐"。
② 角，據文意當爲"分"。

初六日　晴燥　七十九度　十月七號　星期三

今日兩次看病，未能挂號。如此辦法，衛生廳何以不想改良辦法？聞此現象已半月矣。天氣乾燥，病人極多。

初七日　晴燥　八十度　十月八號　星期四

此旬氣候猶似夏天，乾燥異常。自上月廿一連下二天小雨後至今又十六天，猶如此乾燥。明天即寒露節，何天氣反常如此，實百日未雨矣。

初八日　晴燥　十月九號　星期五

閱報無多事。予目疾未減，濛霧望人不清。省府明日請辛亥起義老人，久無營養之老者想必到者多也。

初九日　晴　今日重九　十月十日　雙十紀念

上午補寫舊稿，下午三時乘車至政協開會，今年譁會加請來賓多人，又解放時起義受編軍官廿餘人，辛亥老人病者跛者衰老難行者亦由家屬扶之雇車到會，可見久思魚肉情況也。講演至六時半由政協備車至洪山新餐館，酒肴豐盛，真所醉飽，大概有十二三桌，共百餘人，食畢又備車送，八時五十分方到家。

初十日　晴　夜雨　十月十一　禮拜

聞有醫院西醫晚間可看病，帶香生乘車去。至則知其為星一、星二、星四、星五自七時起至九時半可看病。枉坐車費，怏怏而返。

十一日　陰　小雨　十月十二日　星期一

今日上午未作事，下午二時渡江至孫鴻儀寓坐談甚久，以久未晤也。食雞子三枚，餅乾一小盤，二月以前物資奇乏，今日夢想不到者。五時乘電車歸，疲乏殊甚，小臥一時。

十二日　晴　十月十三日　星期二

閱雜書，閱報無多事。

十三日　晴　十月十四日　星期三

今日未作事。

十四日　晴　十月十五日　星期四

今日囑內子去領薪水，下午還賬、買雜物。

十五日　晴　十月十六日　星期五

今日上午至湖北醫院看病，向醫生年餘未見者也。開水藥三付並請其寫證明買白糖半斤，他醫生所不肯爲者也。便至圖書館借書五本。晚睡前未服中藥，西藥水未吃完，不知其效與否，飲半杯寢。

十六日　晴　十月十七日　星期六

今日又往醫院看病，連夕口乾甚，醒後極難過。寢後能安枕約三四小時，但咳嗽涕唾多未減也。

十七日　晴燥　十月十八日　禮拜

上午汪金門、劉問山先後來談甚久去。閱報無多事，補抄前日在圖書館補記大冶、陽新、嘉魚三縣事。

十八日　晴燥　十月十九日　星期一

早起咳嗽稍輕，連日目力減，右目尤甚，望遠發霧。至醫院看病。

十九日　晴燥甚　十月二十日　星期二

連日目發霧，未能作事，前兩月又配眼鏡，竟無用也。

二十日　晴熱　十月廿一日　星期三

上午至醫院看病，係中醫，開中藥。下午找眼科西醫診驗予目力。醫生女性，姓蔣，東北人。爲予多方驗診，甚過細。結論：右目水晶體漸模糊，珠子尚無礙，不似壯年目力，左目稍好；譬如物體用久光漸差，天然例也。以丸藥十二片請予月服三次，每次一片；又以藥水一瓶，囑三次點之，可保持現在原狀，不致太差，配眼鏡無益也。歸後晚間開始服之。閱報，美軍艦於十八、十九兩日又駛至福建平潭區海二次挑釁，我提出七十四次嚴重警告。

廿一日　晴　十月廿二　星期四

今日到醫院看病，並請醫生開白糖條子證買糖半斤。

廿二日　晴　十月廿三　星期五

目力漸差，未能寫作，悶甚。下午政協開會。

廿三日　晴　十月廿四　星期六

連日寒熱不定，時時有東南風或轉西北風，如此氣候，病人多矣。下午又至醫院看病。孔醫生出證明未能用，既未簽名，章子又模糊不清。報載印度兵士七十餘人與中國攻擊，互有傷亡。此事如何辦理，國聯爲印度西藏問題竟通過對中國挑釁。

廿四日　晴　十月廿五　禮拜日

今日夢閑自汪宅取書歸，云書①雲老和尚在江西雲居山陰曆九月十二日即國曆十月十三日圓寂，年一百廿歲整。此僧予六年前在三佛閣見

---

①　書，疑應爲"虛"。

過的，是年百十四歲，高僧也，予曾有詩記之。

廿五日　晴　十月廿六　星期一

目力①未減輕，仍如前狀，未作事。

廿六日　晴　十月廿七　星期二

目力不佳，白天亦未寫字及信件。

廿七日　晴　十月廿八　星期三

閱報，印度外交部反對中國提出抗議。

廿八日　晴陰不定　十月廿九日　星期四

今早九時王貞來，予留之酒飯畢並托其帶書籍、字畫帖、刻刀等件交鄂城遲生，囑其轉告遲生各語。

廿九日　晴陰不定　晚七時小雨　自是小雨達旦
十月卅日　星期五

今日下午楊濟民之侄名立婁者來取漢民書件，尚有小對未交沈書，並問以遲生在縣各事。

三十日　大小雨終日　十月卅一日　星期六

今日雨，天氣轉寒。爲魏時淦寫屏條並檢去年畫件題款。魏醫生予向不認識，年逾四十，遲生屢函催討書畫。明日尚有四條未書，當補書之。

---

①　目力，疑應爲"目疾"。

十　月

初一日　陰　時有小雨　十一月一號　禮拜日

今日補寫魏時淦醫生屏四小件畢，裴毓華送止咳藥來。羅國貞來，予給以字畫一捲，彼前屢托，以其隨予多年故給之。

初二日　陰　午後小雨約五小時　星期一

今日起甚早，復肖鵠信並檢時淦字畫及遲生小對一捲挂號寄鄂城。閱報無多事。晚間壽圖來談。下午一時劉静山來談甚久。

初三日　陰晴　星期二

今日報載仍如昨日。下午三時定生回家。夜寢未安，起坐一次。

初四日　早晴　午後四時小雨　七時大雨　十一月四號　星期三

早九時詹國才來取段氏《説文》去。下午定生與三同學到工地做工。

初五日　晴　十一月五號　星期四

今日上、下午未作事，目力不佳，未能寫作。到醫院請孔醫生開買灰麵條子向糧店以米換麵，不知能行否。予以胃不強，近日乃改食麵。無菜佐之，且易下咽矣。

初六日　陰晴　星期五

早未起床，馮亞佛派其侄送雲片糕一斤，函云係其子由昆明帶歸者，轉分一斤贈予，可感也。

初七日　晴燥甚　夜大風　十二時以後大雨　寒甚　星期六

今日未作事。下午鄒江濤、劉靜山來談片時去。予往醫院看病，便訪李匡甫、崔祥珩，各談片刻出。再訪李愈友，告以前日開會事。晚大風，早寢，轉鐘二時大風大雨，氣候寒甚，寢亦不安。

初八日　大風雨終日　極寒　今日立冬　禮拜

早四時呼定生起，風雨極寒，予囑其不去。予以咳甚，九時半方起。下午易羊裘猶寒也。閱報，知今日爲七級北①，明天可減至六級，後天有冰凍云云。今年報載氣候風雨晴熱，亦間有不准確者。

初九日　風雨　奇寒　晚七時雪子片刻

田雲濤送詩稿來，予十一時方起，以寒未作事。連日目力大減。

初十日　陰　風寒

今日更畏冷，十二時就床上食。下午二時以腰疼甚乃起，未作事。七時周淬成來談半時，取丸藥及舊書去，彼耳聾甚，未與多言也。

十一日　晴　寒　十一月十一號　星期三

目力不佳，未作。

十二日　晴　星期四

今日往醫院看病，下午發出借布票函共六件。

---

① 北，疑後脱"風"字。

十三日　星期五

今日又醫院看眼科，醫生女性，姓劉。下午得馮藍寄來布票七尺。

十四日　陰　星期六

又復寫借布票函四件，因帳子布需六丈二尺，予布票早已用盡。

十五日　晴　禮拜

接肖鵠函述近狀，謂寄龍眼一包，又近相及其女、孫等共照片一張來鄂，給予保存者也。

十六日　陰晴不定　星期一

今日又往醫院請治咳疾。下午接師院章開沅復函，介紹該院買書事，不日可來談。晚寢十一時半，太遲致失眠，轉鐘後三時方昏昏睡未安也。

十七日　晴燥　星期二

今日至醫院看病，恰值該院停診，遂至愈友寓坐談半時出。

十八日　晨小雨數次　陰　傍晚又小雨片刻　星期三

早囑內子去買帳子布共六尺二寸，價每尺三角，一床帳子成功廿元方夠，來春還要，推想其貴也。下午又至醫院看病，以眼疾改服地黄丸。四時胡林送來王貞代借布票，當即還昨日急借者一丈九尺去。

十九日　陰寒　晚小雨　十一月十九日　星期四

今日寒未出門，囑內子向醫院取證明並帶圖書館借志三册歸。晚七時翟竹如來談，汪子俊來談。

二十日　雨　星期五

終日中、小雨不斷，囑內子速縫帳子應用。下午補縣志漏列者。

廿一日　早小雨　午後陰　星期六

午後羅國貞送布票，予未收。晚寫李振凡信，索回《太平天國與湖北》原本。八時呂壽圖來談。

廿二日　陰　禮拜

今早劉問山來，予未起，略坐遂去，並贈羊肉半斤，此亦難得之物也。午後欲至醫院看病，值金門來談，繼以胡漢屏來談謀寫字事，遂未出門，擬明日再去。晚間玉兒送布票三尺來。

廿三日　陰雨終日　氣候轉寒　星期一

早擬還書，竟不能去。明日星期二，早如不雨當送去。午後太吉來，予以去年未留之飯，遂令渠談鄉間事，恰值寓中無菜，留之飯兩次，晚七時方別去。此人與予不親，以從前在鄉曾接濟予米菜者，至今不能忘其有義氣也。若太才輩予終恨之。

廿四日　風雨竟日　奇寒　星期二

今日天氣未能作事。下午內子爲予換挂洋布新帳子，睡甚安。

廿五日　陰寒　晴半日仍陰　星期三

昨夕甚寒，以有洋布帳不知風入，甚安也。下午吳瑞生送還博物館四月間借去予著《太平天國》原本，展覽期已過，予函索還者也。

廿六日　晴　陰　十一月廿六　星期四

下午一時至醫院看病，向醫生爲予開灰麵條子三斤，設非熟人，彼不願也。至圖書館還書，值崔君聽報告去，仍帶書回。過江訪孫愚夫，未遇。

廿七日　晴　星期五

今日正午同定生一路過江，僅配得眼鏡一付。在曹漢丞宅食麵一盂。曹今年九十歲，近雖枯瘦，尚能行路，不甚吃虧。此月內已跌二次，小受傷，正在服藥。乘電車回武昌還圖書館書，又值其大衆學習，只好轉回，至邵祥茂購得小發鏡一枚。漢口、武昌費車舟費不少。帶一鐵盒過漢，欲上館買葷菜食，到三四處均人滿，館首均有"席已售完"字樣，牌寫"豬頭肉飯"字樣或"雜菜"字樣，只得攜空盒歸。

廿八日　晴　星期六

早十一時飯畢，與定生同渡江至精益配眼鏡。寫重了。下午未作事，擬至圖書館未果。至倪蘭谷家取回大紅珊瑚箋對一付歸。竹如來談。

廿九日　晴　禮拜

上午外出一次，飯後欲補抄府志，以身而止。晚竹如取予圖章五枚去，彼允爲予刻者也。予以雞血章一枚、《西嶽華山碑》一本相贈之。唐老來。

冬　月

朔　晴　十一月卅日　星期一

今日到醫院請西醫看病，女醫汪姓。開梨膏二瓶、白藥六顆出。便訪李愈友、饒校文，談片刻歸。

初二日　晨三時大風　八時以後大小雨至晚　十二月一日　星期二

十一時起，原擬今日渡江換眼鏡未能也。下午囑內子向參事室借支薪水廿元還急欠，室中分魚，予名下可得三斤五兩，內子喜攜之歸，此則意料不及者。曩日參室對未學習之老者、病者未有分魚肉之事，僅給與學習之人，故薪水大者都有特殊照顧也。晚得覺非函，謂辛亥照片彼已尋得，且看如何辦法。寢後又發咳嗽，約一時乃止。

初三日　晴　十二月二日　星期三

十時起閱報，美艦又來白犬區等處挑釁，我國已提出七十五次警告。午後鄒江濤來，向鴻達來，予俱托其賣皮袍子事。

初四日　晴　十二月三日　星期四

上午未出門，午後孫愚夫、程棣之先後來談，留之麵，孫坐甚久去。五時胡漢屏來說文史委員會徵求資料事，予與說明自己身分，未能送稿去，蓋窮人只知謀寫字事，不明事實也。金門來坐半時去。

初五日　陰　下午晴　夜十二時雨　十二月四日　星期五

昨夕擬往東湖看菊，早起，早餐畢天欲雨狀，與定生同出門，慮有雨仍回家。九時遂往圖書館抄志書。閱《安陸府志》康熙本，始知荊門州當陽、沔陽先寓安陸府也。志序文多，全部係藍曬圖紙曬存者。原本售書人不售，故以曬紙成書，其價當不少。惟此等書久見陽光或粘潮濕即消失字跡，惜不知原書改落何人之手也。下午孫愚夫派芝仙來取予皮袍子去，予告以得價即賣去，如有商讓，用電話通知可也。

初六日　早小雨　陰　十二月五日　星期六

囑定生渡江買餅乾，得其劣者一斤，價四角六，仍須米票一斤，係炕糊了的，此皆從前奸商尤惡也。午後醉石送刻章二枚來，甚佳，予急須用者也。

初七日　晴　十二月六日　禮拜

上午未作事。下午鄒江濤、田雲濤來，為予賣皮袍子事，因接孫愚夫函以示之，謂賣百卅元。六時壽圖、道心、竹如來，仍爲皮袍子事。

初八日　晴陰不定　小雨片刻　十二月七日　星期一

今日渡江訪愚夫，爲皮袍子價格談半時。出至精益換眼鏡，加價五角，約十四日去取。就漢買得青布棉帽一頂歸。

初九日　晴　十二月八日　星期二

今日下午至愈友寓一談，送民國元年日記一本去並托刊校事。

初十日　晴　十二月九日　星期三

今日至圖書館抄書出，途遇江慶林、李健侯，便談文史會印書事，禮拜六開會時看如何說法。傍晚醉石又送已刻予石章三枚，甚佳。

十一日　小雨　中雨　十二月十日　星期四

九時至圖書館還《黄州府志》。十時乘電車渡江至孫愚夫寓，十一時半開飯，毓華、劉成愚同席。聞肉元子價二元八角，野雞一盤一元八角，野雞一元八角①，皆芝仙清晨買自野味香店者。食物本難得，設芝仙與彼店無熟人，不能得三種菜者，而價亦奇昂矣。裴、劉二人與予總算開葷又一次矣。食後便至曹漢臣寓，談片刻即出。又至榮寶齋買宣紙，無有也。又轉乘三輪車至電車站乘過武昌，仍到圖書館補抄志書四本。四時半出至醫院請向醫生看病，開水藥三付歸。今日交通費用去一元六角餘，如此用法非計也。七時回寓。今日報載華沙八日電，中美大使又作第九十四次會談，會時計一小時五十五分鐘，宣佈下次會議在明年一月十九下午二時舉行。又載十二月九日十一時至五時四十一分侵入福建海潭地區，我外交部提出七十七次嚴重警告。

---

① 野雞一元八角，此句疑有誤。

十二日　陰　十二月十一日　星期五

今晨三時醒，咳嗽痰一口，覺不得出，以手指牽拉出，見紅濃血，繼痰中約蠶豆大一坨鮮紅色，繼吐痰三四口，有濃血絲繳其中，予駭甚。或者昨日在孫寓中食野肉二塊致發舊疾耶？七時起床，痰中仍帶血絲或血點者數次，今日心中極難過，思往事益不快。正午田君介紹予賣皮袍子兩件俱未成，半價亦難賣去，聽聽而已。下午未作事，晚早寢。

十三日　晴　十二月十二　星期六

早起，痰未帶血，食麵半碗，乘車至政協已開會一刻矣。聽取報告及晏輩諸人自述，推知編文史資料尚非短時間事，予遂先出歸家吃飯。政協每次開會時間長，令到會者忍餓，多不快，而散會每至正午。報載印尼掀起反華排華活動，國聯又通過所謂匈牙利問題和朝鮮問題的決議，決議爲何內容未宣佈也。

十四日　陰雨　十二月十三　禮拜

今日上午未作事，下午竹如來談。

十五日　雨　寒　十二月十四　星期一

今日未能出門，在家補糊窗子之漏風者，又自製簾式紙蓋之，約三小時乃畢。囑內子至參事室取薪水，前次三斤魚扣去一元九角，亦非便宜物，且係鰱魚，下品魚也。

十六日　陰雨風寒　夜更寒　雨達旦
　　　十二月十五　星期二

十一時起，閱報，飯後往愈友寓談片刻，托其說話，候信再與政協一談。當局如有真意，則以年前事可能成功也。往省醫院看病，仍爲孔醫生，給止咳漿二瓶歸。晚飯無菜而食量加，自憐而已。

十七日　陰雨　十二月十六　星期三

今日報載聯大十四屆會議已閉幕，通過和平利用外層空間的決議。該會會議四個月未成就一件重要案件，蘇聯提案仍未獲一次通過，日本安理會常務委員已退出，爲波蘭補選當選，下次則爲土耳其。又艾森訪印度竟談印度邊界問題與西藏問題，其用意可知。

十八日　陰雨　寒甚　十二月十七　星期四

今日上午未作事，下午二時至武昌浴室洗澡，四時半方歸。無顧客，僅予一人，洗畢出。晚飯飲酒一杯。十時上床睡，展轉不寐。

十九日　陰雨　寒甚　夜寒甚　十二月十八　星期五

今日畏寒遲起，飯後命定生至漢口精益店取回已改配眼鏡，計其去價八元，試之仍與初發二鏡無異也，予目力竟不知集光點在何處也。背時人應該多花錢也。晚食甚飽，十時寢，寢後多夢。

二十日　陰　微雪　寒甚　十二月十九　星期六

早畏寒不能起，九時半聞大雪紛飛，片時即止矣。十二時乃起。飯後試昨日定生在漢取回眼鏡，無多功效，又枉花錢。囑內子以布票不須還人者買白洋布一丈四尺五，又買餅乾等件。今日共用去六元餘，前、昨兩日買紙筆及坐車費共九元餘，此不能不用者。鄂城匯款只有遲寄。

廿一日　陰　晴　午後現日光片刻　早有霜
　　　十二月二十　禮拜

今日未出門，補閱《太平日誌》。

廿二日　陰　小雨　寒甚　十二月廿一日　星期一

今日至醫院，西醫診予病無西藥，以安眠六粒小丸並秋梨膏歸。晚寢不安。又買醬菜一瓶，去價七角八分，佐飯，惟太貴也。

廿三日　早小雨　旋陰　終日寒甚
今日冬至　十二月廿二　星期二

予畏寒遲起，昨夕睡不安，多怪夢。上午十一時嚴吉齋來買書不成，取去羊皮袍子一件，爲予代賣者，約以明日上午回信。下午三時周淬成來，留之飯並代寫信問鄂城情況。

廿四日　霜　晴　結冰　寒甚　十二月廿三　星期三

早嚴吉齋道皮袍子還價六十五元，予未允售也。接遲生信，多遁辭，此子近六年來説話均不可靠，可恨之至。

廿五日　霜　結冰　晴　十二月廿四　星期四

今日至醫院看病，請向醫生打一糖條子，可買半斤糖。出晤李匡甫談片刻，李云其妻病，在工人醫院，疾甚危險云云。

廿六日　晴　十二月廿五　星期五

今日未出門，僅用電話問嚴吉齋皮袍子如何。匯款十二元與鄂城，取回楊姓未帶回縣之書，寄一元與淬成，請買雞蛋四枚，不知做到否。

廿七日　晴　十二月廿六日　星期六

今日到醫院取證明買灰麪，白糖條子是四兩或半斤不能定，但費力已久，不知雜貨店又出何種花頭。噫！不料今日買糖如此之難也。下午晤賀叟。

廿八日　晴　十二月廿七　禮拜日

皮袍已賣成，嚴吉齋約今日去取款。午後一時予乘車至其寓取得之，已加價三元。總算彼有良心，未反齒也。取款出便至玉兒家來，聽聞孫女云明天即無糧。晤馮亞佛談半時，因米不夠，吃稀飯二頓。與予情形①，彼子女多，兩孫均有事，時時以匯款補助糖果雜食品寄鄂，故營養尚不困難，人雖八十三歲，尚康健。非予子之不肖，六年來有小教員月支四十餘元，尚每月要予匯款接濟也。傷心之事，莫此為甚。去冬至今，月須二三十元，予未發薪即有函催。自反錯誤猶不更改性情，專心勞動，只靠予匯款為生活，此心病與咳疾氣喘交作，奈之何哉。今日補匯六元回鄂城。

廿九日　陰雨　時現陽光　十二月廿八　星期一

今日囑內子向參室借回廿元欲買醬菜一罐，數日乃得之。米不夠，糧店又不肯供，各家大受困難，婦女在店門外站立呼號而辦事人巧語相辯或詆語相加，亦不顧買米者唾罵。

三十日　雨終日　寒甚　十二月廿九　星期二

今日趕抄《太平日誌》已快完矣，昨因白天唐、鄒二人來談致耽時日，凡事不可耽延，如行路然，欲求達到，不可耽延一刻也。傍晚玉枝自鄉間來，問以各事，不忍言，予慰之。晚寢不安，咳嗽大作。

臘　　月

初一日　早陰雨　十時半大雪　十二月卅日　星期三

今晨內子與同屋人去站隊備買米，耽延甚久歸。予以牙痛，今早食稀飯，米硬未煮爛，未食飽。午後三時至十時俱抄《天國日誌》，尚未完也。

---

① 形，後有脫文。

初二日　晴　十二月卅一日　星期四

今日爲陽曆除日，食品無支配，買肉站隊致不可得，較至①去年冷淡多矣。其他事不必記矣。

初三日　晴　一九六〇年元旦　星期五

今日晴，太陽未照之一邊屋上雪水滴滴，路濕難行。因小蘭要出外，予帶之乘車往兒童公園看飛壁行車。至則某機關借其地開會，不得入也，乃引之至漢陽門候車，仍乘車歸，未買一物。店中雖有售者，不論食品優劣，人多擁擠，一吼即罄矣。予歸時餒甚。

初四日　晴　元月二日　星期六

晏起，下午亦未作事，目力大減，心煩亂。

初五日　晴　元月三日　禮拜

晏起，連夕仍咳嗽，睡後必起坐一次。

初六日　晴　元月四日　星期一

今日下午至醫院看病，黃醫生僅開秋梨膏及補心丸，彼謂無新藥也，而梨膏酸不可飲，如此醫院奈何。便訪崔祥玕於其寓。

初七日　晴燥　元月五日　星期二

今日補抄《天國日誌》已完，使崔祥玕前年以此書借余，不致余力銳減如此，擬明日還之。

初八日　晴燥　元月六日　星期三

今日完全休息一日。

---

① 至，疑當爲"之"。

初九日　晴燥　晨五時聞陣雨聲約三分鐘
元月七日　星期四

今日下午還圖書館之《太平天國日誌》，便訪李愈友問各事，坐半時歸。

初十日　晴　霜　元月八日　星期五

今日外出理髮一次。閱報無事可記。至醫院看病。

十一日　晴　霜　元月九日　星期六

早起，今日外出購物不得。

十二日　晴　元月十日　禮拜

報載美艦於八日、九日又駛至福建白犬、海潭地區挑釁，我國已提出七十八、七十九次警告。

十三日　晴燥　元月十一　星期一

早起，九時半沈疇春持唐醉石名片介紹來見，又持市文史館信來向予借閱《太平天國與湖北》稿本作編書參考。沈年七十一歲，吳江人，現在漢文史館負責編太平天國史料，蓋由武昌博物館調漢口館員者，談一時許去。予原著尚未印出，而爲博物館北京博物館。胡某抄過半冊，今又爲漢館借抄，而省政協文史資料委員會成立兩月亦未來取去過，參事室淡淡視之，天下事應號號書者類如此，使此稿予不迭向北京科學第三所索回，則已出版年餘矣。下午補寫商太史壽詩稿，補題沈碧舫八十一歲壽詩畫稿已先成者也。又楊漢民對聯條子封好。今日作事目力減後非所宜爾，以後須戒之。接肖鵠函，知其婿不久即調鄂豫魯三省擇一轉業，大概年內可證實云云。

十四日　晴燥　元月十二　星期二

天氣已到三九，猶如此燥熱，直同春三月也。或謂自武漢交通大橋成後，東西南北氣候寒煖互換，非災異也。此另是一種説法，可信歟？不信歟？

十五日　晴　下午陰　似已變寒　元月十三　星期三

今日午後一時鄒江濤來，與同至黄鶴樓茶肆飲茶。新建一廠式屋宇，予前所未知也，坐二小時方離開。乃同訪洪精一先生，談半時出，鄒歸，予至馮亞佛家坐片刻乘車歸。幸晴一日，乃得安適坐鶴樓茶肆休憩，見山上樹木開心顔也。夜寢，以被熱不安枕起坐一次。

十六日　陰有風　寒　元月十四　星期四

午後到醫院看病，與内子同車去，囑内子至參事領薪水。四時予至參室會胡忠民主任，詳談予編纂太平天國史料二種雜著，共數有一百二十餘本，約七千萬字，究竟新成立之文史資料委員會何時可印，請其開會商酌辦理，因此案省政府於前三年得董老交函後僅來接洽三次，以後無下文矣。談畢匆匆至醫院取藥，歸途值大雨，無車可雇，幸購雨傘一把步行，衣履俱濕，襪已沁水甚多受濕，急用開水洗腳驅寒。

十七日　陰　小雨　元月十五　星期五

昨晚受濕，今日未出門。洪晋逸寄來《星韜載筆》① 一册，石瑛、陳廷英、王葆心爲其座師李翰芬所印手跡也。李著對鄉試規則、人事寫得極詳，於予著清代科舉制度有所幫助也。

---

① 《星韜載筆》，疑應爲"《鄂韜載筆》"，後同。

十八日　晴　陰　晚小雨　元月十六　星期六

今日報載美艦又到福建海潭地區十五、十六兩日向我挑釁，我已提出八十一、八十二次嚴重抗議。

十九日　雨　午後陰　元月十七　禮拜

今日上午到局匯款，以人多回寓。僅發出許學源、張肖谷，並復胡林胡長安、新疆和碩縣馬蘭村卅六號航函。下午四時乃將匯款鄂城寄。

二十日　晴　陰　晚又小雨　元月十八　星期一

今日未作書寫，自朝至暮，清檢六十年日記，分期用報紙包好。庚子以前之七年另作一包，如就此計數，則已滿六十七年日記矣，恐中國無此人，則予所自豪者也。李棠階、曾國藩號稱名家，不過廿餘年或三十年而止；李慈銘號專家，《越縵堂日記》亦不過卅餘。晚清及民初則《湘綺樓日記》有四十年，號稱大觀，然均未過六十年之久。況其他如吳清卿、翁叔平、吳稚暉、胡適之、周樹人均有名於時，其日記亦不過卅年而已。《魯迅日記》僅簡略數語，或僅書日，更爲簡略，以當時無甚名今日得大名爲國家搜求所印者，求其中之事實不可得矣。而古人日記如王介甫之日錄、黃山谷之家乘，予前十五年於上海書局所輯叢書中選其全數無多也。可見天下事有恒之難，能保存付印以餉後人則更難矣。下午沈疇春將予著《太平天國》挂號退還以講信實，或亦鑒於予於彼來借時慨然與之耶？

廿一日　陰雨　寒　元月十九　星期二

早，鄂城楊漢民寄來六尺宣及紅斑箋各一張，附信說明遲生事。下午張先生引一沔陽陸君來談半時去。今日報載美艦於十七日七時四十分又到福建海潭地區軍事挑釁，我已提出八十三次抗議。噫！美帝國主義何以如此，有何可恃耶？

廿二日　陰　元月二十日　星期三

今日補抄《星軺載筆》，尚未完。

廿三日　陰　小雨　寒　夜轉鐘後聞碎雪聲
元月廿一　星期四

今日仍抄《星軺載筆》，未完。

廿四日　雪　寒甚　結冰　元月廿二日　星期五

早聞下雪，十一時起後見瓦雪盈寸，下午極寒。晚仍抄未竣之書，至十時半乃寢。思家中事，未安枕也，去年小除較今年情緒甚好。

廿五日　結冰　陰　寒甚　晚大雪四寸
元月廿三日　星期六

早四時醒，自是未能安睡，足冷甚，左腕氣痛，不能自如，十二時半方起。補抄《載筆》，扼要者俱摘出，明日寄還洪精一①先生，承以此借予，助予著作不小益處，設早見訪，免至今日目力吃虧。今晚六時大雪，寒甚。

廿六日　晴　結冰　奇寒　午後三時又結冰
元月廿四　禮拜

今日寄還洪晋逸書二本，又寄遲生小對並魏醫生對子，均挂號寄去。昨下午又匯十元至鄂城。夢閑早六時起回胡林。

廿七日　晴　結冰　下午四時又結冰　元月廿五　星期一

今日出門去洗澡，不賣票，人多如鯽，不爲奇事也。去理髮，坐候

---

① 洪精一，疑應爲"洪晋逸"。

者十餘人，各店如此，只得歸。且市人買物，無處不站隊。許學源來函，退回三元，云重慶亦難榨菜云云。參事室劉、陳二君送糖果來慰勞，予未起，僅在床答話。

廿八日　晴　寒　元月廿六　星期二

今日以路未乾未能出門。下午鄒江濤談半時，送予日記序傳鈔者也。晚間清理各種稿本，以帶束之，代包皮也，擬春節在家預展一次。

廿九日　晴　寒　元月廿七　星期三

下午惠安送魚票、肥皂票來，並還借去《太平天國》原本，談半時去。内子回胡林，原定昨午回家者，予與定生等候至轉鐘一時許方睡，今夕七時半彼方同鄉間侄重孫回家。清檢各事至轉鐘二時方寢。

庚子（1960年）日記

正　月

初一日　晴　今日春節　元月廿八　星期四

九時起，雪舫、景芳、本清☐。

初二日　晴　寒　元月廿九　星期五

今日無人來坐談。昨夕字畫未辦好者，今日方挂齊整。詩文、日記、雜文俱以紅綠箋標出之。夜寢極不安，天曙時夢汪青雲，予忽想其字不佳。

初三日　晴　寒　元月三十　星期六

早起將堂中清掃，惟街上路濕未必有多人來。午後張先生來談片刻去。二時半外有呼聲送電報至，予急出，知爲鄂城來者，其人蓋印去。予拆外封，手戰戰然。遲生來電云其母今日逝世，老病拖久，營養全無，子媳又不肖，捨去軀殼，亦算解脫，且免環境憂氣也。囑夢閑向參事室去借款，僅得五十元，向郵局電匯去。回思往事，惘慨久之。尚志怡來看畫。

初四日　晴　元月三十一　星期日

八時起，予至辛少亭家面托昨日本籍來電事，坐片刻出。下午二時半哲之、匯川、江濤、雲門來看詩文書畫，坐談一時許去。呂壽圖來。

初五日　晴　二月一日　星期一

上午遲生來信二件，報告母喪，似匯款尚未收到之前所發。午後劉問山昆季同來看書畫，談甚久。晚毓華來。

初六日　晴　二月二日　星期二

初七日　晴　二月三日　星期三

今日上午晴，下午晴轉陰，人日如此，總算好現象也。雲濤來看字畫，彼不注意文字、日記。校文、修敘、健侯及華中師院派一助教劉望齡係江西瑞金人。來閱庚子日記。

初八日　晴　二月四日　星期四

今日囑定生將右壁對聯單條取下，因同屋徐、周二家云明天即歸也。劉少松、劉☐。

初九日　晴　二月五日　星期五

今日劉漢來談甚久去。

初十日　晴　二月六日　星期六

今日雲濤又來看字畫，並引廣濟君年六十。來談。十一時劉凱南來看詩文、日記，談甚久去。下午三時至武昌浴室洗澡，甚舒適，晚寢亦未咳嗽，春煖當可望痊矣。瞿竹如來談。

十一日　晴　二月七日　星期日

上午囑定生渡江至曹、孫、王三處問訊並取電燈泡子。予室自去夏起電泡無處可買，因托曹、王兩處代購也。飯後外至訪哲之、亞佛，至朱成大問信，知朱文齋在招待所。

十二日　晴　二月八日　星期一

今日渡江先至曹漢丞寓，祝其九十一歲壽，就其寓吃便飯。彼云昨日菜多，今日有酒無肴，予遂吃飯一碗，麵餅三張，頗可口也。坐半時出。訪孫愚夫坐談半時，乘電車至司門口，下山轉車訪楊玉如，坐片刻出。彼聾，不能聽話，予亦不便筆談。出訪愈友，坐半時歸。精神尚好，是以連坐數家，歸寓已五時半矣。晚寢尚安。轉鐘四時夢萬夫人居一室，與予見且同臥寢。夫人去年五月初來省見談二次歸去。聞九月間又大病，冬月未起，歷年老病如此，營養毫無，子媳又不孝，知其必死，不料春節過而死也。記其十二年前病危時，電約予歸，當時環境佳，彼如死去，真爲福人。由今視其所命也，傷哉。

十三日　晴　午後四時大風飛砂

今日早起記萬氏事。凡事有定有命，不可逆此而行。其生前順予意事甚少，故生前與予感情不愜。西遷施南屢屢拂予意，與予爭吵。予以邇時長子在宜猝死，諸事忍之，每自抑其氣。昨夕示夢或其有悔意耶？午後劉金生來坐談三時半。予乘車至王惠亭診所又打金針，冀左手指早愈。診畢，至候補街訪李健侯，寓門閉不開，久拍無應者，囑前宅人以予姓名告之。再候車時風砂滿天，氣候變寒，天時氣候不可測如此。

十四日　晴　二月十日　星期三

今日外出一次，各街售食物者多，惜予無糧票。至冠生園買得青梅酒一瓶，可可粉一包，白金龍煙一包，皆非所好，實無物可買。

十五日　晴　下午五時大風　至夜半愈大　二月十一日

早起閱報，美艦於二月九日又侵入福建海域海壇、東引地區挑釁，我已提出八十五次警告。又赫魯曉夫啓程訪問亞洲各國。

十六日　陰　晴　寒　二月十二日　星期五

今日接哲之函，附推第五孫造，謂又係好命，雙官雙印，廿歲大貴云云，一笑置之。哲之稱予第二、第三孫均如此說，予今年七十五，果能見其貴耶？又接信借吳毅安詩稿，前日未尋得，既得之矣，何人送去？下午七時壽圖來談片刻去。

十七日　陰晴不定　二月十三日　星期六

今日未作事，午後外出一次，晚間與內子定議明晨同去遊東湖。

十八日　早大雨　午後陰　晚仍小雨
二月十四日　星期日

晨三時聞雨聲，五時雨漸大。七時半起，東湖之遊天不湊巧，阻遊興也。凡事不可逆料如此。午後悶坐家中。

十九日　陰　雨　寒甚　下午五時下雪子
二月十五日　星期一

今日未出門，復各處函，肖鵠、祖珍、席儒、胡府清等。寫信與遲生，以筆眼俱倦中止。左臂痛，左三指麻木未愈，心煩亂，早寢。

二十日　雨　陰　寒甚　二月十六日　星期二

立春後又如此寒，怪事也。存炭不多，只好以炭巴代之。幸去冬購得一百五十枚，不然殆矣。夜寒不寐，多奇夢，甚有不可思議者。手指麻木極難受，明天晴即往診之。

廿一日　陰　早寒甚　午後又轉陰　二月十七日　星期三

昨夜寒，眠不安枕，十一時方起。補寫寄遲生函，此函共長四頁，雙頁也，約二千字，誦之諄諄，不知此子能改過否。午後胡忠民主任來談甚久，便閱予雜著及日記，擇要抽閱，又談一時許去。

廿二日　晴　風　二月十八日　星期四

今日到王惠廷診所打針，出便訪盧智泉談半時歸。

廿三日　晴　今日雨水節　二月十九日　星期五

今日未出門，欲開始爲書畫，以精神倦中止矣。體力已衰，如何能復元耶？晚寢多怪夢。

廿四日　晴　二月二十日　星期六

閱報，國際情形不可捉摸，美帝仍時時聯絡小國破壞和平。下午外出一次。報又載美艦在閩侵入我領海挑釁，我外交部已提出八十六次警告。

廿五日　晴　二月廿一日　星期日

今早内子帶同香生至董宅。下午哲之來談，予接彼函，昨竟未至，已誤記今日爲廿日也。乃囑定生爲廚子辦四菜，飲酒多，彼暢談往事，雪昉亦便留飯去。

廿六日　晴　二月廿二日　星期一

早起，連日天晴，予早起即思食，近兩月米不夠，更吃得。下午至醫院看病，醫給歸脾膏，謂和血，可以愈予左手麻木也。

廿七日　晴燥　二月廿三日　星期二

今日剃頭，因目疾頂際奇癢，向理髮店剃去久蓄長髮也。下午訪王襄與李達人未晤，訪沈碧舫值其出，訪阮兆庸談甚久歸。連日設法想購白糖半斤不可得。去年猶可得，今年限制更嚴。六歲以下幼孩月可得糖回，名曰照顧老年，七十至九十歲者亦無照顧，何也？在工藝社新購拐杖一枝，較予原有者高一寸，頗合用，價僅一元二角六分。此非需要物，少人買，故未漲價，且非本地所製者。

廿八日　晴燥　晚仍燥　轉鐘一時大風雷雨
二月廿四日　星期三

今日未作事。下午敖雲門來談半時去。晚十時寢，轉鐘後聞風雷聲大作，震屋瓦有聲者一①餘次，今春聞雷甚早也。二時醒後再睡熟，夢內子萬夫人來嬉，此爲其死後第二次入夢。

廿九日　陰　小雨　大風　寒甚如隆冬
二月廿五日　星期四

今日早起，天氣以昨雷雨仍燥。十時以後大風忽起，氣候轉寒如冬矣。昨夕以哲之所給虎膠和酒飲半杯，左手三指麻木稍鬆。午後換皮袍子，着之猶冷，不敢出門。夜寫信，十時方寢。

三十日　陰寒　時有小雨　二月廿六日　星期五

今日寒如隆冬，未出門。午後發三函董、李，囑內子送局挂號。日月如梭，正月又盡。晚寢後多奇夢。程欣人今午同其父來訪予，問辛亥起義樂事，無從說起。統計今年正月大，只有中雨一次，小雨三次，時間短。

二　月

初一日　陰　小有雨　寒甚　二月廿七日　星期六

今日寫孫愚夫函，問托帶臘肉事，事已一旬，未見貨到，恐亦變緊

---

①　一，疑有誤。

張矣。上午寒如隆冬，寧非奇事？

初二日　陰　時有小雨　晚雨　二月廿八日　星期日

早起，九時至中醫院診病，向醫生給以安神膏二小瓶，謂治手指麻木有效，不能飲虎骨酒，且已到春天，有咯血疾者更非所宜。口苦舌乾，另給二花、寸冬煎水喝。午後三時得愈友函，遂至其寓談半時歸。今日花車費約一元，不能免者也。

初三日　陰　下午晴　二月廿九日　星期一

閱報無多事。午後囑內往醫院取回糖票。

初四日　陰　下午晴　三月一日　星期二

今日閱報，北京新華電，美軍用飛機侵入我西沙群島領空挑釁，我已提出第八十八次警告。兩年以來，美機、美艦時時侵入中國領空、領海，迭經抗議、警告，美竟無一次答復，何也？

初五日　陰雨　下午四時半雨　夜雷雨
　　　三月二日　星期三

今日陰雨，午後雨更大，致參事室開會亦未去。六時太長自胡林來，問以各事，云鄉間因春耕急，有勞力者每人日給米十兩，較去臘已加二兩矣。彼帶白菜十餘斤來，予恰今日缺菜，每人僅派四兩也。

初六日　早陰旋雨　三月三日　星期四

今日又天雨寒生，致不能外出問昨開會情形。周親母代買雞鴨蛋八枚來，雞蛋每枚二角，鴨蛋二角五，現已成定價矣。吳端偉復函，孝感麻糖不賣，有時亦要米票，雞蛋每枚二角。廣州傅如昭來信，稱廣州自下月起五家為一食堂，每人油三兩，每戶亦是三兩，不論人多少，每人大小月可買白糖三兩半，彼欲回武昌，不慣廣州生活云云。此真知其一不知其二者。今日報載中央來鄂視察團大員共九十九人，張難先、李書城亦同歸，此次來或於武漢有益歟？又美艦侵入我領海，二日九時兩次侵入福建白犬、東引地域，我已提出八十九次警告。又載閩東北礵島東海面上臺灣蔣炮艦來搶魚，被我海軍擊沉一艘云云。

初七日　陰　三月四日　星期五

今日報載無可採者。午後至醫院看病，手指麻木竟未減鬆。一錢姓醫生為予開方，用阿膠、條參、當歸和氣血，囑勿喝酒，更忌虎骨，其識見與向醫生同。

初八日　陰　似轉晴狀　晚雨　十二時以後大雨　三月五日　星期六

早起，九時帶太長與予同行，搭車人多，以今日禮拜六，由東湖者為尋食計，非為看風景也。車抵東湖風景區時已有多人在野味香站隊候吃菜，予候至一小時乃購得野鴨一盤，肉皮炒豆腐，白菜湯一小碗，飯一斤，與太長分食之，計去洋兩元餘。菜劣飯粗，然較之城內各菜館猶便宜三四角，其尅扣糧票賺錢心毒則同也。今日得觀紅白梅花並綠萼者四盆，置室內猶撲鼻奇香，其在外者已凋謝十之九，然二月初八梅花尚開則異於從前矣。在漢晤孫愚夫、曹漢丞，略談即匆匆出，計坐人力車、汽車、電車七八次，輪船一次，步行約五六里，候車時間約共一小時，歸家已下午六時。自笑勞人，何草草如是。一言蔽之，曰厭心煩亂而已。新疆胡右清、昆明陳子谷、鄂城遲生均有來信，均稱買食物不易。小小食品前則有之，今春禁寄，各省皆同一政策。在榮寶齋購得宣紙，四、六尺者均有，紙質太劣，不能作畫，寫聯或可行，備數以分贈縣中諸人所請者也。

初九日　晴　陰雨　晚大雨　三月六日　禮拜

今日未作事，寫復陳子毅信甚長，復員後已十餘年未見面者也。彼函中多愛國語，退休在滇，晚景甚好。予請其代購普洱它①茶，以五元匯去。此茶昔爲禮品，湘鄂人所重也。

初十日　陰　晴　雨　晚間更大　水滿街　深六寸
三月七日　星期一

上午囑太長去醫院取證明書，向醫生尚未寫得。閱報，美軍艦又侵入我閩海區領域，昨日挑釁，我已提出第九十次警告。連日陰晴雨互見，氣候極壞，夜間大雨如注，滿屋皆漏。

十一日　大雨小雨不斷　夜又雨　三月八日　星期二

此月已過十一天，氣候極劣，時雨時晴，推想及聞人言鄉間麥菜受害不少。天旱有法施救，久雨則無法可施也，奈何奈何！午後以太長昨所磨墨半杯寫小對二付，四尺對二付，立軸一張。今年方開筆作應酬書，頗佳，心快然，不知其勞。鋼筆流行當局，復不重視毛筆，書簡體新字，自杜撰者亦不少，吾輩反成文盲矣。寢後夢萬夫人爲予拒一大貓於被外，又夢高元勛先生。

十二日　陰　小雨　寒　三月九日　星期三

今日到醫院看病，向醫生囑服水藥三劑，仍爲錢醫方，用阿膠、當歸等藥。出院後晤愈友，以蓮子銀魚贈之，換得廣三七二枚及好酒四兩歸。晚寢得詩句未成。手掌及指前日打針，今夕稍鬆。

十三日　陰　三月十日　星期四

九時起，聞玉枝已回胡林，下午太長又來，無米又迭來就食者，何以逢此艱辛之時又添來客耶？一時起，就前日太長所磨墨寫大小聯四付，單條一張，似得意。今年目力差，初寫宣紙試筆，猶未老也。

---

① 它，疑應爲"沱"。

十四日　陰雨　寒　三月十一日　星期五

今日無事可記。下午寫信復商館長、魯祖軫。

十五日　陰雨　花朝　三月十二日　星期六

連日陰寒，未作事。

十六日　陰雨　寒甚　晚七時下雪子二次　夜間大雪盈寸
　　　三月十三日　禮拜

連日陰寒，未作一事。午後擬作鄂城鳳鳴寺佛殿聯未就，以寒甚早寢。驚蟄已過，日下雪子，繼以大雪，氣候劇變。

十七日　早晴　昨夜積雪瓦上寸餘厚
　　　三月十四日　星期一

九時起，瓦上、地面正在受朝陽化雪，寒氣襲人。午後天轉陰，仍寒，著皮裘，未出門，閱報亦無多事可記也。

十八日　早陰　晚雨　三月十五日　星期二

今日閱報、寫字、看書俱無興趣，天氣不正使人煩悶。左手三指麻木未減。

十九日　陰雨　寒　三月十六日　星期三

自磨墨兼閱書，目有疾，心煩亂無聊。手指麻木，服中藥三付無甚效。

二十日　陰　時有小雨　夜間未停　三月十七日　星期四

今日不能出門，仍磨墨兼看書，手指較連日鬆些。晚七時周媳自鄂城來，帶上西山軟餅四張，每張四角，重二斤，較之五年前不同，且無糖，又米粉三斤，糧票三斤，價不貴而多砂，非從前一樣物品也。問以縣中、家中及萬氏死後事。遲生一便又帶選集三冊來賣，近時需此者，諒可照原價售去。囑周媳吃晚飯後即回娘家去宿。

廿一日　陰雨　中午稍停　夜間仍雨
三月十八日　星期五

今午周媳自娘家來，必欲搭輪回縣，因小孩需乳也。留之飯，給以川資並付縣中軟餅、粉價及輔助費共十六元。心煩甚，夜不安神，手指又痛。

廿二日　陰　小雨一次　餘時皆曇三月十九日　星期六

計自正月廿八日下雨起至今，只陰曇三天，餘均屬陰雨。下午三時至醫院看病，人多如鯽，醫生劉榮星，予已三年未見面，看病和氣，給予以梨膏二瓶，約以改天再細談病理也。接孫愚①函轉述北京事。

廿三日　今日春分節　三月二十日　禮拜

今早欲寫對聯，以事雜未果。下午二時寫信致參事室，附以湖北醫院及近日中醫院證明，予有心臟病、血壓高、手指臂麻木不仁並暈眩、痰中帶血諸事，須休養三個月不出門，慮跌也。帶香生乘車送此函挂號發。明天又有通知到室開大會，不知何會，前月曾通知一次，向例病人不通知。予慮參室有人疑予，不能不檢醫院三張證明休養之函到室也。發函後到黃鶴樓茶肆坐半時許，久不見郊外情景，換空氣或許於予疾有益也。

---

① 愚，疑後脫"夫"字。

廿四日　晴　三月廿一日　星期一

今天放晴，計雨期已廿三日矣。連日欲洗澡、剃頭，訪馮、李諸叟均未果，蓋一念起身，身力即倦疲不堪。室外走至天保元門前亦無脚力，行動非三輪車不可，此兩月中又特別困難，每出至少須六七角車費，以故想出門又中止。報載美艦於昨日下午又到閩白犬地區挑釁，我國已提出九十二次警告。

廿五日　晴　下午陰　三月廿二日　星期二

早起天晴，思渡江，慮無吃飯處。午後二時決計渡江訪孫愚夫取北京帶漢之件並玉版宣紙。候車甚久，三時乃得至孫寓，與愚夫談一時許，就其寓食麵，頗可口。傍晚歸，計用去交通費八角餘，人還吃虧。屢欲不出門，竟不能已。前年即有此決定，去年四月二號立志自四月起校勘日記，每日須半本，補寫雜作及自著詩文集，缺者補之，重者删之，預定天極熱時一切可截止，半年當可遂吾志。揭條於壁上貼之，以示警心之事，乃今年又快臨四月二號矣，預計之事未做到十分之一，何無毅力如此耶？僅補漏太平軍在鄂境攻戰狀況及湖北府縣誌修纂年月及主修人名表志二種，約廿餘萬言而已。今年決計從四月起至酷暑時將日記、文稿寫竣，專在室中靜養，遵醫囑不出門也。

廿六日　陰　午後雨二次　自是小雨不斷
夜大雨如注　三月廿三日　星期三

今日擬下午至院打針看病，下午下雨未去。閱報，美軍艦廿一號二時侵入閩平潭、馬祖地海域挑釁，外交部提出九十三次警告。

廿七日　晨一時半大暴雨至天明　平地水深五六寸
三月廿四日　星期四

昨夜雨大，起視前房大漏，雷聲隆隆至天明，後再大雨三四次，下午仍有雨不斷，三時以後稍止。五時定生與高姓同渡江到學校行開學禮，此校簡稱"機專"，三年畢業，繳書籍費，不納膳費云云。

廿八日　晴　三月廿五日　星期五

今日放晴，予未出門。午後補磨墨寫聯對，今年開筆寫字多，提佳者數件留置之。此月下雪二次，均不大。

廿九日　晴　三月廿六日　星期六

早起，擬至醫院看病未果。午正鄧婿及竹孫孫女同來，問以各事，留之飯去。孫女由海南調哈爾濱，云三日即行。彼自長沙經過，帶有好餅十一斤，不要糧票，云長沙副食品如餅子、餅乾之類聽人購取，不要糧票，與武漢大異，奇哉。胡林太儉來，問以各事。總計本月大中雨各七次，小雨五次。

三　月

初一日　陰　夜雨　三月廿七日　禮拜

閱報無多事，亦未出門。

初二日　晴　三月廿八日　星期一

今日未出門，手指稍好，想至醫院看病未果。

初三日　晴熱　午後四時小雨　晚大北風雷雨交作　三月廿九日　星期二

今日上午熱如初伏，下午氣候變，大風寒如隆冬。夜過子時大雨如注，雷電震屋，屋漏甚。下午北京一書賈來買書未成。

初四日　小雨　寒甚　晴　三月三十日　星期三

天氣劇變不可測，近三年皆如此。予以病體，前、去年三月見郊晴時甚少，亦未時出遊。回想五四年與阮華甫春秋佳日時與同郊行事，不勝悵然，華甫下世已四年矣。

初五日　雨　寒　三月三十一日　星期四

今日未能出門，亦未去打針，手指略鬆痛。

初六日　晴　四月一日　星期五

早囑內子清理各事，衛生大檢查也。午後在參事室借得廿元，予僅取五元還金宅欠賬，今春奇窘。晚以太健回胡林，囑帶點腐乳來。

初七日　晴　四月二日　星期六

午後時乘車至醫院看病，向醫生開安睡膏二瓶，云有效。予茲月服過二次，無驗也，今日彼云好藥，不便拒之。請其爲予開一買糖條子歸。今晨縣中僧艾道發來，並帶遲生信二件，腐乳一小罐，談縣中各事，約予遊洪山寶通寺，以禮拜六人多，車子不便，遂改爲星期一同往。如天氣無變化，予久欲往洪山一看郊景也。

初八日　晴　四月三日　禮拜

今日補畫四件未成。欲寫廣州信二件，以倦中止。屢坐沙法椅上參渴睡。連日飲食大進而足軟神疲，如此何也？十一時訪毓華略談出。往紫陽湖一帶尋蛙聲竟不可得，一因久雨天寒蛙未出，其總因則去臘覓蛙蚌作食者已十分之九矣，蛙種幾絕，故螺蚌亦少有。

初九日　晴　四月四日　星期一

今日寒食節，在舊代禮嘉中據聞猶存此紀念介推禮。所謂寒食，家家盡禁煙也，二千餘年古禮已不存矣。相空和尚下午竟不來，失約遊洪山機會。

初十日　晴　今日清明　四月五日　星期二

上午候相空亦未至。下午一時予帶同香生到洪山寶通寺一遊。寺中游客男女甚衆，在食堂候食者約三百人，予問及一僧艾姓者，云相空未來。今天來食無菜，每份五角，蒸飯八兩與小菜少許，然亦供不應求。予在寺前後行，香生看佛像菩薩，約一小時乃出。又候汽車約半小時，到漢陽門與香生在江干略坐一刻鐘，乘三輪車回家。餒甚，吃飯有味，真饑者易爲食也。計今天用去車費一元一角八分。行途中未盡一聲蛙一樹桃也。清明時節極多感想痛心事。

十一日　晴　四月六日　星期三

今日接相空信知已回鄂城。午後補畫各件，晚寫鄂城信，示遲生以各事。晚寢甚安，轉鐘後夢父親與程松師視室中所藏七絃琴，取置一桌上，予手試琴，琴絃鬆未能彈也。醒後再入夢，見程稚松、朱次誠相聚一室似論事者。噫！次誠沒已廿年，在抗戰期間葬大冶朱家山頭，稚松沒已十四年，後清明一夕乃同見夢耶？

十二日　晴　四月七日　星期四

今晨醒記昨夕夢歷歷似在目也。下午一時鍾小山來，知其在重慶新歸者，談甚久去。三時至醫院看病，予目疾未能愈，又不能停筆寫，手指麻亦未愈，可恨也。寄鄂城字畫一捲，遲生信一件附糧票二斤去。

十三日　陰　四月八日　星期五

今日寫復肖谷等函四件。

十四日　晴　陰　小雨　四月九日　星期六

今日補寫傅如昭等三信，俱發出。予左指麻木仍未愈，欲去打針，屢欲行未果。日來飲食雖增而疲勞愈甚。晚寢後轉鐘夢先母帶予至西畈舅父家，似全眷均往者。舅父家有亭閣，非從前舊屋也。數十年未夢舅父，其村俱變爲富有狀況。

十五日　晴　午後陰　小雨　九時後大雷雨
四月十日　禮拜

今日清理案上什物。晚雨兼風雷。今夕中央台報告二屆人代大會閉幕，周恩來談國際近勢甚詳。

十六日　陰雨　午後中雨　寒甚　四月十一日　星期一

今日未出門。報紙記載多辦人民公社事，已一星期如此矣。晚祖培、壽圖來談。寢後多夢。

十七日　陰雨寒甚　午後小雨　晚十時大雨
四月十二日　星期二

連日寒如隆冬，三月已過大半猶如此。北京人代大會、政協俱會議畢矣。補未成畫山水二件，欲題二詩。

十八日　陰寒　小雨　四月十三日　星期三

今日未作事，手指仍麻木。周媳又自縣中來述各事，令予憂氣。

十九日　陰晴不定　四月十四日　星期四

閱報無多事。欲去看病，以陰雨中止。囑內子去參事室取薪。

二十日　陰雨　寒　晴　四月十五日　星期五

上午擬去看病未果。下午坐家中，煩悶未能出門。八時周媳又自其母家來，稱與遲生吵鬧後搭車來省取款，促予煩悶愈甚。昨日取薪少，內子又爲定生交伙食費，予昨日僅有十一元五角，囑周媳明晨搭車回去，以十一元五角悉付之。

廿一日　晴　四月十六日　星期六

今日下午至醫院看病，候診人二百餘人，挂號後予徑去打針，耽延二小時仍乘車到醫院，中醫未到醫。如是就中醫者乃改請西醫診，敷衍而已。如此辦法，不知衛生廳所司何事，真無以對人民也。

廿二日　陰晴不定　四月十七日　禮拜

昨夢極奇特，連日如此。精神雜亂，故夢境有非意想者。總之精神血氣俱衰現象也。午後二時至鶴樓遣悶。正雇車，遇鄒江濤來訪，予遂與同乘車至大成路下車，先訪楊宇霆，值其出，就其家略息，至鶴樓下，因江濤有疝氣病，不能上坡，坐片刻仍乘車歸。

廿三日　陰　小雨一次　四月十八日　星期一

今日未出門，心神俱疲，坐臥二次未安。下午三時醉石來述各事。

廿四日　陰　四月十九日　星期二

今日開始再查閱自寫日記。民國甲寅年僅閱十分之二，記事多，目力不佳，嫌字小矣。

廿五日　晴　四月二十日　星期三

今日屢思至醫院看病，以疲乏，足不欲動也，中止外出。在房中靜臥片刻，未能作事。

廿六日　晴燥　四月廿一日　星期四

早欲至醫院，以内子外出，一整棟屋無人守，予未能去。午後三時乘車至湖北中醫院候診二小時，向醫生開健身丸與還少丹二種，均係老藥，不過一爲廣州出品，一爲重慶出品，當較漢口藥廠所出爲佳也，遂持之歸。餒甚，吃飯後堂侄長安來乞寫信。

廿七日　晴燥　四月廿二日　星期五

今日未作事。足已瘇，濕氣重也。

廿八日　晴熱甚　四月廿三日　星期六

上午八時半至醫院挂號，九時人已早滿，改爲下午看病。午後一時半又去乃得看，匆匆數語，取藥歸。醫生董姓，似宜昌人。近時如此，轉瞬火熱，病人多，將奈何？各醫生①醫生少，又派人下鄉，以致弄成如此現象耳。

廿九日　晴熱　四月廿四日　禮拜

接政協函，約明日遊東湖。時快交夏，然仍曰遊春也。明日須去。

三十日　陰晴不定　四月廿五日　星期一

早七時起，八時早點畢，乘車至政協，到者已十餘人，予與敖家楣同至，漸有來者。由主持人報告畢，九時齊上新舊二車，約六十餘人。車行一時許，駛至東湖風景區，過天長樓下，魚貫上樓小憩。此新成之樓也。予兩年未到東湖，去年雖到，未見此樓也。行吟閣在對面，予以足腫痛未能上。年老無力之人均坐憩飲茶，蔡書彬講演北京及各省文史資料編纂情形。後再上車至洪山飯店午餐。五菜一湯，有魚肉雞蛋、花

---

①　生，疑當爲"院"。

卷、大米飯可吃飽，惟無酒。食畢又乘車至洪山寶通寺飲茶，遊覽約二小時。四時再上車駛至閱馬廠分散，予乘車歸。足腫甚，今日不想去，因兩月未食肉，我觀同遊者均具此心理。孔子三月不知肉味，因聞琴之樂致食肉時亦不知味，非三月不吃肉也，不可引此而誤解。推想到會諸公除四五人不如此外，餘則均數月未食葷者也。統計此月小雨五次，中雨三次，大雨一次，有晴天廿一。

四 月

初一日　晴　陰　大北風　晚小雨　四月廿六日　星期二

今日足腫稍消。閱報所載各事與前旬同。

初二日　晴　風　四月廿七日　星期三

今日未作事。

初三日　晴　四月廿八日　星期四

今日午後渡江先至曹宅取酒，略坐談。三時半至孫愚夫寓略談即出，至國煌寓取電燈泡，匆匆乘電車至閱馬廠下車，久候三輪車不得，致將脚走發腫。今日報載美軍用飛機在西沙島又到上空，我提九十四次警告。

初四日　晴　四月廿九日　星期五

今日下午到醫院看病，候三小時方來一醫生，予疲甚，囑他開藥膏，匆匆取歸。如此醫院，害人不淺，一個醫生候診者五十餘人。

初五日　晴熱　四月三十日　星期六

今日以晴熱，下午未出門。

初六日　晴　五月一日　禮拜

今日爲五一勞動節，內子帶同小孩渡江到譚宅，予囑便往曹宅看漢臣情狀。下午同住男婦俱出門看遊行，予在家致不能走動。

初七日　晴陰不定　五月二日　星期一

閱報與前旬同。印度仍滑稽，兩總理會報尋常語句而已。

初八日　晴陰不定　晚雨　五月三日　星期二

初九日　晴　極熱　下午五時大風雨　五月四日　星期三

今日胡魚山又去採藕。下午二時至醫院看病，候甚久未到予名，天忽沉黑，已呈大風雨來臨之象。予匆匆至圖書館向崔先生取回《學政全書》廿本，急行至閱馬廠雇車，幸有車夫一人坐候，否則殆矣。途中遇風雨，至予宅門大雨如注，設非有車則衣履俱濕，牽發予病矣。只有脚背加腫，飯後早寢，怪夢更多，醒後寒甚。

初十日　時有風雨　寒甚　今日立夏　五月五日　星期四

昨日熱甚，今日寒甚，十二小時之間變幻太大，真世態炎涼矣。晚寢後甚寒，多雜夢。

十一日　風雨寒甚　五月六日　星期五

今日更寒，風雨大小未停，予未出房門一步，脚已漸消腫。天雨更不能外出，恐發劇咳也。昨書四件今晨發出。

十二日　雨　五月七日　星期六

三①月過了十一日，天下雨時多，天寒如冬，立夏後御重棉，奇事

---

①　三，應爲"四"。

也。下午寫信三件，復各友來函積壓者。

十三日　陰雨　五月八日　禮拜

今日補畫件四張未成。

十四日　陰　下晚晴　五月九日　星期一

報載事件與前數日同，無多消息也。

十五日　晴燥　五月十日　星期二

今日接愚夫信，約予渡江一叙，云有好麵可食也。下午毓華來取去代述清代相府聯語去。

十六日　晴　五月十一日　星期三

今日上午九時乘車渡江，十一時達到孫寓，與愚夫談後，食麵一大碗。二時與同乘車至中山公園遊覽，此則兩年餘未到者也。中山公園樹木漸高，綠陰蔽日，紅花滿地，所謂首夏猶清和也。該園以節約，故未有茶飯，故遊人甚少，賣點心只有一處，細問之，已罄售矣。坐石階上約一時，與愚夫出乘車至六度橋轉乘電車過江歸家。今日之遊尚屬快意，惟走路多，又牽及脚腫矣。

十七日　晴燥　五月十二日　星期四

今日報載昨十一日十一時美軍用巡邏機一架侵入廣東西沙群島永興島上空挑釁，我已提出九十五次警告。又載荷蘭軍在印度尼西亞駐西伊里安的殖民地軍事演習挑釁。

十八日　陰雨　旋晴　五月十三日　星期五

今日擬往醫院診脚腫未果，下午補綴稿本，欲回南京太平天國紀念館函又中止。得淬成囑內子去取白菜函。

十九日　陰晴不定　五月十四日　星期六

晨內子往周宅取菜去。連日無菜吃，即能買到每日四兩，均是黃菜葉子，粗爛相雜，實不能尋找好者。舊賣菜傭現時吃公家餅，睜眼與購者惡吵，殊可惡也。下午囑內子去參事室領薪，扣去捐款二元。

二十日　晴熱　五月十五日　禮拜

今日報載美軍用機又來廣州西沙群島永興島上空挑釁，我提出第九十六次警告。下午寫復函二件。訪唐醉石為定生找學徒事，訪愈友談半時歸。補寫函件，寄阮春翰字條二件。

廿一日　晴熱　五月十六日　星期一

今日未作事。

廿二日　晴熱甚　上午至下午八十八度　晚大風
　　　九時大風雨　五月十七日　星期二

今日閱報，蘇美英法首長在巴黎會晤，開始談話，明日當有消息詳載也。天氣陡變，正午熱至八十八度，晚九時以後大風雨轉寒，寒暑表降為六十六度，相差廿二度，臥時如冬月，奇哉。

廿三日　陰寒　小雨一次　五月十八日　星期三

報載四元首在巴黎會議似不佳，蘇聯聲明不願參加，具有聲明矣。且待明天再看報。

廿四日　晴　五月十九日　星期四

閱報，四國首腦會議未能開，似已無可談判。赫魯曉夫欲往東德一訪，飛柏林云。

廿五日　晴　五月二十日　星期五

報載四國會議已不成，亦無下文，解決將從此止歟？

廿六日　晴陰不定　今日小滿　五月廿一日　星期六

今日未能作事。上午至醫院看病，向醫生給以鉄□湯①，廣東止肺病藥也，聞每瓶價一元八角，潘高壽制藥公司出品，近年消售武漢，價奇貴，不知效果如何，予服此膏係第一次。

廿七日　陰　下午四時雨片刻　五月廿二日　禮拜

今晨預定往程少松家問各事，下午一時乘車一時半到，值少松在家夙思，問者彼一一答之。三時半出，便訪李愈友，取得一瓶酒歸。塗中遇遊行呼口號之男女工學居民等列隊約萬餘人，雨濕衣帽，急行，口呼"打倒美帝國主義"不絕，予車停約十分鐘乃通過也。歸後飯畢定生歸，予寫條囑其直往唐先生說明一切。晚寢後見奇夢，有空中道裝神像四，較洪山之金剛尤大，又見來訪予家之賓從約八十人，多不識者，與予談話，此夢境真奇怪扯雜也。

二十八日　陰晴不定　五月廿三日　星期一

今日報載赫魯曉夫已返莫斯科。又載美軍用飛機在廣東汕頭上空偵察，我國已提出九十七次警告。

廿九日　晴　五月廿四日　星期二

今日閱報，蘇警惕還擊挑釁者，美叫嚷首戰。又載廿二、十四時美軍用飛機兩次侵入西沙群島及汕頭上空争②察挑釁，我已提出九十八次

---

① 鉄□湯，應爲"鉄破湯"。
② 争，應爲"偵"。

警告。統計此月只有小雨五次，中雨三次。

五　月

初一日　晴　五月廿五日　星期三

今日至醫院看病，挂號已滿，改挂下午。二時乃去，僅一醫生應診，下午病人來者，挂號人云下午不挂，明晨再來。如此辦法，來就診之男女廿餘人怏怏而出，尚有後來者均答以明天再來。省立醫院如此，殊堪痛恨也。

初二日　晴　五月廿六日　星期四

閱報無多事，所載者與前旬同。五月廿四日美軍艦一隻兩次侵入福建東引海壇區地。廿五日美軍用機飛入廣東領空，我已提出九十九次警告。

初三日　晴　五月廿七日　星期五

今日報載美機、艦又來挑釁，我已提出一百次嚴重警告。報道有社論，論及謂將來清算此賬云云。

初四日　晴熱　五月廿八日　星期六

閱報無多事，僅載中國登山隊長已登到珠穆朗瑪峰頂峰。隊長史占春卅二歲，爲著名運動員，四川人。率領各著名登高員貢布、藏人，廿七歲。王富州、廿五歲，北京人。屈銀華。廿五歲，四川人。此峰爲世界第一高峰云云。

初五日　端午節　晴　五月廿九日　禮拜

今日端午，天氣晴明，兒輩外出歸後云街上人多擁擠，以今值星期假，各界男女出遊也，不佳的食物及冰棒等售之一空。予未出門，僅以甜酒一杯遣興，然無所謂興也。回想七十五以前之端午，腹生感慨，作小詩一首另書之。報載美機至閩、廣邊境上空挑釁，我已提出百〇一次警告。

初六日　晴陰不定　晚小雨　夜十二時以後大雨達旦
五月三十日　星期一

今日報載北京中共中委林伯渠死，北京各界成立治喪大會。午後出外理髮。尚志怡來借書去，天順來述各事。

初七日　雨　五月三十一日　星期二

報載美機又飛至石沙島上空挑釁，我已提出百〇二次警告。

初八日　晴　六月一日　星期三

今日未出門，在家補畫水墨山水已成，作爲予七十五初度自壽之作品也。予生清代丙戌五月初八亥時，七十以前推算八字均作亥時算，解放前三年，予憶母親六十歲時述予降生時在祖父看夜戲半本回家，值予呱呱墜地聲，似已交子時。後請人以初九子時推造，乃相合於予七十年前往愿，遂改爲肯定的五月初九，則從前列於族譜中之時辰、日干俱誤。以後即以五月初九子時爲准。下午飲酒二杯，作詩一首。

初九日　晴熱　六月二日　星期四

今日報載美軍用機又侵入永興島上空挑釁，我已提出百〇三次警告。連夕晚寢後多奇夢。

初十日　晴熱　六月三日　星期五

早起至醫院看病，王醫生仍以枇杷膏給予。予此藥不效，請以和氣血之膏治予疾。醫云只此一種，實相告他藥無之，相視一笑而已，可想☒。

十一日　晴熱　六月四日　星期六

今日改詩補畫俱成。下午以熱未出門，服藥午睡二小時。

十二日　晴熱　六月五日　禮拜

今日報載昨日美軍用機又飛到西沙群島永興島上空挑釁，我已提出百〇四次警告。

十三日　晴熱　六月六日　星期一

早起，九時乘車至殷家問各事，約十①刻鐘出至鍾小山寓談半時。出至九龍井李愈友寓談一時許歸。閱報，昨日下午四時美軍用機又至廣東平海、汕尾地區上空挑釁，我已提出百〇五次警告。

十四日　晴　六月七日　星期二

連日報載各地大豐收、人民公社好等等。午後補抄各稿，二時發各覆函。晚間以目力不佳未作事。此旬脚已消腫，寢後仍咳，多奇離之夢。

十五日　晴陰不定　六月八日　星期三

以昨改日記序稿，囑遲生再複寫寄來，由郵退。上、下午改近作詩稿二件。

十六日　陰　小雨如絲　六月九日　星期四

閱報，停止半年之大使級會又重開於華沙後，再定七月十五號再會談。此會已延開四年之久，未見一次公報內容也。美帝國主義仍叫囂備戰，列數條新聞，又所述有新武器云云。大使會議是爲九十八次，且看下月九十九次如何。

---

①　十，疑有誤。

十七日　晴　六月十日　星期五

閱報，所載與前五日同。目力漸差，視物不清，身疲，懶於作事。

十八日　晴　六月十一日　星期六

連日疲乏思臥，臥後思欲整理文稿雜件之事甚多。每到次晨旭日照窗，室中悶熱不能作事，下午三時以後乃得執筆，但執筆即倦矣，何無勇氣乃爾。今春自定計劃未能執行三分之一也，慚愧慚愧。醉石來談。

十九日　晴　六月十二日　禮拜

早起閱報，美新聞秘書訪日受窘，甚危險。又載昨日下午一時美機又侵入廣東永興島上空挑釁，我已提出一〇六次警告。程欣人來談鄂城古物古跡事。下午六時朱士嘉來談北京中國書店托其來述購書事及彼近編道學家傳事約一時許去。

二十日　雨　六月十三日　星期一

今日未出門，檢甲子日記觀之，當時情形如在目前也。傍晚江濤來談甚久去。晚雨，前房中大漏。以統制故，難尋泥瓦匠來修理。

廿一日　雨　六月十四日　星期二

今日醉石送予一石章，祝予七十五誕辰也，坐談半時去。報載昨日美機又到永興島上空挑釁，我提百零七次警告。

廿二日　晴　六月十五日　星期三

閱報，美機昨日又來永興島上空偵察，我已提出百零八次警告。來者自來，提者自提，何時可止耶？

廿三日　晴熱　八十九度　六月十六日　星期四

今日報載美機又侵入廣東領空，我提出百零九次警告。

廿四日　晴熱甚　九十度　六月十七日　星期五

報載艾森已到菲律濱，日本人民對其訪日本風潮甚烈。

廿五日　晴　悶熱　九十度　六月十八日　星期六

近兩天天氣劇變，室內外均熱如伏，今年春夏寒熱不勻如此，前所未見，寒暑表每相差十餘度。報載艾森在臺北，預定十九日到南朝鮮，日本訪問改期再談。是否再談則一問題矣。

廿六日　晨三時有降雨　午正熱甚　九十度
　　　　二時大雨如注　六月十九日

閱報，日本、朝鮮工人罷工，表示抗拒美帝。又載十八日二時及四時美兵艦二次侵入福建白犬領海挑釁，我提出百十次嚴重警告。午後二時大雨陣陣時作，水深四五寸，滿屋大漏，雨直到天明乃止。

廿七日　陰　晴　小雨　午後六時大雨如注　終夜未停
　　　　六月二十日　星期一

今日閱報，艾森已過南朝鮮回美矣，未載下文。下午思出門，慮天悶熱有變中止。晚大雨，長安自鄉間來述各事去。美軍艦昨又到福建海區挑釁，我已提出百十一次警告。

廿八日　晴　午後陰　悶熱　六月廿一日　星期二

今日報載美軍用飛機又侵入廣東西沙群島永興島上空，我又提出百十二次警告。美帝機、艦今年犯閩廣邊上空、領海頻繁，僅以警告，彼亦不理，將用何法制止耶？

廿九日　晴陰不定　六月廿二日　星期三

早起閱報，美機又犯永興島、西沙群島上空，係廿一日上午十一時，我已提出百十三次警告云云。今日雲門、暢如、醉石、金門先後來談去。午後寫信二件並日記序稿，分致愈友、江濤，請其閱後轉抄也。

三十日　陰晴不定　六月廿三　星期四

早起，報載係今日事，誤列百十三次於昨日，因補寫之誤，雲門等來談亦誤在前矣。晚聽收音，日本岸信介內閣已總辭職矣。

六　　月

初一日　陰晴不定　午後四時小雨　六月廿四日　星期五

早起閱報，日本岸信介尚未正式辭去內閣，辭後亦與岸信介同調之人，故各工會仍組織擴大規模反對之。

初二日　陰　小雨　六月廿五日　星期六

閱報無多，所載一旬相同。午後檢出雜稿寄鄂城，囑遲生交袁養正抄一副本自留之，傳不傳聽之而已。蒲松齡《聊齋志異》、李蓴客《越縵堂日記》未印行時已為朋友抄遍，故至今流傳不朽，予何人，斯敢望哉，敢望哉！晚十時寢，得一怪美夢，理想與？先兆與？

初三　雨　陰　晴　小雨　六月廿六日　禮拜

閱報與昨同，抗美宣傳各省普遍行之。

初四日　晴熱　六月廿七日　星期一

早起，九時半至醫院看病，挂一〇八號，續來尚多。醫生四人，候診、候記賬、候發藥耽延三小時，設再天熱，站隊者熱得發暈，不病亦病矣。今日晤崔先生、李曾柏，得見《永樂大典》"嘴"字韻一本，刻刷之精，後世難比擬矣，與現在之珂羅版影印者何異？而潔白之紙則近代所未有也。此爲殘本，後面有私章一，文曰"孔祥□印"，光緒廿六年臘月所得，得自何處未書也。此殆庚子聯軍入京後自皇家散失者歟？

初五日　晴熱　九十度　六月廿八日　星期二

閱報無多事。憶清光緒卅年六月初五晨六時，表兄送予至三道街口，遇程師及稚松，尚有幹丞送考，囑予轉行，云尚未開龍門事及下午六時放榜事，今五十七年矣，此可爲紀念者也。

初六日　晴熱　九十度　六月廿九日　星期三

閱報，六月廿八號八時五十分，美艦侵入我國領海廣東江海灣以南海區，我已提出百一十四次警告。又載美帝加緊備戰。下午寫信二件，憶及先君言五十歲以前未獲一日安樂日，只有甲辰六月六爲其快活的一天。至今思之，則先君五十歲紀念日也。

初七日　晴　極熱　九十一度　六月三十日　星期四

今日接愚夫復函，指予詩中應改一字，頗中肯，予讀佛書少，以爲無"佛子"二字名詞也。閱報，美帝飛機於六月廿八號下午八時侵入我國廣東汕尾以南海區上空挑釁，我已提百十五次警告。又載蘇聯將再向太平洋中部放射火箭云云。

初八日　晴熱　九十二度　七月一日　星期五

七時閱報，中國與尼泊爾軍隊發突擊事，尼人有死傷，周恩來正在調查並表示遺憾，內容尚不得知。又載美國緊張備戰。

初九日　晴熱　早有南風　七月二日　星期六

閱報無多事。今日查閱《學政全書》，清代生童科歲試詳載無遺，惜予十年前未檢查此書也，嘉慶十九年以後不知此書續纂否。蓋鴉片戰爭以前太平軍尚未出現，清代人才完全取材於科舉應用，故居官者尚少不學無術之人。一代文化，此書自可保貴，全套二十本，已連日觀其半矣。

初十日　晴熱　九十度　七月三日　禮拜

今日未出門，身亦不適。

十一日　晴　南風　七月四日　星期一

早起，九時渡江，十時到曹宅談一時許，就寓食麵一碗。十一時半至孫愚夫宅食饅頭二枚，談一時餘。下午三時乘電車回武昌。今日有風，尚不甚熱。

十二日　晴熱甚　九十二度　晚雨　七月五日　星期二

今日未作事，四肢酸軟，坐臥均不安。接遲生寫來日記敘稿，又喜祖軫已到漢，來函一件。

十三日　晴熱　九十一度　晚雨　七月六日　星期三

今日報紙未載多事，僅印尼打死華僑二人，中國已提抗議。

十四日　陰雨　晚大雨　七月七日　星期四

今日閱報無多事。

十五日　晴　晚有月光　七月八日　星期五

連日報載無多事，印尼排華事未中止，尼泊爾死傷二人事亦未解決。

十六日　晴　陰　傍晚陣雨　七月九日　星期六

今日擬出門未果。

十七日　晴熱　大陣雨　午後二次　晚涼
七月十日　禮拜

今日十二時，許厚生所述困狀，其子不肖等等。此人心術不佳，許多事咎由自取也。刺刺談坐二小時，借一元乃去。參事室來寫捐二元，謂學習種菜工地租宅前日被火焚毀，須集資幫人家做屋云云。

十八日　晴　晚小雨一次　夜涼　七月十一日　星期一

閱報無多事。閱《金陵瑣記》廿頁，此書無甚精采，新華書局新翻印，大字，索價六毛，何其昂也。

十九日　晴陰不定　七月十二日　星期二

無事可記。

二十日　晴　陰　時有小雨　七月十三日　星期三

連日天氣不正，冷熱無常，小暑已過七日，尚不似暑天氣象。

廿一日　晴熱　八十八度　七月十四日　星期四

予記自前三年有印行機會，嗣以迭年運動不停，真一浪接一浪。去有機會，以爲雜著可印行矣，乃又以特殊情況中止矣。何時能印耶，不可逆料。自今年閏八月①起，僅書氣候或重要事件，否則逐日順次寫去，不記私生活及俗事也。下午閱報，十四上、下午美艦侵入廣東平海以南地區領海挑釁。又海軍美軍用飛機飛至汕尾及永興島上空挑釁，我已提出一百十六次嚴重警告。

廿二日　晴　極熱　九十七度　七月十五日　星期五

閱報，日本岸信介在東京爲一六十七歲右翼份子以刀刺傷，兇手當場被捕，但未敍明何人，且未以顯著大字印出，何也？

廿三日　晴熱　有南風　九十六度　七月十六日　星期六

報載華沙大使級會中美大使昨以開九十九次會議矣，下次再開定爲

---

① 閏八月，據後文應爲"閏六月"。

九月六號云。

廿四日　晴熱　九十六度　七月十七日　禮拜

閱報無多事。午前十時至午後四時熱不可耐。

廿五日　晴　極熱　九十六度　七月十八日　星期一

閱報，美帝不斷的挑釁，越南反對吳廷豔與美結合，印度罷工事愈擴大，被政府捕壓者已有二千人。

廿六日　晴熱　九十六度　七月十九日　星期二

早起閱報，印度罷工被捕者已有一萬五千多人，至今未解決，究竟內容如何，中國人似不能知罷工的目的如何。又載十七號美軍艦侵入福建海潭區以南海域兩次挑釁，我已提一百十七次警告。

廿七日　晴熱　九十六度　七月二十日　星期三

今日熱，未作事。下午至醫院看病，取糖條一件，至圖書館取書。

廿八日　晴熱甚　九十六度　七月廿一日　星期四

閱報，印尼事未解決，日本內閣事似未組成，西德仍聽從美帝組織武裝，有備戰狀態。上午十時至醫院送條子蓋印，至圖書館借書。

廿九日　晴熱甚　九十七度　七月廿二日　星期五

今日閱報無多事，此旬如此，不知何以如此。劉問山來請予寫條子一張，已許之。

三十日　晴熱甚　九十六度　七月廿三日　星期六

早起閱報。午後哲之來談甚久去，予以酒半斤，黃豆一斤與之。鍾小山早來，予剛起，室內東曬，熱甚，勉與談一時許別去。予以昨日上、下午均乘車去看病，車去多錢，實不合算也。下午八時半鄒江濤來談甚久去。

統計此六個月間下雪二次，時間短，雪不大。下大雨者共八次，中雨七次，小雨共廿八次，陣雨列在小、中雨之間。餘則晴、熱、燥三種氣候也。

閏六月

初一日　晴熱　九十四度　七月廿四日　禮拜

上午未作事。下午哲之談，予贈以酒及黃豆一斤去。

初二日　晴熱　晚涼　七月廿五日　星期一

目力不佳未寫作。晚涼。

初三日　晴　有風　七月廿六日　星期二

閱報無多事。

初四日　陰　小雨　涼甚　七月廿七日　星期三

今日晝寢，夢先母憐予思油炸物，作□油條、麻花類以油炸，囑先室萬氏爲之裝洋鐵盒中，猶是從前在暑假回縣時情狀。予取數件嘗之，遂醒。夢時甚長，傷心哉。

初五日　陰　小雨　涼甚　七月廿八日　星期四

早起閱報無多事。

初六日　晴　七月廿九日　星期五

初七日　晴　七月三十日　星期六

今日胡林太寅來述各事，我無米麵，未留之吃飯。

初八日　熱極　九十六度　晚尤熱　七月三十一日　禮拜

三伏初起，今日熱甚。閱報無多事。

初九日　晴　極熱　九十七度　晚人能睡
八月一日　星期一

今日未能出門。補寫文史資料稿已三日，今日成功矣。匯五元與鄂城。

初十日　晴　悶熱　九十八度　八月二日　星期二

今日又成稿一篇。正午哲之來談，係昨日事，彼不畏熱也。

十一日　晴熱甚　九十六度　八月三日　星期三

以天熱早起，亦不能作事。

十二日　晴熱甚　九十六度　八月四日　星期四

未作事。

十三日　晴熱　九十四度　八月五日　星期五

寫未復之函三件。

十四日　晴熱甚　九十五度　八月六日　星期六

補寫詩稿，清理雜稿。李君□來。

十五日　晴熱　晚月色佳　今夕亥初立秋
八月七日　禮拜

今年設非置閏，已是七月半中元節了。光陰如駛，今夕立秋，月色如銀，推想過去，感作一詩。寢後多雜夢，皆卅年前情況。

十六日　晴　極熱　晚有北風　甚涼　月色佳
八月八日　星期一

今日寫雜稿。

十七日　陰　晴　北風大　八月九日　星期二

連日閱報，無重要事可記者。偶有來客，亦可不記。下午一時至同仁醫院看①，以證不合未果。至愈友寓坐談出，再至省立醫院看病，王醫生給以枇杷膏出。晚涼甚。

十八日　晴　北風　晚涼　八月十日　星期三

今日未作事。因涼晚早寢，夢予在某地大樓上扶持張難先同下樓，自一樓至二、三、四一溜而下，張身枯瘦難看，予與張十餘年未見面，不知何以有此夢。又夢檢出太平軍時所發出大馬褂藍扁字銜，如清官署式樣，有十餘種分類，予欲爲照片存之，似爲編著用者。

十九日　晴　八月十一日　星期四

今日寫信寄傅如昭，復許厚生信。

二十日　晴　早小雨　晚又小雨　八月十二日　星期五

今日到醫院二次方得看病。王醫生謂歸脾膏有了，給予一瓶，須機

---

①　看，疑後脫"病"字。

會，不常有之藥。

廿一日　陰　早涼　午後熱　八月十三日　星期六

早起擬往醫院，慮無藥枉花車費，未果。午後醉石來談，新自長沙回鄂者，到處老鴉一般黑，不勝慨然。

廿二日　晴熱甚　八月十四日　禮拜

未作事。

廿三日　晴熱　九十二度　八月十五日　星期一

閱報無多事。此旬所載田間管理，爭取第三期豐收等等。

廿四日　晴　極熱　九十四度　八月十六日　星期二

今日到醫院看病。匯上海董嫗款。

廿五日　晴　極熱　九十五度　八月十七日　星期三

復各處函。

廿六日　晴　極熱　九十六度　八月十八日　星期四

今早到醫院看病，候三小時之久。向醫生檢查予血壓又增高，由六十度增至百八十至二百，給以夏枯草膏。

廿七日　晴熱甚　九十六度　八月十九日　星期五

閱報。阮本清來。午後閱報。

廿八日　晴　極熱　九十七度　八月二十日　星期六

上午傅如昭來述廣州各事並述商衍鎏先生係臘月初十生辰，非初四也。商年八十七，目力尚佳云。報載美軍用機於昨十九日又侵廣州、汕尾上空，下午又一次到永興島挑釁，我已提一百一十八次警告。今夕八時見高空藍色大星自南向東北慢慢移行。

廿九日　晴熱　九十四度　夜過子轉北風　涼甚
八月廿一日　禮拜

早起閱報。午後一時朱士嘉來訪，云新自北京歸者，已與京中華書局負責人見過，並由李侃編輯主任談過予之六十年日①印行事。李云願予協商定初步印行草稿，談半小時去，請予與李聯繫云。

七　月

初一日　晴　早風未息　涼甚　八月廿二日　星期一

早起閱報，美帝叫囂備戰，國防部開會，高級將領對蘇聯有計畫攻法並成立新軍事機構。又載廿一日有軍艦侵入廣東平海以南海區，又下午有美軍艦侵入福建馬祖以南海域，我已提出一百十九次警告。

初二日　晴熱　九十二度　八月廿三　星期二

早閱報。午正夏長生自黃岡來述各事，自帶米粑，予僅給蔬菜，然寓中實無飯與粥也。夏丙臣有五子，窮困一生以死。其二至五子予均照拂。丙臣自民十五四月隨予後，時爲工役，時爲長隨，時爲廚夫，均忠誠可靠，惟屢派好事或給錢爲小貿，不折閱即患病。前年來省寓住六天即欲回去，留之不可。此人真一生未伸頭之人矣。今年屢見於夢中，仍似爲予爲隨從，傷哉。下午傅如昭來談。

---

① 日，應爲"日記"。

初三日　晴熱　九十度　八月廿四日　星期三

今日報載無多事，仍如前旬狀。致函北京中華書局李侃，爲印日記事，朱士嘉在京與李晤所談也。

初四日　晴熱　八月廿五日　星期四

報載也門到北京來訪人員航機失事人死，中央致電哀悼。下午三時吳大灣仲衡表兄之子來談甚久，惜寓中無食，未能留之，僅茶煙而已。

初五日　晴熱　八月廿六日　星期五

今日到醫院看病，王醫生開止咳糖漿。

初六日　晴　午後小雨廿分鐘　晚寒
八月廿七日　星期六

閱報無多事。下午有小風雨，夜間轉寒，可蓋棉被。

初七日　晴熱　九十一度　晚涼　八月廿八日　禮拜

今日補寫《晚學續集》約詩廿餘首。今夕七夕也，憶光緒辛丑與民國癸亥兩七夕，頗多感慨，一在南城高氏塾，一在滬平安旅社也。

初八日　晴熱　九十一度　八月廿九日　星期一

早紀雪昉來談。午後閱報無多事。

初九日　晴熱　九十三度　八月三十日　星期二

早起憶亡室蕙芳卒於癸酉今日辰時，屈指廿七年矣。臨危前夕之語已不驗，假使當年托生，已廿六歲。噫！在何地可尋耶？去、今兩年彼之忌日未有祀典，傷哉！晚敖雲門來坐談一時去。

初十日　晴熱　九十四度　八月三十一日　星期三

連日忽又轉熱，晚間亦在八十八度上。連夕多夢，甚奇離。

十一日　晴熱　九十二度　九月一日　星期四

改換《長江報》，亦無新聞，紙尤黑。閱報，少真實事，不看又似如有失狀，總之疑信間耳。偶憶光緒癸卯科試，我縣城內挂水牌者十人，進四人，涂宗經、孟廣渭、汪成驤、鄭炳麟，俱府縣前列；王久旃、張齊名、周作人係取經古散號。挂水牌者孟秋溪、徐平夫、施幼安，孟與施爲佾生，提堂號兩，孟、施、徐俱落第，學使爲胡鼎彝，陝西人。甲辰歲試予爲府前列，與鄭炳麟同孟廣澤、廣濂縣前列。是科經古未發榜，故府縣前列及縣首僅十六人，堂號可貴也。水牌挂十五人，孟廣濂未挂出，施幼安佾生，程賢智幼童，孟廣渭捐樂佾，俱爲提堂號，另名曰西堂，府縣前列十六人名曰東堂號。散號挂出者洪調元，提堂號挂出者施幼安、程賢智，共七人，孟、鄭、孟、施俱落第。施進迎二次佾生者，尤喪氣。事隔五十七年矣，此亦我邑城內後輩應知之資料也，事關邑乘歷史，故書之，非迂腐性。金榜中，洪調元年六十，程賢智年十六，老與少俱在城內，尤奇。晚閱程松師年譜已竣，少松所編，錯誤多，一一改之。

十二日　晴熱　九十度　九月二日　星期五

昨夕睡未安，早六時即起。午後爲劉問山寫楷書屏一條，彼七十誕辰予贈詩，請予再寫條者也。字如茶杯口大，久未作楷字，寫得吃力且不佳也。自今日倒數起，武漢不雨晴旱者已八十九日，與去年同。中下小①四次，爲時極短，尚不知何日有雨也，可稱旱災。晚七時半遲生自胡林來，口稱彼與妻子等七人在縣被指定遷移鴨兒湖開荒，城內同時指

―――――――――
① 小，應爲"小雨"。

定支援農村者有四十餘家，彼後以要求分在胡林，居邦臣宅中。又述朱家壋父母合葬地已鏟平種地云云，餘事不願記。予之飯吃後囑往其岳家去宿，明日再來詳述。予則終夜睡不安，抑鬱心煩難甚。

十三日　晴熱甚　午後三時陣雨約一小時
九月三日　星期六

今日心煩亂不能自解，思前思後愈煩亂無已也。

十四日　晴熱　九月四日　禮拜

昨候遲生，竟在周家未來。下午一時雇車往馮亞佛先生處坐談一時，蓋已月餘未見面也。座中遇哲之述各事，云嶧儒曾往京，歸已旬日，彼未來予處，或有他情耶？往馮質蕙家訪傅如昭竟未晤，不得廣州詳情。僅與馮談各事，請其禮拜二爲予介紹西醫診現在病狀，並介紹醫生安牙齒。轉至王惠亭醫生處，爲予針足二針，左肩後一針，四時半方候車到家，疲甚。問家人，遲生今日又未來。定生今晨到漢陽機專學校上課，晚間又歸，予未問其究竟。

十五日　晴熱　九十一度　今夕八時半月食
九月五日　星期一

閱報無多事。遲生仍居周家未歸。晚八時以後月全食，時天暗，西方有大星一，發紅光。定生今夕又歸，不知如何情狀，予亦懶問之。

十六日　早晴熱　午後更甚　夜大雨斷續五六次　氣候寒
九月六日　星期二

七時起，因與馮醫生預約今晨民主路醫生，去尋牙科徐壽霆診牙，候二時許乃得看牙，謂不能診，須另尋彭醫以拔去另做爲好。診牙者十餘人相候，深悔今晨不該去也。晚遲生與國貞同來，談話多，遲生擬明晨回胡林，國貞就此宿。夜轉鐘一時半陣雨來，自是斷續下五六次，甚大，堂有積水，因北風烈，此爲百餘日之大雨也。定生又歸。

十七日　晨五時雨未止　陰　九月七日　星期三

五時雨仍大，國貞必欲搭汽車回農學院，不能止之，彼以公事爲重也。遲生因雨改爲明晨回去，晚囑遲生各語。

十八日　晨陰小雨　午後陰晴　九月八日　星期四

早六時遲生飯畢回鄉，僅與說四五句去。九時閱報，華沙六日電，中美大使級會舉行一百次會議，宣佈下次會議在十月十八日再舉行。查此會議已逾五年之久，開會至一百次之多，久且多，真聞見未有如此奇哉，竟不知內容如何。又載美飛機、軍艦侵入廣東汕尾平海以南地區，八日同時侵入我領空偵察，我已提出一百廿次警告。

十九日　陰　小雨片刻　旋有小陣雨　九月九日　星期五

今日未作事。

二十日　陰　九月十日　星期六

閱報無多事。聞胡忠民等已歸。整理徵文四篇，用函請來取去。

廿一日　晴熱　九月十一日　禮拜

閱報無多事，習見文件一旬似相同者。接北京中華書局編輯部復退還六十年日記敘原稿，彼處已抄存，予前函所囑者也。印刷事以缺紙關係俟緩再聯繫定辦法。索予《辛亥回憶錄》印本，又請雇人代抄庚子日記及辛亥日記各半月去看，由該部出抄費云云，其用意可知。竹如來談甚久去。

廿二日　陰　時小雨　九月十二日　星期一

今日下午至醫院看病未能挂號，據招呼人說上午已滿號，下午僅一醫生應診，求治者無論遠近人毫無通融。噫，好醫院哉。此院院長爲韓大載之子，是一庸醫，不能理事者也。前月省府尚以他補委員，不知何以至①地步。

廿三日　陰雨　午後大雨數次　夜大雨
九月十三日　星期二

今日報載大使會談百次事。幾內亞總統在京發表會報，我以大米出口換取咖啡、棗子、橡膠事。國貞來述各事。

廿四日　陰雨　下午晴　九月十四日　星期三

閱報，剛果、古巴事雜亂甚，似擴大。下午程少松來。

廿五日　晴熱　九月十五日　星期四

今日到醫院檢查血壓，仍爲百八十至九十。予慮爲肝炎，咳又重，經查後尚未有。再開白藥水並白小丸二種，據醫云近時無好藥，暫服看看。

廿六日　晴熱　九月十六日　星期五

四肢無力思臥，臥又不安神，心煩亂殊甚。

廿七日　晴熱甚　八十八度　秋社日
九月十七日　星期六

天氣變燥，鄂境內各處仍枯乾。

廿八日　晴熱　九十度　九月十八日　禮拜

報載昨日廣東領空美國軍用飛機侵入挑釁，我已提出一百廿一次警

---

① 至，疑後脫"此"字。

告。今日與診所吳少卿約定明日下午到該所取牙，換新的。

廿九日　晴熱　八十八度　九月十九日　星期一

閱報，國聯大明日可開會。下午取去真牙二枚，假牙一排七枚。

三十日　晴熱　八十六度　九月二十日　星期二

報載剛果事，非洲有十七國提出緊急求聯大解決。又老撾事似擴大，前日泰國以炮擊萬象，推想此意可知也。

八　月

初一日　晴熱甚　日偏食　九月廿一日　星期三

報載剛果政府代表團抗議安理會拒絕他們出席會議。又載古巴代表團到紐約住旅館時，只限定他們住一房，不准到大餐間。聯大對此二事似侮辱。

初二日　晴熱甚　八十八度　九月廿二日　星期四

今日未作事。

初三日　晴熱甚　九十度　九月廿三日　星期五

四肢無力，未能出門。擬看病，竟未能也。

初四日　晴熱　八十八度　九月廿四日　星期六

報載無多事，且為厭看。夜十二時予大泄二次，似上午吃粉水不開。

初五日　晴熱　八十六度　九月廿五日　禮拜

《人民日報》兩天的同來，關於國聯者三事入議程，且看後來解決。

下午五時遲生同念曾自胡林來，予以倦，不願多說話，□之。晨起又泄一次，今日飲食已減。

初六日　晴熱甚　八十九度　九月廿六日　星期一

報載美機一架又飛廣東興①沙群島領空挑釁，我已提出一百十②二次警告。餘爲不緊要之事。

初七日　晴熱　八十八度　晚熱　九月廿七日　星期二

報載聯大開會開始發言，美蘇所屬各主義國支持辯論，仍似十四屆大會狀態未改也。

初八日　晴熱甚　九十度　晚仍熱　九月廿八日　星期三

今日上午至湖北醫學院看病，孔醫生與以補精膏、枇杷膏二種，只得帶回，真正治咳補中之藥無有也。

初九日　晴　極熱　九十度　晚更熱　轉鐘後北風起
九月廿九日　星期四

報載美軍用機又飛廣東上空挑釁，我已提出一二三次警告。今日上午去嵌牙齒，又值醫生外出，一年青醫生不敢作，請予明日下午再來，謂彭達五可代嵌也。晤馮亞佛、凱南、哲之談半時歸。

初十日　晴　北風　上午氣候降低　下午北風更大
九月三十日　星期五

早起寫國煌函，復北京中華書局編輯部信，檢《辛亥起義記》附日記提印一頁記黃侃事。致函金門借款六元零用，因參事室十月份不預借

---

①　興，應爲"西"。
②　十，應爲"廿"。

薪水也。

十一日　陰晴　大北風　氣候寒　晚風更大
十月一日　星期六

今日同室男女出街看國慶遊行外出，內子亦同香生渡江，予在室中午睡。九時四十分曾聽收音機，知北京遊行閱兵情況，陳毅報告近情約半小時乃畢。

十二日　陰晴不定　大北風　十月二日　禮拜

今日報載與昨所聽收音機同。上午八時金門送借款六元來。午後遲生自南湖來，云昨與妻子等七人俱來岳家，就鄉間放假來買小學課本，談片刻去。二時以後雲濤扶鄒嶧儒來談，甚瑣碎，予不願問。醉石來又與談半時方去，醉石坐半時乃去。

十三日　陰　十月三日　星期一

今日報載事與昨大致相似。下午到牙醫診所耽延二小時，牙模仍未成。

十四日　陰　十月四日　星期二

報載國聯事似對蘇不佳，列議程者尚未正式開議。

十五日　陰　午後六時小雨　九時中雨　中秋節
十月五日　星期三

今日下午四時譚定遠送文史資料四份來，請面囑改正之字，約半時去。周媳同其母來，領帶第三孫蔭曾並五孫菊秋來。問以胡林近事，據周媳稱似可相安，較之鄂城不愁吃喝，勉至受奚落也。留之飯去，值小雨，帶傘帽去。未久遲生又自胡林來，帶有糯米粑約二斤，謂中秋節鄉社給與彼大小七人者，遲生因有便車將粑送來。予正思食，囑內子煮之，加味精，尚可口，遂以陳酒酌一杯，飲之遣悶而已。今夕中秋無月，不是去歲晴朗也。小雨仍未止。

十六日　陰　晴　曇　十月六日　星期四

閱報無多事。欲往看病，以四肢無力未能行也。

十七日　晴　十月七日　星期五

無事可記，補寫寶衡之先生傳稿竣。下午文化局職員鮑德驄來訪談，爲大貢院"惟楚有材"匾額何人所書，北京來信云係張廉卿書，是爲大誤。予告以爲曾國藩道光間過鄂所書，予已錄此事一段日記，容檢出再示。鮑爲楚生同學之子，詢之其父去逝已久矣，坐半時去。

十八日　晴燥　十月八日　星期六

今日接雙十紀念日省委通知，於是日在洪山賓館聚餐。

十九日　晴燥　十月九日　禮拜

閱報。

二十日　晴　十月十日　星期一

無事可記。

廿一日　晴　十月十一日　星期二

上午至醫院看病，仍爲孔醫生，給以不相干之藥膏二小瓶歸。

廿二日　晴　十月十二日　星期三

寫鳳鳴寺大聯及廟額四字。

廿三日　晴　晚小雨片刻　北風　十月十三日　星期四

閱報。政協派譚定遠來取稿子去。

廿四日　晴陰不定　小雨甚短　有北風
　　　十月十四日　星期五

閱報。下午囑内子取薪水歸，到手還人，所餘無幾。噫！何時解此困耶？

廿五日　陰　北風　晚小雨半時　夜十時大北風
　　　十月十五日　星期六

今日下午閱報，無多事。九時半余覺來訪談，余號先民，臨鄉人，居蒲圻縣甚久，故完全蒲圻土語，坐一時許去。

廿六日　晴　北風　晚九時小雨　十月十六日　禮拜

今日爲鄂城鳳鳴寺寫額書四大字又長柱聯一副，用紅土書後再鉤。額書甚好，聯字不得意，因相空和尚久求未與者也。

廿七日　晴　十月十七日　星期一

鉤作書額已竣，頭暈甚，須臥静養。晚敖雲門來。

廿八日　晴熱甚　十月十八日　星期二

閱報無多事。

廿九日　晴熱　十月十九日　星期三

今日寄鄂城相空額書、聯文，挂號去。文曰："爽氣西來，看積翠飛丹，秋容如補僧衲；大江東去，聽洪濤巨浪，夜涼疑挾鐘聲。"下款書"邑人朱峙三撰書"。另"古鳳鳴寺"四字榜書，高寬約一尺五寸，頗得意。

九　月

初一日　晴熱　十月二十日　星期四

閱報，華沙十八日電，中美大使級會開一零一次會議，歷二小時。預定下次會議在十二月一日舉行。此會已經過一零一次矣，從未宣佈內容如何。予日記以近日萬分缺紙，到處買不出，即劣者亦不可得，節約自今日起。

初二日　晴燥　十月廿一日　星期五

報載美軍用飛機又來廣東西沙群島永興島上空挑釁，我已提出一二四次嚴重警告。晚嗽甚，不能安枕。

初三日　晴燥　十月廿二日　星期六

閱報無多事。江濤、金門先後來談。連日予咳甚劇。

初四日　晴熱　十月廿三日　禮拜

連日咳甚，夜不能安眠，四肢無力。晚六時遲生又來省，云及先父母必須起開棺檢骨，因公家已在墳上劃爲牆脚，說了一小時。予本恨遲生向來言不信實，事過二年，此墳僅靠羅國貞來口信報道，羅尚關心此事，較此子爲有人心者也。遲生此次來有兩種原因：彼要錢接濟彼零用喝酒是正文，予早已知之。起墳事急，何以不先來報？全家遷到鄉間，仍望予照其母在時接濟四十、三十、廿元不等，彼少信，家中自賺之錢浪費，又控予按月匯款回家，自取其煙酒雜用，此子真不孝之人。囑其至岳家食宿，給十八元爲遷父母墳費，而此月又值極窘，傷心終夜，思前事真痛苦矣。

初五日　晴燥　十月廿四日　星期一

昨晚通宵不安枕，合眼昏昏不過片刻而已。六時內子往南湖周宅，知遲生尚未動身，此次來省又帶長孫念曾來吃其岳家糧，並盡其岳父存酒，歸述後①謂其岳母深恨之，吾不知此子何以無人心也。八時起後悶苦終日。

初六日　晴　風大　晚間風雨約四小時　寒甚　十月廿五日　星期二

悶坐無聊，有時心煩難過似欲吐者。午後外出購物。

初七日　大風雨止　晴轉暖　十月廿六日　星期三

連服藥粒二天，咳已轉輕。藥名息□靈，竟與予咳嗽不□對症，何也？午後三時往牙醫診所修理牙齒，補欠款二元，共去診費十六元矣。歸時無車，步行約四里，足疲甚。晚睡，今夕甚安。

初八日　晴　寒　十月廿七日　星期四

昨睡又未安，八時起，咳似又加，心煩甚，時臥床上。下午一時鄒嶧儒又來，時時重複其與哲之同遊洪山詩數次，甚厭聞之。坐半時，值一客初來名黃南軒者，由崔冠侯介紹來謀抄予日記稿事。其人來此目的在此也，嶧儒則時時插入與黃說話，致黃與予言不能盡得，占時間甚久。予即與黃結束其詞，示意催之去，不知鄒何以不通人情也，耽近二時半之久乃去，不知彼何以不通人情看顏色也。客去後予心煩亂更甚。晚八時查閱已抄日記約二萬四千餘字，備明日寄北京局。

---

① 述後，疑應爲"後述"。

九日　晴　寒　十月廿八日　星期五

重九佳節昔人每有詩詞紀念，默記吾生今年爲七十五重九矣。今日爲重九，記去年今日省府公宴武昌辛亥起義諸人於洪山賓館，酒食極豐，極盡歡欣，予曾有詩紀之，今年環境又異矣。本欲外出，以足無力又無伴。聞昨汽車已停開，汽油缺乏，原因甚多。午後在房中悶坐。晚間將定生所抄日記稿閱過，至十時方睡。

十日　晴　十月廿九日　星期六

閱抄日記已改正，今晚須改齊共四十七頁，留三頁，因已有二萬五千字之數。

十一日　晴　十月三十日　禮拜

定生早渡江，予昨給以抄費八元，便囑其往孫愚夫寓一看。下午予往郵局定報，稱已截止。寄北京中華書局稿，用雙挂號寄出，有回單便考證也。鄒江濤來談，予無心□入，連日心煩亂，自着急不了，厭聽人談不相干之語也，彼有興趣，我無興趣。晚間閱雜詩不入，夜睡多怪夢。

十二日　晴　晚有月色　十月三十一日　星期一

四時半醒後不安，又展轉小睡不寐，十時方起。午後端偉來談一時去。夜寢不安。

十三日　晴　夜十二時後小雨　十一月一日　星期二

今日爲先母誕辰，咸豐乙卯至今已百零六年矣。前十年在家尚有祀典，今則禮不存矣。且近日遲生至縣遷父母遺骨，不知如何情況也。夜不安枕，咳亦時作，真傷心事也。

十四日　陰　小雨　沉暗難看　十一月二日　星期三

今日下午四時小雨，天沉暗可怕。發魯祖軫及遲生等五函。接肖鵠自南寧復函，云頭顫暈未減，希望予送畫與之祝七旬晋九壽辰。下午三時太長自胡林送鴨蛋來，云其父天順於九月初八已卒，葬大林，尚用棺木也。予問以鄂城起墳事並商議辦法，囑其同夢閑明晨搭車回胡林後約遲生及太平等計議。

十五日　晨小雨　午後晴　十一月三日　星期四

昨通宵未睡熟。七時夢閑回鄉，今日定生又往周家去，予之火食請前重金嫂代爲招呼。悶坐終日。

十六日　晴　十一月四日　星期五

在家悶坐，有時臥床上。咳疾又發，心亂如麻。

十七日　晴　十一月五日　星期六

終日計算鄉城起墳事，心不安也。呂景芳來取畫，予令其自選，坐片刻去。夜寢夢雙親所居屋有玻璃嵌窗，多非舊時屋式。

十八日　晴　下午七時小雨片刻　十一月六日　禮拜

早起。飯後爲朱新民、張肖谷補畫、添款。晚七時夢閑自胡林歸，述父母墳可以不起與見站長情形特詳，予心乃安。飯後乃安①夢閑述墳式及水電站玻璃窗狀式所圍木版，僅父母墳在內，四圍現實無他墳。該站現不徵用此一塊土地，如必欲徵用，必先以信通知。

---

① 安，疑應爲"按"。

十九日　晴　十一月七日　星期一

未作事，心煩甚。

二十日　晴　十一月八日　星期二

今日參事室有通知來囑買紅苕十斤，需糧票二斤，自往東門外農場去取。惟路遠，取此十斤苕似不合算。

廿一日　十一月九日　星期三

廿二日　陰　午後小雨　旋大雨　十一月十日　星期四

今日上午欲至醫院尋向醫生看病，挨至午後乃去，候三輪車行至中途，就馮宅小憩，雨未止，遂冒雨尋民主路五百廿八號張難先舊宅。又值其媳嚴苹英不在家，乃將字帖四種交其點收。再回馮宅，已無車可雇。雨漸大，已四時，只得冒雨，鞋襪俱沁濕，無異行水中也。人不行時，乃至於此耶。洗足吃飯早睡。

廿三日　陰　小雨　寒甚　十一月十一日　星期五

今日命定生將向醫生畫三件送去。

廿四日　晴　十一月十二日　星期六

今日欲往醫院又中止，身疲甚，又不想雇車出門。

廿五日　晴　十一月十三日　禮拜

今日欲外出看病，因已約朱新民、呂景芳來取畫，彼等竟未來也。下午二時魯祖軫來，面瘦削甚，非前年春間來此胖狀。問之，米已減爲月廿三斤。彼從前卅斤猶不能吃飽者也。饒校文來談彼等學習事，坐半時乃去。予留祖軫在此食宿，談話多。晚十時寢。

廿六日　晴　十一月十四日　星期一

今日晏起，人極不適，祖軫去予不知也。下午候新華舊書店王某竟未來，此等書賈說話真不可信者，且爲黃陂籍，予已早料之矣。晚壽圖來述張某臣已死，且用富衣冠，報□制服，可見平時述窮困皆僞也，做錢業十餘年，集財多矣。

廿七日　晴　十一月十五日　星期二

定生至周家去種菜，夢閑爲予至醫院取藥，十一時方歸弄飯。午後將致鄂城水電站汪、劉二君，說明先父母現在合塚暫時不起事，四時封固送郵局發出。

廿八日　陰　十一月十六日　星期三

早朱新民來取畫去，予未起床。午後未作事。晚寢咳甚。

廿九日　晴　十一月十七日　星期四

今日早起食麵一碗，三個月來未食麵，心胸甚舒也。午後往理髮店理髮，剪短用電機，予極不適，且震動甚，又慮走電，以後仍須剎去短髮爲好。二時半歸，李健侯來談學習事，予並告以北京中華書局商印予日記事，坐甚久去。

三十日　晴　十一月十八日　星期五

予決定自陰曆十月一日起，日記寫極簡或僅書日與天氣，如王壬秋先生之有日簡極，或如近代有時名之魯迅日寫三四字。而予寫日記已六十餘年，至今不能付印廣流傳。前年已有機會，公家可代印，乃遲之四年，竟以種種故障而不可能，則時勢爲之也，詳書有何益耶？子孫不肖更何所望？下午吳某來買去書三種，共十九元，賤價也。

十　月

初一日　晴　十一月十九日　星期六

上午未作事。下午八時醉石來談。

初二日　陰晴不定　十一月二十日　禮拜

無事亦不能外出。

初三　晴陰　晚大雨　雷聲大作　今日小雪節
　　十一月廿一日　星期一

閱報無多事，近一旬均如此。

初四日　陰　小雨　晚八時大雨半時
　　十一月廿二日　星期二

晏起，畏寒未作一事。午後三時半華中師範學院有學生二人由該院講師章開沅囑其來訪問，爲編辛亥五十年紀念革命事實詢問要點，予提要告之，二小時乃去。此二生明年即畢業，歷史系者也。該系師生同編辛亥革命，故有此來訪。學生楊振高，河南項城人；歐陽顯凱，湖南桂陽人，頗有禮貌。

初五日　陰寒　午後陽光現　二時半大雷雨
　　十一月廿三日　星期三

此月已過小雪節，雷聲猶作，何也？此則不必以迷信推之。晚寢後夢賀周一事未發表去接，真怪夢。脚抽筋數次，頗痛苦。

初六日　陰寒　雨　十一月廿四日　星期四

今日閱報，仍與昨同。晚寢寒甚，湯婆子已整好，有暖氣。仍多夢，夢亡室萬氏居非前舊屋，而前重堂室水泥稀置未乾，另從幾個小門轉入，正房亦零亂不堪，臥床數具，置破絮，呈愁狀。予醒後回憶此境極不安也。連夕咳甚。

初七日　陰　晴　十一月廿五日　星期五

無事可記，咳嗽仍厲害。

初八日　陰　晴　雨　十一月廿六日　星期六

今日擬往醫院求診，慮星期六人多，難候三輪車。

初九日　晴　小雨　十一月廿七日　禮拜

無事。下午閱報，美機又侵入廣東永興島上空挑釁，我已提出一百二十六次警告。

初十日　晴寒　十一月廿八日　星期一

命定生過江買中山公園豆皮並付價便買各物，午後歸，無所得。

十一日　晴　十一月廿九日　星期二

連日以晚咳甚，致不能早起。諸事待寫作，竟未能也。

十二日　晴　十一月三十日　星期三

早八時起。早點後同內子渡江先到中蘇友好食堂吃所謂蓋交飯，糧票四兩，錢二角，簡直粗惡。十一時到中山公園，先後到食堂二次，首次蘿蔔蓋交飯，飯稍熱而少，其昂貴與中蘇館同；二次糯米稀飯一碗，清得狠。三個黑麵饅頭共價二角，糧票四兩，而人多擁擠，不暇擇也。晚方渡江，除在曹太婆宅弔曹漢丞丈外耽延一刻鐘，餘時在三輪車、輪船中四次外，與內子均步行在漢陽門、司門口、大成路，均候車不得。予疲甚，足不能行，計共行路十五六里，從來未有如此疲乏者也，歸後飯畢即寢。

十三日　晴　十二月一日　星期四

早未起，聞北京政協介紹一青年來家訪問，内子答予未起，如必要可下午一時再來談。彼云先到敬老院訪人去，内子亦未問其何姓名，大約係中華書局囑其來者也。下午此人竟未來。予起床後閱報，昨日上午十一時美軍用飛機又侵入廣東西沙島、七週島等地挑釁，我已提出一百二十七次警告。

十四日　晴　十二月二日　星期五

閱報。

十五日　晴寒　十二月三日　星期六

上午得愚夫函，下午接魏淦函。到醫院看病，向醫生不當班，到圖書館。

十六日　晴寒　十二月四日　禮拜

今晨原擬去請向醫生看病，以起床遲作罷。午後所約賀某亦未來。今年人心更壞，說話無信實不可靠者不限定老少也。傷哉。

十七日　晴寒　十二月五日　星期一

昨夕與張祖培同去訪楊樹廷談一時許，並取得《申報》民國十九年雙十節辛亥革命照片歸，甚快意。下午寫信與柯國華，共五件，均發出。原擬今日到中醫院去看病，藥已吃完，咳亦未愈，可恨也。

十八日　晴寒　十二月六日　星期二

下午賀覺非來與談借楊樹廷辛亥照片事，談未終楊湖橋、雨霆叔姪同來，云昨至洪精一家訪問，洪已不能起床。幸予昨未去訪雨霆。每月五號同湖樵到其家以爲常事，並謂洪恐不久人世。彼今年八十一歲，癸卯科舉人存者僅彼與李繼膺二人，予本欲再訪問癸卯事，今中止矣。近五年每欲訪之高年人，約而未去，隔月相訪，皆作古人，可歎也。凡事要有勇氣，説行就行，去、今兩年，竟犯此説而不即行之病，真違祖訓矣。

十九日　晴寒　十二月七日　星期三

今日下午至醫院看病，三輪車僅搭至彭劉楊路，到醫院候甚久，遂出步行至圖書館，借得張國淦所編《辛亥起義》一册。張非起義人，何以有此作耶？因彼八十一歲時任近代史館館長，爲科學院長郭沫若之屬員，彼前曾爲黎大總統秘書長及内務部長也，去年冬八十六歲方卒，爲湖北大員，解放後處境困難之人也。出館後訪楊玉如，至其家見停柩，則玉如昨日死矣。請其妻出談問約廿分鐘，就靈前痛哭失聲，立片時出，再到院取藥。下午五時半在閲馬廠候三輪車，步行經烈火街，過復興路，行一點多鐘，及到家身疲甚。前次與内子過江時，歸後不得車，步行尤力竭也，以後注意戒晚歸，危險甚大。飯後寫信約覺非明日到照相館照相。

二十日　晴寒　十二月八日　星期四

連日均晏起。午飯後楊樹廷來訪，談書畫金石等事，並閲予日記、詩集等等，連談話約二小時乃去。昨出醫院後曾訪楊器之一次，並借得《中國近百年史略》一本，因其中有"太平天國"一章，須與予所編《朝野雜記》可相考證者。著者榮孟源即科學院第三所所長，即前年被鬥爭爲"右派"者，罪狀中有偷取張國淦史料一段，其人三年前曾來武昌並訪過楊玉如一次，書之内容如何尚未閲也。

廿一日　晴　十二月九日　星期五

閱報。得孫愚①信。

廿二日　晴　早晚寒甚　十二月十日　星期六

無事，取未成之畫補之。得沈疇春函，催閱其稿，予以目力差未閱。

廿三日　晴　早寒　十二月十一日　禮拜

廿四日　晴　寒　十二月十二日　星期一

命定生渡江買得夾宣紙四五尺的共十二張，去價四元餘，較上春漲價十分之二，總算漲得少。至以雞鴨及蛋菜藕相較，此時藉自由開放者漲一倍矣，可畏哉。閱報，美軍用機又到廣東永興島石島上空挑釁，我國已提出一百廿八次警告。噫！警者自警，來者仍來，真兒戲哉。

廿五日　晴寒　十二月十三日　星期二

今日未出門。午後到醫院去，中醫無空，乃就西一診。

廿六日　晴寒　十二月十四日　星期三

下午夢閑到參事室領薪水，就便買得十二兩的鱖魚一尾，去價一元五角。晚飯吃得甚飽，且舒適也。

廿七日　晴寒　晚十二時大北風起
十二月十五日　星期四

今日補未成畫件，晚寢多怪夢。昨日剩魚又供二頓飯，仍可口，多吃半碗飯，二次共增一碗，無營養者得一葷乃如此哉。報載美軍用機昨

---

① 愚，疑後脫"夫"字。

又到廣東永興島上空挑釁，我已提出一二九次警告，推想以後還有警告若干次。

廿八日　晴寒　晚寒甚　十二月十六日　星期五

十一時方起。午後至醫院看病，不得挂號，乃改看眼科。醫生蔣姓，女性，甚過細，給藥擦、吃二種。晚間胡林太平來家述各事，彼挑藕來趕大價者也。鄉間現在許多農民挖藕來省，不之禁也。

廿九日　早微雪　午後六時雪　十二時雪大風寒　結冰
十二月十七日　星期六

早見瓦上、地面雪已及寸，結冰不化，終日室中零度下二度。太平今日賣藕不得其時。

冬　　月

初一日　陰晴寒甚　結冰不化　十二月十八日

太平天明即歸去，予十二時方起。今日未能作事。

初二日　晴寒　結冰未解　十二月十九日　星期一

今早囑夢閑在醫院先挂號，午後去看病，並就中醫院再看一次。便訪崔祥珩未遇，與其妻閒談各事，五時半歸。雲門來，未與多談也。寢尚安，咳嗽似稍好。

初三日　晴寒甚　仍結冰　十二月二十日　星期二

十一時半方起，四肢無力，飯後未作事。

初四日　晴寒　十二月廿一日　星期三

遲起，未作事。閱報，近旬資料大略相同。

初五日　晴寒　今日冬至節　十二月廿二日　星期四

連日朝晚俱寒冷，上午十一時至下午三時俱和暖如春。嶧儒來。

初六日　晴寒　十二月廿三日　星期五

今日下午一時陳哲之持瓶買虎骨酒未得到手，問予與嶧儒，所說情形有誤。天保元藥店否認有酒賣，徒令人鑽煙囱而已。買酒要證明，有證明而又不賣，藥店醫生俱可殺者。

初七日　晴寒　十二月廿四日　星期六

十一時起，昨晚咳嗽較輕。閱報，國際事無大變化。

初八日　晴寒　十二月廿五日　禮拜

上午十時付五元向參事室代買蘿蔔，買補充食糧，然恐亦不廉於定價也。報載美軍艦五艘侵入廣東汕尾領海區域挑釁，我已提出一百三十次警告。

初九日　晴寒　十二月廿六日　星期一

晏起。閱報無多事。

初十日　陰寒　午後小雨斷續十二月廿七日　星期二

早囑夢閑至院挂號，午後去看病。今日又就保安街診所診病，汪星亞醫生為予出證明，就天保元買得虎骨酒小瓶歸。

十一日　陰寒　時有小雨　十二月廿八日　星期三

定生今晨渡江買得餅乾一斤半，價比前次每斤少三角，食料相同，何者？大抵物品歸公家做，凡事不定優劣，他均有說理，買者何敢問其他語耶？午後一時囑内子代哲之買酒，天保元云物已售盡，惜其來遲。此皆由鄒江濤傳達之誤，致展轉換單子仍無由得酒也。

十二日　陰寒　十二月廿九日　星期四

予病加劇，晚寢不安。

十三日　陰晴　十二月三十日　星期五

病未愈，到醫院去未有藥，雜藥煮水，名曰藥水給病人，是否對症不待推揣，蓋代替藥也，可恨之至。

十四日　晴　十二月三十一日　星期六

今日下午爲鄒嶧儒所托，須訪沈肇年，至館則彼等已提前一日放假，竟未遇一人，僅有收信人而已。

十五日　晴　一九六一年元月一日

今年元旦不似去年，各機關未裝飾，極冷淡，僅街上行人多，到處覓食物，各館供不應求，行人懊喪而已。

十六日　晴　元月二日　星期一

今日未作一事。

十七日　陰寒甚　元月三日　星期二

閱報。晚七時胡林玉枝來，帶有肥肉半斤，如獲至寶。

十八日　晴寒　夜下雪盈寸　大風元月四日　星期三

玉枝早六時即帶其子回去，以無糧票，予家亦無糧也。夜過子聞下雪。

十九日　陰　晴　結冰　極寒　元月五日　星期四

早見瓦上、地下有雪約二寸，氣候變寒，幸玉枝昨晨已回鄉矣。

二十日　晴寒　冰未化　元月六日　星期五

今日寒甚，白天零度，須有陽光融雪，寒不可耐。

廿一日　陰寒甚　元月七日　星期六

今日外出取相片，至醫院就診眼科。

廿二日　晴寒　晚大風　極寒　元月八日　禮拜

定生今日去獅子山做工，羅國貞屢次爲彼謀此事也。

廿三日　早微雪　陰寒甚　小雨　元月九日　星期一

今日閱報無多事。午後更寒，進三九，應極寒時也。

廿四日　早微雪　寒甚　元月十日　星期二

未作事，今年無板炭禦寒，無辦法。

廿五日　元月十一日　星期三

閱報。晚寫信四件。

廿六日　晴寒　元月十二日　星期四

今日接肖鵠信、許學源信。午後到醫院看眼科。

廿七日　晴寒　元月十三日　星期五

今日下午至醫院看病，向醫生給以益母膏，謂可治血壓高。

廿八日　晴　午後陰寒　元月十四日　星期六

上午閱報。下午內子去參事室領款，醉石來談，董媽媽送包白菜來。

廿九日　晴　元月十五日　禮拜

閱報無多事。

卅日　晴　元月十六日　星期一

無事可記。

臘　月

初一日　晴寒　元月十七日　星期二

初二日　陰晴不定　今日進四九　元月十八日　星期三

今日進四九，三九已完，今年來多見嚴寒，何也？

初三日　晴　元月十九日　星期四

初四日　晴　元月二十日　星期五

初五日　晴　元月廿一日　星期六

初六日　晴燥　元月廿二日　禮拜

昨接通知，禮拜二須至參室開大會。此次老病者均要出席，汪京門昨曾告之者，予已允去參加。下午五時遲生自鄉間又來省，予問以各事，彼云中央及省人委各項新令，如十二項措施、省十條指示，鄉間已全知，現正整風整幹，述了各事又云彼想回城內住，予以爲不可，令其切勿亂想，囑彼明天來談。抄辛亥文件三件。

初七日　雨　寒　元月廿三日　星期一

今日雨，候遲生未來，予亦未外出。晚囑夢閑準備明晨六時吃飯後至參事室開會。

初八日　晴　極寒　元月廿四日　星期二

早五時起，天未明也。六時半飯熟，吃畢天大明。予着短衣及呢外套出至街口乘三輪車至參室，剛開門時計已七點，距開會時尚欠一小時。予首先簽到，旋有農工民主黨董連善、田雲濤來，方知今日大會有農工、民盟、民革三黨成員加入參室也。九時整方開會，出席共約九十餘人，老病者僅予一人，餘如馮亞佛、李士琦、盧智泉等八人均請假矣。漢口陳子雲先生來與談片刻，大會報告係任鶴賓、胡忠民傳達中央及省人委對國內外現勢，政府對鄉間、城市以及民生日用品黑市搶購情況，極詳；今後辦法與暫時困難補救等法，可見政府全知，故有整幹兌現諸說法至詳盡。予心甚慰，深望以後能確切實行，城鄉民衆受恩不小矣。十二時畢，至生香吃飯，菜惡不說，飯冷且硬，於吾輩老人眞不相宜。而本室辦事務者人少，又不能至各食堂去接洽，此午餐予食十餘口飯，以餘者檢入鐵筒中帶回家中。下午二時起，予分在第三組入組討論，亦發言一次。既來之，只有鼓勁，決不退縮，所以此次必講話也。五時半歸，飯後疲甚，早寢。

初九日　晴寒　元月廿五日　星期三

晨六時起，與昨晨辦法同，七時半乘三輪至室開會，予仍早到，繼至者董、田諸人。今日在三組開會，無大報告。午餐至生香，又未吃好，忍餓至下午五時半到司門口，幸昨①兩日均得乘車早歸。飯後疲甚，早寢。

初十日　晴寒　元月廿六日　星期四

六時起，一切吃飯、出門、雇車與昨日同，到會時予仍第一。然不乘輪，雖極速行亦不能先他人而至也。今日仍爲討論，各人須結合自身，發言無隙與大鳴大放。組長一再申明"決不加人以帽子，言者無罪"之語此次須遵行，決不引人入罪，漫談切實之言，但不記錄，可以證之。午餐及歸途與昨相同。

十一日　晴　元月廿七日　星期五

一切起床、食飯、雇車與昨日同，到會時已有七八人在先，因予今晨候車耽延一刻鐘也。在小組予又發言。大會在三樓，予亦聽報告最詳，心誌之以待證明。今日午餐在館，吃得稍好，每份五角，蘿蔔有牛油也。下午六時方得車到家，疲甚，飯後早寢。夢及今晨負責人及兩組長與藍友，均云你如支持不住可以請假，不甚要緊。予謂既來之，只有力爭上游，如不能時再談請假事，但諸位之意可感也。來勸予者皆誠懇，知予有病，非若某某兩友，均年逾七十，與予曾同事幾次之人，自爲僞裝者，反忌予，謂予藉病爲掩飾學習。前年交心時，曾揭予以大字報者也。人格卑下，藉題以等事爲進步，可鄙哉，可鄙哉。此次予必欲參加開會者，此也。下午六時乘車歸，飯後早寢。

十二日　陰　小雨時作　元月廿八日　星期六

今晨六時起到會，一切與昨日同。民主人士另外下午在三樓開會一次，辛主任宣佈一切辦法。下午五時予提前十分鐘先歸，慮今日爲星期六，人多候車也。果然候一刻鐘，由頭目照顧爲予呼一過路車至王府口

---

① 昨，疑後脫"今"字。

者併載予歸。飯後疲甚，鄉間徐裁縫與談數句，予遂寢。此一星期學習總算予無錯誤，病亦未加重。擬星期一下午至醫院看病一次。

十三日　晴　元月廿九日　禮拜

今日在家休息。

十四日　晴　霧　寒　元月三十日　星期一

上午八時到會，午正在青龍巷朱宅食，午後二時到室開會。四時予提前出會至醫院看病，向醫生爲予開舊藥歸。

十五日　晴寒　元月三十一日　星期二

今日照常開會，予下午五時半方還。昨在室領得肉一斤二兩。

十六日　晴　二月一日　星期三

今日照常開會，室外貼詩者有四人，范昀勛亦有詩。王襄問我：他這一句怎麼講？予慮范忌也，曰：你直問他作何講方爲適。

十七日　晴　二月二日　星期四

今日上、下午仍在三組學習，予發言二次，晚患腹泄三次。

十八日　晴　二月三日　星期五

今日上、下午與昨同。昨食蒸肉似嫌過冷且多，今晨仍泄一次，午後到晚又腹泄。久未見葷油，臟①已滑矣。足軟甚，決定明日請假一天，連同星期可休息二日也。參室囑買蘿蔔，明晨命內子送請假函去便帶蘿蔔歸。

---

①　臟，疑應爲"腸"。

十九日　晴　二月四日　星期六

今日在家休息。

二十日　陰晴不定　寒甚　二月五日　禮拜

腹泄尚未愈，今日至晚八時尚泄四次，吃了參事室分肉一斤四兩尚未完，腸大滑如此。聞患此者同事有五六人，殊可笑也。

廿一日　晴寒　二月六日　星期一

今日到室開會，正午歸吃飯，以足軟未去。明後天方畢，且看看再說。

廿二日　晴寒　二月七日　星期二

早到室，又上三樓，民主人士座談，予去稍遲，發言後已趕下班，請假下午飯後不去，明日總結看如何批評。此次名曰神仙會，從前文史館及民革、民盟等等均已行之，予尚不深悉其意義所在也。

廿三日　晴　陰　寒　二月八日　星期三

今日未到會，已電話問藍漢凌，云可不去。今年本室不聚餐，蓋節約也。予與亞佛、愈友等十餘人未得列聚餐之列已五年矣。某某等進步人薪水亦高一級以上，故拒絕老且病之同事，且年終可分肉、菜等物福利，因忌而恐老病未到室學習分其肥。聞級愈高，分物愈多。然福利以階級論尤可鄙也。晚飯酒半杯。

廿四日　陰　小雨　今日爲辛丑立春節
二月九日　星期四

今日爲小除日，去歲曾作詩，今年興趣少，未作也。晚間飲酒一杯，食高級點心四塊，陳暢如所送以酬予寫字之勞也，因作一詩。

廿五日　陰　晴　二月十日　星期五

自到參室開會，共十四次，後乘三輪車，約用去五元餘。除腹泄八九次外，身體反漸康適，足亦能行三里餘不爲苦，真所謂命賤者耶？連夕飯酒後方寢。

廿六日　陰　小雨　二月十一日　星期六

俗語乾冬濕年，今冬晴時太多，未必果爲濕年耶？予四十以前所歷不爽，今年除夕或不如此，因東北各省今夏秋間奇熱，東三省有時亦至百度。廣東前二年大冷一次且降雪凍死人畜事，未經見之災害百餘年，未能預爲防之。今冬報載廣州一帶且冷至零度者有十餘日，豈非怪事。或謂十年來北南車已交通，一日餘即達五千餘里，則氣候寒燠互換不必稱奇。因思予自廿歲以來所見科學進化，日新月異，有不可思議者。予教理化時，原子在化學不能分，今且有原子彈、氫氣彈，空中有堡壘，有不用機場之直升飛機，蘇聯有火箭，有自造之衛星向月球飛繞照相，最近又有飛船到金星上去探測矣。美國空軍上有響尾蛇火箭以作戰，其他洲際導彈、普通導彈等名詞日有所聞。電視通電話時彼此於萬里之地不同之半球上各見本人相，以免冒替之弊。有聲電影，民國四年予在北京曾有此感，謂電影中能唱則更好，豈知四十年後視爲平常之事哉。設能再活十年壽八十六，則更見不可思議之事物多多矣。廣州商衍鎏探花今年八十八，漢口寄居之太原路達年九十九，予與楊雨廷先生明正當去訪之，彼二老者平生所見，必有感想矣。

廿七日　陰　小雨　二月十二日　禮拜

今日未出門，囑家人買餅乾一斤，所謂高級者也，去價四元五角，糧票六兩。此爲起碼者，如買點心一枚，需價一元、一元五角或七角、六角、五角，一枚數種，大概一斤點心在十元以上，駭人聽聞之價也。

遲生來家送魚肉。

廿八日 陰 微雨 晴 二月十三日 星期一

今日多辦些菜，予飲酒二次。晨微雨，囑遲生急回鄉，慮天氣變也。下午吃年飯未能祀祖，亦無供祖祭品也。美艦又侵入廣東領海。

廿九日 陰 二月十四日 星期二

已買之物前三日已買了，張肖谷匯來廿元，謂係遲生向彼借之補助者。此子不識予與肖谷交情，從定交至今五十餘年，從未有借貸者。予與彼均受過窮通顯晦時，同事二次，僅民國元年三月予自黃安到省時贈與彼十元爲買衣料之用，彼邇時出內務部，爲軍人所排擠，無事閒居時也。以後兩人事有好壞，不在一方，彼此無接濟事，非如朱次誠、劉伯英、王小齋輩，借予款從不一償者也。予得函後痛恨遲生，彼尚未知也，內子回鄉時再帶信教訓之。肖谷續又來來①函，不日隨其婿楊學武到山東供養，過鄂須來一晤，當詳云之。除夕心煩亂甚，十二時半方寢。此頁係辛丑正月初三日補記。昨日美艦又侵入廣東領海，我外交部已提出百卅二次警告。

---

① 來來，二字衍一。

辛丑（1961年）日記

正　月

初一日　陰　今日日偏食未見　二月十五日　星期三

予五時醒，今晨聞四鄰爆竹聲甚稀，不似去年甚密，方之前三四年，未明爆竹全城震耳也。七時起床進早點，今日來客少，更不似予丙戌自鄂西復員後正月朔之熱鬧萬分也。

初二日　晴　二月十六日　星期四

今日有客來。九時予出雇車，走三個車站，以候車人多未能渡。孫愚夫昨函約至其家食麵餃，竟不得過去，怏怏而歸。晚雲門來談。

初三日　晴　二月十七日　星期五

今日出門，雇車欲渡江，又走二站，以候車男女甚多不能往，仍折回寫一信與愚夫，告以昨、今兩日不能渡江原因。午後楊於廷①引一蔡作人名振邦者來談甚久去。予以説話多，客去後頗自悔，以爲初次見面者何必多説話，下次須戒之。田雲濤同來。晚程欣人父子來説内人萬氏今日忌日，寓中不能用祀典，環境如此，亦不許也。夢閑定明日回胡林，清理雜件並些微禮物送鄉人。

---

①　楊於廷，疑即爲楊雨廷。

初四日　晴　二月十八日　星期六

夢閑帶香生六時半出門，定生送之搭火車去。十一時步行至玉兒家中吃午飯，無三輪車，行一時半方至其家。僅菜台爲新鮮物，餘則無味之魚肉也。便訪馮亞佛，衰老尚能吃喝，足軟不能行路，年八十五矣。四時得乘車歸。晚間足瘇，左脚尤甚，明日須治之。腹仍漲痛，今日共泄三次。消化不良，胃臟無真火，老象也。

初五日　晴　今日雨水節　卯初　二月十九日　禮拜

昨夕爲先祖母晏孺人忌日，先君在時每逢此日誠懇祀之。予於民國三年後承此祀典，不敢忘且擺供禮，迄西遷時在客中每感而未舉行。日寇投降後予全家東歸，仍繼續敬行此典禮，迄解放後五年以前淡淡具此禮，未能具供也。近五年以環境關係未能也。回憶先母當時迭言先祖母病卒時喪葬各事，心甚痛之，舊禮教已不存。嗚呼！誰與近代人談此理耶。

初六日　晴　二月二十日　星期一

今日外出一次，思渡江，無三輪車，每站候車男女仍爲十餘人，予折歸，罷渡江往孫寓之念也。晚聽收音機，北京周恩來總理與范文瀾及文史資料委員會負責人，公宴住京投稿之人約百餘，爲親切之座談會，恭維老年人備至，除酬現金外以語言獎勵之，一一握手，盡歡而散。又云以年齡比例，各平均年齡均六十五以上。又新添入之約請投稿者有溥儀，前宣統皇帝也，今已五十六矣。以及王輝武等各軍閥之投誠者十餘人，如湖北朱鼎卿之類份子。天下有不可逆料者如此，明日《人民日報》必可詳載之。

初七日　晴　二月廿一日　星期二

閱報無多事。各省急辦春耕與支援剛果、古巴等國事已見報載二旬餘矣。昨日美機一架又飛至廣東永興島上空挑釁，我已提出一百卅三次警告。

初八日　晴　二月廿二日　星期三

今日上午至中醫院看病，向醫生仍給原藥。又新出品之治咳丸一盒，每盒十粒，細問之，該院自製之品，然無治咳之重要藥，敷衍病人而已，不知該院何以如此。

初九日　晴　二月廿三日　星期四

今日爲上九，記乙未上九與愈友、校文等遊漢陽歸元寺，人多如鯽，街中人擁擠不堪。邇時漢陽有館子可飲食，時甚熱鬧。相隔七年，今阮華甫已作古人四年，李、陳、饒、吳、孫與予均年近八十或過，已逾八十尚在，惟華甫身健恃強，竟未七十九先卒，可見恃身體好者亦不可靠。華甫在日時時步行至魯家巷一遊，往返六十里不需搭車，可見其足力之健矣。劉問山來坐，予少與說話，此人甚慳吝，非講交情者。

初十日　晴　二月廿四日　星期五

早起閱報，終日未出門，補畫款寫條子三件。下午朱新民來談半時去。

十一日　晴　二月廿五日　星期六

今日補未竣畫件。

十二日　晴　二月廿六日　禮拜

連日起極早欲大便，正氣不固，每以早起爲苦。午後仍補未竣之畫兼寫詩款。予作畫竣每幅必有題詠，已成習慣矣。先師沈塘平生作畫甚多，每取古人詩爲題款。師雖能詩，不多題，其天分次予一等。下午來函及和予題贈畫詩共七首。原韻甚佳。

十三日　陰雨　二月廿七日　星期一

今日自磨墨備書小聯及屏條，午後寫四件畢。

十四日　陰　小雨　二月廿八日　星期二

一旬來閱報，多轉載各省春耕事，次則挖煤開礦，魯、秦、晉、青四省抗旱等事，據説此四省前、去年均遭旱災者也。人力可回天，似又不可一概也。

十五日　陰雨　今日上元節　夜雨甚大　聞雷聲
三月一日　星期三

今日為俗月半，吾邑於上元節出西城遊月半，人多如鯽。舊代風俗遊寒溪、西山者皆男子及帶同小兒女者，出遊無婦女也。民國十五年以後稍稍有女人遊西山，亦非大家之守禮教者。聞近八年已丕變矣。下午在家仍補畫題詩，有得意者。近日雙足又瘇，不能外出。囑内子向參事室借廿元為小子繳學費及零用。

十六日　陰雨　夜大北風　寒甚　三月二日　星期四

天雨未能外出。今日補畫俱齊，自留佳者六幅存之。今春書畫興致高，老年眼昏筆弱，佳者甚少，題詩則近活潑矣。

十七日　陰寒　小雨　三月三日　星期五

早六時起大便，寒甚。今日着皮袍子甚適合，不過上月廿四日南寧肖鵠來函，云廣西廿四日着皮袍、蓋重衾猶覺寒冷，則奇矣。午後江濤、雲門先後來談甚久去。

十八日　陰寒　晚雨寒甚　三月四日　星期六

今晨聞玉枝回鄉。八時起，未作事。晚雨。現時雨多，湖北不需要矣。聽收音機，山東、山西、陝、青四省仍抗旱。

十九日　陰寒　小雨　三月五日　禮拜

早起仍須大便，正氣不固所致也。得孫愚夫手書，知他已接參事通知，月有豬肉二斤，雞蛋廿枚，白糖一斤，紙煙廿盒，不知何以受此優待也。並希予作"菊殘猶有傲霜枝"一幀相贈，為二月初三日彼壽辰致禮。明日當為之並題詩二首。下午一時余鴻逵來談甚久，彼以填詞求改正之，細細為之解釋，惜從前讀古典書太少年，並贈以此旬內寫聯一副、畫一張以去。

二十日　陰雨　寒甚　三月六日　星期一

連日均早起，午後補畫題款。去臘買三元八角宣紙，尚有紅貢蠟箋約二元，係魏秋宣所贈者，未列賬。自春節後二日起，悉作書畫留贈舊友作貽件為紀念者，共作廿餘件，佳者有三分之二，僅留一二副自欣賞之。字畫以人傳，人亦以字畫傳者，百年以後自有定評矣。晚間敖雲門來談。

廿一日　陰寒　小雨　三月七日　星期二

連日雨，不能出門去看病，悶甚。午後余鴻逵來請改詞，談一小時，並予餅乾半斤，聞去價二元餘，所謂高級點心者。取予寫小對一副、畫竹條一張以去。

廿二日　陰寒　小雨　三月八日　星期三

今日報載美軍用機四架侵入廣東領空，昨日在汕尾平海以南肇釁，我已提出百卅五次警告。鄒江濤來談一時許，並取蘭一幅以去。

廿三日　陰　晴　三月九日　星期四

七時半起。昨晚睡熟時多，今早起甚安適也。下午至參事室開會。

廿四日　陰　三月十日　星期五

今日未出門，在家清理書籍。與祖珍通電話一次。報載廣東永興西沙島上空，美軍用機一架侵入挑釁，我已提出百卅七次警告矣。晚間江濤來談一時去，約言之，所說不過六七句即清悉者，不知何以不節約語言如此。

廿五日①　陰　晴　三月十一日　星期六

今日訪楊器之，知已往上海矣。以所借書一本《辛亥史》交其媳收存，候交器之。訪愈友談甚久。四時到醫院看病，向醫生開枇杷膏二瓶，發藥者僅許付一瓶，謂此藥甚貴，蓋大人物可以多給者也。一樣勢利，夫復何言。

廿五日　陰　晴　午後小雨　三月十一日　星期六

早起外出買香，昨見尚存三盒，今日無有，此非急用之物，何以如此，竟爲人謀去耶？

廿五日　陰　晴　下午小雨　寒甚　三月十一日　星期六

今日補寫詩稿約卅餘首。《晚學集》寫至今年正月，春節以後之作不日即可完竣，擬不再作，作亦漸膚淺、淺俗矣。放翁老來詩多平易，思想退化，古今人所同也。

廿六日　陰　午後三時雨　氣候變寒　三月十二日　禮拜

今日未出門，補寫詩稿。

---

① 廿五日，此廿五日日記有三則，疑誤。自此日以下至二月初五日，手稿行款中公曆日期及星期錯誤，均已逕改。

廿七日　陰　小雨　中雨　三月十三日　星期一

閱報無多。從前聽收音機未注意，其實早六時、晚八時半《人民日報》與《湖北日報》重要消息，北京與漢口市轉播新聞都已先宣傳矣，看報是靡費了，予現改爲朝夕如此辦法。

廿八日　陰　早小雨　三月十四日　星期二

今日補寫送孫愚夫畫款畢。下午未出門，以路濕也。

廿九日　陰　小雨　三月十五日　星期三

今日未作事。

三十日　晴　陰　三月十六日　星期四

今日出外剃頭，便以石章請楊樹廷刻陽文應用。

二　月

初一日　晴　午後陰　三月十七日　星期五

早起，食麵一碗後即渡江，到孫愚夫寓已十一時矣。談半時劉儒生亦到。十二時孫叟已購得鯿魚一碗，約重十二兩，去價二元。小孩子站隊一小時方得魚。問之如買鱖魚如此大者須二元七角。噫！此所謂高級菜者也。自備有臘肉、香臟①、紅燒臘魚三項，惜酒買不到，各人食包餃子卅枚，劉君吃四十枚，腹飽之至。孫叟生於光緒四年二月初三，在甘肅固原任鎮總兵時所生者也。下午一時與劉君三人候三輪至一時之久，

---

①　臟，疑應爲"腸"。

乃得至中山公園。劉先離去，因候車未至。予與孫在公園瀏覽一①許，飲咖啡二杯，每杯三角，簡直敲竹槓而已。靠薪水吃飯之人今日所用者一元只能當二角五用去。如吃高級物品與買雞子，僅能作十分之一。從前雞子五元一個，我輩以爲奇談；今則十一元一個乃習見事，又何說耶？四時與孫共車到六度橋轉電燈②過武昌，下車後覓不到三輪車，步行歸家，疲甚早睡。

初二日　陰　三月十八日　星期六

今日俗名土地生辰。清代做此會者各縣稱盛，民國元、二年猶行之，現已無人知之矣。

初三日　陰　小雨　三月十九日　禮拜

未作事，足仍腫。得校文函，知其病未愈，不能來看字畫。

初四日　雨　寒　三月二十日　星期一

清代文昌帝君誕辰，官紳士人均致祀典，讀書人均有集會。科舉時代敬重帝君，有欽定祀典。民十以前各縣猶有行此會祀者，今亦無人知矣。

初五日　陰雨　寒　三月廿一日　星期二

今日仍陰雨，欲看病不可能。三輪現在雇有定時，過時即難候。

初六日　陰雨　寒　三月廿二日　星期三

未能出門，足仍腫，參事室分組開會學習亦未能去。

---

① 一，疑後脫"時"字。
② 燈，應爲"車"。

初七日　陰　小雨　寒　三月廿三日　星期四

今日發遲生信，轉石家玫、艾惠安函一件。

初八日　晴　三月廿四日　星期五

接南寧函，知肖鵠須清明前後方動身。

初九日　陰晴　三月廿五日　星期六

今日未作事，下午往參事室。

初十日　晴　三月廿六日　禮拜

十一日　晴　三月廿七日　星期一

今日下午到院看病。此旬內飲食大進，足仍無力，未能遠行。而三輪車極難候，只好在室悶坐。目力大減，看書不行。

十二日　晴　三月廿八日　星期二

醉石、趣園、江濤、鴻逵迭來，或晤或值予出，未記。

十三日　晴　三月廿九日　星期三

未作事。

十四日　晴　三月三十日　星期四

早起，八時乘車至省政協開會，此次爲北京來徵取辛亥武昌起義資料。到者廿餘人，所請不及從前半數，通知謂須當時親身參加當時起義者，又以去年投稿之人政協所送稿費極微，或者已請之人不願來也。正午在會吃午餐，食包子三枚，肴菜僅有魚一盤，餘四菜與居家者同，不過較滿而已。尚收來賓糧票半斤，錢三角。當局者如此辦法，不獨對不起被約之編者，亦無以對自己也。下午三時予認做十題，遂先退席。

十五日　晴燥　三月三十一日　星期五

今日補未竣之畫，補寫詩。尚有文稿五篇亦須補寫，每以目力多寫字即疲矣，漸漸拖延致無勇氣。

十六日　晴　四月一日　星期六

今日寫條子向參室互助組借廿元。有會，予以足疾未往。

十七日　晴　極燥　四月二日　禮拜

今日飯後午睡如舊時首夏狀態。身疲，飯畢午睡而神乃得安也。前日美軍用機又侵入興沙島上空，我已提一百卅九次警告。

十八日　晴燥　四月三日　星期一

補復各處函件。閱報，大辦農業；譴責美帝侵略古巴，促使反動派與老撾作戰；老撾要在日內瓦開會，蘇聯建議在日內瓦開會解決老撾內戰事；各省麥菜均好，可望大豐收；種種資料文電等等。聽收音機與報紙同樣宣傳。午後一時至大中華候吃魚未成，仍歸。

十九日　晴　陰　今日清明節　四月四日　星期二

今日外出，渡江至孫愚夫寓食鱖魚、水餃、香臟①等等，甚可口。昨日自花錢而吃魚不得，今日爲孫愚夫所請，兩小鱖魚去價三元七角，真所謂高級魚矣。下午四時即歸，曾訪崔祥珩談片刻，彼新自漢口協和醫院治癒肝炎反寓者也。

二十日　晴　四月五日　星期三

今日欲作辛亥起義十題未果，補畫三件已成。

---

①　臟，疑應爲"腸"。

廿一日　晴　四月六日　星期四

今日來客數次，致未作事。午後寫長聯二付，江濤代請者也。

廿二日　晴　旋陰　雨　午後中雨　大風　四月七日　星期五

原擬去看病，恐天雨。午後清理各色蠟箋紙寫長條六幅，分二次寫成。閱報，北京六日電，下午二時至五時，廣東汕尾以南地區海域有美國潛水艇一艘侵入，又有軍艦一艘來到上述之海域，我已提出一百四十次警告。北京中華書局來索予前編之《革命詩選》。

廿三日　陰寒　大風　四月八日　星期六

今日寒如冬，未出門。下午鄒江濤來談。

廿四日　陰　晴　四月九日　禮拜

今日外出二次，並寄出《辛亥革命詩選》，北京中華書局文學組索取者也，予親送付郵。

廿五日　晴　四月十日　星期一

今日未作事。午後外出。

廿六日　晴　陰　四月十一日　星期二

補畫件俱成。今日先母忌日，近三年均未舉行祀禮，傷哉。

廿七日　陰　四月十二日　星期三

閱報。

廿八日　晴燥　四月十三日　星期四

廿九日　晴　四月十四日　星期五

早起至政協開會，北京派來李某三人講述徵集文史資料事。八①半談起，予十時即退出到醫院看病，十二時歸。今日到會者約九十人。

三　月

初一日　晴　四月十五日　星期六

今日接愚夫函，約上巳到洪山寺中一遊。

初二日　晴　陰　四月十六日　禮拜

今日接愚夫函，因病又發，不往洪山。

初三日　陰　四月十七日　星期一

今日因愚夫來函，云不能到洪山一遊，遂掃興事。午飯得鱖魚作羹，總算佳事。

初四日　陰　四月十八日　星期二

今日未作事。午後溫《學》《庸》俱畢。

初五日　晴　四月十九日　星期三

整理詩集。《大學》已點完，此爲民十六以後之第四次。

初六日　晴　陰　四月二十日　星期四

今日點《中庸》已完，予在清代十六歲以後四書五經讀完。四書溫

---

①　八，疑後脫"時"字。

過十餘次，均全部背誦過。五經則否。以後科舉改制，蓋不須四書五經令記也。近年欲讀，溫一過甚覺有味。

初七日　陰　午後四時暴雨　四月廿一日　星期五

定生、香生今晨至南湖捕魚、檢菜遇暴雨，衣履俱濕。

初八日　陰　四月廿二日　星期六

閱楊時傑詩稿畢，略抄數首，備入詩話。楊詩不甚佳，以其爲辛亥起義人，曾任內務司長者也。留日五年，清季考試得法政科舉人。從事革命出於至誠。戊戌以前始與彼在馮亞佛家中見過五六次。前以面告其子虞奎，閱後由彼來取去保藏者也。

初九日　晴　四月廿三日　禮拜

閱報。昨聞穎生云張朗丞於上月十六號病故，約年八十三歲。

初十日　陰晴不定　四月廿四日　星期一

上午擬至醫院看病，以兩處開會不能行。先至政協，以胡忠民未到，予遂先退至參事室候醫生驗肝炎，已九時四十分矣，同事到者已三之二。候醫生至驗畢，予先出至王惠亭醫生處打針，僅施於左腿下。歸吃飯，連日未作事而時時饑餓不可耐。

十一日　晴熱　四月廿五日　星期二

閱報，所載幾於一律，可推測也。寓中缺糧已三日。

十二日　晴熱　四月廿六日　星期三

閱報，此旬內古巴、老撾事均未解決。補寫書畫款分別寄出。

十三日　晴熱　四月廿七日　星期四

今日寄朱士嘉、劉振群、譚定遠三人字畫，又寄許學源一函，請其修改前年爲予所作詩集敘言。晚間趣園來談，以予寫字條二件、畫蘭一件付之爲贈品。

十四日　晴熱　四月廿八日　星期五

外出購物，所求者僅得其一，是不花糧票所得。凡零售可食之物，雖極小者亦要糧票，行之年餘，我輩極以爲苦。定糧有限，食一兩點心即扣去一兩飯矣。晚聽收音機，今日午正十二時美軍艦二艘侵入汕尾領海，又軍用飛機侵入永興島上空，俱屬挑釁行爲，外交部已提出百四十四次警告。今晨接陽新胡太式函，予囑彼所查詢陳肖峯同學存亡問題，云肖峯一九五九年已去世，生前曾教書三年，推其年當近八秩矣，是今年所聞。朗丞、肖峯是湖堂年齡高者也，不能逃天然規律也。陳有三子，晚景較張爲好。曙星漸稀亦傷心事。再去學源、肖鵠信，當以此事告之。

十五日　晴熱　四月廿九日　星期六

未作事。晚聽機報北方各省陝、魯、晉北地已在抗旱多日矣，旱災重。

十六日　晴　四月三十日　禮拜

明日五一國際勞動節，解放後歷年熱鬧並遊行種種，且對居民有給魚肉糖果副食品等等。而今年五一忽停副食，僅每成年人有酒四兩，並云端午節分酒亦在內。各機關、團體、學校未紮彩懸燈，亦不通知遊行，不檢閱隊伍云云。晚聽機報衡陽暴雨風大，水淹秧田不少。

十七日　陰　午後大雨　五月一日　星期一

早陰。八時以後僅各機關放假。五一節極冷清，不知何故。午後二時大雨，遊人漸散，往南湖采藕者俱冒雨奔回。定生與前宅同去挖藕者天未曙即行，三時半衣濕歸來，得藕三斤餘，其得不償失矣。

十八日　晴　風　五月二日　星期二

今日無報。昨夕聽收音機，老撾內部與反對黨談合作協商事，兩衍期不答，似未可望成功也。晚聽機報山東東北等地大風暴雨冰雹下雪。

十九日　晴　五月三日　星期三

閱報與前六日事相同。晚聽收音機，今日午後雲南孟滿縣上空有老撾反對親王佔地美製軍機飛入我國領空，隨後又軍艦侵入廣東，外交部已抗議老撾之反對黨集團。又山東東北部廿九日、卅日均大風暴雨。

三月二十日　晴　五月四日　星期四

閱報，已載昨日雲南有美機偵察孟滿縣上空有十二分之久，其用意可知。晚聽收音機，今日午後美軍用機又飛廣東永興島上空偵察，外交部已提出一百四十五次警告。

廿一日　晴熱　五月五日　星期五

寫字條三張。晚聽新聞，山東、河北北地一日大風後四日又大風災，秧損失重。

廿二日　晴熱　五月六日　星期六　今日立夏

今日下午忽熱度上升，晚十時仍八十二度。晚聽機，山東四號風雨成災。

廿三日　晴熱甚　五月七日　禮拜

今日午後六時朱士嘉來談，謂已遷居至張之洞路一百十六號，並謝予送贈字條。忘聽機，老撾赴日內瓦開會事似未有佳況也。

廿四日　晴熱甚　八十一度　五月八日　星期一

寫字條二張，目力漸差。

廿五日　早陰　午後大陣雨約一時許　五月九日　星期二

早起，原擬去看病，天氣似有變乃止。正午忽大雨如注，夜九時以後又大雨，氣候轉寒。

廿六日　陰　小雨　五月十日　星期三

久未出門，今日路猶濕，在家悶坐。晚聽機，鄂北、鄂中多縣抗旱者已得雨矣。老撾事似難解決，且聽下文。

廿七日　晴　五月十一日　星期四

未出門。今日寫字二條，目力更差，又無眼鏡可助，頗以爲苦，仍須再配眼鏡爲好。晚棣之來談。

廿八日　晴　五月十二日　星期五

武昌昔年三月廿八日遊洪山者男女約三四萬人，吃甘蔗者沿途皆是，俗呼爲甘蔗節，實東嶽大帝誕辰也，又稱異帝誕。憶及丙寅是日予乘大吉輪赴荆沙履新，屈指卅六年矣。棣之來談。

廿九日　晴　五月十三日　星期六

早起寫小條一幅，囑小子至張世驥家取得單宣一紙，係上礬者，可供畫幅用。近日漢口榮寶齋亦無紙出售。

三十日　晴　五月十四日　禮拜

今日三月已了，此春季並未郊遊，足力不健，晴朗之日又少，菜花僅見少數，蛙聲則未之聞也。近四年來三春均如此，真可謂辜負春光矣。

使係昔年情緒，應當作送春詩矣。唐人作送春詩，有"與君今夜不須睡，未到曉鐘猶是春"，閑情哉。

四 月

初三日① 小雨 陰 五月十七日 星期三

連夕聽機閱報，昨日日內瓦擴大老撾會議十六日已開幕，各到會者似尚合意。先有中國、蘇聯兩代表團招待各國記者，理論宣傳一段一片均言富馬親王是合法老撾政府。

初四日 晴 五月十八日 星期四

今日寫字條二，寫信二件。晚聽機，日內瓦大會已開始談理論，但富米代表以反對彼，兩方未出席，此即是不能合作之伏根也。

初五日 陰雨晴曇不定 五月十九日 星期五

今日政協文史資料委員會約開會，予未去，已厭惡之矣。該會主持人不懂人情，眼光如豆，多數寫文者不滿意，聞尚欲請人再作文云云。

初六日 晴 五月二十日 星期六

上午未作事，下午至醫院看病，仍請向醫生立方。醫院自去年春起即無應用之藥，每每以此藥代彼藥敷衍了事而已。晚聽機，日內瓦老撾擴大會議似無進展。敖雲門來談昨日政協開會事。

初七日 晴 五月廿一日 禮拜

今日寫信與汪京門、楊器之。午後未作事，出外剃頭一次，連日頭

---

① 初三日，自此日以下至初九日，手稿中陰曆日期均誤，已徑改。

火重，目愈朦。晚聽機，美軍用機昨日午又飛廣東永興島上空，中國提一百四十八次警告。

初八日　陰　五月廿二日　星期一

清理雜書，檢清案上雜物。醉石來談，金門送紙煙來。

初九日　陰　時有小雨　上午晴　五月廿三日　星期二

上午欲出門，後中止，足軟甚，實不欲動也。下午趣園來談。

初十日　晴　五月廿四日　星期三

昨夕接孫宅電話，改期遊公園，是以未能於佛生日渡江也，前數日之約遂止。不知明日天氣又如何也。下午攜香生遊黃鶴樓。

十一日　晴　五月廿五日　星期四

今日午後二時渡江到孫愚夫寓，三時韓達齋到寓談，後江西曾君亦到，皆孫先生所約酒敘者也。四時半四人同坐，據聞買得罐頭肉所做菜二盤，合為一碗，價四元餘；雞蛋四枚，一元一角；蘿蔔一碗，白菜一碗。飲酒一巡，酒劣，飲之頭昏，此市政府飭商業局分戶售與平民者也。予食畢與韓、曾等均早回寓。晚聽機，日內瓦會議已到十四國，到而不出席者老撾王國原王也。南越、泰國代表發言均同情美國，繼續開會尚需時日。又今日美軍用飛機兩次飛廣東永興島上空挑釁，中國已提出一百四十九次警告。

十二日　晴　五月廿六日　星期五

無事可記。

十三日　晴熱　五月廿七日　星期六

閱報。前日廿三號武漢文聯工作者聯合會方振、魏小垣來訪。

十四日　晴熱　八十六度　五月廿八日　禮拜

補山水畫未成。

十五日　晴熱　五月廿九日　星期一

今日江濤來談，余鴻逵來，楊器之自上海歸來談甚久去。武漢文聯張方振、魏小垣又同一□姓女子來談，詳問辛亥起義三事，予爲之詳解以去。聽機，廿八日美軍用機在廣東汕尾上空挑釁，我已提一百五十次警告。

十六日　晨風雨　午後陰　時小雨
五月三十日　星期二

今日政協文史會開會予未往。閱報，美軍用機廿八號又侵廣東，上定日內瓦廿九號擴大會議未開成。又載越南、富馬親王等三方面會談已達成協議。又赫魯曉夫與肯尼迪六月四日可以在維也納會談。

十七日　晴　五月三十一日　星期三

閱報，美軍艦五月廿九號兩次侵入福建平潭以南海域挑釁，我已提出一百五十二次警告。廿八日軍用機提出一百五十一次警告。午後寫手捲二段，甚得意，因添款贈趣園。另以黃蠟箋一條寫舊詩貽紀雪昉，彼與趣園時時見面，慮其見怪，因書之。予作小件書條喜錄自己詩詞，廿年來已成習慣。

十八日　晴　六月一日　星期四

早起閱報，國際上無甚異動。午後二時訪楊湖樵詢兩湖書院事，承其詳告。三時至醫院看病，向醫生仍給舊藥。出訪崔祥珩，值其往圖書院，聞其妻云已肯定退休，住圖書館，聞之並唔張繡宜，去臘在參事室共同學習者也。談片刻，與崔同出，乘車回。聞定生云醉石、江濤、雪昉均來，坐半點鐘去矣。晚七時雪昉又來坐談一時去。

十九日　晴　六月二日　星期五

閱報，日內瓦會議尚未談到正文。下午一時半孫愚夫來談甚久，留之食麵，彼竟堅持不可，離予宅，予送之，乘三輪去打針治足疾也。趣園來談，予以昨夕寫手捲一段贈之。

二十日　晴　六月三日　星期六

閱報，晚聽機，日內瓦老搗會議事似難協。

廿一日　晴　陰　六月四日　禮拜

今晚聽機報告，福州洪水，市區受損失不小，係本月二號上午三時之事。所①洪峰者，水已過大橋上云云。當然人物有損失，不過不能言及如何過重，現正辦理善後。

廿二日　晴　六月五日　星期一

今日參室通知星期三集體遊東湖。今年春季不舉行而待夏季舉行，何也？自帶糧票並出款一元，可以推想無好食。

廿三日　晴熱　下午陰　晚間極悶　子正大雨如注
六月六日　星期二

閱報，美機又到廣東上空挑釁，我已一百五十三次警告。下午天氣悶熱，夜間十二時雷雨大作，天井水滿，屋頂大漏。予起三四次，以後竟不睡，因明晨須到參事集合乘車赴東湖也。

---

① 所，後疑脫"謂"字。

廿四日　上午陰　小雨　下午一時放晴　氣候轉熱
六月七日　星期三

　　六時起，頭暈甚，食早點極不佳，又不思往東湖也。七時半出門乘車，車價加倍，亦不須問售票者。到室時，漢口同事已來漸漸候車，九時半車方到參室。約九十人，分乘二車至閱馬廠，見文史館與政協人員有二車分乘，到東湖時已十時矣。有人問及招待人，云已滿二百人之數。細詢今日無酒無肉，聚餐亦非望從前三分之一也。有同事年老者數人云：我們不是爲半年未見葷腥，決不應召遊湖也。傷心哉。在樓上飲茶亦少談笑者。一小店檢不佳之糖蓮已壞者五角一盤，大卅餘粒，小塊糖每枚一角二分，蓮子售盡百餘盤，以後無補充者。小糖已售出二百餘粒，該店今日收款不少，蓋陳貨一空矣。下午二時同人乘車至洪山賓①吃飯，大小盤五個，雜匯湯一碗。一盤回魚約九塊，每人一塊；豆腐、腐乳各一碟，腐乳僅一小塊，九人分食；茄子一盤，每人可吃三塊；添麵一碗帶湯帶②，各人分食二三瓢；飯是自己糧票。彼市區內食堂，儘似未開油者，如宴會亦須補記之，尚須出菜費一元，此則予歷年日記所記宴會事之特出者也。三時同人等催車行，予以四時半到寓，疲臥不能起，晚飯亦少食，九時即寢。趣園來，未與談。

廿五日　早雨　旋大雨如注　六月八日　星期四

　　早起未作事，補昨晨之睡亦未足也。今日雨大，時間又久，襄陽等區想普遍矣。昨日收音，襄陽仍是天晴，僅小雨一陣。

廿六日　陰晴　六月九日　星期五

　　上午擬出門整牙齒脫缺者未果。下午醉石來坐甚久去。三時乃出門，

---

① 賓，後疑脫"館"字。
② 帶，後疑有脫漏。

送齒托就孫醫整補。

廿七日　晴　六月十日　星期六

閱報，日內瓦會議延期再開。九日下午一時美軍用機一架飛到廣東汕尾平海以南領海上空挑釁，我國已提出一百五十四次警告。今日寫信與孫、汪兩參事各借十元，預備過節即還肖鵠之款，下午四時發出。晚聽收音機，日內瓦會議尚無達成協議之望。

廿八日　晴熱　六月十一日　禮拜

早起閱報。午後二時至牙醫處孫姓取回補上顎牙床歸，勉強安上，可以食菜無礙。聞今日南湖機場大人物來歡迎越南總理，空前盛會。午後得廣州商館長衍鎏復函，知其尚存。

廿九日　晴　六月十二日　星期一

早起閱報。連日身疲手軟，未作事。

五　月

初一日　晴熱　六月十三日　星期二

早起未作事。午後外出一次。晚聽機，日內瓦會談似無進展。蘇聯、中國所提雖有數國贊同，美、法及泰國又各執己見，不希望和談成功也。

初二日　晴熱　八十四度　六月十四日　星期三

端午節在邇，政府所給並無魚肉，每人有糖一兩，糯米四兩。予家以糯一斤給予，兩次食之，當角黍也。街市所售粽子既貴又收回每枚糧票一兩，然求者不以為價昂，每個售粽子店站隊者均在百人以上，奇哉。

初三日　晴　極熱　九十六度　晚仍九十二度
六月十五日　星期四

今日天氣自晨即熱，晚亦九十二度，斯爲端節前未見過之事。予每年畏過熱，自復員回武昌，僅前年大水時熱時稍①，近四②熱得極長，則餘所未見也。現時缺紙，可無處可購得，不論何省如此。予以另存紅十行本子替代繼續之日記，則自端午節爲起點。昔人以五月爲毒月，端午生人視未③大不利，孟嘗君五俱惡則此月最特出之人，百世下禮之。近時流行語稱陽曆五月爲紅五月，即陰曆四月，則又一解矣。予誕生以五月九日，從前推算爲五月初八亥時，其實五月節後天氣極長，天黑時正爲下午七時五十分，予以過細用鐘錶證之，毫無一誤。因思先母生時告知予降生時祖父冠群公自江家院看夜戲上半本歇鑼時歸家，適爲十一時三十分。當時城中有鐘錶者少，遂信星家首謂予爲初八亥時也。

初四日　晴　極熱　九十五度　晚九十二度
六月十六日　星期五

昨熱至不能安寢，疲甚。今日更熱，心煩亂，晚熱甚，亦不能安枕。聽收機，日內瓦又復會，不知以後有變動否。

初五日　端午節　晴　極熱　九十六度
六月十七日　星期六

今日爲端節，予生七十六歲，端節似未逢過如此之熱者，距夏至尚有五天，小暑在此月廿五日，與端午相距又廿一天，距伏天更遠，酷熱如此，奇矣。本街鄰舍不聞炮竹聲，兒童亦無放雄黃煙者。蒲劍、艾人無處點綴矣。午後五時作詩一首，亦無聊之甚。

---

① 稍，後疑有脱字。
② 四，後疑脱"年"字。
③ 未，疑應爲"爲"。

辛丑五月因紙缺，以此本①續書日記。

壽昌老人朱峙三　年七十有六

初六日　晴　極熱　九十六度　晚九十二度　六月十八日

今晨即熱不可耐，在室中悶坐或小臥，汗出如瀋。回憶曩昔，心胸不可名狀，夜間不能安枕。聽機，日內瓦會議尚未議到正題，以後結果似難料也。

初七日　晴熱甚　九十六度　晚九十四
六月十九日　星期一

今日悶熱，未能作事。政協通知開會並催文史資料寫稿。

初八日　晴　極熱　九十六度　晚七時小風
六月二十日　星期二

予生爲初八晚十一時，已交九日子初刻。六十年日記自癸巳起寫，均爲初八日亥時，支有誤，蓋初九日子時也。晨起，囑內子具麵一碗，以蛋二枚，摻以前月豬油一撮，以味精加入，無異真湯，佐以酒一大杯，總算應生辰而已。今年七十六歲，未過如此冷淡誕辰，此則不可以二字名詞名之。午後頭暈甚，臥床上。鄒嶧儒來，予未能起陪之，彼坐一小時方去。晚間敖雲門、陳趣園來坐半時去，均知予生誕辰無酒、無肴，對之未作客氣語。

初九日　晴熱　九十六度　六月廿一日　星期三

昨晚九時聽機，老撾三方竟開會協商，惟所提議係反比向，未到正題，逆料難好。各處抗旱，江西又發大水。今日報載天門縣有蝗災，襄陽一帶似未降雨，漢川防川水來，抗澇又抗旱矣。下午一時醉石來，談

---

① 此本，十行紙本。

甚久去。

初十日　晴熱　九十七度　六月廿二日　星期四

連日熱甚，不能作事。政協來催文史資料，一着筆頭即暈，默寫半頁紙中止。夜熱不能睡。

十一日　熱甚　九十六度　六月廿三　星期五

早譚定遠來催交政協代徵稿，予許以星期一來取去。

十二日　晴　極熱　九十七度　下午五時陣雨片刻
六月廿四日　星期六

今日着手補寫稿，頭仍暈甚。報載美軍用機又飛廣東汕尾等上空挑釁，我已提出一百□□次警告。

十三日　晴熱甚　九十二度　晚有北風
六月廿五日　禮拜

今日仍補寫稿，心煩亂殊甚。下午二客來，一爲予所深惡者，不記其名。

十四日　熱甚　九十七度　晚稍涼　六月廿六日　星期一

早譚定遠來取稿，予許以明午來取，心實煩悶也。晚間稍涼，文稿寫畢，分頁鉤點乃畢，以線訂之，共廿九頁。

十五日　晴熱　九十四度　六月廿七日　星期二

未作事。晚聽機，日内瓦大會雖復會，説公話者少，恐無好結果。

十六日　晴熱甚　九十六度　六月廿八日　星期三

天熱不能作事。

十七日　晴熱甚　九十七度　六月廿九日　星期四

連夕聽機，抗旱者似有十餘縣。武漢近郊自上月廿五大雨以後至①亦未下雨，熱甚旱甚，糧食每人又減去一斤半，盡添雜糧當正糧，可慮也。

十八日　晴熱　九十七度　六月三十日　星期五

連日早熱，都熱，室內熱氣不能出，街上熱氣蒸騰，晚間竟不能降低，真乖氣也。

十九日　晴　悶熱　九十九度　七月一日　星期六

連日未出門，聞正街熱氣沖天，行人浴汗。

二十日　晴熱甚　九十八度　七月二日　禮拜

室內九十八度，街上即一百零三四度，歷年所無之事今年見之。聽機，山東、陝西、山西、河南，旱災重；閩、廣，水、風災重；近日之湘、贛，水災、山洪俱發。今秋收成可以推想。

廿一日　晴熱　九十九度　七月三日　星期一

連日望雨不得。

廿二日　晴熱甚　九十八度　七月四日　星期二

天熱未減，晚睡不安。

廿三日　晴熱甚　九十九度　七月五日　星期三

終日不能作一事。

---

① 至，後疑脫"今"字。

廿四日　早熱甚　午後午後①四時小雨約十分鐘　晚涼
七月六日　星期四

早起熱甚。午後二時半雇車至參事診肝炎，候一時許。來診者仍爲前次同事老年者。三時半予以先求診，二分鐘即畢，與李愈友、盧志泉等談片刻，匆匆雇車歸。天似有雨，車行至保安口大雨一陣，幸攜有洋傘，得不受雨侵濕衣履也。傍晚又雨，夜乃安眠。

廿五日　陰　風　小雨中雨片刻　氣候轉涼
七月七日　星期五

今日涼甚，早着夾衣。下午五時得孫先生函，知其預定到參室檢查。予遇雨，想彼昨日四時必遭雨濕矣。得政協文史會又催寫稿，真可笑，平時對文人無足輕重，今日要紀武昌辛亥起義，遵中央文史會意旨，爲鄂人爭顏面歟？晚睡仍安。

廿六日　晴　陰　七月八日　星期六

早又接孫愚夫函，付以打油詩，彼前日在參室出果遇雨矣。設予當時不先走，雇車亦不易且受寒。凡事決事即行，不可拖延一刻，諺所謂稍縱即逝者也。

廿七日　陰　七月九日　禮拜

今日未作事。午後聞鄰蟬聲，真夏景也。

廿八日　晴熱甚　九十八度　七月十日　星期一

欲作事，未着筆即倦矣。午後臥地板上，手不停扇。

---

① 午後午後，二詞衍一。

廿九日　晴熱甚　九十八度　七月十一日　星期二

今日更熱，不能寫閱。

卅日　晴熱　九十九度　夜間九十四度
七月十二日　星期三

今日較連日更熱，久不雨，以後可推想也。

六　月

初一日　晴熱甚　九十九度　七月十三日　星期四

閱報無多事，以目力不佳，僅閱題目而已，老撾事總算結束。日內瓦各國頭、二號代表人已早回國矣。晚聽機，所謂三方會談離合不定。

初二日　晴　極熱　九十八度　七月十四日　星期五

今日中午更熱，除臥地板上息喘外，無事可作也。在參室領得薪水，由內子買二元三角點心歸，始嘗甜味，已一月不見糖。

初三日　晴　極熱　八十九度①　七月十五日　星期六

上午寫復各處信三件。晚不能睡。

初四日　晴熱　八十九度②　七月十六日　禮拜

不能作事，揮汗執扇，飲茶。定生今早回胡林鄉間。

初五日　晴　極熱　九十九度　七月十七日　星期一

---

① 八十九度，疑誤。
② 同上。

初六日　晴　極熱　九十九度　七月十八日　星期二

上午即熱不可耐。下午不能作事，寫信三件分致京門、愚夫，還其借款也。憶光緒甲辰六月初五下午六時，予補縣學生之日，程師、陳世兄、涂師、五叔祖禮門公俱在鄧寓爲予候捷信，當時劉朝金表兄乘人力車歸，未入門即大呼曰：表弟進了！群生驚起，鄧主人都外出爭相問信，均有喜笑，予亦莞然，是爲科舉時代之紀念日也。今已五十六年，回思春夢依稀，不勝慨然。此段應在初五日。

初七日　晴　酷熱　一百度　七月十九日　星期三

今日六月六，舊俗曬衣服、書籍等等，近十餘年此俗不重矣。憶予在光緒丁酉、戊戌間，在程松年師塾中讀書時，師於是日囑予等幫曬舊書情景也。中午及晚間尤熱。此段應在初六日。

初八日　一百度　七月二十日　星期四

早起補寫雜事，心煩亂甚。

初九日　極熱　一百度　夜九十八度
七月廿一日　星期五

室內外如烘，晚間堂屋外並無微風。

初十日　酷熱　一百度　晚九十八度
七月廿二日　星期六

自初六起一連五天夜間無風，各家不能安枕。

十一日　晴熱　一百度　七月廿三日　禮拜

連日酷熱，不能作事。晚間遲生、定生自胡林來。報載美機昨日午後四時軍用機二架侵入西沙群島上空，又軍艦一支侵入廣東平海以南領域，我已提出一百六十二次警告。

十二日　晴熱　一百零一度　晚七時大北風約三小時
七月廿四日　星期一

今日酷熱，恐爲今夏第一次。惟從前武漢熱度高時至多三四天必下雨一次，雨之大小不定，總能解涼，鬆一口氣。今年則不然。傍晚北風起後天氣變涼者約六小時，予轉鐘後仍回房中寢。

十三日　晴熱　九十六度　午後四時似別地下雨
七月廿五日　星期二

早、午仍熱。連日食西瓜共四次，胸中熱稍改。今日下午四時半有涼風至，或云漢陽鄉間正在下雨云云。

十四日　晴熱　九十四度　下午五時大北風　晚涼
七月廿六日　星期三

今日天熱，正午悶甚。傍晚醉石來談半時去。宿堂屋中，因涼轉入房內。寢後多夢，夢中生存者少。亡友阮華甫久未見夢者，今夕忽來，似在上某館者。

十五日　晴熱　下午五時九十六度　小雨片刻
七月廿七日　星期四

未能作事。

十六日　晴熱甚　九十六度　晚稍涼適
七月廿八日　星期五

今日檢閱舊日記，目矇不明，須用大發光照之。

十七日　晴熱　九十六度　七月廿九日　星期六

今日重閱民十三年日記。

十八日　晴熱　九十六度　七月三十日　禮拜

檢閱舊日記。今正立單自警曰：今夏須將民國十二年以前之日記閱畢。中間無數耽延，至今日乃將十三年日記復閱畢。

十九日　晴熱甚　九十九度　晚小雨一分鐘
七月三十一日　星期一

天熱不能作事。晚聽機，日內瓦會在討論第八條，美、泰三國代表仍橫扯未止。老撾會談富米文部份仍不合作，未赴會談，以此推想，恐所謂聯合臨時政府亦難成也。

二十日　晴熱甚　九十八度　晚熱未減八月一日　星期二

閱舊日記，民十四年上季已畢。晚聽機，山東大雨已二旬成災，德州一帶水災救濟正在辦理。日內瓦會無進展。

廿一日　晴熱甚　九十七度　晚仍熱八月二日　星期三

今日閱舊日記。天熱如此，予已月餘未出大門一步。

廿二日　晴熱甚　九十八度　晚九十三度
八月三日　星期四

今日仍閱舊日記至民十四年已畢。報載美軍用機又飛至廣東汕尾平海以南地區上空挑釁，昨外部已提出一百六十三次警告。

廿三日　晴熱　午後三時小雨四分鐘八月四日　星期五

閱日記，自民十五丙寅起，此二本前四年閱過，今日爲重閱也。其年二月至四月悶氣麻煩之事最多，八月以後更甚，大革命起矣。下午小雨片刻，天氣改涼。睡後起四次，口渴。

廿四日　晴熱　九十六度　午後三時中雨半時
八月五日　星期六

今日閱日記丙寅上季已畢。午後雨約半小時，天氣改涼。

廿五日　晴熱　上午小雨　午後三時中雨
八月六日　禮拜

今日擬到胡忠民寓及參事室，因雨未果折歸，決計明日寫信致三處候信。下午天氣涼，但寢後尿多，致起來五次。

廿六日　晴雨不時約六七次　八月七日　星期一

今日時雨時晴，天氣不正。閱舊日記丙寅七月已畢。

廿七日　陰晴熱甚　九十二度　八月八日　星期二

早起，昨睡甚安，僅二次。午後復閱甲寅日記已畢，其年做了一次大徵收局長，嘔氣事在百次以上，用人不當，環境又壞，自三月初起至十月底方得鬆一口氣。往返上下游被軍官逼迫者三四次，一生大晦運總算是年都走過了，閱畢回憶心猶悸也。

廿八日　晴熱甚　時有小雨　八月九日　星期三

早起得鄂城劉茲德函，其歷年所粘《震旦》《正義》《中西》《漢口》各報，又上海《申報》新聞報副刊載書成本者有七八年，政變後或為新政府及日偽降後政府搜去焚毀，可惜也。又許學源復函述及三子四女四婿俱在北京就職，有佳況，接彼至京遊覽，渠現時不能去。噫！彼之晚福何如此之佳耶。

廿九日　晴熱甚　九十四度　八月十日　星期四

今日閱舊日記丁卯上季六個月已畢。

七　月

初一日　晴熱甚　時有小雨　八月十一日　星期五

昨晚稍涼，予早寢，以尿多起床三次，自是不能寐，在床偶思父親在四眼井宅時，予僅四歲，知學生人數姓名。十三四歲時問之母親，一一知其名，見時時其人矣。母親去世後，予五十歲矣。抗戰時避亂恩施，一夕忽盡憶其人名姓，至今未忘，所未默出者約五六人，今日補記之。從父讀書者僅兩表兄爲鄉人，餘均城內人。許聚奎民十七年方卒。此人後爲油漆工人，善榜書，爲人作市招匾額，有時名。一李祖桂善行書，能爲人作應酬屛對，小件，甚佳，廿餘歲即死。吳表兄開卷，抗戰時在鄉間病故，年已七十餘，能行醫。餘人爲小貿或手工業，邑中細民而已。今悉書出以誌予腦筋之能記童稚時事，不得謂□無特性也。噫！縣誌能否續修？此十□人者果能流傳耶？則視予日記之能否長留天地間耳。今日連累書此，不勝慨然。陳大陽，余開文，郭守祿，夏才丰，何昌炎，劉朝金，予之姑表。李大宋，李祖桂，許聚奎，號叔文。陳逌慶，張有忻，吳開卷、吳開芝，予之舅表。江德意，王治法，王□□，此十五人者，光緒甲辰予入泮時尚一一見之。何、許、吳三君民國十七年以後方卒。

初二日　晴熱甚　八月十二日　星期六

閱報，昨十一日上午十一時美軍用飛機侵入廣東汕尾平海以南海域上空挑釁，我已提出一百六十五次警告。今日上午曾到室檢查肝炎。

初三日　晴熱　小雨片刻　八月十三日　禮拜

閱報，以目不明，請張先生閱後向予言之。晚則聽機，尤詳國際事。

初四日　晴熱　下午陣雨半時　八月十四日　星期一

閱報。下午囑内子至參事領款，買糖食茶葉等等。

初五日　晴熱　八月十五日　星期二

今日上午到醫院挂號，已滿卅人，只挂下午號，四十八號。予以時早，遂至眼科檢查。醫生蘇州人，檢查尚過細，給予點目水及丸藥，囑吞服下再去診病。中醫楊某，宜都人，給予以枇杷膏、益精膏二種，歸後試服，尚無苦味，不似從前西醫所給膏子均①而澀也，聞係西醫院院長倩②所熬，惟提利潤繳上立功，不顧害及病人也。傍晚余鴻逵來談甚久，並取予所留民十以前郵票及解放後新紀念郵票十五種以去。

初六日　晴　小雨數次　晚稍涼
八月十六日　星期三

今日未出門。晚聽機，日内瓦會尚未完，對條文尚有爭執。該會已開了三個整月，各國集此用費不知多③，而吾國所用交際旅食費更多。何時閉幕或延期尚不能定，瑞士國得此一筆收入，國家受益不小。

初七日　陰晴不定　小雨片刻　八月十七日

今日舊七夕也。憶及舊時七夕，感慨殊多，想不止予一人也。上午九時廖恢先來談及純古家中事。其長子伯周去年以不堪勞動老死鄉間，年近六十。三子曾改造回里，四子今年又因賭博判處改造矣。純古如在，此時亦難生存也。

---

① 均，後疑有脱字。
② 倩，後疑有脱字。
③ 多，後疑有脱字。

初八日　晴熱　八月十八日　星期五

報載昨十七號上午美軍艦一又潛水艇一，先後侵入廣東汕尾平海以南海域，又下午有軍用機飛入此領空挑釁，我外交部已提出一百六十六次警告。晚聽機，日內瓦未開完，對十九條文仍有爭辯，不能達成協議。噫！何時成協議，何時閉幕耶？

初九日　晴熱　八月十九日　星期六

閱舊日記。十七年上半季，在縣則志雲、振旅、叔和、幼虛、文端、端溪、淬成每日必見面，或二三次遊玩、飲食、竹戰，甚樂。在省則次誠、次松兄弟恨不幾無日不見。劉伯英則時來或約往，往則見面必藉故借錢，借之□實無厭也。由寄者以函直索或派人來空借，此損友也，予頗厭之。其出語無可靠，所指事多虛構，使予在縣在漢搭輪往返者不止十餘次，至則不知云何。汪浪石則時時來請教，教之又不聽，旋轉旋變，毫無主張之人，實庸人耳，故終身無發展，抗戰時死在鄉間。次誠抗戰時死在大冶。予五十以後此之人往來漸淡，彼等無錢可借，故淡而忘之。是年四月始就軍官學校事，月支百四十元，在省生活乃爲安定。

初十日　晴熱甚　九十度　八月二十日　禮拜

閱報，美國叫囂備戰，日內瓦已達成協議，總之，看報令人生矛盾不可解也。下午接肖鵠片，謂詩敘已作成待寄，彼行期尚不能定也。

十一日　晴熱甚　九十六度　晚熱未減　九十四度
八月廿一日　星期一

今日下午極熱，不能作一事。鄒江濤昨來談北京文史館紀念十年大會，《團結報》載會中有九十四歲會員一人，前清進士云云。予請其寄原報來，我當列入日記中也。晚九時寢，熱甚，時起至堂屋中靜坐。

十二日　晴　酷熱　九十八度　八月廿二　星期二

今早即熱不可耐，九十四度，連升至九十六，午後九十八度。立秋已十三日矣，轉瞬處暑，寧非怪事？趣園自蘭州歸述各事，西北更旱，糧食問題大可懼也。北京報載，中央文史館已開隆重大會，敬老學賢，不似湖北對各館員之冷淡無照顧也。中央館長章士釗，副館長六人：徐生玉①、陳寅恪、尹默、謝无量、邢贊亭、商衍鎏。館員共一百七十二人，陳雲誥等均八十五歲以上，過八十歲者有卅一人。是日到會者有六十七人，有宴會，有演說。常駐副長齊燕銘。中有關文彬者，係清代進士，年九十四歲，亦發言述各事實。中央館係一九五一年七月廿九日成立，故今秋爲十年紀念也。湖北文史館係文物保管委員會改名者，文保會係一九五零年一月成立，通文史館銜接計算共十一年餘，何以無紀念耶。噫！是誰之責？晚睡不安，熱空氣滿室。

十三號　酷熱　九十六度　晚九時有北風
八月廿三日　星期三

早起猶熱。中午九十六度，什物俱熱，未能作一事，不得已以木板托地，板上小臥一時，汗如雨點，手不停扇。如此氣候，真前無史例矣。得熊道瑞函，告知其兄在京地址。下午八時有北風，晚能安睡。

十四日　晴熱甚　九十六度　月色佳
八月廿四日　星期四

閱報，日內瓦已通過十三條達成協議。昨聽收機，老撾事不可樂觀。西德、英、美、法集軍邊境，與東德挑釁，爲單獨與蘇聯媾和事也。美機又侵犯廣東汕尾上空挑釁，我已提一百六十七次警告。

---

① 徐生玉，即徐森玉。

十五日　晴熱　九十六度　月色大佳
八月廿五日　星期五

　　湖北習俗，家貧無力供祀品祭祖宗者，是晚以各祖宗及新舊亡人包袱置門外，插香燭於地，潑水飯祭之。解放後三年，此制乃停止。七月半節吾省縣凡富貴及工商人家必敬謹，於七月半前自初二至十五皆爲正當祀典，擺具供燒包袱，延親戚到家祀祖，名曰吃包袱飯。予在省在縣必遵祖父所傳禮節行之，六十餘年未改也。西遷在施亦略具祭品祀祖。復員歸省或縣，於七月半前率兒輩舉行，不敢怠。今已環境關係，五年未舉行矣。兩年前於月半夕尚燒紙於門外，今年撫膺自問慚愧欲死，想祖宗亦無靈，只好以"迷信當除"四字解嘲而已。

十六日　晴熱甚　晚有風改涼　月色佳
八月廿六日　星期六

　　大風改涼，困極，每思睡。補閱民十八年日記。晚聽機，日內瓦事何時結束不可知也。醉翁之意，延拖時光，增瑞士國之財源裕民而已。報載美機又到永興島上空挑釁，我已提一百六十八次警告。

十七日　晴熱　九十度　但有西南風甚大
八月廿七日　禮拜

　　今日未作事。敖雲門來談在洪山開會事，吃飽飯八天，可羨也。

十八日　晴熱　上午風息 下午仍九十四度
八月廿八日　星期一

　　天熱不能作事，擬去看病，而天門胡君來坐談，耽延時間，遂未去。飯後小睡熟，夢予正值吃飯，定生立堂屋中，手接紙寫寬條，云施、朱二位來拜會，予囑以外坐候，食畢來陪。噫！此兩人是勞神儌倖以求榮祿者也，予凝思未畢遂醒。

十九日　晴熱　八月廿九日　星期二

爲盧智泉畫扁。

二十日　晴熱　八月卅日　星期三

到省立醫院看病，王醫生給枇杷膏。下午爲智泉補畫扁未成。

廿一日　晴熱　小雨片刻　八月卅一日　星期四

爲智泉補畫中堂已成。

廿二日　晴熱　九月一日　星期五

爲智泉補畫款俱成，目力大減。

廿三日　晴　午後三時大雨如注　繼續下至五時　九月二日　星期六

今晨爲胡國强補畫款，並附蠟箋字條一張。以前許以字畫，今日踐諾言也。孫愚夫囑子送肉糜三個，重半斤，以大雨留其子吃飯，囑定生於六時送之搭車回漢口。夜間十時至轉鐘三時半大雨如注。

廿四日　早小雨旋晴　午後陰　九月三日　禮拜

早起寫四信，分寄胡國强、附字畫二件。盧智泉、周淑德、朱士堪等。補寫《晚學集》內詩稿七首。

廿五日　晴燥　九月四日　星期一

今日午後一時智泉來取便函及長畫幅，談甚久去，贈予以上等煙二盒去。馬潔園來述在白滸鄉種菜事。

廿六日　晴　九月五日　星期二

未作事，頭暈甚。

廿七日　晴熱　九月六日　星期三

今日上、下午俱看病，兩醫院均無藥。張醫生開水藥方有荷葉三錢，對症之藥無一味，怪哉。劉凱南來談並借《張文襄治鄂集》以去。

廿八日　陰晴不定　九月七日　星期四

發馬潔園、孫鴻儀信各一件。

廿九日　晴燥　早小雨　九月八日　星期五

補畫三件，爲趣園作祝壽畫已成矣。

卅日　晴燥　九月九日　星期六

早起出外剃頭。午後三時鄒江濤、余鴻逵來談甚久去。報載昨日廣東永興島上空又有美軍用機來挑釁，我外交部已提出一百六十八①次警告。下午六時爲趣園畫補款、補詩。

八　月

初一日　晴熱　九月十日　禮拜

早趣園、雪昉來談並取字畫各一件去，予昨繪贈趣園六十晋六壽辰者也。下午五時朱士堪來談過去事甚久去，予已十二年未與見面者也。

初二日　晴　風　九月十一日　星期一

偶記一九五六年劉嘯篁述及上海詩社，曾述及中國現有翰林、進士

---

①　一百六十八，此處有誤，前文記本月十六日已提出一百六十八次警告。

尚存八人①，張元濟、曹典初、范之杰、陳雲誥、癸卯翰林，河北易縣人。汪公嚴、據云舉人。錢崇威、沈尹默、商衍鎏、孫墨才、吳良棻、陳叔通、沈鈞儒，湖北在武昌者尚有覃壽堃。

初三日　晴　大北風　九月十二日　星期二

今日至醫院看病，張醫生開得止咳糖漿一瓶。在参事室檢查肝炎，愈友給予以北京出版之《紀年詩集》，鹽城吳公退所彙編者也，版小而印紙均佳，可見京中物資不缺，不似外省市之窘也。題書面者爲商衍鎏，題首頁者陳雲誥，第二頁鄧培運，山西人，年百零六歲，一九五八年十一月時間尚存者。次則汪公嚴、錢崇威、湯仰光、敏智、嚴獨鶴、馬公愚、張逸笠、尹默、戴春風等人。選詩不分男女老少方外及外國，共數五百零八人，人名簡係閲歷如小傳，徵稿係丁酉冬起已亥春止。詩人年九十六歲者龍湘筌、廣東順德人，曾爲縣丞。曹子芹，浙江溫州人，醫生。九十五歲謝炳耀，江蘇武進人，清附生。九十四歲諸金慈化，武進舉人諸壽銘之母。九十三歲程采，女，江蘇江寧人。九十二歲吳鴻年、浙江溫州人，孝廉方正。姚虞琴，浙江杭縣人，精文學及繪事，上海文史館員。九十一歲王仲淹，女性，合肥人，精文學。九十歲莊以臨、雁蕩老人，浙江樂清縣人，廩貢生，孝廉方正。馬壽洛、浙□溫州人，附生。錢謹博、揚州人，江蘇文史館員。陳慶義，廣東番禺，辛卯舉人。八十九歲錢崇威。甲辰翰林，吳江人，江蘇文史館長。年齡最小者年十二歲②，湖北嘉魚人，北京卅九中初中學生，挈園孫。王士林，上海虹口，江蘇寶應縣人，王一廬之孫。書中老名人詩，以本就已失本性，非佳作也，以人壽事多奇，故詳記之。

初四日　晴　九月十三日　星期三

目疲手僵，停止作一切事。

---

① 八人，有誤，與所舉人數不相符。
② 十二歲，手稿此處脱人名，應爲劉濟世。

初五日　晴　九月十四日　星期四

今日寫信催肖鵠退還予詩稿。

初六日　晴　九月十五日　星期五

未作事，目力大減。下午到醫院看病。

初七日　晴　九月十六日　星期六

今日仍未見肖鵠退詩稿，因彼無回信，不知彼近狀如何，再寫函催催。

初八日　晴　九月十七日　禮拜

肖鵠未退詩，亦無信來，予疑其病也。

初九日　晴　九月十八日　星期一

未能作事，心煩亂甚，廣西無回信。

初十日　陰　下午小雨　夜小雨達旦
九月十九日　星期二

連日有風，晚間甚涼。與昨日濕度相差十度左右。下午小雨，晚十時以後中雨，至天明氣候改涼矣。睡後時時爲詩稿未退事心煩甚。肖鵠未退詩稿，予去函四封亦無回答，頗生疑慮。

十一日　陰　晴　九月二十日　星期三

早起再寫航空信致肖鵠並囑其女拆閱信件。

十二日　晴　九月廿一日　星期四

未作事，遂至醫院看病。早去挂號，要下午方看。下午二時半再去，張醫生仍給糖漿一瓶歸。肖鵠與其女懷京自南寧來，予喜甚，談過去三年事真無從說起也，留之飯，彼以久病新瘥竟未食也。聚會二小時，彼因同來者尚女婿，須至洪山區共其長孫寓宿，明日渡江搭①先回上海看其第二子及孫輩也。臨行戀戀，予送至上三輪車站，值雪昉來，又與談一刻鐘，車來遂行。噫！再見何時不可料矣。

十三日　晴　九月廿二日　星期五

在家清理畫件。

十四日　早雨約半時　午後晴　九月廿三日　星期六

今日爲朱士堪寫小對二付，以一付佳者添款相贈。晚間趣園、雪昉來談甚久去，彼等餐間似欲預中秋詩也。予心煩，今年無佳趣，且多嘔氣事。漢口工商管理局易仁吟借去《回憶錄》第三。

十五日　晴　終夜曇　未見月光　九月廿四日　禮拜日

今日飲酒三次，每次半杯。肖鵠送予罐頭，開視雞肉也，囑內子用大火蒸開，味美，食餃子二次，總算大烹也，是爲今年之飽食。

十六日　晴　九月廿五日　星期一

未作事。易君爲辛亥事來訪問。

十七日　晴熱　九月廿六日　星期二

今日又至醫院看向醫生也，給枇杷膏一小瓶。

十八日　晴　極熱　九十度　九月廿七日　星期三

早起天際赤雲如火，正午熱甚，忽如伏天，未作事。得朱士堪寄來

---

①　搭，後疑有脫漏。

味精一小包，已潮濕矣。

十九日　晴熱甚　九十度　晚大北風
九月廿八日　星期四

　　早九時步行至新華書局，買《辛亥首義回憶録》第四集。昨日報載漢口人民出版社出版廣告，自第一、二、三至四集，大批定價出售。至新華店問之，則云書未到，先宣傳者也。至黎老板處請其整錶，彼不願意，僅爲予上錶一次。此人好利，又好面子，予懶與談話，遂取錶。今日無零用錢，若要坐三輪車，往返需一元四角也，昂價任車夫漲，政府現已無制止矣。憶今日爲亡兒根生忌日。兒卒於戊寅，至今已廿四年，其墳在宜昌鎮景山，前三年接王文旆信，聞尚未毀。以現時論，今不知如何。每一回憶，心傷甚，使其尚在，今四十三矣，傷心哉。下午一時周媳來述鄉間各事，此月竟無糧，給穀每人十五斤，做米不過八斤，日食稀粥水三次，饑餓殊甚，予亦無法助之，因定生、香生上學繳費皆向各處借湊之款也。

二十日　晴　九月廿九日　星期五

　　至醫院看病，醫開中藥方。晚政協送四十元來補助辛亥老人。

廿一日　晴　九月卅日　星期六

　　閱《孟子》五頁，湖北官書局板，字佳，字大，尚能看得清楚。予目力能視，無他書可看也。前月讀《三字經》五次，因之感觸八歲時諸事。

廿二日　晴　十月一日　禮拜日

　　今日爲新國慶，各處都放假休息。寓中無事，静坐而已。

廿三日　晴　十月二日　星期一

補寫畫款數事。晚徐思齊來借宿，另支一鋪予之。

廿四日　晴　十月三日　星期二

定生放假在家。夢閑今晨搭火車回胡林打主意，予斷定其未能有效，彼云明晚即歸，因取鄉間各手續。

廿五日　晴　十月四日　星期三

下午六時夢閑回，鄉間果無所得，徒勞往返。

廿六日　晴燥　十月五日　星期四

至醫院看病。

廿七日　晴　十月六日　星期五

閱《孟子》《左傳》，《左傳》字亦大，目能辨清楚。新出書小字，用二重發光鏡亦不能見也。畫花工細者近已不能，寫信亦費力。

廿八日　晴　十月七日　星期六

寫復各處函共五件，均發出。政協開會。

廿九日　晴　十月八日　禮拜

未作事。

卅日　晴　十月九日　星期一

政協已柬約辛亥老人看漢戲，下午六時半帶香生同往。人多，擁擠不堪。先演滑稽武戲三齣，後演吳天保之《轅門斬子》，吳聲已嘶，唱出怪聲，彼□，予不欲觀之矣，聽片刻即歸。今夕往來俱無車，共行一時半到家，疲甚，足腰俱痛矣，深悔不應去看。

九　月

初一日　晴燥　十月十日　星期二

早起，九時至政協，約至湖北劇場聽報告辛亥起義事。漢市書記①許道琦報了一點鐘。以後江炳靈再談一次，均以紙寫印，擴大器者，約一刻鐘即止。聽者樓上下皆滿，省市政協束各機關人員者也。

午後二時乘車至閱馬廠，由政協備辦之車。武昌辛亥老人乘車者四十餘人，予帶香生同往，便招呼予晚歸上下車也。三時車直開行到漢口四維路，三時半達到，坐一小時開席，起義人共約五十餘人，其餘則各機關首長與兩政協省市委招待來賓者約一百人。酒席十一桌，酒肴較去歲佳且多，惟無魚肚及海菜耳。張省長與漢首長因歡迎尼泊爾國王及皇后去，在洪山賓館宴會，故今年雙十宴辛亥老人改在漢口勝利飯店，宴畢已八時，仍乘政協專車歸。疲甚，坐二小時即寢。香生多食，予令之坐半小時再寢。

初二日　晴　十月十一日　星期三

無事可記。

初三日　晴　十月十二日　星期四

初四日　晴熱　十月十三日　星期五

閱報，以目力差，囑小子念與我聽。下午李漢卿來瞭解予狀況，送款。

---

①　漢市書記，許未曾任此職。

初五日　晴　十月十四日　星期六

至陳宅、張宅略坐談。孫愚夫派芝仙來約予初八日到公園英會。

初六日　十月十五日　禮拜

昨領薪水，除還賬外，以五元買鞋，無售者，問數處，且要鞋票，怪事也。一雙布鞋何時可得耶。

初七日　晴熱　十月十六日　星期一

默記雙十紀念日在勝利飯店與予同席者，馮亞佛年八十五，陳英才年八十，梁維亞八十三，馮與梁及予均帶有小孩扶扶。對予坐與挨予坐者，民革兩秘書，共八人一桌。梁帶之孫值初中者，好吃可鄙，並帶一盒子去裝菜。與彼聯坐之民革某君迭制止之，而梁裝未見者，奇哉，令同坐者小視之而已。是日年齡長者名□□□，漢陽人，當時兵士，年八十七歲，甚健。

初八日　晴熱　十月十七日　星期二

早起，早飯畢即雇車至閱馬廠轉電車至孫愚夫寓，十時達到。坐談半時，食麵、餅，有燒肉一碗，與彼各飲酒一杯，甚適口。予今年八個月已食肉五次，有二次在愚夫寓，自食三次。除一次係買黑市四兩外，餘二次公家官價買得，每次二兩而已。可笑，可嘆。下午一時與同攜酒肴至中山公園，在茶亭中坐一時許。人多聲雜，粗俗男女居多，聽其言亂談可笑。二時半至後半里餐館中，不得菜，乃自攜酒及雞蛋、藕夾各菜，舉杯對飲。他桌男女羨之，蓋不得菜，假汾酒每兩一元，可謂奇昂矣。予與愚夫則樂甚。五時半出，乘三輪車轉候電車，愚夫別去。予候武昌電車至一小時之誤聽後站隊者，過武昌須坐一路車，致二、三路均須停武昌司門口站，耽延三次。誤指予上車之人，壞份子也。晚八時方到家，疲甚，早寢。醒後得詩四首。

初九日　晴燥　下午五時半大風　十月十八日　星期三

上午到政協開會。該會備午飯，繳費八角，糧票三兩。初以爲有點好菜，到時僅有臭鹹一盤、無油菜及醃菜、腐乳四塊，食者大悔。噫，何其小渺也！午後二時與同屋金鍋山攜酒肴乘車至抱冰堂、張公祠內飲茶，坐談一時許。忽來一武昌人秦仕鴻者，自言七十，亦辛亥起義後之學生軍也。移前祠外走廊間與共飲。談約一時興盡，歸途夕陽西下，與金同車行至百壽巷口，大風忽起，天氣轉寒。今日重九，亦算樂事。到家飯後得詩四絕，詩率真，用梁節庵詩爲首句，效轆轤體，只作三首，此體本爲樂，爲七首者也。

初十日　風雨　十月十九日　星期四

昨熱甚，夜間有風雨，今日小雨未止，天氣變寒。設愚夫約遊公園不提前一日，昨日重陽無風雨不去抱冰堂萸會，遇今日天氣真掃興矣。凡事有定，豈不信然。

十一日　陰　小雨　十月二十日　星期五

上午去醫院挂號，下午看病。下午曲雲章來告知以後查肝炎處。

十二日　陰　小雨　十月廿一日　星期六

在家，未能出門理髮。

十三日　小雨　十月廿二日　禮拜

今日爲先母冥誕，近五年來以環境關係未舉行祀典，真有媿爲子矣。

十四日　陰　午後小雨　十月廿三日　星期一

早起至人民醫院檢查肝炎，參事室改辦法，指定該院者也。予去甚早，檢查者係兩女看護，男醫生姓宋，湘人，查兩分鐘即出。

十五日　陰雨　十月廿四日　星期二

近日咳甚劇，坐臥均不安。

十六日　陰　十月廿五日　星期三

未作事，咳甚痰多，似感冒者。

十七日　陰晴不定　十月廿六日　星期四

爲內子籌錢住醫院看病，心煩甚，寫信分五處借。

十八日　晴陰不定　十月廿七日　星期五

孫愚夫匯十元來，鄒嶧儒送五元來，愈友處亦去函借。趣園來，予以李、孫函相示，思紀雪昉必有一書，虛僞未能借五元。聞渠連日上酒館，動輒三四元，習爲常事，頃又爲陳哲之集款祝壽矣。以函試借，看渠如何答復。

十九日　早小雨　陰　十月廿八日　星期六

早寫愚夫在漢同爲萸會詩六首。趣園來云雪昉已回信，予未見也。李愈友匯五元來。如羅國貞借款可到，則內子入醫院住一星期之款足矣。

二十日　陰　夜小雨　十月廿九日　禮拜

寫信四件，爲借款繳醫院。晚玉兒送五元來，並買點心三元六角。

廿一日　陰　小雨　十月卅日　星期一

發信三件。午後雲門來談。連日天寒甚，着棉衣二層，血氣大衰，目力大減，本年陰曆九月底止，不寫日記。即有特殊事，簡記二三句足矣。觀現勢，一時難有紙售也。

廿二日　陰　小雨　十月卅一日　星期二

早内子到醫院看病，問病房空床，以便入院。

廿三日　陰　小雨　十一月一日　星期三

早小雨，同屋李叔珍送内子到湖北醫院。

廿四日　陰　十一月二日　星期四

命香生弄飯，頗困難。

廿五日　陰晴不定　十一月三日　星期五

今日請李姐代生火幫弄飯。

廿六日　晴　十一月四日　星期六

吃飯困難，心焦灼，又無錢零用。

廿七日　晴　十一月五日　禮拜

今日來客所談與我不對路，令人好笑。

廿八日　晴　十一月六日　星期一

無事可記，目力太差。

廿九日　晴陰不定　十一月七日　星期二

連日囑定生、香生去看其母，醫院調養較好，吃食可零售。

十　　月

初一日　晴陰無定　晚雨達旦　十一月八日　星期三

上午九時夢閑自醫院歸。

初二日　十一月九日　星期四

今日下午二時在政協開會。凡寫《回憶錄》一至四輯之作品人，前一日俱邀請，惟梁維亞、劉化頤、魯祖珍未來。湖北人民出版社有陳金安、箕裘二人來協商改正各原本錯誤，云即日要重印者也。第四輯雙十日方出版，所有發稿費事由唐貸負責，下午四時散會。

初三日　陰雨　十一月十日　星期五

國際情形近來轉變甚速，且聽下文分解。

初四日　小雨　陰　十一月十一日　星期六

上午外出寄《回憶錄》改本，挂號寄漢口出版社。晚聽機云本日上午五時美艦一隻侵入福建東引海域，又軍用機同日飛西沙島二次。

初五日　陰　十一月十二日　禮拜

定生上午渡江買物並取物件。今日買麻油半斤，去四元二角五。公家發油少，且不按月給之，老百姓買黑市亦不易也。

初六日　陰　晚雨　十一月十三日　星期一

今日到湖北中醫院看病，向醫生開方給枇杷膏二小瓶，不及從前所發一瓶重量。乘車費六角，所得藥價八角，還須耽延時間，到處撞木鐘，此種官僚式之醫院負責人毫無良心，仍與國民黨做官的氣概一樣。

初七日　陰　小雨　晚八時小中雨直到天明
十一月十四日　星期二

今日羅國貞送藕二斤，索予給酒四兩飲之，以二元五角之高級點心酬予。此人賺多少用多少，猶是從前習氣。今年六十，可謂到老無成之人也。內子自參室領款歸，還急賬，尚欠十元，又欠參室十五元。

初八日　陰　小雨　十一月十五日　星期三

連日陰雨，愁思萬狀。寫信五件，匯孫鴻儀十元還欠款，尚欠三元五未清。匯馬潔園七元，托其買芝麻。參事室工地有紅苕，售與予等未辦公之人。請人去尋，二時不得工地，又迫以時日，過期不付。如此辦法，真與照顧老人與同事者相背。如欲問，辦事人必發怒，此之謂民主耶？

初九日　陰　十一月十六日　星期四

心煩亂，無可記。

初十日　晴　十一月十七日　星期五

寫信四件，求芝麻、花生等物。

十一日　十一月十八日　星期六

無事。

十二日　晴　十一月十九日　禮拜

肖鵠自煙台來信，居處甚安，飲食隨心所欲，真有晚福之人，以較吾輩處境，自疚前生有過而已。

十三日　晴　十一月二十日　星期一

連夕收音機報各省秋後俱豐收，各縣市無一不豐收增產，以餘糧都賣與國家，真愛國之人多也。試推想之。近時目力更差，寫字不成樣子，可恨可恨。

十四日　晴　月色好　十一月廿一日　星期二

外出購物，多不可得。

十五日　晴　月色佳　十一月廿二日　星期三

有意作畫贈肖鵠八十正壽。

十六日　晴　十一月廿三日　星期四

連日收音機報及報紙所載國際情形大變。日內瓦會未能達成協議，已開會半年矣，已到四十次。何時達協議歟？可預料其結果。

十七日　晴　十一月廿四日　星期五

悶坐時多。出外看病，每每下午五時須步行歸，三輪車此時已停止。氣候自此下降生寒，以後下午看病即歸方可，否則吃虧不小。

十八日　晴　十一月廿五日　星期六

近時天氣，中午和煖，冬日極強烈，室內蚊蟲傍電燈下亂飛，室外時有大蠅飛，可爲從前希見之事。

十九日　晴　十一月廿六日　禮拜

國際緊張情形未改，報紙與收音機俱有報告。

二十日　晴　十一月廿七日　星期一

廿一日　晴　十一月廿八日　星期二

十月廿二日至十月卅日無特殊可記事。國際變化事多，災難盡匯，日記本子又缺，更無他地可買以補充者，就此月底結束。以予目力大減，寫字吃虧，暫以調病靜養爲主。下月可用改正起草本子簡書一二行，不限定日日有記。予生七十有六，轉瞬即爲七十七，讀書所獲，不可謂不多。六十二年間事可稱本人一生歷史，何時可印行，則視吾之運氣耳。

辛丑老曆十月底峙山記

冬　月

一九六一年十二月八號起，因好紙及紙簿無法購買，乃以舊册改訂爲臨時寫本。以後是否有好紙再書則成問題。

初一日　晴　寒　晨寒暑表零度上二度
十二月八日　星期五

十時起，今日欲往醫院求診未果。

初二日　晴　十二月九日　星期六

得傅如昭復信，借款十元可展期還他。連日室內仍有飛蚊繞電燈下，日間時有大蠅亂竄，豈非怪氣候耶？

初三日　晴　十二月十日　禮拜

初四日　晴　十二月十一日　星期一

初五日　晴　十二月十二日　星期二

初六日　陰　晚寒　夜大風　十二月十三日　星期三

無事可記。報紙、收音機所報仍與前星期同。國際緊張之局恐一時不得解決，徒費推測，是爲多事之人耳。

初七日　陰　大風　寒甚　零度　十二月十四日　星期四

今晨三時大風忽起，寒甚。午後寫信與如昭、連普、鴻逵、醉石等四件，有所托也。芝仙來取魚元子去。

初八日　微雪　陰寒　晚零度十二月十五日　星期五

今日外出買得蘇餅一枚，價八角，糧票一兩，等於從前點心，蘇餅一樣大，可謂貴矣。然此非貴，尚有一元一枚或四元一枚者，政府所謂高級點心者，奇哉。雪昉、趣園同來談一時去。

初九日　早雨　陰寒　十二月十六日　星期六

連日寒甚。得愚夫函，謝魚元附打油詩二首，當即和之發函出。下午醉石來談，月餘未見者也。

初十日　陰寒　小雨　十二月十七日　禮拜

寒甚，不能作事。醉石來。

十一日　陰寒　十二月十八日　星期一

報與收音機國際情形同。京門☐。

十二日　陰寒　小雨二次　十二月十九日　星期二

趣園來。午後余鴻逵、鄒江濤同來。得少松、吳君復函。

十三日　晴　陰　小雨　十二月二十日　星期三

今日無事。下午接少松回信。

十四日　陰寒　晴　十二月廿一日　星期四

今日趣園來述近事。連日寒甚，街中尚有叫賣冰者。

十五日　陰　晴寒　冬至節　十二月廿二日　星期五

今日到醫院看病，中醫竟云無藥可開，胡亂以某藥代某藥列方，可笑也。

十六日　陰寒　十二月廿三日　星期六

下午到街買物並訪愈友，談半時歸。帶同香生乘一次出去，愈行時足軟無力。晚八時張祖培來談。

十七日　陰　下午小雨片刻　十二月廿四日　禮拜

今日無事可記。

十八日　晴轉陰寒　十二月廿五日　星期一

今日京門、趣園、雪昉先後來談。一連三日街中有男女叫賣冰棒，亦有人吃冰棒。晚間電燈下時有三四蚊蟲互飛，晨間連日寒暑表零度上一或下一度，寧非怪氣候耶？吾生七十六乃得見之。近日湖北氣象科學研究每天三次報氣候亦不甚準矣。

十九日　陰寒　風　晚小雨片刻十二月廿六日　星期二

趣園來請介紹整鐘的。

二十日　陰寒　十二月廿七日　星期三

報與聽機無多事。萬象三親王今日會談組織新政府事，不知將來如何。夜睡時忽饑甚，欲坐起又畏寒。

廿一日　晴寒　十二月廿八日　星期四

早起，吳端偉來，托爲其女買呢褲子備結婚之用，以五十元爲價，率現恐此價不行，蓋人民幣已貶值也。昨已爲肖鵠添畫款並寫小聯一付，又以十年前予所作壽星畫已裱好者送郵贈之。

廿二日　晴寒　早霜結冰　十二月廿九日　星期五

早起寒甚，未能作事。午後一時至十字街理髮，行一里餘尋舊理髮匠，譚姓，予所喜者也，三時歸。四時同趣園去洗澡，澡堂人云下午盆塘無水，只有池塘，予與趣園遂出，俟明日再說。

廿三日　陰寒　十二月三十日　星期六

早馬潔園送芝麻來。午後尚志怡來，便囑其訪劉問山。

廿四日　晴寒　傍晚西北風更烈　結冰
十二月三十一日　禮拜

今日參事室通知晚六時開茶會，屆時同香生出門雇車，無車，風烈寒甚，予遂折回未去。在家寒甚，無薪炭，乾冷難受。徐裁縫宏生自胡林來，帶來晚米及花生。

廿五日　陰寒　公曆一九六二年元月一日

聞街上人多，各食館生意極佳。予未能出門，因內子與同屋諸人均外出也。

廿六日　大霜　寒甚　結冰　晴　元月二日　星期二

今日寒甚，在家枯坐，寒甚。徐裁縫在此吃飯，便托其在鄉間以藥酒換花生、雞蛋等物，因武漢近旬百物奇貴，政府禁止二道販子，諸物無來者，市民更苦，因政府禁物又無物以應平民。

廿七日　大霜　晴寒　結冰　元月三日　星期三

今日想出門看看，畏寒中止。遲生自鄉間來。

廿八日　晴　霜　寒甚　結冰　元月四日　星期四

連日乾冷不可耐，尚有前、去年存餘炭巴燒火爐烘手脚，不然殆矣。遲生昨自胡林來糊窗子已畢。

廿九日　晴寒　元月五日　星期五

遲生今晨至其岳家去，明日即回胡林，予面囑各語。

壬寅（1962年）日記

二　月

初五日　晴　三月十日　星期六

早九時玉仙來云其父病危，請予代發電報約蘭仙來，予囑各辦法去。傍晚遲生自胡來，係接予函到寓者，遂囑其即往南湖至其岳家去。夜間仍起大解一次，尿已多。

初六日　晴　三月十一日　禮拜日

今日病已退，飲食大進。午後嶧儒來，請其便帶字畫分交楊湖樵、雨霆去。遲生自南湖歸，云其岳父已好了，不至於死，不知其家人何以慌張如此。三時以後囑遲生寫詩稿至夜間九時半止。

初七日　晴燥　三月十二日　星期一

今日囑遲生寫詩稿，另謄去年所寫日記序文，晚八時已完竣。今日來客數次，予無暇答語也。九時以後遲生始言彼之教員須調與胡林相隔十餘里之地，現時尚未定定向，予聞心煩甚。

初八日　晴　三月十三日　星期二

早六時遲生回鄉去。午後予寫字三張，添畫款四件。得吳運恢自恩施來函，擬明日郵寄字畫給予之，彼上月過寓所請也。予舅父有此曾孫，死後惜不知之。寄函謝宋濟賢贈予藥品及味精。

三　月

初一日　陰雨　雷雨　寒　清明節　四月五日　星期四

今年連日俱寒，前日尚見微霜。今日清明，民眾以近年新建築無墳者多，無所謂祭掃也。

十五日　晴　四月十九　星期四

昨夜睡不適，轉鐘一時醒一次，先有夢，夢見萬內子入室來薦枕。萬氏沒已二年，光陰似箭，夢中去年見二次，兩年來清明無祭掃，紙錢水飯缺如，值此時代，凡事不可以舊禮教推，況近五年予所處境有難言者耶。

四　月

壬寅四月廿一日至廿四日還鄂城胡林記

余以十四年未回籍，鄂城十四年，胡林則十一年。極思謁先人邱墓。屢動返籍之念，多因疾病或天氣不佳，故未踐其言。然十四年來，無日不夢家鄉，屢告之家人余欲還鄉，實竟未還鄉。近日天漸晴和，賣去留聲機一架，得三十五元，遂決計同內子回籍省墓，於四月廿一日乘車前，先在鄂城及胡林小留三宿，四日即歸武昌寓居。近來目力大減，日記除六十年全部成帙外，近二年或記或綴，皆以精神健旺。今得還鄉，誠十四年來屢思之事，因作四日記，由余口述，命遲生筆記之。

廿一日　晴

晨五時起，同內子乘三輪車到武昌南站，候火車至二時半之久，不知昨日車已改點。至八時半上車。車停胡林，正午十二時也。囑賢斌之女轉告兒輩，余今日在鄂城宿，明日即到胡林。十二時一刻到鄂城站下車。車站飯店吃飯喝開水畢，訪吾父母墓所在地之駐單位，見汪、鄧二君，由其指引，因謁吾父母墓焉。父墓及墓碣完好，母墓在側，墳上土已稍平，而碑亦於前數年"大躍進"中充煉鐵材料矣。佇立久之，心念已釋，乃別去二君，已午後一時半，同内子步行到鄂城。天晴霽，沿途極熱。午後二時半到城内，先到南門，問路偕行半里餘，久之乃到北涵處休息。晚飯後與北涵同出訪縣政協，余鶴年、張道文、秦炳卿在座，談片刻出。北涵往東門孟祥煥，晤見鄧次誠，已出街矣。蔣衷舟二人，約楊氏兄弟晚間來晤。折回東門訪汪復萍，談約十分鐘。過余舊住宅，北涵指示之。略望望而已，無復舊觀。走熊家巷歸北涵，已黃昏矣。余、戴先後來約明日訪西山。袁養正、鄧次誠來訪。夜宿北涵室中，内子宿護士室中。夜疲勞甚，寢甚適。是日到北涵處吃飯二次，買到魚肉。

廿二日　晴熱

晨六時起，坐門診部前面與諸人閒話。蚤點北涵以麥啄三支煮湯一碗。後於八時余、戴來約北涵與余上西山，相空偕來。余足力不健，余等先行，緩行登山，可一時而登焉。頗感吃力，休息三次，經九曲亭下，請北涵、相空尋祖父母墳碑，遍尋無着，二人再下，余乃登山。余、戴及榮廣均出寺來迎至客廳休息。茶畢後在三泉亭前十人共攝一影。朱少坤長子子松來述，其已為派出所長。在客廳吃東坡餅，每人一枚。該寺自種蘑菇，湯味亦佳，均較平日為盛。吃畢，訪彭楚藩烈士墓，讀舊碑，民國廿三何雪竹等之碑完好如故，囑汪世兄抄錄補寄武昌。當即到大殿與海島及新客堂巡視一周。余欲搭車還胡，慮足艱難行，余鶴年乃交涉汽車，於是專車到朱家塅火車站下車，休息時遇清代南路小學。原址在江家院子舊武聖宫，開學於光緒丙午年三月初一日。當時學生，年最少而今尚存者邵之銀、艾原訓、許厚生三人。學生邵之銀別去今可幾十年矣，近日在此賣茶，留余飲茶。下午四時半車到，北涵及其徒送上車後別去。北涵盛情招待，實深感謝。在車開後時向窗外望之，見綵浮空際。十五分鐘後即到胡林矣。遲生、賢遂二人已在車門外接余。到塆後小坐於次山家中，旋村中老少來問，夜飯於木山之子萬清家。

廿三日　陰　東風四級

辰起甚蚤，早點後到澱清吃飯，由遲生、香齋、賢遂等送余往大咀，坐弼臣家，再往小咀太甲家，再往大林看余家之高墳。麥穗深，余不能至，命遲生往看之，尚完好也。歸後在王貞坐甚久，王貞備茶點招待，與劉叟、玉亭多人閒話甚久。黃昏至幼雲略語，見其母，昔日在鄉未會面者。是日有其灰、谷林、雙印等送余雞蛋等物。中飯在太寅家。

廿四日　陰

辰飯次山家，菜甚佳，幼雲作陪。飯後小坐，與少列、雙印等語，後至邦生家吃飯，菜甚豐。邦根妻送蛋十枚來，長生送蜂□米，顧慶送蛋十餘枚。至下午王貞、賢遂、胡昆等送余上車，萬清送到武昌。人多，在車上無位坐。下車後以無三輪車，步行回家。十四年未歸，心願總算遂願矣。至九時吃飯，十時寢。

六　月

初一日　七月二號

初六日

父親常云爲其一生快樂日，可爲紀念，皆因予光緒甲辰六月初五晚入學也。

廿八日　晴　極熱　晚十一時大雨　七月廿九日　禮拜

今晨五時遲生回鄉去。

廿九日　晴熱　晚稍涼　七月三十日　星期一

今夕睡能安。

七　月

初一日　晴熱　今日日食　七月三十一日　星期二

連日前六晨五時半即起。今日檢閱日記補者四日，予以目力不能遍閱，停之。

初二日　晴熱　晚小雨　北風　八月一日　星期三

初五日　晴　極熱　八月四日　星期六

連日熱甚，今日黃昏暴雨約十六分鐘，雨止仍熱氣滿室，轉鐘時改涼。早至醫院看病，十一時歸。

初六日　晴　八月五日　禮拜

早得肖鵠八月一日函，近狀好。又胡林顧□來，寄遲生一函，函中所説不知何事，荒唐人，字又怪。

初七日　晴熱　八月六日　星期一

連日窘甚，今日寄二元與念曾作菜錢。
△七夕中庭靜夜思，牛郎牢女慰相知。一年恩愛喁喁語，感□酈山避暑時。
此幼年從高師讀作詩。

初八日　晴熱　悶　八月七日　星期二

今日想寫信，以倦而止。下午五時汪京門來談，馮亞佛先生昨晚子初十一時逝世。馮年八十六，總算考壽，惟以老病發，不進飲食半月，受痛二旬，骨瘦削難看。予八日前曾與一見，神智甚清，說話聲低，約與談一刻鐘即別，即永訣也。馮與予交晚而有感情者也，邇時出門心甚不快，天熱亦未再去看看。前天聞晏道剛說他神智尚好，乃七夕竟死去，聞以水泥沙棺殮之，送漢口厝矣。

初九日　晴熱　晚有風　夜轉鐘三時大雨如注

今晨爲孟内子謝世之卅年，回想舊事，心實難過。七月份爲予極不利不快之月。回憶長子純學夭亡事，心亦難過。

初十日　早小雨　下午晴　八月九日　星期四

昨夜室中大漏，睡未安，早補睡，飯後又補睡，精神稍復矣。今日爲長子純學忌日，使其在，今已五十七矣。或得子遲早，受累與享福，皆有定數，數則命運爲之也。

十二日　晴熱

今日有計劃居民豬肉，我家共得了十二兩，遂於下午三時購香燭楮錢，以四兩行祀先父母及先室孟氏。祖人不血食四年矣。前、去年七月半僅於晚間燒紙於街角，與清代極窮之家不能舉行中元祀祖同一例，吾省宅行之三年，傷心之事也。

十五日　晴熱　夜月色佳　八月十四日

今日中元節，熱甚。連夕夜宿堂屋中，夜半乃入室帳中臥，汗出如漿。予歷年暑季初秋均須過此一段熱劫，冬初至春正又須過此一段寒劫。陳問石常有所文自慰曰："此身已歷千萬劫，來歲便爲七十翁。"予明年熱寒劫能過，則"七"字改"八"字即可套此聯。晚寢後夢先父母如平時。

十六日　晴　極熱　月色好　八月十五日

昨日發薪，今日還欠賬尚不夠。金宅少還三元，汪京門擬展後還，彼薪水多，不須急還五元也。

十八日　晴熱　八月十七日

今日還陳、晏、李三處借款已清，定生昨帶四元可還一家。昨日報載美機飛廣東永興群島上空挑釁，我已提出警告二百一十一次。噫！提者自提，挑釁者仍不止。

廿三日　晴熱　晚猛雨至八小時　八月二十二日

今日晴熱，晚九時以後小雨，十二時雨漸大，轉鐘一時至次晨六時漸小，九時以後方止，計其間有七小時猛雨不停，平地水深三尺，各家屋漏水溢。余室內書、字、畫爲雨濕者甚多。此爲今年最大最長時之雨也。近十年來有此大雨，但時間不過半時或一時即小住也。

廿四日　早大雨　平地水深二尺　八月二十三日　禮拜四

自七月廿三夜間十時似陣雨，轉鐘到十二時半大雨傾，自是猛雨繼□如山水瀑發，以後至廿四日晨，連續七小時未止，爲歷年未見之長雨。香生去探發榜事，聞已録取九中矣，此後須備款十餘元繳費。定生上課則須繳書費六元餘，又須給零用四元。各處小欠款未還清，此後如何補救耶？今自廿一起，王襄代墊牛奶費四元四須即償之，自九月初一起月須奶費十二元，如何籌補發耶？